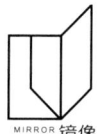

朱燕玲工作室

狐狸有九个想法

王族 著

中信出版集团｜北京

图书在版编目（CIP）数据

狐狸有九个想法 / 王族著. -- 北京：中信出版社，2024.10. -- ISBN 978-7-5217-6787-2

Ⅰ. I267

中国国家版本馆CIP数据核字第202488EJ75号

狐狸有九个想法

著　　者：王族
出版发行：中信出版集团股份有限公司
　　　　　（北京市朝阳区东三环北路27号嘉铭中心　邮编100020）
承 印 者：三河市中晟雅豪印务有限公司

开　　本：880 mm×1230 mm　1/32　印　　张：13　字　　数：370千字
版　　次：2024年10月第1版　　　　印　　次：2024年10月第1次印刷
书　　号：ISBN 978-7-5217-6787-2
定　　价：69.00元

版权所有·侵权必究
如有印刷、装订问题，本公司负责调换。
服务热线：400-600-8099
投稿邮箱：author@citicpub.com

序：真实或传奇

前些年写小说时，觉得这个世界的真实，远远超出我们的想象。也就是说，很多事物的真实已臻完美，不需要写作者进行虚构。基于此，我将一些动物细节留下，到了此次写这本书，就派上了用场。

举三个例子。

二十年前的一个夏天，我在阿勒泰听到一只狼的故事。一天，一群狼包围了在外打马草的边防军人，因为离边界线太近，战士们不能开枪，只好用刺刀与狼拼斗。指导员一刺刀刺中一只灰狼，他正准备再刺时，另一只狼扑过来趴在了灰狼身上。他一刺刀下去，那只狼不动；第二刺刀下去，那只狼仍然不动；第三刺刀犹豫了一下，便收了回来。他发现，被那只狼护在身下的灰狼是母狼，从它圆形的腹部可看出它怀孕了。指导员提着枪退后，狼群嗥叫着向山谷窜去。

在另一个边防连，一匹马给连队拉水近十年，后来通了自来水，它便失业了，盯着水龙头愣愣地看。一天早晨，人们发现它走了，四处都没有它的踪影。一年后它回来了，浑身的毛长得很长，眼里含着泪水。战士们以为它不再走了，给它吃东西，将杂乱的毛剪去。它望着战士们，眼神颇为复杂。第二天早上，战士们拧开水龙头用水，那匹马突然痛心疾首地发出一声嘶鸣，冲出院子跑向荒野深处。此后，它再也没有回来。

又一事，牧民在戈壁上放牧时，如果没有饮水，他们便在中午放开骆驼去找水。那是一种古老的觅水方式，骆驼因为酷热难当，会找到有地下水的地方，卧下去以借湿气降温。牧民在那样的地方挖下去，便可找到地下水。有一年，牧民将一峰骆驼放出后，数日不见它回来，后又因为天气突变便无暇顾及它，提前转场去了别处。一个月后传来消息，说那峰骆驼找到了有地下水的地方，但牧民没有去找它，它在等待中被饿死了。

这本书写的事，大致都是如此。

新疆的鸟兽鱼虫，分别生存于雪山、沙漠、草原、湿地、森林、高山、湖泊和河流中，因所处地域独特，故多有鲜为人知的传奇。动物在命运变化中的固守或嬗变，彰显出它们和一块土地共同铸就的边疆传奇。

动物至今仍与牧民互相影响，构筑成难以割舍的生存法则。哈萨克族有一种习俗，名曰"斯热阿勒合"（意为认识后就是最好的）。说的是人们碰到打猎归来的猎人，虽然彼此陌生，但会向猎人索要猎物。在他们看来，猎物属于草原上的每一个人，猎人是代表大家前去领取的，可尽管索要。猎人不会拒绝陌生人的索要，他们认为对陌生人慷慨赠予，会得到神的保佑，因为陌生代表意想不到的福祉。多年来，猎人们自觉遵守这一习俗，在打猎返回时在马鞍上画一条线，并将猎物挂在画线处，表明此猎物是可以赠予的，陌生人可尽管索要。

写动物故事，我也是索要者。

王族
2019-10-01

目 录

鱼在水里 梦在夜里	001	
	狗鱼	003
	大红鱼	007
	五道黑	012
	小白条	016
	大头鱼	021
	北极茴鱼	025
	赤梢鱼	029
	黑鱼	033
	塔里木裂腹鱼	038
飞禽的爪子 比翅膀有用	043	
	胡兀鹫	045
	秃鹫	049
	金雕	053
	百灵鸟	058
	斑鸠	063
	鹰	067
	大鸨	071
	波斑鸨	075
	黑腹沙鸡	079
	白尾麦鸡	083
	燕子	086

多爬一步 再大的沙漠也会变小	091

塔里木兔	093
长耳跳鼠	097
子午沙鼠	101
塔里木岩蜥	105
吐鲁番沙虎	109
沙狐	113
蚂蚁	117
雪鸡	121
青蛙	126
旱獭	130
草原龟	134
刺猬	138
草原蝰	142
鼩鼱	146
虎鼬	150
白鼬	154

草原上的奔跑 给千里眼也不换	159

香獐子	161
野兔	165
新疆虎	170
白狐	174
红狐	178
貂熊	181
马	185
普氏野马	189
伊犁马	193
蒙古野驴	197
野猪	201

	哈熊	204
	狼	208
	鹿	213
	牦牛	217
	骆驼	222
	长眉驼	226

在低处盘旋　　231
一定离巢不远

	红腹锦鸡	233
	呱呱鸡	237
	啄木鸟	241
	喜鹊	245
	攀雀	249
	乌鸦	253
	指猴	258
	猫头鹰	260
	麻雀	264
	松鼠	268

能爬上山冈　　271
是因为内心有力量

	鹅喉羚	273
	伊犁鼠兔	277
	岩羊	281
	盘羊	285
	北山羊	288
	黄羊	292
	高鼻羚羊	296
	紫貂	299
	兔狲	303
	猞猁	306
	雪豹	310

村庄里的鸣叫
有四十四个回声　　**313**　············

黑蜂	315
羊驼	319
老鼠	323
绵羊	327
黄鼠狼	330
狼狗	334
猎鹰	338
细狗	341
牛	344
毛驴	348
鸽子	351

水鸟留恋河流
人留恋故乡　　**355**　············

河狸	357
北鲵	361
白头硬尾鸭	365
凤头䴙䴘	369
水貂	373
麝鼠	377
黑鹳	381
白鹳	385
鸬鹚	389
红嘴鸥	392
水獭	395
蚊子	398

后　记　　**402**

狗鱼
大红鱼
五道黑
小白条
大头鱼
北极茴鱼
赤梢鱼
黑鱼
塔里木裂腹鱼

鱼在水里
梦在夜里

狗鱼

狗鱼身上有两个奇特之处。

一奇，靠吃别的鱼存活，是鱼中恶霸。

二奇，生长速度极快，出生当年即可长大，是鱼类中的速成者。

狗鱼因为肉鲜味醇，在市场上价格不菲，所以被称为"鱼类中的软黄金"。那些在额尔齐斯河中捕得狗鱼的人，都舍不得吃，会将其运到市场上卖个好价钱。

狗鱼是通俗叫法，它们原名叫乔尔泰，有时又叫白斑狗鱼，但都不如狗鱼一名叫得响。狗鱼凶矣，造就它们凶恶的原因，在于其生长的额尔齐斯河由雪水汇成，生存于河中的鱼便是冷水鱼。冷水鱼生存本领极强，而且攻击性令人惊愕。譬如硕大的大红鱼，能将渔网撕破，能一头将船顶翻。至于狗鱼就更厉害了，它们的牙齿尖利，性情凶猛，凡是被它们咬住的鱼，几口就会被吞入肚内。

在新疆，但凡有人说到狗鱼，或听闻有关它们的说法，都能感觉从"狗鱼"二字上透出一股凶猛之气。有一捕鱼者，在额尔齐斯河中不慎翻船落水，知道自己溺亡后必被狗鱼吃掉，便绝望地喊出一声：狗鱼啊狗鱼，以前我吃你，今天你吃我。人们在他落水处找不见他的尸体，便疑惑狗鱼已把他吃得干干净净。狗鱼能否将人吃掉，有待考证，但狗鱼之凶猛却毋庸置疑。有人曾见一只小羊羔过额尔齐斯河上的桥时，不慎落入河中，起先见它在水面挣扎，后在涟漪中泛起一片红色，人们惊呼，小羊羔被淹死后呛出了血？旁边有一位牧民知其详情，摇着头说，是很多狗鱼吃了小羊羔。那人不解地说，虽然是一只小羊羔，但能被鱼吃掉吗？牧民为了让那人相信他的话，便问那人，你有多高？那人答曰，一米七。牧民说，最大的狗鱼一米六，嘴像人的拳头一样大，牙齿像刀子一样锋利，还扯不开一只小羊羔吗？那人感叹不已，点头认可。

额尔齐斯河是中国唯一流入北冰洋的河流，源出中国阿尔泰山西南坡的喀依bibloky特河和库依尔特河，渐往下流淌汇合成额尔齐斯河，一路上汇入克兰河、布尔津河、哈巴河、别列则克河等，流入哈萨克斯坦境内的斋桑湖，再向北经俄罗斯的鄂毕河，最后注入北冰洋。额尔齐斯河在中国的流域皆在阿勒泰范围内，因为阿勒泰背倚阿尔泰山，而阿尔泰山因多产黄金被称为"金山"，于是额尔齐斯河又顺应"金山"而获得了"银水"的美称。在历史上，蒙古大军远征就是从阿尔泰山出去，用弯刀和铁蹄让欧洲战栗。人类沿额尔齐斯河频繁迁徙和打仗，这条河的流向犹如一种指引，让人们坚信只要跟着这条河走，就一定能够到达草原更加宽广、土地更加肥沃、人口更加密集的地方。而自北冰洋洄游到这条河中的鱼类，亦是纷繁不断，让这条河变得像一个大鱼塘，孕育并喂养了诸多大鱼、奇鱼、美鱼和怪鱼。

我到新疆之前，以为多戈壁、沙漠的新疆没有鱼，到新疆后才知道新疆的鱼之多，远远超出我的想象。新疆虽然没有大江，却有大河和大湖，且中国最大的内陆淡水湖博斯腾湖，和最大内陆河塔里木河，均在新疆。于是乎，各河各湖给新疆奉献了数百种鱼，且多有鲜为人知的传奇。譬如伊犁河和额尔齐斯河中的东方欧鳊，本是冷水鱼，偶然被引入到福海中，繁殖速度惊人。于是乎，在全疆范围内大面积引入，每到一处都能扎下根，可谓是适应性最强的鱼。再譬如，额尔齐斯河中的中白鱼（学名高体雅罗鱼），不但形体优美，而且肉质有特殊的香味。还有额尔齐斯河中的长颌白鲑，它们游到河下游，马上就要流入哈萨克斯坦，却像不愿离开中国似的，留在下游一带生存。它们与狗鱼一样，出生当年即可长大，且凶猛食鱼，可谓是鱼中猛士。而博斯腾湖中的湖拟鲤，在春夏两季有一种奇怪的举动，一靠岸，无论岸上有多大动静都不离去。在夏天温度高达五十余摄氏度的吐鲁番，有一种鱼叫"鱼岁鱼"，生存于溶氧较高的流水中，因其体小灵活很难被抓到。帕米尔高原在人们的印象中，是很少有鱼的，但是却有一种没有眼睛的鱼，生存在暗黑谷底的溪水中，仅凭知觉判断方向。据说此类鱼在很多年前有眼睛，因长久处于暗黑之地便退化成无眼之鱼，但却与大自然更和谐地融合在一起。

狗鱼则不受任何限制，有时溯流而上，一直游到雪山下的河之源头，更多的时候则在额尔齐斯河中吃鱼度日。人们吃狗鱼时，恐惧狗鱼之凶猛性情，便觉得它们的肉也必然粗硬，不料一尝却发现狗鱼的肉之嫩软、味道之鲜美，为新疆鱼中最好。常见新疆人将狗鱼烤熟吃，做法为将其剖开，去内脏后洗净，呈扇状放在烤羊肉串的槽子上翻烤，快熟时撒上盐和胡椒粉等。平时在餐馆很少见到狗鱼，偶尔在阿勒泰一带的夜市上见到，一条的价格却在三四百元，是很贵的。

狗鱼是"海归派"，它们每年秋季从俄罗斯、哈萨克斯坦等国溯流而上，到新疆境内产卵。它们不仅将产下的卵留在了新疆，而且它们大多都回不去。有一年在额尔齐斯河源头，我们感叹额尔齐斯河确实非同一般，譬如说源头，也比一般的河要大很多。就在我们为那源头感叹时，就听得山坡上的羊发出惊慌的叫声，似是有天敌正向它们接近。牧民却不慌张，说羊为河里的东西惊慌呢！我们向河里看去，见河中有成团的黑影在移动。牧民一笑说，到了鱼去上游的时候了。它们挤在一起，把我的羊吓得都不敢吃草了。我们不想干扰鱼的游弋，便远远地站在山坡上看。有一阵子河水平静了下来，我们以为鱼群过毕，但突然有浪花翻起，又是一片黑影在水中移动。问那牧民，鱼群会游多久才能过毕，那牧民说有时候一天，有时候一天一夜。又问，这里已经是源头了，鱼群还要游到哪里去？他一指积雪的阿尔泰山说，山有多远源头就有多远，少说还得七八十公里才能到达。他的话让我想起一句谚语：人再高也在山下，山再高也在云下。也就是那天，那位牧民说鱼群游到最后，会选择一个地方留下，在明年春天出现。

小河中亦有回不去的鱼。有一年秋天，我在额敏县，见兵团农工刚在河边弄出动静，河中便有成群的鱼搅起水花。据说有人将小河改道，河床一夜干枯，鱼便游不走了，留在河床上白花花的一片。

狗鱼在多年前留了下来。或许正因为留下了，才成为这一水域的强者。有一事，将狗鱼之凶猛体现得淋漓尽致。当时，我在额尔齐斯河边，看见一只鹰突然俯身，伸出长喙向河中扑去。我知道它要去啄水里的鱼，但同行的朋友大叫一声，完了，那是狗鱼。果然，狗鱼比鹰强大得多，鹰的爪子抓到狗鱼身上，狗鱼迅速向水底游去，鹰扇动翅膀欲挣脱飞起，但狗鱼的力量更大，很快便将鹰拖进河中。水面冒出的气泡，随之便和搏斗的痕迹一起消失。

水中强者把空中猛禽拖进水里，一场不动声色的战斗，让我和朋友看得目瞪口呆。我们赶过去，想看看那只鹰能否从水中挣扎出来，但水面只有涟漪不停地扩散开，又聚拢来，闪出一圈圈诡异的波光。

大红鱼

名字中有一个"大"字，是大鱼。

大到什么程度呢？

有一例，曾有人捕得一条大红鱼，长有十三米，重达九十公斤，以他一人之力无法搬动，叫来一人才一起抬上了车。打鱼的人常说一句谚语：鱼在水里的命属于自己，在岸上的命属于人的嘴。那人把那条大红鱼弄回家中，变着花样吃了五六顿，便再也吃不下了，只好将剩余的部分送人，才松了口气。

大红鱼是冷水鱼，生性凶猛机警，长年隐藏深水中，人们难得一见尊容。但它们在繁殖季节却多出现在水浅的地方，甚至会长时间滞留，人们在这时便可窥见。但它们只要感觉到岸上有动静，就会迅速潜入深水中。繁殖季节的大红鱼还有一奇，它们的身体因为情欲躁动，会从头顶开始，一直到尾巴都变成红褐色，人们觉得它们好看，随口将"大红鱼"一名叫了出去。

大红鱼的学名叫哲罗鲑，但很少有人叫，相比之下还是大红鱼这个名字好，叫起来有气势，听起来又很亲切。大红鱼来自北冰洋，多在俄罗斯和中国的新疆、黑龙江出现。在俄罗斯，大红鱼有一件奇事：有一人发现湖中有大鱼，便做出一个大钩挂上诱饵，系上粗绳掷入湖中，不久便有一条大鱼将钩吞入肚内，被那人拉出了湖面。那是一条一百公斤开外的大红鱼，那人喊来几人，才将那大红鱼合力拉上岸，因为没办法动它，熬了两个小时才使它窒息而亡。那人将大红鱼剁碎后，揭下那大红鱼的鳃盖，顿时觉得像一个锅盖，惊得那人不知如何处置。我因为这件事便记住了俄罗斯的大红鱼。有一年在俄罗斯的波罗的海边，心中冒出此处有无大红鱼的念头，见海边有打鱼者，便请翻译去问。那打鱼者听后先是摇头，然后用手向北边一指，意思是在北边草原的河流中有大红鱼。不知他所指的地方是远还是近，但我们的行程没有多余的时间，便打消了寻找大红鱼的念头。

在新疆，大红鱼仅出现在阿尔泰山中的喀纳斯湖中。阿尔泰山中林木繁多，环境幽静，景色秀丽，是一个物种资源极为丰富的天然基因库。喀纳斯湖是一个高山湖泊，在夏天湖水幽蓝，到了冬天冰封雪裹，素有"神的后花园"的美誉。我二十年前第一次去喀纳斯时是一个大雾天，湖水一片洁白，让人疑惑那一湖蕴蓄的是乳汁。当我爬到湖对面的山冈上，看见湖下端有一个出口，湖水流出后形成一条河流，在早晨的大雾中更是像洁白的乳汁。有人以为喀纳斯湖水真是乳白色的，后经知情者解释，才知是光照作用的缘故。下山后听说前几天的一场大雨让河水暴涨，一只羊不慎掉入河中淹死，漂到下游平缓的地方，人们惊讶地发现它已变得血肉模糊，浑身布满利齿撕扯后的印痕。河中有大红鱼，那只羊在漂下的过程中，被它们撕咬掉了皮肉。牧民从未遇到过那样的事情，他们看着那只羊，惊骇得不知该说什么。

中国原不产大红鱼，不知最早的大红鱼是如何经北冰洋辗转到了中国，然后从额尔齐斯河逆流而上，到了高山上的喀纳斯湖中。有人说大红鱼是冷水鱼，本性喜寒，所以由雪水汇聚而成的喀纳斯湖便是它们的天堂。喀纳斯湖后面有一座雪山，在中国、俄罗斯、哈萨克斯坦和蒙古四国交界附近，叫"友谊峰"。有一年，几只鹿在友谊峰下得了瘟疫毙命，人们怕瘟疫蔓延，遂准备将其集中焚烧。后来发现那几只鹿腿上挂有铁牌，上面有俄罗斯文字，这才知道它们是俄罗斯的鹿，无意间越过边界后又不幸得了瘟疫，便永远回不去了。大红鱼的命运比鹿好，在遥远静谧的喀纳斯湖中安然生存，从未受到过威胁。

大红鱼喜欢栖息于湍急的水中，在冬季结冰前游向较深的水域，春季又溯河游向溪流做生殖洄游，八月后向干流移动。黑龙江有"细鳞哲罗，七上八下"的谚语，哲罗也就是大红鱼，那谚语是说细鳞鱼和大红鱼的洄游规律。大红鱼的觅食时间多在日出前和日落后，它们从深水游至浅水岸边，捕食其他鱼类和水中的蛇、蛙、水鼠、野鸭等，吃饱后则潜伏在有荫蔽的水底。在捕食方面，大红鱼和狗鱼一样，都是凶猛之鱼，凡是被它们盯上的水生动物，没有能够逃脱的。

在近年来，喀纳斯湖并不平静，多有传言说湖中出了湖怪，引得人们议论纷纷。湖中有无湖怪尚待考证，但湖中有大红鱼却是事实。多年前有一人在喀纳斯湖边钓鱼，一上午一无所获，正快快然准备返回，突然发现湖边有一大物移入了湖中，原来他蹲了一上午的"石头"，是一条大红鱼的脊梁。

喀纳斯湖中的大红鱼，在某一日闹出了震撼世人的事情。有人在湖对岸的观鱼亭中，看见湖中有一大物在动，其形状很像大鱼。怎么能有那么大的鱼呢？那人猜测是湖怪，随后将消息传了出去。一时间人们议论纷纷，不断猜想，最终却得不出确切的结果。后来有人分析，其时正是鱼的产卵季节，成群的大红鱼挨在一起游动，加之光线和角度的原因，便让那人觉得是湖怪。但此说法仍只是猜测，有人相信，有人不信。

大红鱼除了浑身显红外，还有诸多奇特之处。譬如它们但凡出没，周围便不会有别的鱼种。想必是它们身上的红色太显眼，别的鱼都被吓跑了。但后来听到的说法则更加奇异，说有一只黄羊在湖边饮水，被大红鱼跃出水面一口吞没。为了证实这一说法，有人指着喀纳斯湖岸边的牛羊和马的骨头，说以前有牛羊和马走到湖边被大红鱼吞吃后，把骨头吐到了岸上。

大红鱼因为头大，当地人又称它们为"汽车头"，意思是它们的力气很大，如果人在湖上驾的是小木船，会被它们一头撞翻。有一人为了捕到大红鱼，织了一条六百米的大网，结果大网被一条大红鱼咬住向前拖去，那人拽不住，只能眼睁睁地看着渔网被拖走。那人怏怏然返回后对人们说，大红鱼不好打，弄不好，人会被大红鱼当成鱼打了。几天后，有人在湖对岸见到了那人的渔网，已被撕得破碎不堪。

过去，大红鱼被人们捕获，让人享了口福。但是人们却捕不到硕大的大红鱼，只能对稍小一些的大红鱼打主意。不论捕怎样的大红鱼，皆不可垂钓，一则它们的牙齿太厉害，如果觉得不对劲，会一口咬断鱼线；二则它们太重，就算咬钩被钓住，也很难拉上岸来。那些年，一旦有人捕到大红鱼，便会有餐馆争相购买，然后做成以"大红鱼"为名的菜肴，往往卖一个好价钱。在额尔齐斯河边的布尔津县城，曾发生过一件与大红鱼有关的趣事。有一人去河中打鱼，见河中一片红光闪动，他断定是一条大红鱼，于是不动声色地观察。少顷，那大红鱼游入一块石头下，在外面露出一半身子。他心中暗笑，大红鱼厉害是厉害，但有一点和普通鱼别无二致，那就是钻进石头时也是顾头不顾尾。他举起渔叉对准那大红鱼叉下，顺利将其捕获。布尔津县城的一家餐馆老板出高价收购了那条大红鱼，却并不用于做菜，而是将其制成标本摆在餐馆中，引得游客纷纷去那家餐馆吃鱼，生意颇为兴隆。

我有一年冬天和朋友去了喀纳斯湖，见湖面是厚厚的冰，想起在冰上破洞引诱鱼跳出的办法，便在冰上凿出一个洞，然后在洞口生起一堆火，湖中的鱼便迎着火光向洞口涌来，不停地跳到冰面上，被我们捡拾了好几公斤。那样的办法只能弄到小鱼，大红鱼是不可奢望的。有一人说，不要把动静弄得太大，引来大红鱼一头把冰撞破，我们吃不上它们，反倒喂了它们的肚子。听他那么一说，加之又恐惧喀纳斯湖中有湖怪的说法，大家便提着鱼上岸，直至踏在岸边的雪地上，脸上才有了轻松的神情。当晚，我们做了一锅烩鱼，连吃带喝，对鲜美的鱼汤和嫩爽的鱼肉赞不绝口。想起人们常说，鱼在刚打出时吃最好，便觉得我们顶着严寒捕得的鱼，吃的正是好时候。

第二天又去喀纳斯湖边玩，大家议论说过去在冬天吃到的大红鱼，多为储存的鱼块，如果吃上刚捕获的大红鱼，味道一定非同一般。正说话间，湖中传来冰裂的声音，像是有什么正在向我们压迫过来。我们细看，湖面却没有任何变化。那一刻阳光灿烂，冰面一派洁白，安静得像一块巨大的玉石。大家都颇为疑惑，那么安静的湖，加之又结着厚厚的冰，为何却发出了让人毛骨悚然的声音？

是大红鱼在冰下游动，其庞大的身躯碰向冰，便发出了那样的声音吗？

至今无解。

五道黑

因为身上有五道黑鳞，故得名"五道黑"。

有人在额尔齐斯河下网捕得二十余条五道黑，收网后在岸上将它们倒出，只觉得眼前有黑色弧光闪烁，一愣后才明白，是鱼身上的五道鳞太明显，闪出了那样的光影。五道黑的力气不小，在挣扎中蹦跳得很高，被它们碰撞到的小草东倒西歪，晃出一片幻影。有一条五道黑的运气好，蹦跳了两三下居然落入河中，奋力一游便潜入深水中去了。

五道黑的嘴小，有人见一条五道黑在水中吃一根水草，像是用上下唇含着在慢慢品尝。它虽然吃得非常缓慢，但却沿着那根水草一直在吃，慢慢地便见那根水草在变短，而五道黑在向前移动，把缓慢的持续展示得令人叹为观止。吃完了水草，那五道黑游向下一根水草，却不再吃了，像是要记住其特征似的看了一会儿，然后尾巴一摇便游走了。有一人看过那一幕说，五道黑这种鱼有两点让人一看就明白，一是它们饭量不大，一次吃一根水草就饱了；二是吃着这顿就想下顿，明天一定会来吃它看中的那根水草。那人看得仔细，总结得也很到位，但那条五道黑在第二天是否去吃了那根水草，就不得而知了。

五道黑虽然比起大红鱼要小得多，但也不是最小的鱼，一般在半斤左右。五道黑身上的五道黑鳞亦有奇事。有的五道黑鳞一刮就掉了，让烹饪者觉得可惜，如果能把那么好的鳞留住，端到桌子上岂不是更有面子。但有的五道黑鳞下面的印记却牢固得很，烹饪者把上面的鳞刮掉，下面便是五道显眼的鳞印。食客们一看见那五道鳞印便兴致高涨，饭桌上的气氛就活跃起来了。

第一次吃五道黑的人，夹起一块肉咀嚼，只觉嫩滑鲜美的肉质感，不见一根鱼刺，于是便知道五道黑是没有刺的鱼，下次再吃便一脸轻松自然的神情。因为无刺，五道黑最好吃的地方是腹部，用筷子一夹便是一块肉，吃起来感觉分外不同。

前些天与别人说起五道黑，有一人说如今在额尔齐斯河和乌伦古河流域打鱼的人，网撒下去半天也空无所获。但以前却不是这样，人用脚都能钓上五道黑。问及原因，他说以前的人赤脚踩入河中，因为五道黑太多，便纷纷去啄人的脚丫子，但它们的嘴太小，任凭怎样啃咬，人都没有感觉。当然人们不会白让它们啃咬，他们慢慢向浅水处移动，引诱五道黑过去，一弯腰便抓住一条扔回岸上。五道黑是有思维缺陷的鱼，眼见同类已丧命于人手，却不知道逃避，反之仍然把嘴伸向人的脚丫子去啃，于是便被人们抓了一条又一条，有时候甚至会被抓得一条不剩。

这些年，因为五道黑很好吃，加之又太容易被捕到，所以人们便不停地盯着它们，以至于餐桌上的五道黑多了，水中的五道黑便少了。有一钓鱼者在河边等了半天，才钓上了一条又瘦又小的五道黑，看它一副可怜的样子，那人发善心将它放回河中。那人遂感叹，现在的河水也被人祸害得差不多了，就连五道黑也变成了这样。那人起身准备离去，但那条五道黑却游至岸边的水中，用尾巴在水中搅起一圈圈涟漪。那人再次感叹，五道黑啊五道黑，我可以放你，但别人未必会对你发善心，你还是赶紧游走吧！说着捡起一块石头扔进河里，那条五道黑才游走了。

阿勒泰的朋友说，现在如果想见到五道黑，只能在冬捕的日子。有一年听闻福海要在乌伦古湖举行冬捕节，便专门去看。因为是大型活动，湖面上人山人海，似乎要一次把湖中的鱼捕捞干净。听得有人说，在这个海里，东海的鱼比南海的鱼多。从他的话中才知道，福海人把乌伦古湖称为"海"，把去湖边都说成是去海边。原以为这是福海人的可爱之处，但站在湖边向远处看，结冰的湖面一直延伸到了天际，便觉得那湖确实应该被称作海。

人们早已在湖面挖出口子,把渔网撒了下去,等到了一定的时辰,便十余人拽一网,将网拉到了冰面。但网内却空空如也,翻来翻去仅有几条小鱼。湖上有好几个地方都开口子下了网,但都收获甚微。是鱼少了,还是鱼变得难打了?有人说,是天气不好让今天的人打不到五道黑,如果天气好一点,一网下去就能弄上来一大堆五道黑。但愿那人说的是真的,亦希望明年的冬捕节能有好天气。

再次见到五道黑,是在额尔齐斯河边。五道黑除了生存于乌伦古湖外,在额尔齐斯河中也可见到。我们用柴火燃起一堆火,准备在河边烤羊肉串吃,不料好几条五道黑从河中迅猛跃出,翻出耀眼的鱼肚白,然后摔回水中。我们被吸引过去看水中情况,发现五道黑是因为见到火光后变得兴奋,遂做出了反常举动。我们觉得有趣,便想再玩几次,但无论我们将火燃得多么大,却没有一条五道黑跃出水面。直至我们将羊肉串吃饱,岸上的火光渐熄,河面上也没有任何动静。

我们猜想,也许五道黑初见火光时,从目光到内心都很兴奋,便跃出了水面。不知水中的鱼有没有喜怒哀乐,但它们跃出水面后奋力向上的姿态,欢快摆动的尾巴,都让人觉得它们颇为兴奋。但那样的情景多在夜黑月升时出现,现在它们被岸上的火光吸引,遂又难抑兴奋跃出了水面。但火光不比月光皎洁,甚至颇为刺眼,所以它们看过几眼后便再无兴趣,复又潜入了深水中。

此事怪吗?要说怪,是因为我们不知道五道黑见到明亮光芒时,为何会如此反常;要说不怪,亦因为五道黑想跃便跃了,于它们而言是再平常不过的事情。

有一人说起某一年的一件事,当时有牧民的羊群转场至额尔齐斯河边,要经过河上唯一的那座桥才能到对岸去。羊太多,只能在岸上排队等待。不料半夜下起大雪,牧民和羊群皆惊恐不安,遇上那样的天气如不尽快想办法,一场寒流会让羊大批倒下,弄不好还会冻死人。正在焦虑时,就听得河面传出声响,有多条五道黑跃出水面,旋转几下后复又落回水中。无火亦无月光，五道黑为何会突然跃出水面？牧民走到桥上去看河中动静，天虽然黑咕隆咚，但仍可看见有成团的五道黑争抢着在跳跃。牧民弄出的动静惊扰了它们，它们转了几圈后，便贴着河底迅速离去。

还没等牧民弄明白事情的缘由，月亮出来了，雪夜中的月光像暗自移动的刀剑，穿过黑暗，亦穿过大雪，然后落入大地。整个额尔齐斯河被月光照亮，变得幽静而清晰，似乎要用巨大的脊梁将黑夜驮起。牧民于是明白，五道黑是因为感知到月亮要出来，才跃出了水面。很快，牧民想起年长者曾说过，雪夜出来月亮，大雪必将在天亮前停息。牧民吃了定心丸，等待天亮继续踏上转场的路途。

次日早晨，大雪果然停了，牧民赶着羊群顺利过了额尔齐斯河。

小白条

贝加尔雅罗鱼体小,且浑身布满细小的白鳞,故得名"小白条"。

其别名有蓝刀鱼、游刁子、浮鲢、餐条、餐子等,但叫的人不多,唯有小白条一名人人皆知,叫起来顺口。

常钓小白条的人,都会说它们是浮在水面上的鱼。说鱼浮在水面上有些夸张,但真正的事实是,小白条是水域的上层鱼类,也就是说它们喜欢在水中高处游动,不管是在水库、湖泊还是鱼塘,撒一点糠饼便会招来大群小白条抢食。有时候人们追着它们用网捞捕,它们也不会潜入深水中去。捕鱼者看出了它们的固执习性,遂将网伸到水底向上一捞,便捕到好几条。小白条在最后才会显出拼搏精神,在网中猛烈蹦跳,但无论它们怎样挣扎都无济于事,很快就会窒息而亡。

小白条之所以喜欢在水中高处游动,是因为它们好动。接近水面后搅出的涟漪一圈圈扩散开,复又聚拢来,它们随之欢快翻转,显得颇为幸福。一位常年在额尔齐斯河上打鱼的人,说过一句话:大红鱼不热闹,小白条不孤独。经由这句话可得知,大红鱼喜欢独自游动,而小白条一出现便是一大群,像一团在水中飞翔的幻影。人们但凡发现有小白条出现,便耐心等待,它们一定会游到接近水面的地方,到时候再捕捞不迟。

小白条的小,在鱼类中可以说是极致,它们中最长的也就三四寸,有人在河中摸小白条,一把抓上来,手里有三条。小白条虽小,却多得出奇,据说新疆三分之一的鱼是小白条。我最初听到这一说法时不信,后来在布尔津和福海，见所有的鱼摊上都在卖小白条，便信了。那两个地方的鱼分别来自额尔齐斯河和乌伦古湖，想必小白条在那两地大量繁殖，让阔大的水域变成了它们的集群生存地。

十余年前的一天，我和朋友在额尔齐斯河边玩，看见离岸很近的水中有一两寸的小白条，想伸手去抓，但又觉得抓到也吃不成，便决定逗它们玩耍一番。同行的朋友中有一位是蒙古族，他提出唱歌，并断定小白条一定喜欢听歌，只要我们在岸上放声唱歌，定会引出大一点的小白条。他的提议引起大家的兴致，于是便鼓励他唱了《乌兰巴托的夜》：

有一个地方很远很远
那里有风有古老的草原
骄傲的母亲目光深远
温柔的塔娜话语缠绵

乌兰巴托里木得西
那木哈　那木哈
歌儿轻轻唱　风儿轻轻吹
乌兰巴托里木得西
那木哈　那木哈
唱歌的人不许掉眼泪

有一个地方很远很远
那里有一生最重的思念
草原的子民无忧无虑
大地的儿女把酒当歌

乌兰巴托里木得西
那木哈　那木哈

你远在天边却近在我眼前

乌兰巴托里木得西

那木哈　那木哈

听歌的人不许掉眼泪

乌兰巴托里木得西

那木哈　那木哈

歌儿轻轻唱　风儿轻轻吹

乌兰巴托里木得西

那木哈　那木哈

唱歌的人不许掉眼泪

　　这首歌的歌词很感人，加之朋友用低缓的嗓音唱出，所以大家都沉浸于他的歌声中，直到他唱完，才想起唱歌是为了吸引水中的小白条，于是便赶紧往水中看，果然有不少小白条浮于水面下，像是刚才也像我们一样凝神倾听了一曲天籁似的。小白条会听歌，如此匪夷所思的事情，如果不是亲身经历，连我也不会相信。但大自然中的万物皆是精灵，只要有耐心与它们交流，或者静心倾听，就会听出它们的声音，感知到它们内心的诉说。这样的例子很多，譬如阿勒泰有牧民能听懂羊语，他们亦对羊发出接近于咩咩的叫声，羊就会顺应他们的意思走动或停留。再譬如有的牧民从风吹动树叶的声音，可听出天气在未来一两天的变化。那天，虽然我们用歌声引来了小白条，但却没有把手伸进水中去抓它们，都是会为歌声痴迷的生命，我们怎能置它们于死地呢！

　　后来听说一事，有人欲用唱歌诱惑小白条到岸边捕之，但那人不好好唱歌，只是南腔北调地哼了一首歌，哼完后去看水中，却不见一条小白条。看来歌唱得不好，连小白条这样的鱼也不爱听，亦不会受诱惑游到岸边。

　　虽然小白条是水中的快乐精灵，但除了被人果腹，其他时间不会被人关注。新疆人吃小白条偏爱一种方法，即煎炸后干吃。也难怪，那么小的鱼，用别的做法几乎无法下刀，亦做不出花样，而煎炸则可使其保持完整，是最好的办法。

煎炸有两种，一种是将小白条直接放入烧好的热油中，哗的一声，小白条便被热油吞没。在炸的过程中要不停地翻动，以免一面被炸焦，而另一面仍白色一片。炸到鱼身略变黄，便可出锅。裸炸出的小白条，可蘸盐和花椒粉吃，其肉质脆嫩、味道鲜美。至于盐和花椒粉，则起到提味作用，根据自己的口味可蘸多，亦可蘸少。

另一种做法是事先把蜂蜜、鸡蛋和淀粉和成稀释的面糊，放盐进去，然后将小白条放进去裹上面糊，放入热油中煎炸。炸的办法与前一种相同，但时间要略短一些，否则容易炸焦。这样炸出的小白条可直接吃，蜂蜜和鸡蛋的甜味弥漫其间，可吃出甜酥、爽脆和柔嫩的口感，是难得的享受。

两种炸小白条，都是很受欢迎的下酒菜，人们到饭馆吃饭，但凡见到菜单上有小白条，便马上会点一份。吃小白条要和酒搭配好，喝一杯酒后，夹一根小白条一口一口慢慢吃，吃完了再喝一杯，滋味分外不同。

小白条食之有趣，捕捞则更有趣。那么小的鱼是钓不成的，人们于是想出诸多方法，譬如发现小白条喜欢吃水面的蚊虫，便将长柄网兜悄悄伸到水底，然后用树枝在水面轻轻划动，小白条以为有蚊虫落到了水面，便蜂拥成一团游过来，人们只须把网兜提起，便可捞出一堆蹦跳的小白条。

另有一种办法，人们发现小白条在天热时喜欢游至浅水处，便在小溪上游断流，等溪水流干，便可大量捡拾小白条。

太小的小白条是不能吃的，因为无法开膛破肚去掉内脏。人们于是便把太小的小白条放归河中或湖中，心想让它们先长几年，再捕捞也不迟。

人们还发现小白条性情活泼，好在流水中游动。人们便选择适合下网的地方布好网，然后在上游撒下蚂蚱、蚯蚓、玉米粒和馒头末，流水将这些东西带往下游，小白条遂向下游追逐，都进了网中。等到上当后，它们便在网中蹦跳，做垂死挣扎。也许鱼的语言要用动作才能表现出来，但无论它们怎样挣扎，那网已变成它们的死亡深渊，它们一头栽进去，便再也无望生还。

捕捞小白条时，出现过很多趣事。有一个小孩去给他父亲送盆子装小白条，在河中不慎滑倒，哇的一声哭了起来。等他哭够了一低头，发现掉在水中的盆子里，居然钻进好多条小白条。

那小孩破涕为笑，遂端起盆子跑回家去。

大头鱼

是笨拙,但却快乐的鱼。

其笨拙一说,主要是头部浑圆硕大,看上去有几分憨态,故得名"大头鱼"。

大头鱼学名扁吻鱼,另有俗名瞎盖子、瞎疙瘩、瞎胖子等,皆因笨拙而得名。其实大头鱼眼睛不瞎,视力也没有问题,但人们却总是拿一个"瞎"字在它们身上做文章,只能说明它们笨拙,虽然一向明眼睁着,却像瞎子一样乱冲乱撞。在动物界这样的例子不少,譬如黑熊以力大无比、嗅觉灵敏和攻击性极强著称于兽类,但它们的视力却很差,两三米内的东西在它们眼中永远模糊不清,于是便落了一个"熊瞎子"的名声。

大头鱼多生长于南疆的开都河、阿克苏河和叶尔羌河。它们曾是博斯腾湖中的庞大集群,有人一网下去能捕到十余条。但如今碰到在博斯腾湖中打鱼的人,往他们的鱼篮中一看,没有一条大头鱼。问及原因,说问题就出在博斯腾湖中大头鱼太多,一度被捕捞过度,以至于一条大头鱼也见不到。另有一个说法,大头鱼发觉博斯腾湖已非理想的栖息地,便集体逃离,从此不再复返。有人为证实这一说法,说大头鱼笨是笨一些,但在生死大事上能不动脑子吗?是啊,但凡是生命,一旦丧失最基本的生存条件,逃命也就等于活命,没什么可考虑的。

但大头鱼一旦生存安逸,便可随时随地让自己快乐。有一人赤足涉水过河,感觉有什么在撞击他的脚,低头一看,是大头鱼用硕大的头在攻击他的脚。憨者往往有蛮力，大头鱼因此又是鱼中大力士，但它们在庞然大物般的人跟前，其攻击却无济于事。那人一笑，移动双脚引逗它们，直至到了岸边，它们仍紧追不舍。他上岸后，大头鱼跃出水面，似乎要扑到岸上继续攻击，无奈它们只是水中猛士，无法在岸上施展本领。最后，它们在水中冲撞出激荡的水花，似乎失望地游走了。

其实大头鱼并非只是笨拙，它们身上也有令人赞誉的美德。譬如它们从不偷懒，保护生存环境的意识很强，总是在水中忙碌不停。大头鱼的吃食多而杂，它们可吃鱼类、鱼卵、鱼苗、青苔、藻类、底栖动物和水中垃圾。它们还喜欢干净，但凡出现在一地，必先将周围清理一番，否则一刻也不逗留。它们清理水中环境的速度很快，凡是它们认为的妨碍之物，嘴一张就吞了下去。它们的嘴大，往往一吞一咽便将妨碍之物吞噬得干干净净。人们佩服它们连吃带清理，让水质变得清洁的好习惯，遂称它们是河流清道夫。

它们还被称为"水中大熊猫"，此说法是指大头鱼曾有一段时间十分稀少，原因是人们贪其美味，爱其雄壮身姿，更喜欢它们凶猛的攻击能力，但它们在当时的数量少之又少，遂又称它们是"水中大熊猫"。

大头鱼曾遭遇过灭绝的危险，二十世纪五十年代，新疆的大头鱼产量高达二百六十吨；到了六十年代，则只有三十吨；再到七十年代，下降到五六吨；到了八十年代，便很难再见到一条。人们贪吃大头鱼，仅凭一张嘴，就让它们消失了吗？很快便发现，盲目捕捞，尤其在大头鱼的产卵期也不停止，是导致大头鱼骤减的主要原因。曾有一人剖开一条大头鱼，为其腹内密集的卵籽震惊，并感叹说我们吃掉一条大头鱼的同时，等于吃掉了很多条。但其时捕捞大头鱼已成风，一人忏悔不能使大家都醒悟，于是捕捞仍疯狂进行，大头鱼的命运一日危似一日，再也回不到以前的轻松状态。

最终大头鱼被掠夺了美好的生存地，被频繁的戕害风暴裹挟，在命运的深渊中越沉越深，终被死亡的大嘴吞没。大头鱼没了！人们这才惊恐地发现，我们用一张嘴灭绝了一种鱼。从此，大头鱼变成了人们怀念的鱼，它们的笨拙、憨态、勇猛和鲜美的肉质，都不可再看到，亦不可再品尝了。说到品尝，人们便羞愧难当，陷入沉默不再说什么。

十多年后，有一人偶然在一条小河中发现了一群大头鱼，消息迅速传出，人们便都去看，每个人的眼中都有久违的珍惜神情。别的大头鱼都已遭厄运，唯独误入那河中的大头鱼幸存了下来。人们遂小心翼翼维护大头鱼，等它们产卵后，将卵运至更适合孵育的河中，以期增加它们的生长数量。

转移成功，很快便出现了第一批大头鱼仔。到了第二年，人们移过去九万余粒鱼卵，不久又有一大批大头鱼仔出现在河中。大头鱼的产卵量极高，有一人统计，九尾大头鱼居然产下四千多粒鱼卵。那么大的量，让那人越数越高兴，忍不住大叫，亲爱的大头鱼，你们没有辜负我的一片热心。人们就那样一年又一年地转移，终于又让大头鱼变得多了起来。

这几年听说有些餐馆中有大头鱼，价格很贵。闻之心中一痛，人们啊，嘴下留情，千万别再把大头鱼吃灭绝了。后来听说现如今已有人工养殖的大头鱼，心里便好受了一些。

前几天去一家鱼庄吃鱼，我先是观察了一下鱼的大小，点了一条一公斤左右的鲢鱼，吩咐服务员在炖煮时多放花椒少放油，同时放少许泡椒、泡黄萝卜、豆芽和黑豆腐，炖煮五分钟后即可端上桌。麻辣可去鱼腥味，同时浸入肉中，吃起来极为爽口。尤其在吃几口鱼肉后，再吃几口黄萝卜、豆芽和黑豆腐等，脆爽有之，是不错的享受。

那家鱼庄其实是吃火锅的，吃毕鱼后还可加汤下菜，但我只吃鱼，吃完即离去。下楼见鱼庄的服务员在卸装鱼的桶子，听到他们提到大头鱼的名字，便忙问是否真的有大头鱼。一位服务员说有是有，但是价格不菲，需要提前预订才可以做。我想凑近去看，有一条鱼从桶中跳出，掉在雪地上仍不停地蹦跳，把地上的雪带出一片白浪。

果然是大头鱼，其硕大的头部看上去颇为显眼，嘴用力张大，似乎要吞咬什么。大头鱼的憨笨本性还在，且从奋力蹦跳的情景看，它们仍是鱼中大力士，如此便让我觉得欣慰，鱼被人果腹乃是天道，但只要它们本性不丧失，就仍是可爱的鱼。那条大头鱼似是要挣扎逃离绝境，但大地于它而言犹如是牢笼，无论它怎样挣扎都无济于事。一位服务员弯腰去抓，那大头鱼忽又蹦起，啪的一声打在他脸上。他将大头鱼抓住扔进桶中，一脸疑惑地离去。

北极茴鱼

新疆人嫌北极茴鱼叫起来麻烦,而且没有新疆特点,便把"北极"二字去掉,直接叫茴鱼。

也难怪,吃北极茴鱼的人,大多是额尔齐斯河流域的牧民,他们将所有鱼的名字都用一个"鱼"字替代,如果让他们天天把北极茴鱼一名挂在嘴上,听上去一定很怪。

当然,民间有民间的称呼习惯,如果一种东西的学名文绉绉的,加之又不好记,人们就会给它起一个通俗好记的名字。譬如北极茴鱼,就有花棒子、斑鳟子、棒花鱼等别名。这三个别名亦有渊源——北极茴鱼在幼时,会在身上长出白色斑点,长大后那斑点由白变黑,人们便顺嘴把"花""斑"用到它们的别名中。而花棒子一名中的"棒"字,则是因为它们游动时将躯体绷得很直,且不摆动鳍与尾,像一根木棍似的直挺挺向前,所以人们用一个"棒"字给它们命名,叫了花棒子一名。

多年前听说过有关北极茴鱼的一件奇事。有几人在额尔齐斯河捕得一鱼,在河边架锅烧水,将那鱼烹之。其地风俗是用原水烹原鱼,其味绝佳。一番忙乎后那鱼已熟,被盛入食盆。然未及上桌,那鱼却从盆中蹦出,落地后如婴儿哭泣。那几人皆怜悯,便放其入河。眼见它入水后摇头摆尾,悠悠然游走。当天出了奇事,有一人却看见那鱼仍在食盆中,便双手捉取啖之。那鱼多之又多,吃到最后似是仍无减少。旁人看到的,却是另一情景:那人一脸愣怔,举着空无一物的食盆,用舌头在舔食。后来那人终于清醒,见手中食盆空空,然而他更疑惑,既没有吃一口,为何腹腔之内,有饱食后的撑胀之感?

北极茴鱼捕食时,像是极有耐心的狙击手一样,总是长久等待。一旦昆虫和软体幼小生物出现,便从斜刺里突然冲出,把它们一口吞入。北极茴鱼的游动速度极快,常在水底闪过一团影子,便已不见踪影。有人说北极茴鱼并非胆小,而是谨慎过度,就像人们常说的见风就是雨的人一样,把预料的可能在内心无限放大,目的是把风险降低到最小。曾有一人见到一条北极茴鱼,他折下一根树枝拂向水面,意欲逗那北极茴鱼一下,不料树枝尚在半空,北极茴鱼已在水中快速穿出很远。不仅如此,就连附近的北极茴鱼也感觉到了危险,皆迅速向别处逃去。

但它们也有安静的时候。如果游累了,或者遇到合适的树洞和石缝,就会钻进去藏匿。而柔软的泥沙,亦是它们让自己休息的好地方,它们会安静卧下,一动不动的样子像是在假寐。它们虽然性情凶猛,但智商却并不高,钻入树洞和石缝后,往往只将头藏起来,把尾巴露在外面不管。它们的这一缺点往往会带来致命的危险,捕鱼者盯住它们的尾巴,要么用渔叉将它们叉住,要么用手顺着尾巴摸进树洞或石缝,便可把它们拽出。对捕鱼者来说,一条活蹦乱跳的北极茴鱼,就是当晚的一顿美餐,所以他们不管它们如何挣扎,一石头砸在它们脑袋上,它们便不再挣扎。北极茴鱼被捕捉后往往会挣扎很久,如不迅速让它们毙命,会被它们烦死。

它们在一年中有两次洄游,第一次在春季天暖时,性成熟的北极茴鱼便躁动不安,于是它们集群游到清澈缓慢的水流中,在那里互相追逐交媾。情欲的最直接结果是孕育,北极茴鱼产下的鱼卵,会黏附在河底的砾石上面,它们一直守护在附近,直至孵化出一条条小北极茴鱼,才会离去。北极茴鱼的第二次洄游在秋末,为的是安静度过冬天,于是便游到溪流下游,在那里度过漫长的冬季。小溪虽然安静,但却不是栖身的最佳处所,譬如因为水浅透明度高,它们便常常被捕鱼者发现,不久就被捕到扔到雪地上,在蹦跳间把地上的积雪掠起一片雪浪。捕鱼者为此总结出捕捉北极茴鱼的规律：秋在大河，冬在小溪。

有一年在额尔齐斯河河边转了一圈，渴望能看到河中的北极茴鱼，但却什么也没有。当时的额尔齐斯河被阳光照得颇为明亮，自水面反射出的光芒犹如刀子，加之水波漾动，那光芒便一会儿刺入水中，一会儿又穿梭而出，像是要刺入天空。如此炫目的环境，警觉性极高的北极茴鱼是不会露头的，它们恐怕早就游到水底或避光的地方躲了起来。那件事后便明白，虽然北极茴鱼好吃，但却难觅其踪影，只有合适的机会才会碰到。

当晚宿于一户人家，吃饭间来了一人。他坐在一边抽烟，说他曾观察过北极茴鱼，发现它们是有意思的鱼种，说起来很有趣。我们请他说说，他点了一根烟边抽边说，北极茴鱼很凶猛，是鱼类中的拳击手。他见的北极茴鱼多了，以为只有它们欺负别的鱼，别的鱼从来不敢欺负它们，但有一次他见到北极茴鱼被一条狗鱼追赶，才知道它们也有害怕的时候。那条狗鱼大而凶猛，如果它咬住北极茴鱼，定会一口咬成两截。

大家感慨，看来北极茴鱼的死敌是狗鱼。那人说，北极茴鱼的力气不及狗鱼，但智慧在狗鱼之上。北极茴鱼逃过一阵后，突然一改逃跑的态度，停在了一块石头前，回头盯着狗鱼似乎做出了迎击状。狗鱼大张着嘴冲过去，北极茴鱼往旁边一躲，狗鱼咬在了石头上，疼得浑身乱颤，而那条北极茴鱼则从容逃走。我能想象出那样的情景，狗鱼的牙很厉害，所以它们常常恃牙傲物，觉得没有什么不能咬，北极茴鱼正是利用了狗鱼的这一弱点，让狗鱼吃了苦头。狗鱼在那一刻用力太猛，加之又因为牙齿太过于尖利，恐怕被石头磕掉了。没有了牙齿的狗鱼，在余生将忍受多大的屈辱，就不得而知了。在平静的水域，在看似温柔轻盈的鱼群之中，不知发生了多少惊心动魄的争斗和死亡，一条鱼与另一条鱼之间，往往是一者生，另一者就必须得死。这样的生死布局，与历史多么相像。

那人说北极茴鱼另有一事，它们在春季求偶时，好几条雄鱼常为争夺一条雌鱼打架。鱼打架是当地人的说法，指鱼类在水中为情欲引起的冲突。几番下来，体弱的雄鱼会迅速败下阵去，最后只剩下两条雄鱼，把水中植物冲撞得东倒西歪，连泥沙也被搅起，将它们淹没得不见了。岸上的观察者断定它们会出来，过了一会儿，它们果然从泥沙中钻出，复又纠缠在一起。它们的眼中都不容许对方存在，只有把对方打败，自己才有接近雌鱼的机会。

而那条雌鱼，却早已不知去向。

赤梢鱼

又名红尾鱼，因其背、尾和腹部的鳞片艳红夺目，常被人一眼认出。

凡可食的鸟兽鱼，被人熟知并非好事。譬如赤梢鱼，但凡人们见到水中闪过红光，便大叫，快来抓，有赤梢鱼！但赤梢鱼游速极快，抓鱼者照准它们的红鳞扑下，它们却早已不见了影子。人们于是明白，它们名字中的"赤梢"二字不是白叫的。首先它们性情凶猛，一有情况便迅疾而动；其次它们身形细瘦，游动起来十分利索；再次它们力气较大，虽然看上去皮包骨头，但是一动，身体里的力量会像闪电一样喷发出来。

有如此之多的长处，它们可谓是鱼中快手、水中风行者。

一位朋友说，他有一次在乌伦古湖，见过一件奇事。当时，湖上在刮大风。那风掠过湖面，湖水便喧响，并涌出粗硬的棱线。在那一刻，风似乎有嗓子在唱，亦有身体在动。他们正为风诧异，却见湖中有赤梢鱼跃出，在空中扭动几下，然后跌入湖中。那一刻，湖面一片喧响，一条条赤梢鱼闪出好看的光芒。看足了热闹，便打听赤梢鱼跃出的原因，但问来问去却无一人知道。朋友便固执地认为：赤梢鱼喜欢大风，故跃出湖水，喝风。

赤梢鱼原产于欧洲，在中国仅出现在北疆一带，应该是从北冰洋洄游，沿额尔齐斯河和伊犁河游入了中国。鱼类的洄游很有意思，它们不远千里万里游动，虽然不知道要去何地，但天气变化，尤其是水温带来的贴身触觉，让它们敏感地意识到，到了要远行的时候了。洄游大多是逆流而上，遇到险滩、激流或险流，它们都必须克服。鱼类的洄游没有半途而废的，亦不会在某一处停留不前。曾看到一个电视专题片，有一种鱼洄游时遇上一群棕熊，棕熊扑入河中扬起大掌啪啪向河中抓去，有的鱼闪开了，有的鱼却被抓个正着，被棕熊塞到嘴里一咬便成为两截。但棕熊并没有多少收获，那鱼群快速向前游去，很快把棕熊扔在了身后。

赤梢鱼在阿勒泰、塔城和伊犁的河流和湖泊中扎下根后，繁殖出大量鱼苗，从此新疆就有了赤梢鱼。听新疆的老人说，以前赤梢鱼很多，有时候因为它们集群式游动，会让河中红光一片。它们身上的红鳞太显眼，人们一看见水中有红光，就知道一定是有赤梢鱼出现了。有一位牧民骑马在额尔齐斯河边走，马突然惊恐嘶叫，差一点把他从马背上颠下来。他无论怎样拉缰绳，那马却总是无法平静。他一瞥看见河中有一片红光，才知道马受惊的原因。待他把马头拉到一边等了很久，那红光才消失了。但那马却不敢去看河水，只是低头不停地喷着鼻息。马怕赤梢鱼红鳞的消息传开，以后牧民但凡转场，都要弄清楚额尔齐斯河中是否会有赤梢鱼经过，如果有，他们哪怕等上几天，也不着急上路。

赤梢鱼和狗鱼一样，专食比它们小的鱼类。有一人在额敏河边，看见一群赤梢鱼正在捕食一种小鱼。他细看之下发现，赤梢鱼的嘴很大，一张一吞，一条小鱼便不见了。那人回去准备了渔网，第二天到了额敏河边一看，赤梢鱼一夜间在河底的卵石上产下大量鱼卵，正躲在一旁观察动静。那人想起他爷爷曾给他说过的一句谚语，路边的敖包不能动，怀孕的母狼不能打，便转身提着渔网返回，没有对任何人说出有赤梢鱼的消息。

我二十年前在库鲁斯台草原，听说额敏河的几条支流那几日要被截流，人们准备捕捞一次赤梢鱼。截流捕鱼是人们常用的办法，从上游让河流改道，下游很快就干涸了，鱼便白花花地铺在河床上。草原上的河流都不大，每到鱼类洄游时期，便用截流方式捕捞到不少的鱼。那天，我们刚好去一个山冈上看"恰秀"活动，远远地便看见一大群牧民围着一位年迈的老太太，旁边有两位哈萨克族少女抬着一块餐布，上面放着常见的水果糖、奶疙瘩、方形糖、包尔沙克等。我们刚走到跟前，就听得有一人高喊了一声，那老太太抓起餐布上的东西用力撒向空中，待落下后众人便去抢吃，场面颇为热闹。"恰秀"是一种与喜庆有关的习俗，草原上的哈萨克族人遇有喜事，便举行"恰秀"庆贺；或从外面来了客人，亦以"恰秀"形式欢迎。在"恰秀"中，向空中撒食物者都由阿吾勒（游牧村庄）中儿女齐全、丈夫健在的年长妇女承担，寓意生活幸福家庭圆满。看着眼前的情景，我想起几年前读过的《哈萨克民俗文化》一书中，对"恰秀"就有这样的介绍。参加完"恰秀"，我向下一看，便看见额敏河从库鲁斯台草原穿过，像一条洁白的哈达横穿额敏镇，然后从塔城市外流过，流入了塔吉克斯坦。下了山冈走近额敏河，发现它虽然不大，但流势沉缓，像缓缓前行的骑手。有一首萨满歌曾唱道：马头的金色力量，羊头的棕色力量，渗透了你的脊梁。说的就是河流，亦是对河流的赞歌。

  第二天，我跟随兵团的几位农工扛着网兜，提着水桶，去截流的小河中捕捞赤梢鱼。截流在先一天在上游已经完成，但截流后的河水还未干涸，虽然隐隐可感到有鱼在动，但不能肯定是否有赤梢鱼。一位农工说，肯定会有赤梢鱼，因为他们是看到赤梢鱼后才截流的；赤梢鱼虽然厉害，但是它们没有翅膀，飞不了。他那样一说大家便放心了，虽然眼前的河床上仍有存水，但是捕捞一定不会费事。我们在河边做准备工作，也许是因为我们弄出了动静，成群的赤梢鱼便挣扎蹦起，将本来就不多的残留水搅得浑浊起来。农工们便用盆子往外舀水，有鱼被舀入盆中，他们便连鱼带水倒在岸上，水渗下去后，便剩下白花花的鱼。大家看到它们身上有红鳞，便一阵欣喜，河中果然有赤梢鱼。

  端详待毙的赤梢鱼，发现它们眼中有神。有人走动，它们的眼神便跟着移动。这是赤梢鱼的一奇，别的鱼没有这样的反应。我觉得但凡眸子灵动的兽类，心理感应一定灵活，看来赤梢鱼是会观察和打量这个世界的鱼。但是它们已把握不了自己的命运，无论鼓胀的鳃部是愤怒，还是奋力蹦出的一跳是挣扎，都无法重回水中遨游。作为鱼，它们的生命将休矣。那条被截流的小河中的赤梢鱼被全部捕捞上岸后，却出现了一个奇异的现象，河床上的水在短时间内便干涸了。难道是只要有赤梢鱼水便不干，而没有赤梢鱼，连水也会迅速干涸？谁也说不出具体原因，便一脸疑惑地离去。

我们离开额敏河后，传来一个消息，有一人在前一天没有捕捞到赤梢鱼，第二天又去额敏河边碰运气，不慎脚下一滑踩入小河的淤泥中，惊得一群赤梢鱼蹦跳而起——原来那群赤梢鱼在前一天藏在淤泥中，躲过了人们的捕捞。如果它们再躲一天，人们就会在上游复流河水，到时候它们就会获得生机。但它们运气不好，躲过了很多人，却因那人的一个趔趄又坠入命运的深渊。那人从容地将淤泥中的赤梢鱼全部捕捞，提起试了试，感觉有二三十公斤，便颇为高兴地提了回去。

在另一事中，几条赤梢鱼却因艳红夺目的鳞片侥幸逃过一命。有一人带小儿去截断小河，意欲把赤梢鱼困在断流的一侧，然后唾手可得。父亲在一边忙碌，让小儿堵住小河出口以防赤梢鱼逃走。父亲忙毕断流事，待河水流尽，却不见一条赤梢鱼。那小儿支支吾吾地说，他看见赤梢鱼的红鳞好看，刚才放了它们。父亲一股恼怒直冲头顶，但看见小儿一脸童稚可爱之情，遂被感动，便挖通了那条小河。

黑鱼

身上太黑，故得名"黑鱼"。

黑鱼在西北黄河中颇多，尤其是在宁夏流域，曾多得泛滥。之所以说黑鱼多了是泛滥，是因为黑鱼有一种让人头疼的习性，它们生性凶猛，繁殖力强，胃口奇大，但凡出现在一地，会吃光水中幼虫、蝌蚪、小虾、仔鱼等生物，至于鲫鱼、餐条、赤眼鳟、泥鳅及各种幼鱼，被它们碰上亦会被吃得一干二净。所以人们常会说一句话，黑鱼亮相，其他鱼遭殃。

黑鱼是乌鳢的俗称，又名乌鱼、生鱼、财鱼、蛇鱼、孝鱼、黑月、火头鱼等。《神农本草经》将乌鳢与石蜜、蜂子、蜜蜡（蜂胶）、牡蛎、龟甲、桑螵蛸、海蛤、文蛤、鲤鱼等同列为虫鱼上品。黑鱼的骨、刺少，含肉率高，而且营养丰富，比鸡肉、牛肉所含的蛋白质都高。黑鱼作为药用具有去瘀生新、滋补调养等功效，尤其是外科手术后，食用黑鱼具有生肌补血，促进伤口愈合的作用。

黑鱼是有来头的鱼。李时珍在《本草纲目》中说："鳢首有七星，夜朝北斗，有自然之礼，故谓之鳢。"乌鳢头顶有七颗星状的印记，是吉祥的说法，它们在夜晚会朝向北斗星方向，乃是吉兆。但是人们却觉得以黑鱼之凶残，以及对水域环境的破坏，怎能与乌鳢的吉祥说法同日而语？为证实这一说法，人们捕捞到黑鱼后去看它们的头，有的确实有七颗星状的印记，有的没有，想必是还没有长出来。细想一下，倒也没有必要与黑鱼的凶猛习性过不去，水域世界亦非安逸之地，适者生存的老天布道，黑鱼也别无选择。

黑鱼不但凶猛，而且智商在鱼类中也是佼佼者。它们捕食时从不追赶猎物，而是潜伏在水质浑浊、水草丛生的浅水地带，注视四周的动静。如果在水质清澈、水流缓慢或平静的地方，则多隐蔽在水草下面或静止的水层中，一旦发现有鱼类等适口活饵，便静静窥视，等待对方游到它们附近时，以突然袭击的方式一举咬住吞食。黑鱼还有自相残杀的习性，如果饥饿难耐，便一扭头把比自己小的黑鱼一口吞食。它们的食量大小与水温有关，尤其在夏季水温高时颇为贪食，摄食量也随之增大。

黑鱼有护幼的习性，每逢繁殖季节，雌雄亲鱼将产卵地点选择在沼泽、湖泊、小河的岸边水草丛中，或是长有芦苇的浅水滩中。产卵前，亲鱼共同衔取水草或植物碎片，构筑出一个环状鱼巢。产卵后，一对亲鱼或仅雄鱼潜伏于鱼巢中，或在巢的附近守护鱼卵，不让别的鱼类或蛙类靠近，以免鱼卵受到伤害。待仔鱼孵出，亲鱼便守护于其左右，直至它们能做垂直游动才会离开。但它们只限仔鱼在鱼巢附近游动，若有其他鱼类或蛙类企图偷袭仔鱼，亲鱼会全力以赴共同驱赶。幼鱼成群游动时，亲鱼一后一前加以保护。有来犯者它们必决死战，常是雄鱼先上阵，若失败（例如被钓鱼人钓走），过了片刻雌鱼又挺身而出，继续保护幼鱼。它们前仆后继保护幼鱼的举动，壮烈之至。

黑鱼凶则凶矣，但却有铁血柔情之举。譬如它们被称为孝鱼的来历，就是极富传奇色彩的故事。雌鱼每次产卵后，都会失明一段时间，无法觅食。不知是否出于母子天性相通的原因，仔鱼似乎知道雌鱼是为了它们才失明的，如果没有东西吃会被饿死，所以仔鱼便争相游进雌鱼的嘴里供它吞食，直到雌鱼复明才会停止，而此时的仔鱼已经所剩无几，此为黑鱼之孝。另有一说，雌鱼复明后会绕着仔鱼出生的地方一圈圈游动，似乎在祭奠仔鱼们的舍身饲母行为。知道这一详情的人一般不吃黑鱼，如果捉到都会放回河中去。

新疆的黑鱼，多生长于额尔齐斯河和乌伦古河流域，在别的地方则不见它们的影子。黑鱼之所以黑，与它们的生存习惯有关。它们喜欢待在水底的泥沙中，如果不动，身上便被泥沙覆盖，不易被发现。时间长了，它们的皮肤被泥沙浸沁，犹如染上浓墨一般乌黑。不仅如此，它们还很像蛇，尤其是腹部的鳞纹与蛇纹极为相似，一动便闪出让人惊愕的光影。黑鱼具有很强的跳跃能力，当天气闷热，它们往往会跃出水面，沿岸边爬行逃逸；下雨涨水或有流水冲击，它们也会从水中跃起向前跳蹿而去。黑鱼还能在陆地上滑行，它们离水后可活三天之久。

无独有偶，《酉阳杂俎》中记有一种鲵鱼，亦是能在陆地上存活的鱼。它们长有四足，其尾颀长，有上树本事，从水中出来，片刻便至树冠。天旱时，它们在河中喝足水，后又口中含水，上山藏匿草中。如有鸟飞过，便张嘴引诱鸟来饮水，然后将鸟吸食。吸食时，还会发出婴儿般的娇憨声。人们捕到鲵鱼，必先缚于树上，凶猛鞭之，待其皮下脂肪如汗涌出，方可烹饪食之。如不遵此方法，食之必然中毒。

黑鱼的黑在游动时最为显眼，一动则带出一团黑影，似乎让河水也变了颜色。但它们不爱动，所以那黑影常常只是倏忽一闪，便连同鱼一起消失。随后，便再也看不见它们游动。有一人观察过黑鱼躲藏进泥沙的全过程后，断定黑鱼有一习惯，即它们不愿惹事，无论身处何地，是否安全，首先要把自己藏好。对于它们来说，只要用泥沙把自己遮蔽，哪怕世事纷争、生死存亡，便都与它们无关。黑鱼用内心的光明照亮泥沙中的黑暗世界，过上悠然自得的日子。

那人看见，那条黑鱼先是把头钻进泥沙，停顿片刻后，用力摆动尾鳞，把身体一点一点拱进去。它的尾鳞硕大，摆动幅度亦不小，看上去像一把快速扇动的扇子。泥沙被它弄得散溢出浊尘，它一会儿被淹没，一会儿又显露出来。最后，它用力摆动几下尾鳞，遂一挺钻入泥沙中。水中慢慢变得清澈，它没有留下一丝痕迹。它钻进泥沙的整个过程，进行得有条不紊，看来黑鱼精于此道，操作技巧已非常娴熟。

那人想看黑鱼如何出泥沙，便坐在岸上等。很久过后，都不见水中有动静。他将一根枝条伸入水中，去捣那鱼钻进去的地方。立刻，水中弥漫起一片尘雾，水底的沙子向四周扩散开来，间或还旋出细浪。过了一会儿，水中复又变得清澈,那黑鱼却早已不知去向,想必它受到惊扰后已迅速离去。有如此趣事,黑鱼就是有意思的鱼。

后又听到人们说起它们越冬的事,也是有趣得很。河流入冬后便结了冰,此时的黑鱼一反平时躲在泥沙中的常态,如果有人在冰面上走动,它们便马上从泥沙中钻出,把尾巴甩出剧烈动作,背鳍和腹鳍也随之抖动。兽类多用动作表达内心,黑鱼在此方面也不例外。人们被它们撩得心急,无奈隔着一层厚厚的冰,便奈何不了它们。

黑鱼如此顽皮,人们却不生气,反倒觉得它们聪明,并在心里揣摩它们所想:人啊,你们站在冰上,总不至于为了抓我,把冰弄破吧!那样的话,你们不就掉进水里了吗?这话是一个人当时在心里揣摩的,后来我见到他时,他表情复杂地讲给我听。我觉得合理合情,如果我是一条黑鱼,我也会那样想。

碰巧那人当天捕了一条黑鱼,我问他是如何捕来的,他说一网下去,稀里糊涂就打上来了好几条鱼,仔细一看,有一条是黑鱼。至于怎么打上来的,他也不知道。怎么能不知道呢?黑鱼那么警觉,加之又对人十分了解,怎能稀里糊涂被人捕获?直到他父亲回来后,我才知道了捕到黑鱼的原因。原来,近几日因下雨导致河水上涨,喜欢安静的黑鱼无一处可待,便四下里寻找栖身的地方,于是便改变了它们不喜好游动的习惯。但这并不是导致它们被捕获的原因,真正的原因是河水浑浊,让它们憋屈难受,视线不清,才误入了渔网中。所以说,捕到这条黑鱼纯属偶然,换到别的时日,便没有这种可能。

因为对黑鱼好奇,我提出想看看那条黑鱼。父亲一声吩咐,儿子便提来一个桶子,那条黑鱼就在里面。它受我们惊扰,拼命地想顶开桶底钻进去,无奈它攻克不了塑料桶,激起一阵水花后,徒劳地在桶中打转。因为离得近,便看见它身上的黑更显眼,让人疑惑它不是一条鱼,而是极为怪异的种类。

细看,发现它的身体扁平,除了腹部略为鼓起外,其他地方都扁平如板,还没有一指头厚。怪不得善于钻泥沙呢,有如此的身体条件,自然会利索很多。

　　那人讲到黑鱼的一件事，我便觉得很有意思。他有一次偷看到一条黑鱼钻进了泥沙中，便把网兜置于它尾巴后，心想它一转身就会钻进去。他在水中弄出动静，那黑鱼受到惊扰后，先是把头钻出泥沙，很快便判断出身后有危险，遂奋力向前一挺，便闪出一片黑影游走了。他坐在岸边抽烟，过了一会儿那黑鱼复又回来，用嘴和腹部把刚才弄得凌乱的泥沙抚平，然后从容游去。

　　他看得目瞪口呆，直至烟头烧到手，才有了反应。

塔里木裂腹鱼

又称塔里木弓鱼、尖嘴鱼等,其生存沿袭约三千万年,是新疆最古老的土著鱼。

古老的鱼种,多有奇事。譬如古时,北海有一种鱼,名曰井鱼。其脑部有穴,吸海水进去,或存于脑,或用脑穴泄出。每当井鱼泄水,便如飞泉散落,甚为美观。海上打鱼者,用容器将那水接住,尝之,已没有海水咸味,反而淡如泉水。有天竺僧人知此事,他们乐于向人讲述,听者皆欣欣然。

另有一种古老的鱼叫奔姆,是鱼中巨者,长两三丈,大如船。有人细究,终分出其雌雄,然不论雌雄,皆腹下有乳。某一年,有人捉得幼小奔姆,放于岸上,发出婴儿般啼哭声。其头上有孔通风,时传出呼呼声响。路上行人闻之,以为大风起,便作停留打算。捕一头奔姆,可得脂油三四碗,取之用于燃灯,会生出两种奇事。其一,如人在灯下读书纺织,则必暗;其二,如人在灯下欢乐言笑,则必明。

再譬如一种叫印鱼的古老鱼种,不长,仅一尺余,亦不重,单手拎之,行十里不累。其额上有一形状,颇为显眼。细观之,活脱脱如一枚四方印。觉得熟悉,似在某处见过,却又想不透。后又发现印上有字,但隐隐约约,终看不出内容。此事后被放大,成为信仰。人们每捕得大鱼,在刮鳞剖肚之前,必拿来一印在脑部盖下,意为大鱼不祥,此举是为封死。

塔里木裂腹鱼生存于塔里木河和博斯腾湖水系,头小,但嘴很尖,尤其是腹部浑圆，像是臃肿的怀孕者。头小，是因为嘴很尖，向前延伸的流线便使其头部变成了锥形。这一长相让它们的整个头部都受到了影响，尤其是鼻孔，亦有向后拉伸而去的感觉，几近于和眼睛长到了一起，而且眼睛小得像米粒似的。我疑惑它们看不了多远。它们的嘴太尖了，让人觉得它们啄向一物，其尖喙恐怕会直接叨出一个洞来。那样的嘴亦让人觉得会有利于啃食，但其实非也，它们吃东西时特别缓慢，咀嚼一根水草要用很长时间，好像它们是慢性子，便要细嚼慢咽，抑或它们因为味觉迟钝，品不出食物的好坏，但为了活着还得好歹吃几口。但它们臃肿的躯体却会变化，有一人见一条塔里木裂腹鱼受惊后，腹部倏然收紧，一下子便显得不臃肿，然后从密集的水草丛中穿梭而过，一晃就不见了影子。

此鱼无论是长相还是行为，皆颇为怪异。不过人们想想它们是三千万年的物种，经历了无数嬗变，怪异一点倒也正常。

任何一物，有其短处便必然有长处，塔里木裂腹雌鱼的繁殖与众不同，一年可以产卵两次，可谓是鱼类中伟大的母亲。它们的第一次繁殖在四月，其时开都河因上游的山地冰雪融化，会造成洪水漫灌，但此时的塔里木裂腹雌鱼不但不躲避，反而溯入开都河大量产卵。第二次产卵是在开都河六月的盛夏洪水期，此时又是波涛汹涌，它们在汛期向开都河上游游去，一直到乌拉斯台一带的河段产卵。在洪水中产卵，很难保证鱼卵在一地安稳孵出仔鱼，但塔里木裂腹雌鱼却并不在乎，似乎只要完成产卵便可大功告成，至于别的则不管不顾。在开都河一带打鱼的渔民说，塔里木裂腹鱼的子女，都进入了塔里木河流域，因为开都河最后的归宿是进入塔里木河中。

说起塔里木水系，可谓是鱼的天堂，有宽口裂腹鱼、塔里木裂腹鱼、鸭嘴裂腹鱼、重唇裂腹鱼、厚唇裂腹鱼、大头鱼、斑黄瓜鱼、裸黄瓜鱼、西藏裸裂尻鱼等等。塔里木河由发源于天山山脉的阿克苏河、发源于喀喇昆仑山的叶尔羌河以及和田河汇流而成，最后流入台特马湖。它是中国第一大内流河。东晋郭璞校注《山海经》："河山昆仑，潜行地下，至葱岭山于阗国，复分歧流出，合而东注渤泽，至而复行积石，为中国河。"《汉书·西域传》中记载塔里木河："南北有大山，中央有河……其河有两源，一出葱岭山（今帕米尔高原），一出于阗（今和田）……其河北流，与葱岭河合。东注蒲昌海（今罗布泊）。"这一记载与今天塔里木盆地水系的流向概式大体吻合。

除了鱼，塔里木水系另有粗唇新疆高原鳅、隆额高原鳅、斯氏高原鳅、小体高原鳅、叶尔羌高原鳅等鳅类近十种。但这些鳅类常常被忽略。也难怪，鳅类难看，且吃起来味怪，人们自然不会惦念它们。

塔里木河有九大水系，分别是孔雀河水系、迪那河水系、渭干河水系、库车河水系、喀什噶尔河水系、叶尔羌河水系、和田河水系、克里雅河小河水系、车尔臣河小河水系。塔里木河的上游多为起伏不平的沙漠地带，来自冰山的融水很不稳定，所以被称为"无缰的野马"。这些大小不一的河流，多在沙漠腹地艰难穿越，有的甚至干涸，或变成季节河，但它们却犹如生育力极强的母亲，养育出众多绿洲，其中最引人注目的是鱼。

有一首歌曾唱道：塔里木河哎，母亲河！这句歌词简单之极，但被曲作者谱上忧伤缠绵的曲子后，听得人忍不住心颤。我曾听过这首歌，其曲一起，犹如是一位儿子面对苦难的母亲，纵有千言万语也无以言说，最后便化作一声哀叹，从胸腔间冲涌而出，让人听之不由得心颤。

古时的塔里木盆地，有不少民族专食塔里木裂腹鱼，故被称为"吃鱼民族"。新疆博物馆有一件叫"人纹石印押"的文物，其上的人是西域的一名传递信息的驿使，左手腕上系着一条鱼。他是从塔里木河流域来的，腕上的鱼是在说有一批鱼，将从南边的塔里木河流域运往北边，要途经其时在吐鲁番的高昌国。大批量运输鱼，说明塔里木河流域的鱼很多，当地人食之不完，便资助别处。但后来塔里木裂腹鱼越来越少，人们将用于捕鱼的鱼叉掉转方向，去追逐林中兽类，鱼不再是他们的主食。

如今，塔里木裂腹鱼已少之又少，我真担心此文写完，会成为祭奠塔里木裂腹鱼的悼文。细究，塔里木裂腹鱼濒危的原因，与人们将大头鱼、五道黑和细鳞鱼引入塔里木水系有关，这三种鱼性情凶猛，将塔里木裂腹雌鱼产的卵吃得一干二净，致使塔里木裂腹鱼越来越少。另外，塔里木水系众多的河闸、大坝、水库、扬水站等，使塔里木裂腹鱼无法溯河洄游，囿于一地产卵，繁殖量急骤下降。还有一个原因，因塔里木裂腹鱼极好吃，人们便过度捕捞，让它们雪上加霜，数量骤减。一些非法捕捞者不仅在禁渔期捕鱼，甚至使用炸鱼和毒鱼的残酷灭绝性方法，让塔里木裂腹鱼再次坠入死亡深渊。

等人们意识到塔里木裂腹鱼会消失时，任何一条河流中，都已经没有塔里木裂腹鱼的影子。就连它们最早出现的博斯腾湖，也不见一条。人们摇船在湖中苦苦寻觅，最后无奈地说，没有塔里木裂腹鱼了。塔里木裂腹鱼虽未彻底灭亡，但它们走了，沿着夕光游向遥远的地方，再也不会回到让它们伤心的地方。

但任何事都有意外，有一人忽一日在一条河中，看见一条塔里木裂腹鱼将头微微探出水面，像是要看看水之外的世界。他惊得叫了一声，那条塔里木裂腹鱼倏然一晃，便潜向河底去了。那人了解塔里木裂腹鱼，知道它们好静，平时多贴着河底的沙子，即使有异常，也依然贴地游动。看来这条探出水面的塔里木裂腹鱼，着实有些反常。

那人想悄悄观察河流，以期发现成群的塔里木裂腹鱼。不料几日后昆仑山的积雪融化，雪水让那条河河水骤涨，且一片混沌。雪水会让很多河流变成季节河，夏天积雪融化，河水便上涨，到了秋天气温渐凉，积雪不再融化，河流便变小，有的甚至干涸。那条河也不例外，入秋后一天天变小，到最后便彻底干涸，裸露出让人骇然的河床。那人不但没看到成群的塔里木裂腹鱼，就连那条塔里木裂腹鱼，也终不见踪影。

那人在后来想，那条塔里木裂腹鱼倏忽探出水面，是感知到将有雪水会使河流上涨？如果它们有那样的本事，又能否感知到，那条河不久将彻底干涸？

飞禽的爪子比翅膀有用

胡兀鹫
秃鹫
金雕
百灵鸟
斑鸠
鹰
大鸨
波斑鸨
黑腹沙鸡
白尾麦鸡
燕子

胡兀鹫

因喙下长有一小簇黑毛，看上去像胡子一样，故得名胡兀鹫。

胡兀鹫的别名很多，被人们常叫的有大胡子雕、萨哈勒图－失勒、胡子雕、髭兀鹫、髭鹰、胡秃鹫、胡子鹰等，除了萨哈勒图－失勒一名外，其他的别名都与它们的胡须有关，而萨哈勒图－失勒一名，念起来叽里咕噜，也许是少数民族用语。

十余年前听到人们议论胡兀鹫的胡子，便想，既然胡兀鹫的胡子有文章可做，那么一定是非同一般的胡子。后来见到胡兀鹫，习惯性地往它们嘴下面看，便看到了那一小簇黑毛。倒也不阴森，但是和它们从嘴巴向上延伸，一直到额头的那两溜黑毛搭配在一起，便将两只眼睛淹在里面，就显得阴森多了。更让人恐惧的是，它们张开嘴去叼食物时，那一小簇黑毛便垂直竖立，似乎那不是一小簇黑毛，而是一把刀子。

帕米尔高原有一位柯尔克孜族驯鹰人，有一日见到一只胡兀鹫，总觉得它哪里不对劲，看来看去才发现它嘴下面没有那一小簇黑毛，看上去像是被硬生生扯掉了，隐隐还残留有伤痕。没有那一小簇黑毛的胡兀鹫真是可怜，它从来不往众多胡兀鹫中去，一直孤独地站在岩石上，有鸟儿从附近飞过便扭头去看，直至那鸟儿在天空中变成小黑点才转过头来，一副蔫不拉叽的样子。

初见胡兀鹫，便看出它们是很能飞的禽类。一只胡兀鹫从林中飞出，几乎垂直上升，到了一定的高度后便用翱翔方式飞行，看上去既节省能量又保持体力。胡兀鹫最长能在一天内翱翔十个小时,而且中间从不停歇。有一位牧民在山中放羊,第一天见一只鸟儿在天上飞翔,他想看清它是什么鸟,但它倏忽一闪便已飞远。第二天又见那只鸟儿,但因为它飞得太快,还是没有看清楚。他想该不会是碰到了一只胡兀鹫吧?除了胡兀鹫,还能有什么鸟儿能飞得那么快呢?他隐约记得猎人们说过一句谚语:最厉害的猛禽,总是藏着爪子。只有胡兀鹫才会飞得那样高又那样快,别的鸟儿纵然使出浑身力气也不可同日而语。第三天那只鸟儿又出现了,那牧民已断定它就是一只胡兀鹫,便仰头高喊一声:胡兀鹫!他话音刚落,那只鸟儿在空中一闪便不见了。那牧民嘀咕一声,胡兀鹫真是怪鸟,听不得人叫它们的名字。

那几天的运气好,先是看到了胡兀鹫垂直向上飞翔,很快就消失在了云层中。它们能飞多高?牧民给出的答案让人一惊:胡兀鹫是飞得最高的禽类,有飞行高度达到八千米的本领。八千米高空中的云朵,远看如同移动的蘑菇,临近后便可发现是气流。胡兀鹫飞入气流后随之升高,翱翔到更高更远的地方。它们飞得那么高并无企图,只是有能飞高的本事,如不到达便似乎是浪费。但它们飞得太高亦有弊端,常常在肚子饥饿时,因为看不清地面的动物,不得不又往下飞。熟知胡兀鹫的驯鹰人说,飞得高是一种本事,能吃到地上的食物是另一种本事。如果只知道往高处飞,最后把自己饿死了,那是傻子;如果只知道吃地上的食物,胖得飞不高,那是笨蛋。

第二天在一个草滩中,又看到了贴起而飞的胡兀鹫,它们从高空落下后并不直接落地,而是微微转动尾羽,在离地面很近的高度快速飞行。在这时候才能看清胡兀鹫体形巨大,体长在一米以上,而像扫帚一样的尾羽展开后,则长达三米。它们不论贴起而飞多久都不会停住,而是一定要进入有遮掩的地方,譬如树林、石堆、草丛等,落入或进去时不发出任何动静,让人发现不了一只胡兀鹫已落了下来。有一天我们在林中走动,惊动树上栖息的一只胡兀鹫,它立即起身飞走。我觉得一团阴影倏然闪了过来,便本能地一躲,待定了神去看,胡兀鹫已倏然飞高,地上没有了阴影。

与牧民说起胡兀鹫,他们说,唯一可与胡兀鹫相比的飞禽是秃鹫,但胡兀鹫比秃鹫大出很多。曾有人见一只胡兀鹫和秃鹫在一起，秃鹫的头仅在胡兀鹫的腹部。胡兀鹫一动，秃鹫便惊慌离开，像是害怕被胡兀鹫的爪子踩倒。有一只秃鹫抓到一只兔子，没吃几口便被胡兀鹫发现，当秃鹫发现头顶上有一团阴影覆下，甚至没有抬头看一下便飞离而去。秃鹫知道，有那么大阴影者必是胡兀鹫，它争斗不过，干脆放弃。

胡兀鹫的翅膀在平时显得颇为巨大，让人觉得它们正是因为有那样的翅膀，才会在浩渺辽远的天空中完成绝响般的飞翔。但到了发情期，它们的翅膀却会发出酷似笛哨的声音，无论发出声音者是雄鹫或雌鹫，一旦被异性鹫听到都会追去缠绵。胡兀鹫的交配亦与众不同，常常会有两只雄鸟与一只雌鸟轮流交配。到了秋天，怀孕的雌鹫便在巢穴产卵。雌鹫孵卵期间，两只雄鹫轮流在周围照顾，如侵犯者接近必会受到猛烈攻击。一般情况下，雌鹫会产下两枚卵，孵出的两只雏鹫会相距一周出壳，而且第二只明显比第一只小很多。胡兀鹫会像母狼对待狼崽的优胜劣汰一样，如果食物紧缺，第二只会成为第一只的充饥食物。而造成这一惨剧的原因，仅仅是因为第二只比第一只小，没有抵御能力。两雄一雌三只胡兀鹫对巢穴中的残杀毫无反应，也许保证日后在高空飞翔的前提，就是在出生后进行一次优胜劣汰，强者从那一刻起便心硬如铁，视畏途为无有，而弱者则干脆被吃掉，免得在日后力不从心，有辱灵魂。

有一人曾见过胡兀鹫的巢穴，是一个用细枝堆成的平台，铺有枯草、毛发、毛皮等。胡兀鹫对巢穴极为讲究，会在相距不远的悬崖、岩洞和壁缝中，构筑出四到五个巢穴，在未来的几年时间里间隔使用。可见胡兀鹫是很会计划，且从容不迫实施计划的禽类。

有时候，胡兀鹫与秃鹫结群活动，但胡兀鹫比秃鹫机警，一旦发现病残体弱的旱獭、牛、羊等动物，就会从高空直接扑向目标。对于鼠、鼠兔和小鸟等小型动物，胡兀鹫往往一扑便可获得，然后直接吞食。遇有无法下口的较大动物时，胡兀鹫会俯冲过去将其抓起来，飞到百多米高空，将其投下在岩石上摔死，然后落下吞食。如果连摔多次都不能摔死，便只好放弃。胡兀鹫出没的地方，常见山岩上有动物骨头暴晒，那是胡兀鹫吃完肉后留下的。

在牧场的那几天,我们遇上了得瘟疫的黄羊,牧民把我们挡在霍斯(毡房)里不让迈出一步,后来黄羊群亦感觉到了瘟疫的可怕,成群迁移到一条河对面的草场上去了。牧民说黄羊知道瘟疫蔓延不过河,所以它们在河的另一边放心吃草。而得瘟疫的黄羊却一只只倒下,并很快传来一股难闻的味道。一天早上,一位牧民突然大叫一声:来了。说着往天上一指。大家便都往天上看,就见从云层中落下了几只胡兀鹫,它们喜食腐肉,发现倒下的黄羊尸体后,先翱翔观察,然后便落了下来。但它们并不直接落到黄羊身上,而是先落于一处窥视,确认没有险情后便近前吞吃。一具庞大的黄羊尸体,很快被它们吃得只剩下骨头。牧民说,胡兀鹫如果碰不上尸肉,就会取食腐尸的骨头,将小块的完整吞下,而对不能弄碎的大骨头,亦带至百米高空,向地面坚硬的石头上扔下,将其摔碎后再吃。这种习性与鬣狗食碎骨的习惯很相似,所以胡兀鹫亦被称为"鸟中鬣狗"。胡兀鹫之所以嗜食腐肉,得益于它们格外有力的嘴。很少有动物与胡兀鹫打斗,它们都怕胡兀鹫尖利的喙。无论与胡兀鹫打斗或争食,如果被它一喙啄下便会被撕出一块肉。

一般情况下,它们不和其他猛禽争抢食物,而是等在一边,等它们吃完后才去捡吃剩下的残肉、内脏和骨头,吃完后会将血迹打扫干净。如果饥饿难忍,它们便利用乌鸦、鸢、豺、鬣狗等动物,等它们发现腐尸或捕得猎物后,便飞去夺食。

那几只胡兀鹫吃饱后飞走了,牧民望着它们说,胡兀鹫虽然是猛禽,但也有力有不逮之时。有一只胡兀鹫,在裸露的山顶上潜伏许久,发现山坡上有几只野兔。它已特别饥饿,便盘旋俯冲向其中的一只野兔,但一只大约半岁的小狼突然蹿出,惊扰得那只野兔逃窜而去。胡兀鹫怒了,飞过去用铁钩一般的爪子抓住小狼,飞向高处准备将小狼摔死。小狼性猛,死死咬住胡兀鹫的爪子不放,胡兀鹫疼得在空中忽上忽下,最后因失去平衡,一头从空中栽下。但胡兀鹫并未松开爪子,紧抓着小狼一起掉了下去。

两声惨叫过后,山谷中复归平静。

秃鹫

写了胡兀鹫,不可不写秃鹫。

牧民常说一句话,胡兀鹫猛,秃鹫狠。他们所说是指它们对待猎物时的习性。对人,它们倒构不成威胁。

秃鹫和胡兀鹫不是同类,但常常被人们混淆。区分它们的办法是:胡兀鹫的羽毛又粗又长,一动便抖出一片波纹。而秃鹫的羽毛又细又短,像是紧紧贴在身上似的,即使有风吹到它们身上,羽毛也只是微微波动几下。所以要看清秃鹫和胡兀鹫,从它们的羽毛上就能得到答案。驯鹰人为此还总结出一句话:羽毛长,飞得高,谁也比不了的胡兀鹫;羽毛短,飞得低,除了秃鹫还有谁?

有一年在阿勒泰的那仁牧场,一位牧民说那几天附近出现了秃鹫,大家便一起去看。刚爬到牧场后面的山冈上,便看见一只秃鹫在吃一只病死的黄羊。黄羊在牧民眼里是一身毛病的动物,每年开春青草刚冒出芽,它们便冲进牧场啃吃一番,让牧草的长势受到严重影响。黄羊的毛病还不仅只在于此,它们吃饱后还会在牧场上蹦跳和奔跑,把刚刚啃食过的青草踩倒,甚至踢出土中,让草场再次遭受践踏。黄羊如此作恶多端,似乎是它们生命中最后的疯狂,一旦春天气温升高,它们马上会面临危险,常常被猝不及防的瘟疫袭击,成批倒在牧场上。那天出现在我们面前的那只病死的黄羊,就是得瘟疫而亡后引来了一只秃鹫,正被吃得欢快呢!

我们躲在石头后面悄悄观察了一阵子,发现秃鹫在吃食方面和胡兀鹫极为相似,秃鹫也吃动物尸体,尤其偏好腐烂的动物。那只黄羊太大,那只秃鹫吃不完,便鸣叫着驱赶走盘旋欲落的乌鸦,并唤来周围的秃鹫,落到黄羊身上饱餐了一顿。吃完,它们把碎骨和地上的血迹清理干净,然后才振翅飞离而去。牧民说,秃鹫在这方面是有功劳的,人们都称它们是"草原上的清洁工"。

那几天,接连有几只黄羊得瘟疫倒在了那仁牧场上,牧民怕羊群被传染,便死死把它们关在圈中。一只秃鹫把一只黄羊尸体饱食了一顿,很快便引来一群秃鹫,它们用了一天一夜,将那几只黄羊腐尸吃得干干净净。牧民在事后总结出一句谚语:只要有腐肉,秃鹫不会走。每当有羊染瘟疫而死,牧民便将其扔在山坡上,自有秃鹫会把它们吃掉。

有时候,动物之间有着惊人的相似性。譬如吃掉腐尸,防止瘟疫传播,狼在这方面像秃鹫一样亦是功臣,它们会把得瘟疫而死的黄羊、野猪、鹿和兔子等吃得干干净净,可避免瘟疫在草原上传播。动物得瘟疫而死一般都在春天,此时的狼在牧民心目中是神,他们甚至认为狼是上天派来平衡草原生态的。他们为此总结出的说法是:如果没有狼,瘟疫会将草原毁掉,甚至人也难逃厄运。所以说,狼并非牧民的天敌,他们对狼是既恨又爱,与狼之间的复杂感情久已有之。

后来的一天,我们又看到了秃鹫吃牦牛腐尸。以前没有想过它们的喙会派上什么用场,直到看到它们从容撕扯和啄食尸肉,才知道它们尖利如钩的喙有多么厉害。此前有一人见到这只牦牛毙命后,一只雪豹在跟前忙活半天也撕不开牛皮,气得甩了几下尾巴便离去。一只秃鹫落到牦牛尸体上,一口咬下去,便像刀子一样划开了牛皮。它不吃牛皮,而是把喙伸进尸体的腹腔内,拖出里面的内脏食之。那人发现,那只秃鹫的脖子上长着一圈长毛,它食牦牛尸肉时,那圈羽毛便像人类使用的餐巾,防止血迹弄脏身上的羽毛。那只雪豹并未走远,见秃鹫吃得那般欢实,便复又跑了过来。秃鹫觉察后将脖子一弯,把头藏到了腹下。稍待冷静观察,头一扬迅速飞走。那雪豹看了看牦牛的尸体,发现只有一个小洞,复又失落地离去。

那几天,因为我们来得正是时候,不但看到了秃鹫啄食动物腐尸,而且在后来又发现秃鹫是侦察高手，常常飞到高空观察小型哺乳动物的活动情况。说到哺乳动物，不妨多写几句，小型哺乳动物身单力薄，在大自然中成为弱势一方。它们远不及肉食动物凶悍，在力量和速度方面亦处于弱势。但它们喜欢抱团，在觅食、走动或栖息时，常常聚集成一群，防止天敌偷袭。秃鹫掌握了它们的这一规律后，便盯上那些走散或落后的弱小者，常常在它们孤零零地躺在地上，或独自在草丛中走动时，凌空突然而下。但秃鹫不会直接扑上去，而是飞到低处，察看其腹部是否起伏，眼睛是否在转动。倘若那动物有动静，便断定它是活物而不是死尸。判断完毕，秃鹫会迅速扑抓下去，先是啄瞎对方的眼睛，然后又用爪子将其脖子扭断，之后才开始慢慢吞食。秃鹫如此快速的捕杀方式，只能在较小的动物身上完成，譬如兔子、松鼠、旱獭等等，而它们的大小也刚好够秃鹫吃一顿。吃完后，秃鹫会发挥"草原上的清洁工"的美德，把散乱的羽毛和地上的血处理干净，才会飞离而去。

倘若秃鹫在高空中侦察到的动物没有动静，便断定其为一具死尸。但它们仍犹豫不决，既想马上吞食，又怕受骗遭到暗算。经过又一番观察后，它们向死尸伸出嘴巴，但却将双翅展开，随时准备飞走。如果对方毫无反应，它们会迅速啄一下尸体，马上又跳开。之后，它再次察看尸体，断定其仍然没有动静，便扑到尸体上吞吃起来。

与那仁牧场的牧民聊起秃鹫，他们说秃鹫有时候飞得很高，未必能发现地面上的动物尸体。但其他食尸动物，如乌鸦、豺和鬣狗，则成为秃鹫可利用的目标。有一位牧民的一只羊死了，他忌讳吃死了的羊，便将其扔到山谷中离去。结果那件事遭到众牧民的指责，因为牧区多雨，羊腐烂后被雨水一冲就会成为污染源流入河中，极有可能会污染河流，人和牲畜饮过河水后会被感染。

那牧民被众牧民教训得抬不起头，遂赶往那个山谷去寻找那具羊尸，准备将它埋掉。他进入山谷后发现有几只乌鸦、豺和鬣狗在撕扯那具羊尸，弄得地上一片血迹。他还未走近，就见自山谷顶部降下一片黑影，是一只秃鹫，它发现乌鸦、豺和鬣狗正在撕食尸体，便迅速降落下来将它们驱赶离开，然后开始啄食。

我们快要离开那仁牧场时，从牧民的议论中又听到秃鹫身上的另一奇特之处。他们说秃鹫在争食时，面部和脖子会出现鲜艳的红色，这是在警告其他秃鹫，此地已属它专有，不容许干扰。有一位牧民曾看见，一只秃鹫与另一只秃鹫争食，它们的面部和脖子双双变得鲜红。其中一只招架不住，无可奈何地败下阵，不得不离开已到嘴边的动物尸肉。

因食变色，此为秃鹫身上的一奇。

那位牧民在后来又看到了惊险的一幕，那只失败的秃鹫引来好几只秃鹫，将正在埋头吞食的那只秃鹫围了起来。一只蓄意报复的秃鹫，和另一只得意忘形的秃鹫，注定要挑出事端。那几只秃鹫飞扑过去，就见那只秃鹫双翅乱动，身上的羽毛像飘零的树叶，很快便落了一地。那只秃鹫心烈，等众秃鹫散开，便挣扎爬起欲扑向众秃鹫。众秃鹫亦怒叫，它遂被吓住，才不得不转身离去。

那位牧民看见，离去的那只秃鹫脖子上的红色，迅速暗了下去。

金雕

把一个"金"字用在雕的名字中,并非说它们珍贵难得,而是说它们勇猛敏捷,尤其是在抓捕猎物时。其速度之快,力量之大,获得率之高,犹如飞禽中的"捕快"。

关于金雕,有谚语云:金雕的爪子藏起来,它一定是在看着你;金雕的爪子亮出来,它一定是要抓向你。

金雕是猛禽,不易见到。但有一年有一位朋友说,阿勒泰的青河有一位哈萨克族牧民养了很多只金雕,如果想去看的话他可以带路。我当时听得一愣,金雕是那么厉害的猛禽,养一只或许尚有可能,但是养很多只的可能性有多大呢?朋友说,操那么多的心干什么呢,哪怕只有一只也足够我们看了。于是我们便去看金雕,一路上所谈皆为金雕之事。譬如金雕之所以厉害,是因为拥有一双非凡的爪子。曾有人见过金雕抓一只逃飞到树上的呱呱鸡,因为一爪子抓下去用力过猛,在抓住呱呱鸡的同时,将树干也抓掉了一大块。它们有如此厉害的爪子,但因为被浓密的长毛包着,平时不轻易露出。

后来又说到金雕的别名,分别有鹫雕、金鹫、黑翅雕等,在新疆多生存于昆仑山、天山和阿尔泰山。这三座山是新疆最大的山,加上夹在中间的准噶尔盆地和塔里木盆地,便有了新疆地貌是"三山夹两盆"的说法。尽管如此,也并不是唯新疆有金雕,在青海、甘肃和内蒙古,以及东北三省都有金雕,只不过因为新疆地域辽阔(占中国陆地总面积六分之一),

便显得金雕多一些。

　　一路奔波到了那位哈萨克族牧民的毡房前，前后看过一遍，又将毡房后面的山冈和树林仔细看过，却不见金雕的影子。一问才知道，有关他养金雕的说法都是无中生有的传言，他没有养一只金雕，唯一与金雕有关的是他毡房后面的山冈、树林和草丛中有金雕的巢，人们将此传来传去便传成了他养有很多只雕。既然有雕，是牧民喂养与否已无关紧要，我们看就是了。等了半天，那牧民唤我们从毡房小窗户往外看，金雕出来活动了。细看，金雕体形大，但它们的大在不动时看不出来，只有在铺开双翅时，才可以看到它们双翅之间的长度足有两米，整个身体也有一米的样子。当时是早晨，我发现金雕展开双翅时有一奇，它们站在石头上迎着初升的太阳展开双翅，似乎要让自己的全身被照亮，然后便向远处飞去，开始一天的飞翔和捕食。到了傍晚，它们又对着夕阳将双翅展开一次，似乎像西沉的夕阳一样，在结束一天的飞翔时亦卸下了一天的疲惫。

　　接下来的几天，我们一直躲在毡房中偷窥金雕。金雕不知有人在偷窥它们，便从巢中从容地出出进进，我们在此时看见的金雕都将双翅紧敛，不但看不出它们的翅膀有多长，而且使整个身体也小了很多。那位牧民熟知金雕，他告诉我们，金雕的聪明就在这儿，它们那样紧敛是为了迷惑他者，在它们放松警惕时突然发起攻击。金雕在捕食和打斗时，凶猛不在胡兀鹫和秃鹫之下，深得人们的赞赏。夏天时，它们或单独或双双外出捕食，如果碰到兔子一样的小动物，其中一只捕到，另一只会自觉飞走，它们从不争抢吃食。到了大雪飘飞的冬天，会有五六只金雕结成较小的群体，偶尔也能见到二十只左右的大群聚集，一起去捕捉较大的，譬如黄羊、鹿和狼等猎物。它们善于翱翔和滑翔，一边在高空中盘旋，一边观察地面上的猎物。一旦发现目标，便以从天而降之势垂直扑下，在接近猎物的一瞬戛然止住扇动的翅膀，用两只利爪牢牢地抓住猎物的头部。切不可小看这一抓，它们会猛烈发力，将利爪戳进猎物的头骨，使其很快毙命。它们捕食的猎物有数十种之多，除了雁鸭类和雉鸡类常常丧命于它们的一双利爪外，还有松鼠、狍子、鹿、山羊、狐狸、旱獭、野兔等，也经常成为它们的口中食。

那位牧民说出的都是他亲眼所见的事实,是可信的民间经验。其实金雕在历史上也有不少传奇,譬如人们之所以赞赏金雕,是因为它们被人类驯服,替人类做了不少事情。金雕以勇猛和威武著称,古代巴比伦王国和罗马帝国,都在宫廷中养有金雕,并将金雕作为王权的象征。元代的忽必烈在每年秋高马肥之际,让猎人放金雕捕猎,在草原上掀起人呼鸟兽鸣啸的声浪。时至今日,金雕是科学家的助手,它们被驯养后用于捕捉狼崽,每每从天空直接落下抓起狼崽便飞走,母狼盯着天空中越来越小的黑点,只能发出一长串狂嗥。金雕抓来的狼崽对研究狼起到了不小的作用,但在放飞前要套住它们的利爪,以免它们把狼崽抓死。

金雕的功劳大矣,那位哈萨克族牧民用了一句谚语证明金雕的非同一般:架着金雕出去的猎人,不会空着手回来。他说还有流传于牧区的谚语:金雕哪怕睡觉,也是猎人的眼睛;金雕哪怕只伸一爪子,也能抓回肥大的猎物。那牧民虽然熟悉金雕,但却从不与金雕打照面,他知道金雕的巢离他不远,他毡房后面的山冈上有一棵树,有一个金雕的巢就筑在树上,一抬头就可以看见。问他金雕的巢里面是什么样子,他反问我,你想知道的是金雕的哪一种巢?听他的意思,金雕好像有很多巢,于是便赶紧请教,他说金雕的巢大多在树上,但有时也筑巢于悬崖峭壁、凹处石沿、侵蚀裂缝、浅洞等处,巢内铺垫细枝、松针、草茎、毛皮等物,上方多有凸起的岩石,用以遮雨。它们并不是只有一个巢,常常会筑出备巢以防万一,备巢最多时可以达到十余个,不管所有的巢用或不用,每年都要修补一次。被沿用多年的巢,因不断修补则变得越来越大,最大的"巨巢"悬于大树顶部,看上去像一座房子。

也许是那位牧民从未干扰金雕,所以他与金雕和平相处,相安无事。有一年那牧民看到了金雕极为残忍的一幕:幼雕孵出后,如果巢中食物不足,先孵出的幼雕会吃掉后孵出者的羽毛。如果长时间缺食,幼雕便难免相残,此时的母雕亦显得颇为残忍,它们会把最小的幼雕啄死,让其他幼雕吃掉。

那牧民说，金雕之举虽然残忍，但在雕界却很正常。很多年前，人们就开始驯服胡兀鹫、秃鹫和金雕，本来人们把希望寄托在庞大的胡兀鹫和秃鹫身上，但它们心性刚烈，宁死也不愿被驯服。最后，只有金雕被驯服成功。但金雕的成活率很低，而且还要经常防备他者的伤害，当然为了活下去，也经常以夺他者性命的方式饱自己口腹，包括出生不久后对亲兄妹们的残害。活下来的金雕少之又少，却再也不会受到生命威胁，个个都以顽强勇敢著称，尤其是它们的爪子粗壮而锐利，可深深抓进猎物的要害部位。但抓仅仅是第一步，它们很快便撕裂猎物的皮肉，扯破血管，甚至扭断猎物的脖子。它们的翅膀亦是有力武器，有时一翅扇将过去，便将猎物击倒在地。经过训练的金雕，可长时间追逐狼，直至狼的肺部被挣裂后瘫倒下去，金雕一爪抓住狼的脖颈，使狼无力反抗。它们还会用爪子抓瞎狼的眼睛，让狼失去判断力，被它们用双爪撕碎。那位牧民亲眼看见一只金雕凭此本领，抓了十四只狼。它抓到最后已经有了丰富的经验，一只狼发现它无比凶猛，便准备以快速奔跑的优势逃离。金雕看出了它的意图，从空中像利箭一样扑到狼头上空，用利爪噗嗤噗嗤两声抓瞎了狼的双眼，然后又在狼的屁股上抓了一爪子。那只狼的双眼已瞎，一头向前撞到一块石头上，头颅立刻溅出一股鲜血，身子一软倒了下去。

不论金雕的猎捕多么腥风血雨，牧民都不去看热闹。他知道金雕不会害他的羊，金雕的捕食大多在天空中，且能随心所欲地完成。有一天他看见一只金雕从地面冲上天空，去捕食一只飞过的野鸡。那只金雕冲上天空的速度非常快，以至于飞到野鸡腹下时，野鸡都没有反应。金雕不会放过机会，它突然仰身腹部朝天，用利爪猛击野鸡。野鸡受伤后凌空落下，摔死在石堆中。在空中袭击猎物，致其从高空掉下摔死，是胡兀鹫、秃鹫和金雕等禽类的拿手好戏。每每在空中上演那一幕，便犹如一位卓越的飞行家在表演。

寸有所长，尺有所短，那牧民在后来发现，金雕的运载能力却很差，能抓起的东西不足一公斤。它们扬长避短，捕到大猎物后，迅速在地面上将其肢解，先吃掉好肉和心、肝、肺等内脏部分，然后再将剩下的分成数块,分批带回栖息地。

无独有偶,在吉木乃的萨吾尔牧场,我曾见到一位哈萨克族猎人,他的金雕除了狩猎外,还可看护羊圈。某一日,一群狼悄悄接近羊圈,见周围没有牧民,便蹿向圈门,欲大肆吞吃一顿羊。但它们没有想到,牧民不在而金雕在,就听得不远处的石头房子上一声嘶鸣,一只金雕呼啸而来,一爪子抓翻了跑在前面的那只狼。狼群惧怕金雕,乱嗥几声转身离去。

金雕的故事多矣,前几日偶看闲书,读到一位女鸟类学家的非凡经历。她在某一日发现一个金雕巢后,欲接近观察,但她的行为对金雕而言是冒犯,金雕尖叫着向她俯冲,她只好放弃计划。她在金雕巢对面的悬崖上建起观察点,发现巢中有两只幼雕,金雕每天都要飞出很远为它们寻食。久而久之,金雕就不再注意她。有一天,她换了一顶帽子,没想到此举招来金雕的攻击。她复又换上原来的帽子,金雕才安然飞去。金雕的这一举动启发了她,她做出一个假人,并为它穿上一身跟自己不同的衣服。她把假人背在背上走出来。金雕迅速飞来抓起假人,飞到离巢不远的一片空地上,丢下假人便飞走了。原来,这片空地是金雕的"粮库",那里贮存着它没吃完的动物尸骨,它把"假人"储存起来,要作为来日的食物。小雕慢慢长大,一天,一只不安分的小雕走出巢,一失足跌到巢下的山坡上。女鸟类学家前去搭救,捕食归来的金雕见状尾随而来,它看见女鸟类学家怀中抱着它的爱子,并未发起攻击。待女鸟类学家把小金雕放回巢中,悄然离去后,金雕才迫不及待地落回巢中。

前不久听到一事,新疆某一地的机场因为靠近森林,常有狐狸、兔子和松鼠等窜入机场,影响飞机的起落。有一位牧民听说后说,不算什么事,放一只金雕就把事情解决了。机场的人用一只金雕一试,果然有效,从此便再也没有狐狸、兔子和松鼠等窜入机场。不但如此,因为那只金雕每天都飞来飞去,机场附近森林里的大小动物,因为怕它尖利的爪子,都去了别处,机场从此再无隐患。

百灵鸟

出了布尔津县城不远,就到了一个叫冲乎尔的地方,那里有一个草场,叫冲乎尔草场。有一年我们去冲乎尔草场玩,碰到一只鸟儿奄奄一息,发出乞求般的鸣叫。大家一番检查,发现它身上被骆驼刺划伤了,于是便给它包扎,又给它喂水喂食。第二天它便叫声欢快,且扇动翅膀做出随时要飞走的样子。是鸟就得让它飞,于是大家将它送到冲乎尔草场上,轻抚一下,说飞吧小鸟,它便扇起翅膀飞了起来。但是它飞起后却让大家吃惊不小,它几乎垂直向天上飞去,且很快便直上云霄消失不见了。我们惊得愣神半天,乖乖,我们救下的是一只什么鸟,飞起来居然像火箭一样直入云霄?

后得知,那是百灵鸟。

自此便对百灵鸟留下深刻印象,亦知道百灵鸟是笼统的说法,细分则有沙百灵、云雀、角百灵、小沙百灵、斑百灵、歌百灵和蒙古百灵等多种。在广袤无垠的大草原上,或茫茫无际的苍穹之下,百灵鸟常常鸣唱出连音乐家都难以谱成的美妙乐曲。但因为它们飞得很高,所以人们通常只闻其声,难见其踪。懂百灵鸟的人只要听到其叫声,便只是安静地听,从不抬头去看。

看来,无论是哪一种百灵鸟,都是鸟中"歌手"的说法,是对的。

冲乎尔草场比起草原,虽然小了一些,但仍然宽阔,尤其是绿色草地从眼前一直铺向远处,让人觉得它就是草原。我们救过那只百灵鸟后的一天，有人带来话说，这几天冲乎尔草场上有很多百灵鸟，叫得可欢呢！这个消息让大家很兴奋，百灵鸟虽然是鸟中"歌手"，但它们却很少露面，能见一面着实不易，既然它们成群出现了，不可不看，赶紧走吧！

到了冲乎尔草场，却被告知我们去晚了，百灵鸟刚才都飞走了。它们中的最后一只飞走时，受一只乌鸦惊扰，便倏然直上云霄。有一人抬头去看，早已不见百灵鸟的影子，就连那只乌鸦也疑惑地发出怪叫。后来，从空中传来百灵鸟的鸣叫，那人复又仰头去看，仍不见它的影子，他疑惑百灵鸟在云端唱歌，它看得见地上的人，地上的人却看不见它。那人准备离去，突然百灵鸟的歌声中止，然后就听得有什么骤然垂直下落，在空中划出一阵闷响。他忙抬头看，是那只百灵鸟从空中落了下来。他颇为诧异，它如此垂直落下来，岂不是会被摔死？但他的担心是多余的，那百灵鸟待接近地面时便又飞起，又重新唱起歌来。那人惊异。百灵鸟不但声音多变，连飞翔也如此灵活，真是鸟中精灵。

我们在冲乎尔草场上闲逛，却意外发现了百灵鸟的巢。它们虽然是苍穹中的歌者，但巢却筑在地面草丛中，由草叶和细蒿秆等构成，整个巢看上去呈杯子状，让人觉得它们进去出来真是不易。更让我们意外的是居然碰到了它们的蛋，每窝产蛋为五枚左右。它们的蛋很好看，底色棕白，上面散缀淡褐色的斑点，接近钝端有一个暗褐色的圆圈。同行者中有一人熟知百灵鸟，他告诉大家，百灵鸟大约经过十五天孵化，雏鸟才会破壳而出。刚出壳的雏鸟赤身裸体，只在一些部位长有绒羽，七天后才睁开双眼，审视它们美丽的家园。草原上的各种草籽、嫩叶、浆果以及昆虫，为百灵雏鸟提供了取之不尽的食物，它们出生后不久就会自行觅食。

我们在那几天的运气不错，先后看见了大批的百灵鸟，慢慢地便能分清百灵鸟中的云雀、角百灵和凤头百灵。冲乎尔草场仅为世界微乎其微的一隅，能见到这三种百灵鸟实属不易。有幸于此，我们还看到，百灵鸟中尤以云雀飞得最高，歌百灵的声音最好听。前面的那人见到的善于飞翔的百灵，则是沙百灵，几乎从不露面，那人能看见算是运气好。

任何一种事物，看得久了便就看出了名堂。云雀擅飞，它们飞到一定高度时，稍稍浮翔，又疾飞而上，直入云霄，故得"云雀"一名。所有的云雀都有高昂悦耳的声音，它们在高空中飞翔时发出鸣叫，细听便可分辨出是持续的成串颤音及颤鸣。它们向同类或入侵者发出警告时，会发出多变的吱吱声。云雀在求爱的时候，雄鸟会唱着动听的歌曲，在空中飞翔，或者响亮地拍动翅膀，以吸引雌鸟的注意。

角百灵则生性怪异，它们很少飞翔，似乎长了一对翅膀纯属多余，时间长了便没有人知道它们长着怎样的翅膀。它们不但很少飞翔，而且从不露面，常常站在高处的岩石或树枝上，窥探周围的动静，似乎随时准备逃走。实在不行需要行走，它们也不光明正大地走动，而是悄悄在地上奔跑，样子极为诡异。人们不喜欢角百灵，有人说它们也会唱歌，马上遭到众人的反对，它们那么不喜庆，能唱出什么好听的歌，可别一张嘴唱得比哭还难听。

最可爱的是凤头百灵，它们头顶有一簇黑色长羽构成的羽冠，风一吹便波动得颇为好看，故而得了"凤头百灵"一名。有一人在草原上见到几只凤头百灵，它们旁若无人地觅食，他离它们远时，它们不慌不忙；他走得近了，它们向他点几下头，从容转身飞走。凤头百灵鸣叫的声音也颇为好听，它们鸣叫时摇头晃脑，头顶的羽冠随之摆动，平添几分美感。但它们每次却不多唱，只唱一会儿便赶紧打住，或去觅食，或飞入天空中去。

第二天，一位牧民的儿子骑马来通知我们，又有百灵鸟叫了，赶紧去听。他为了防止马蹄声惊扰百灵鸟，便牵着马带我们去了草场。进入草场，正是百灵鸟叫得欢的时候，而且听得出它们的叫声接近吟唱，好听是好听，但听得时间长了，便又觉得那里面包含着什么意思，尤其是其鸣啭、缠绵和悠忽的音调，像是一种倾诉，又像是一种急切的交流。当时正是三月末，突然想起那个季节正是它们发情的时候，那样一想就觉得眼前的情景没有哪里不对，叫得欢的都是雄百灵，它们先在地面上鸣叫，雌鸟闻之而动，然后一起凌空直上，在数十米的空中悬飞。我们以为它们已经配对成功，但旁边的牧民说，百灵鸟并不是唱着歌谈恋爱的鸟儿，它们这时候的鸣叫虽然婉转动听，但仅仅只是唱歌而已，还不是在谈恋爱。那天有一位喜欢百灵鸟的牧民在场，他没事便观察它们，慢慢便看出了百灵鸟谈恋爱的门道。一只雄鸟仅凭鸣叫并不能打动雌鸟，在发情前，它会用树枝搭建一间精致的巢穴，周围铺上蜗牛壳、羽毛、花朵或真菌类植物，去吸引雌鸟。而且那些饰物的颜色，与雌鸟的羽毛颜色相近。巢穴完工后，雄鸟便吸引雌鸟前去参观。雌鸟被那个巢穴打动,遂与雄鸟交配。此时的它们，像是关闭了喉咙的开关，不发出任何声响。让那牧民吃惊的是，雌鸟交配后却并不留恋雄鸟的巢，而是另搭建一个巢，且不用雄鸟帮忙。幼鸟出生后，雄鸟才会将雌鸟和幼鸟一起带到原先那个巢穴，然后衔装饰物向雌鸟翩翩起舞，讨它的欢心。

我们在后来又发现，百灵鸟除了唱歌，亦有高超的效鸣本领，会模仿燕子、黄莺、麻雀、画眉和黄雀的鸣叫，还会学母鸡的咯咯声、鸭子的嘎嘎声、猫的喵喵声、狗的汪汪声，甚至还会学婴儿的啼哭声。它们因为拥有如此的本领，常常独自玩得很嗨，譬如它们能把各种动物的叫声连在一起，不停地混合着鸣唱，仿佛是一支林中交响曲。它们的这种技能，随着年龄增加会日臻完善，七八岁的百灵鸟会因为天气变化而鸣叫，尤其是在阳光明媚、春风荡漾的春天，它们经常模仿多种动物鸣唱，似乎在为春天的到来致辞。

有一位牧民在放牧之余养鸡，时有百灵鸟飞到附近观看，那牧民起初以为它们会祸害鸡，但日子久了并未发生意外，那人遂放下心来。后来发生了让那人惊讶的事情——忽一日，一只百灵鸟居然学鸡叫，有雄鸡的喔喔啼叫声，母鸡叫唤小鸡的咕咕声，小鸡找不到母鸡的吱吱声，母鸡产蛋时的咯咯声。小鸡们听到百灵鸟的效鸣声，以为是母鸡在唤它们，便向百灵鸟走去。百灵鸟站在小鸡跟前如同在领唱，小鸡们应和着鸣叫，犹如在表演一个欢乐"乐章"。

百灵鸟既是"歌手"，又是"舞蹈家"。如果天气好，它们便不仅仅是歌唱，时常还会张开翅膀，伴着自己的歌声跳起各种舞蹈。它们展翅、扭转、跳跃，极具动感，直至满意地舞完一曲，才会一一飞走。在喀拉峻草原，有一人在一个黄昏，见几只百灵鸟并不急于归巢，而是聚拢在一起，其中一只鸣叫一声,另外几只便应声附和,并开始跳起了舞。那一刻的喀拉峻草原,夕阳如同要在落山前燃烧尽最后的余晖,从山巅漾起一层浓烈的晕色,然后一点一点落入了山后面。夕阳如坠,而对着夕阳跳舞的那几只百灵鸟,像是亦完成了对夕阳的送别,在完成最后一个姿势后,将双翅收起,才心满意足地离去。

我离开后听到一个说法,说百灵鸟好听的鸣叫声亦给它们带来了噩运,曾有一段时间,在北方它们被作为宠物笼养,一些人在它们的繁殖季节,潜入草原大量捕获幼鸟,然后运往外地销售。那些可怜的幼鸟,尚未饮下晶莹的草原晨露,更没有来得及放声歌唱,就被关入囚笼,常常死于非命。

斑鸠

现如今的斑鸠,看上去很可爱,尤其是一身灰色的羽毛,以及那双颇为传神的眸子,看上去极为温顺,是不惹是生非的鸟儿。

但在古代,斑鸠却被说成是奇鸟。晋人张华等人撰写的《博物志》中记有一事:越地深山中的鸠鸟,穿通大树做出的巢,像一个器皿。不仅如此,它们还在周围用白色涂饰,红白两色相间隔,图案跟箭靶一样。伐木的人见到这种树,就避开它走了。有时天黑看不见鸠鸟,鸠鸟也知道人看不见它,便叫唤说:"咄,咄,上去!"第二天就应该赶快到上面去伐木。它叫唤说:"咄,咄,下去!"第二天就应该赶快到下面去伐木。如果它不叫唤,只是笑个不停,人就要停止伐木。若是有污秽不干净,以及它叫停止伐木时,就会有老虎通宵来看守,伐木的人不离开,老虎就会伤害他。这种鸟,在白天看它的形状,是一只鸟;夜晚听它的叫声,也是一只鸟。间或有喜欢看热闹的,它就变成人形,长三尺,到水涧中去捕捉螃蟹,放在火上烧烤,人们不可以去侵犯它。张华考证,越地的人说这种鸟是越地巫祝的祖先。

古代的斑鸠,是否如上面所说那样离奇,今人已无法考证。也许此一类文章,看个热闹即可,是不必细究的。

如今的斑鸠,别称有麒麟鸠、雉鸠、麒麟斑、花翼等。

关于斑鸠,常说的话题有两个,一个是斑鸠吃东西,另一个是人吃斑鸠。斑鸠是为了生存而去寻找吃的东西,所以就必须去挣扎和努力;人吃斑鸠是为了享受，但必须先进行一番猎捕，才能使一只斑鸠被烹饪后端上饭桌。无论是斑鸠吃东西还是人吃斑鸠，既然能成为人们经常谈论的话题，那么必然就会包含着层出不穷的传奇。

先细说斑鸠吃东西。

它们主要吃各种植物的果实、种子、草籽、嫩叶、幼芽，也吃农作物，如稻谷、玉米、高粱、小米、黄豆、绿豆、油菜籽等，有时还吃鳞翅目幼虫、甲虫等昆虫。它们的头小，因此嘴便也显得小，人们很难见到它们啄食时的样子。但它们啄食的速度很快，尤其是啄食谷物种子时，头一闪将其叼入嘴里，如果没有注意看，便很难发现它们的动作。

它们觅食多在三个地方：林下、地上，以及林缘地带。林下是指树下，那里在秋末是天赐的"粮仓"，树上的果实纷纷而落，有时候甚至会在地上铺上厚厚一层。这是一个让斑鸠们增肥的季节，它们往往毫无节制地吃，导致大雪纷飞的冬天来临时，它们已一身赘肉，以至于连飞翔也变得困难。但增肥有利于过冬，在整个寒冷的冬天里，它们因为充足的脂肪和热量，反而比别的鸟儿要容易抗寒。万物规律，皆有天数。也许上帝在冥冥之间早已将一切安排妥当，譬如斑鸠的贪食，有失必有得，有苦必有乐。

斑鸠在地上觅食，主要是吃各种庄稼的种子，或者庄稼成熟后结出的粮食。但这一种觅食却必须偷偷进行，在人们放松警惕时，进入庄稼地疯狂偷窃一次。因为是偷食人的庄稼，便常常会遇上危险，譬如被下毒、陷入捕兽器，或被枪击，轻则受伤，重则丧命。但斑鸠久已养成偷食的习惯，哪怕曾经与死亡擦肩而过，但再次见到粮食仍然会铤而走险，为了一口吃食把生命冒险推向极致。

至于斑鸠在林缘地带觅食，主要是吃草籽、嫩叶和幼芽，此时的觅食是安全的，它们悠闲地落在树枝上，把嫩叶和幼芽吞入嘴里咀嚼。虽说斑鸠在这个季节如此觅食对树有害，但它们却不会大规模地啃食，在每一棵树上啃食一两根嫩叶，然后就会转移向别处。

说起来，斑鸠是最接近人的鸟类，当林中食物被吃完，它们便悄悄接近开阔农耕区、村庄及房前屋后，或小沟渠附近，取食地面谷物。它们觅食时十分活跃,常以小步迅速前进,边走边觅食。地面上可食的东西不少,它们因此迎来觅食的黄金季节,终日饱食,过得无忧无虑。

有一人见两只斑鸠在草地上觅食,其中一只被捕兽器夹住爪子,另一只惊飞后数次飞回原处,不停地盘旋鸣叫。它两翅鼓动频繁,滑翔接近那只斑鸠,但那只斑鸠已被死死夹住,它几次都无法救下那只斑鸠。过了一会儿,它飞到树上,然后低飞到了那只斑鸠跟前,一头将那只斑鸠撞得脱出夹子。它们低沉鸣叫几声后,一起飞走。

到了大雪飘飞的冬天,斑鸠就可怜了。庄稼已被人们悉数收尽,各种植物果实亦少之又少,它们把久久寻觅终无收获的头颅抬起,茫然地望向远处。远处已一片白茫茫,想必那里亦无一粒可食之物,它们便无奈地向别处飞去。

老天爷在冬天撒下了饥饿大网,它们无力冲破,只能到处碰运气。有一位牧民在雪野中放羊,羊群在积雪中找不到枯草,便咩咩哀叫。那牧民哀叹,我的羊啊,可怜得像斑鸠一样,找不到一口能吃的东西。但斑鸠的运气不错,乌鸦吃掉樟树籽后,将硬籽核吐出,硬籽核便成为斑鸠的食物。

熬过寒冬,便到了幼斑鸠出生的季节,雌雄斑鸠轮流孵卵,在此期间它们甚为警觉,有人或动物在巢下走动或停留,它们便屏息挨着,无论怎样都不离巢飞走。如果幼斑鸠没有食物吃,雌雄斑鸠便从嗉囊中吐出半消化乳状食物,喂入幼斑鸠口中。这种取食方式被称为"鸽乳",在斑鸠身上常常可见到。俟到幼斑鸠长大,雌雄斑鸠便弃它们而去,让它们在大自然中自食其力,能活便活出斑鸠的优雅,活不了便悄无声息地死去,不在这个世界留下一声凄楚的惨叫。

因为斑鸠敢于接近人,所以常常被人们果腹。

于是就说到人吃斑鸠。

斑鸠白天觅食,但到了晚上有一个习惯,即上树消化。它们落脚的树林,视野一定要开阔,以备第一时间发现天敌。猎人掌握了斑鸠的这一习性,知道落在树上的斑鸠被树枝遮挡,不利于射击,便提前设置好角度,等待它们发出声音后确定准确位置。但斑鸠性情稳重,如果没有惊扰,它们可以在树上待数小时不动，这就需要猎人耐心等待。猎捕斑鸠，或许比的就是谁有耐心，耐心好者，必把对方熬倒。

斑鸠终究熬不过人，它们在树枝上站得久了也会累，或者肚子饿了，便四下观察一番，在树枝上开始走动。它们的走动拖泥带水，不停地带出拍翅声。猎人循着声响确定它们的位置，便瞄准它们稳稳击落。

关于人吃斑鸠，还得说到冬天，下雪天会使斑鸠的视力变弱，隐蔽意识也随之减弱。它们下地觅食的时间少，待在树上的时间多。猎人有时懒得和它们比耐心，便在树下故意弄出声响，斑鸠便在树上惶恐乱窜，很快就又被猎人确定准确位置。枪响过后，它们便成为猎人微笑着抓在手中的猎物。不仅如此，它们在冬天还有一个致命的弱点，肚子一饿便乱叫。这一叫就麻烦了，很快就暴露在猎人的枪口之下。

斑鸠并非温顺的小鸟，它们虽然经常丧命于猎人的枪口下，但偶尔也会制造出惊人的奇事。有一个猎人，一晚上未猎得一只斑鸠，他生气地诅咒了几句，怏怏然提着猎枪返回。半夜，他家屋顶上突然响起一片鸟儿的厉嚎。是斑鸠的声音，那猎人听得胆战心惊，似乎有一只看不清的黑色大手，要伸入屋内一把将他拽走。他不敢出去，挨了一个多小时，那叫声才弱了下去。

此事迅速传开，但斑鸠为何会那样嚎叫，却没有人能说清楚。

鹰

　　小鹰被孵出后，母鹰会逐渐减少它们的食物，小鹰因饥饿难耐，便把兄弟姐妹撕得血淋淋的，然后囫囵入腹。母鹰和父鹰并不为丧子而伤心，反而在一旁鼓励强者。母鹰和父鹰这样做的目的有两个。其一，优胜劣汰，因为只有强者才可以在恶劣的大自然中生存下去；其二，让小鹰从小就明白弱肉强食的生存法则，若不心狠残忍，便无生存机会。

　　小鹰出生六七天后，母鹰为了防止它们依赖爬行，会对它们进行残酷的训练，让它们练习飞翔，而不是爬行，因为爬行对于鹰来说是耻辱的，而飞翔则是高贵和勇敢的象征。等到小鹰能飞起，母鹰会把它们翅膀中的骨骼折断，然后从高处向下推去。小鹰虽然骨骼剧痛，但它们必须挣扎着飞翔，否则就会被摔死。挣扎使它们的翅膀得到供血，在短时间内振翅飞向岩石。原来，母鹰之所以折断幼鹰翅膀中的骨骼，是让鹰翅膀中的骨骼再生。有很多幼鹰在骨骼被折断后没有挣扎着飞翔起来，坠落到山谷中摔死。

　　大多数人以为，小鹰出生后应该由母鹰喂养，但事实并非如此。它们刚出生没几天，母鹰就会给它们断食，不让它们在它温暖的怀抱里睡觉。它们被饿晕了，脑袋耷拉着，浑身没有力气，就连眼睛也好像睁不开。但母鹰仍不可怜它们，不给它们吃的，似乎对小鹰濒危的生命毫不担忧。小鹰终于被饿得不行了，脑袋一点一点地低下，似乎低到低处便再也抬不起来，要一命呜呼。但就在低到半截时，它们突然"呼"的一声把脑袋抬了起来，睁大了布满血丝的双眼，发出一声声嘶鸣。

鹰在绝望中发出的嘶鸣极具震撼力，那种尖厉、刚烈和脆烈之音，似乎是从它们喉咙中飞出的一把把利刃，闪着夺目之光刺向目标。母鹰听到小鹰的嘶鸣，从巢中一跃而起，马上给它们吃的东西。它知道，小鹰没有在绝望中倒下，在以后的任何苦难中便都不会倒下。

鹰是食肉动物，但它们对捕食的要求很高，往往对善于奔跑的小动物，如兔子、野鸡、松鼠等感兴趣。其实，鹰的兴趣在于和它们斗智斗勇。当鹰看中一只猎物后，会想办法让它们发现自己，继而展开一场逃和追、躲和捕、藏和找的角逐。最后，鹰会用利爪将猎物死死地按倒在地，用尖喙啄碎它们的脑袋。当然，鹰还喜欢把智商更高的小动物作为捕猎对象，如狐狸、鱼等。狐狸很狡猾，但不论它们在草地中逃避或在树林中躲藏，鹰都在空中看得一清二楚，最终等待它们的都是鹰的那双利爪。鱼发现自己被鹰盯上后，会往石缝里钻，但已经晚了，鹰的影子在水面上一闪，已把利爪抓入它们的身体，把它们从水中提了出来。鹰抓着鱼飞走，水面上只留下一圈圈涟漪，在不停地扩散开，又聚拢来……

鹰的生存中充满很多游戏规则，经常对捕获的猎物抓而又放，放而又抓，一直将它们折腾到筋疲力尽。鹰有时会毫无惧色地飞向比它大数倍的动物，追逐和吓唬它们，并由此验证自己的胆量。鹰还会兴奋地飞到空中追逐飞行的昆虫，学习它们的灵活方法。天气好的时候，鹰会在天空中展翅翱翔，其速度疾如飞箭，令人惊叹。

鹰经常会摆出一些恐怖的动作，以恐吓他者，捍卫自己的利益。一般情况下，它会竖起头和颈部羽毛，然后张开双翼，作欲扑抓之状。鹰有时微微张开双翼，双爪向前，似乎要马上扑向对方，让对方不得不对它们警觉。鹰的恐吓更多的是在飞行中进行，有天敌入侵自己的领地时，它们便大声嘶鸣，似乎在呼唤更多的鹰来围歼入侵者，直到天敌被吓得飞离而去。

很多动物都是独居者，鹰也不例外。它们不合群，没有人见过一群鹰在天空中飞翔。鹰总是独自在天空中飞翔，但它们内心并不孤独，就连在空中飞翔也经过精心准备。如果天气不好，或地上有机械物跑动，它们是不会飞出来的。它们飞翔时如果遇到树林或山谷，便让自己的身子垂直上升，并尽快飞离。在宽阔地带，鹰会飞得慢一些，似乎在享受辽远天空和开阔大地的空旷。遇到悬崖时，它们会从崖底垂直向上飞，最后稳稳落在崖顶的石头或树上。有时候，它们也从崖顶垂直向下飞翔，看见这一幕的人以为鹰要掉下悬崖摔死，但它们快要落到悬崖底时嘶鸣一声，又飞了上去。鹰就那样玩着自己喜欢的游戏，从不加入别的动物中。

人看不到鹰的具体生活，它们喜欢待在山林里或岩缝中，不管外面如何热闹，从不向外张望。一只鹰如果栖息在一棵树上，它便时刻保持警惕，以防自己受到侵害。如果有动物接近，它们便迅速飞入浩渺的天空。因为它们栖息的大树往往都长在高山崖壁上，没有什么可以轻易接近。至于它们的巢，就更神秘了，往往在悬崖的凹缝中。每天出去时，它们在巢边一飞而起，不费什么工夫，但傍晚回来时却颇为费事，它们在离巢不远处就得认准巢所在的地方，才能准确无误地飞入巢中，否则会因为在巢边站立不稳而掉入悬崖。当然，鹰之所以把悬崖上的凹缝选择为巢穴，是因为从远处一飞落入巢中时无比舒服。

鹰对天气的要求颇高，它们飞翔或外出捕食，必选阳光明媚的日子，在刮风下雨的天气里，谁也不会看到天空中有鹰。鹰十分珍爱自己的羽毛，从不让羽毛被雨淋湿或落上雪花。如果遇上下雨天或下雪天，它们宁愿饿肚子，也不让自己的羽毛遭罪。外出捕食时，如果身上发现掉了羽毛，就会放弃捕食，把自己的羽毛叼回巢中。鹰活着的时候，绝不容许自己的羽毛遗失。

鹰对死亡决绝的态度同样令人惊叹。鹰不会等死，当它感到自己快不行了时，就会飞到悬崖中，一头在岩壁上撞死。悬崖深不见底，谁也不会见到鹰的尸骨。而鹰也不会让自己死后，尸体腐烂变得臭气熏天，羽毛被风刮得乱飞，它们选择悬崖殒命的原因正在于此。鹰还会选择大河结束生命，同样在感到自己快不行了时，它们会飞到一条大江或大河上空，选择一个水流湍急的地方，一头扎进去。那是它们生命中的最后一次飞翔，湍急的水流顷刻间便吞没它们的身影，而这正是鹰所想要的，它们要让自己死得不留任何痕迹。

鹰的寿命与其他鸟类相比可谓最长，它们可以活到七十岁。而要维持如此长的寿命，它们却必须在四十岁时做出一个重要的决定。这个决定是无比痛苦的，但却可以让它的生命获得新生。原来，鹰在高空飞翔，在荒野中抓捕猎物到四十岁左右时，它们的双爪便开始老化，不能像以前那样伸展自如地捕抓猎物。它们的喙上也会结上一层又长又弯的茧，一动便可碰到胸膛，对进食阻碍很大。最让它们痛心的是，双翅上的羽毛厚厚地堆积在一起，使它们不能像以往一样轻盈地飞翔。这时候，它们面临着艰难的选择：要么等死，要么经过一个非常痛苦的过程让生命新生。鹰都会选择后者。它们经过细心观察，会选择一个除了自己之外，任何鸟兽都上不去的陡峭悬崖，然后用一百五十天左右的时间让自己新生。首先，它们会在飞翔中突然撞向悬崖，把结茧的喙狠狠磕在岩石上。它们会用很大的力气，一下子便把老化的喙磕掉。它们满嘴流着血飞回洞穴，忍着剧痛等待新的喙长出。

熬过漫长的等待，新喙终于长了出来，它们便进行生命的第二次更新，用新喙把双爪上的老趾甲一个个拔掉。那又是一次血淋淋的疼痛。不久，新的趾甲便会长出，它们紧接着进行生命更新的第三道工序，用新的趾甲把旧的羽毛扯掉，再等五个月，新的羽毛又长出来了。经过这一系列疼痛的更新，鹰才可以再次在蓝天上飞翔，并得以再度过三十年左右的生命岁月。

它们的这一系列生命更新充满危险，极有可能会被疼死和饿死，但它们勇于向自己挑战，勇于让自己在死亡边缘获得再生。

鹰可以为自己的生命去挑战，但同样也很珍惜自己的生活。当它们在外一天回到巢中，将头弯曲靠到肩上，用一只脚站立，而另一只脚则缩回羽毛中取暖。整整一夜，鹰用这种"金鸡独立"的姿势休息。清晨，鹰用嘴把羽毛梳理整齐，然后把在一夜中留下的粪便、吐出的食丸等一一清除出去。忙完这些，巢外已旭日东升，它们活动一下双翅，便振翅飞向蓝天。

鹰的一天又开始了。

大鸨

几年前，我们前往赛里木湖，快到达湖边时，见四周的山势变得平缓低矮，那积雪的冰峰像是畏怯蔚蓝的赛里木湖似的，已站在远处不再向前延续。低矮的山多呈圆形，有淡淡的绿色覆盖其上，想必是草长得不易，只是浅浅的一层。但山下却是绿色的草场，有牛羊在悠闲地吃草。新疆常常可见到这样的情景，离湖泊或河流近的地方便长草，情况好一点还会延伸出一片草场。我们的车子正在迅疾而行，突然看见车窗外的草场上有一只鸟在奔跑，从身体形状上看，几近于在电视中看过的大鸨。而且它的速度很快，将尾部的羽毛竖起，用两只爪子向前奔跑而去。那片草场不大，它很快就跑了出去，然后将尾部羽毛敛起，飞入了浩渺的云雾中。大家感叹它真是奇怪，遇上草场必须先跑出去才飞，但它为什么那样，却无一人能说得清原因。

当时有一人在车内用手机拍了那鸟，上网一查才知，那鸟叫大鸨。又查，得知赛里木湖一带水草丰美，适合大鸨生存，但因为旅游让这一带人多为患，加之又有一条通往伊犁的高速公路从湖边穿行而过，所以大鸨的数量并不是很多。大家猜测，刚才看到的大鸨在草场上先跑后飞的情景，可能亦与旅游和高速公路有关，其行动便变得紧张而慌乱。

用手机拍了大鸨的那位朋友喜欢研究鸟，从赛里木湖回去后，弄清楚了大鸨的习性，尤其是大鸨快速奔跑的原因，并将一段总结的文字发给了我：大鸨往往给人留下怪印象，譬如雌群和雄群各自分开，与敌对抗时较少攻击，而是发出喘气声，或用嘴去啄对方的嘴。但它们的飞行能力很强，采用翱翔方式可轻松完成迁徙。那朋友后来对我说，大鸨这个名字起得不好，好端端的鸟儿，被叫了那么难听的名字！他很为一种好鸟毁于一个不好的名字而痛苦。我对他说，其实也没什么，如果不想多，仅将"大鸨"视为一种称呼、一个符号，便就坦然了。

大鸨的别称倒也有不错的，如地鵏、独豹和野雁等，但也有一个不好的，叫老鸨。看来一个"鸨"字，确实毁此鸟不少。

大鸨从前在中国是较为常见的一种鸟，《诗经·鸨羽》中有"肃肃鸨羽，集于苞棘""肃肃鸨行，集于苞桑"的诗句，用大鸨在栎树、酸枣丛以及桑树丛中肃肃地抖动翅膀的样子，来形容生活的不易，其中对大鸨抖动翅膀的描述，十分真切而生动。不过古代民间对于大鸨的传说也有不少谬误，特别是大鸨是百鸟之妻的传说由来已久，就连李时珍也认为"鸨无舌……或云纯雌无雄与其他鸟合"。清朝《古今图书集成》中也有："鸨鸟为众鸟所淫，相传老娼呼鸨，意出于此。"但因为没有大鸨与任何一种鸟交尾的实例，所以又传说只要其他鸟类的雄鸟从大鸨的上空飞过，其身影映在大鸨身上就算交尾繁殖了。这种说法显然是牵强附会的，可能是因为雄雌大鸨的体形差异太大，以至于人们把它们看成了两个不同的鸟种。

大鸨名字的由来，还与从前的一个说法有关，其时的人们认为，鸨类只有雌而无雄，并说它们是"万鸟之妻"。这是无稽之谈，没有雄鸟又怎能有雌鸟？细想，这种误解的来由是雌雄鸟的体羽颜色很近似，尤其在繁殖期，雌雄鸟轮换孵卵，人们认为凡是孵卵的均为雌鸟，便说鸨类没有雄鸟。加之鸨类的雌雄比例悬殊，二十五只雌鸟中，才有一只雄鸟，便让鸨类只有雌而无雄的观念变得根深蒂固。

另有一个说法，古时有一种鸟，常成群生活，其数量可达七十只。人们把它们的集群个数联系在一起，在"鸟"字左边加上一个"七"和"十"字样，就构成了"鸨"字，又因其形体庞大，所以又叫大鸨。

其实大鸨很漂亮，最大的身长可达一米，双翅坚硬，羽色斑驳如豹纹，尤其是尾巴上的羽毛，在发怒或嘶鸣时伸展开来，很像一把扇子。如此一身阳刚之气的鸟儿，可谓是猛禽。但因为雌性太多，雄性太少，人们很少往这方面想，本能地把它们划入柔弱的范围。

大鸨的栖息地在开阔的平原、干旱草原、稀树草原和半荒漠地区，其亦在河流、湖泊沿岸和邻近的干湿草地筑巢度过夏天，在入冬前迁徙离去。

它们不善飞，却长于奔跑。有人见大鸨在草原上奔跑，其速度之快，犹如一团黑影在闪烁。曾经出现过这样一件事，一匹骏马因奔跑的大鸨受了刺激，便甩开四蹄与大鸨比赛，结果大鸨把骏马远远甩在身后，骏马呆立在那儿，不动亦不叫，想必它失落得已发不出声音。大鸨比骏马还快，从此大鸨扬了名声，骏马矮了半分。

但大鸨的身体却有缺憾，因为它们的鸣管已退化，便不能鸣叫。有一人专养狼，数年下来建成一个有二十多只狼的狼园。但忽一日几只大鸨落于狼园附近筑巢，那人心想，有狼又有大鸨倒也好，便从不干扰它们。

起初，幼小的鸨会叫，而且还颇为好听，但渐渐长大后便不再出声，有时候扬头欲叫几声，喉管鼓胀得如同大包，却发不出一丁点声音。那人疑惑，鸨长大后就叫不出声了，一辈子都是哑巴。

不能发声的生命，动作往往会成为其表达的语言。一天，那人不经意走到大鸨的巢近处，它们马上掉转身体背对着他，尾巴上的羽毛竖立得像一把扇子。那人好奇，要近前看个仔细，它们立即从肛门喷出粪便，差一点喷到那人脸上。那人喜欢动物，闪开后并未生气，只是断定此为鸨类防卫的方法。

后又有几只大鸨飞到狼园附近，大有进入那几只大鸨的领地并争夺配偶的架势。那几只大鸨从巢中走出，先是缓慢接近来犯者，彼此以颈交握，用胸部互相推挤对抗。少顷后，对方退却，但它们并不罢休，而是紧随其后驱赶，直至将其赶得飞走才返回。

那几只大鸨亦不罢休，几日后复又来犯。双方势均力敌，互相啄咬对方的嘴。一阵啪啪的声音在戈壁上响起，像是石头在撞击石头，又像是树枝被倏然折断，让那人的头皮一阵发麻。最后，来犯的大鸨又以失败告终，它们的嘴血淋淋的，像是变成了红色。失败不仅丧失尊严，还会承担可怕的后果。那几只大鸨因喙已坏掉，之后吃草时只能先将草咬住，颈向后缩，再用力抬头将草拔断，才能顺利吞下。战胜的大鸨，此时在巢中享用着偷来的鸟蛋，不时扭头看一眼那几只艰难吞食的大鸨，喉结动几下，像是要鸣叫几声。但它们已彻底失声，不知道它们想叫出的是什么。

有人听说狼园附近有大鸨，便开车去看。大鸨颇为机警，没有容他们靠近便飞离。那养狼人摇摇头说，汽车的声音这么大，再加上男人抽烟，女人抹了化妆品，喷了香水，被大鸨闻到，不飞走才怪呢！

那群人开车离开时，轧坏了大鸨挖好的巢，大鸨返回后痛苦得摇头摆尾，然后飞离。数年过去，它们再也没有回来。

波斑鸨

波斑鸨比大鸨漂亮，尤其是雄波斑鸨发情时，会将肩部的白色羽毛扬起，一则传递对雌性的渴望，二则彰显它阳刚的美感，这一点在鸟类中是不多见的。

一次在阿勒泰，我跟随一位牧民去放羊，在路上看到一只死了的波斑鸨。

波斑鸨不多见，我好不容易见到了，却是一只死了的，心里不好受。细看，它的身体已一分为二，一半在地上，另一半在一块石头上。看情况，它像是被什么从中劈开的，两只尖利的爪子紧紧弯曲着，大概在生命的最后时刻挣扎过。最惨的是它的翅膀，毛几乎掉光了，有骨头从肉里刺了出来，明晃晃地露在外面。起初，我没有看见它的头，以为它的头已经不见了，等仔细寻找后才发现它的头在沙土中。它断为两截的身上有多处伤口，但血迹都已经干了，变成了一块一块的淤痂。

我问那牧民，它是怎么死的。牧民也无法断定它的死因，在他与动物打交道的生涯中，大概还没有遇到过这种事情。

我想，一定是一个波斑鸨的天敌，致使这只波斑鸨命殁的。不管多么强大的动物，其实都有天敌。大自然的生死法则是残酷的，碰上天敌的动物大多都命运突变，在天敌的利爪或尖齿下丧命。谁也改变不了大自然的生死法则，上天生就一个生命，必生就另一个生命成为它的天敌，一切只能按既定的法则进行。所以说，强者未必一直都是强者，在遇到比它们更加强大的天敌后，它们的地位、荣耀，乃至于生命都会被迅速改变。

那牧民说，其实波斑鸨并不是弱小的鸟儿，它们是大型栖鸟类，身长约七十厘米，尤其是脖子很长，如果遇到危险，脖子一伸就能把来犯者叨一口。他有一次见到一只波斑鸨，它看上去好像不喜欢走动，每走几步就停下来喘气。后来他才明白不是它不喜欢走动，而是它的行走速度很缓慢，如果让它走长路，是很难受的事情。那只波斑鸨发现了那牧民，它藏匿进草丛中，以为可以躲过那牧民，但很快发现藏匿不了，便把翅膀张开，嘴里还发出"哈哈"的喘气声，像是要攻击那牧民。那牧民不想与它对峙，便转身离去。波斑鸨这才迅速离去，那牧民于是明白波斑鸨刚才的举动，是想吓退他，不让他靠近。

那牧民后来见的波斑鸨多了，发现它们是很好玩的鸟儿。它们觅食时必须把头向上抬起，才能让嘴尖向下，否则吃不到东西。它们吃草时常常先用嘴将草咬住，然后把脖子向后一仰，再用力抬头，才能将草拔断吞下。有时候因为草太长，它们用嘴巴咬住草后，两爪蹬地，把身体向后一仰，才能把草拔断。为了把那一口草吃到嘴里，它们看上去几乎要摔倒在地，但是它们既然选择了那一方式，就一定有它们的办法。它们不慌不忙，把双翅微微展开或者半展开，就让自己站得稳稳的。

它们饮水时也很有意思，像是下跪一样把身体俯下，才能将嘴插入水中。但这只是第一步，接下来还有更难的动作在后面，它们喝到水后并不能直接咽下，而是要将头抬起，才能让水从嘴尖咽到咽部。如此艰难的喝水过程，不知详情的人觉得像用角匙取水一样，实际上它们每喝一口都很费力。如果它们喝水只是费力倒也罢了，但它们还要适应沙漠和荒原地带的无地表径流、地下水奇缺，以及蒸发量很大的环境，这就使得它们在饮不上水的时候，只能利用体内脂肪降解水，来适应极其干旱的荒漠草原气候。

雌雄波斑鸨的身体差异比较大，一般情况下，雄鸟要比雌鸟大一倍多。波斑鸨的交配和大鸨一样，也是一雄多雌之间进行交配。每年四月中旬，雄波斑鸨会拥挤成一团，在彼此之间进行一场激烈的格斗。它们先是缓慢地接近，彼此以颈交握，用胸部互相推挤对抗，如有一方退却，另一方便紧随其后，继续驱赶，直至将其赶出领地。如果双方势均力敌，就双双将头低至地面，彼此靠近之后互相啄咬对方的嘴。被啄中的一方会在顷刻间被羞耻笼罩，马上转身离去。而得胜的一方则双翅半展，肩部放低，把肩羽和覆羽一抖，露出白色羽毛，然后向雌波斑鸨走去。

等待一只雄波斑鸨的，往往是三四只雌波斑鸨。接下来，雄波斑鸨将与它们频繁交配，而且并不因为一雄对多雌而疲惫，而是一直沉溺于其中乐此不疲。它们的疯狂交配会一直持续到五月初才结束，雄波斑鸨很快便与同性结成小群在一起活动，而雌波斑鸨则要单独去寻找一个营巢区。在地面扒出一个浅坑，在坑内垫上青草，然后把卵产在青草上，并在三四天后开始孵卵。此时的雄波斑鸨似乎才想起自己应该肩负的使命，它们看见雌波斑鸨开始孵化，便守护在巢周围寸步不离。雌波斑鸨在孵化期间非常警觉，它不时把头高高抬起环顾四周，如发现危险就把头低下，其谨慎程度可以让头颈几乎贴在地面，加之它们的羽毛颜色的伪装，便很难有人或动物发现它们。到孵化后期，如果有人走到离巢两三米的地方，雌波斑鸨便迫不得已飞出巢外二百米落下，观察动静。如果外面的惊扰太大，它们就弃巢而逃，此时的孵卵已无大碍，经过二十天左右，幼鸟可自动出壳。

波斑鸨幼鸟出生两三个小时后就可以站起，五天后可以跟随雌波斑鸨在草原上奔跑，但它们还不能捕食，需要由雌波斑鸨喂食。十多天后在雌波斑鸨的带领下，它们逐渐学会捕食昆虫，以及采集草芽和花絮的本领。到了两个月后，便已能够飞翔，看上去与大波斑鸨别无二致。

牧民告诉我，波斑鸨虽然看上去威风凛凛，实际上活得很不容易。譬如冬天没有了植物的嫩叶、嫩芽、种子以及昆虫、蚱蜢、蛙等动物性食物，特别是象鼻虫、油菜金花虫、蝗虫等农田害虫也已彻底消失，甚至散落在田地中的谷粒等，也已被老鼠和兔子搜罗一空，波斑鸨的觅食则变得难上加难，常常要翻遍草滩才会觅得一两粒种子，很多波斑鸨在翻挖的过程中一头栽倒，在寒风中被冻成硬邦邦的一块。牧民感慨波斑鸨命苦，而活下来的波斑鸨，又是多么幸运。我深以为是，眼前的死亡事实告诉我，这只波斑鸮并非强者,当它遇到比它强悍的对手,它便处于弱者的地位,它的生命便不再是不可侵犯,甚至连生死都被他者掌握,最后便落得这样的下场。

我向牧民提议挖个土坑把这只波斑鸮埋掉,他说不用埋,让别的波斑鸮来把它吃掉。原来,波斑鸮见到死了的同类后都要将其吃掉,以防被别的动物吞噬。这是波斑鸮身上的一奇。

我俩把它断成两截的躯体合拢在一起,又将散失的羽毛捡回放到它身上。我想,如果它有来世,就让这些羽毛仍长在它身上,伴随它在蓝天翱翔。看到它的两个爪子仍弯曲着,我用力去拉,想让它们恢复原来的模样。但它们在生命结束的一刻用力太大,以至于我拉了好一会儿,才把一双爪子拉直。我的手刚离开,就听见爪子发出几声脆响,然后便平静了。

我一愣,觉得它终于松开了紧抓着的什么。

黑腹沙鸡

早先听说，黑腹沙鸡是一种奇怪的鸟儿，能发出声音的地方不是嘴，而是翅膀。当时听得云里雾里的，既然它们用翅膀发出声音，那么嘴就没有用了吗？

后来又听说，黑腹沙鸡用翅膀发出声音也有讲究，必须是在飞行时，别的时候却不出一声。这倒不奇怪，鸟儿一边飞一边发出好听的声音，那一定无比美妙，但是黑腹沙鸡不易见到，它们发出的声音到底是怎样的，却一直不得而知。后来终于知道黑腹沙鸡常常以小群活动，大雪飘飞时则集成大群一起越冬。它们善于奔跑，也善于飞行。飞行时两翅扇动的节奏非常迅速，常发出"呼呼"的声响。

几经打听，先是听说黑腹沙鸡在北疆的阿勒泰、塔城、博乐和伊犁一带为多见，尤其是哈巴河一带可经常见到。但当时我在疏勒县当兵，没有机会去北疆阿勒泰一带，所以便没有机会去看黑腹沙鸡。后来有人告诉我喀什一带亦有黑腹沙鸡，只不过数量没有北疆那么多，但是喀什一带的黑腹沙鸡有一个与众不同的特点，那就是它们是时间很短的夏候鸟，每年三四月份因为繁殖需要，迁徙到喀什一带，到了九十月份便飞离。我有些疑惑，如果黑腹沙鸡在三四月份就需要繁殖的话，喀什一带倒是没有问题，因为这个季节的喀什已一片绿色，春风也温暖，黑腹沙鸡选择这个季节来喀什是对的。但是这个季节的阿勒泰、塔城、博乐和伊犁一带，仍然冰天雪地，它们将如何繁殖？后来我想我是多虑了，任何一种生命都会有适应环境的本领，譬如雪鸡，就是专门生存于积雪中的鸟类，人觉得它们会冷，其实它们一点也不冷，反之却是极喜欢寒冷的鸟类。

后来有一次从喀什去克州，偶然间见到了黑腹沙鸡。我在疏勒的那几年，常从喀什去克州，那两个地方之间仅十余公里，半小时即可到达，其实也就是穿过一座小山。这样近的距离在新疆不多见，在别处从一个县到另一个县，往往要穿行数百公里，有的甚至上千公里。有人感叹，新疆之大，从一个县到另一个县的距离，如果放到内地，早就从一个省到了另一个省。

喀什和克州之间的那座山非同一般。我第一次去克州时，看见那座山彤红如火，远远地便闪出一片灼目之光。稍近，便看见山上的岩石和土质皆为红色，像是刚刚被人用红色颜料涂抹过，隐隐有未干透的液滴在向下渗着。山下有成片的树木，亦有褐色戈壁，但似乎被那座红山压得喘不过气，一副像是在打瞌睡的样子。之后每去克州，都两眼盯着那座山看，每看一次，都被满山的灼红刺激得颇为兴奋，以至于车已过去，仍要回头看上几眼。

一次，约几位战友去那座山上玩，大家上到山上后发现，那灼红不仅远看是红色，近了仍是一片灼目的红，低头看，便疑惑脚下并非土，而是一种凝固的火焰。一位战友选择一处掏开，里面是红土。他接着向下掏，土仍是鲜红色。看来，一座红色的山并非只有外表，而是用很多年孕育而成的。不远处也有山，但无一丝红色，唯这座山兀立天地之间，不失为一奇。

大家正玩得高兴，忽听得有呼呼声响从头顶掠过，尚未反应过来，便看见几只类似锦鸡的鸟儿，盘旋着落在了不远处的一块石头上。它们是扇动着翅膀落下的，就听得它们的翅膀扇出呼呼声响，既剧烈又沉闷，似乎用了很大力气。我疑惑，比它们力气大的鸟儿多的是，飞翔时都悄无声息，唯独这种鸟儿能弄出如此声响，这是鸟类中不多见的现象。

它们落下后，我们便看见它们的羽毛呈灰褐色，间或还夹杂着斑点。但就在它们一仰头向上张望时，我们看见它们腹部有一团黑毛。它们浑身的羽毛光滑柔顺，尤其是头部的细毛，短而齐整，让一颗头颅显得利落干净，尤其是黑色眼眸和白色尖喙，更是显得一览无余。但腹部的这一团黑毛，却显得突兀。它们像是不愿暴露腹下黑毛，便有意识地向下一蹲，将其遮掩起来。它们如此谨慎，想必人们在平时是不易看见那团黑毛的。

大家盯着它们看，议论它们双翅发出的呼呼声响，以及腹下有平时不易见到的黑毛，仅此两点，可谓是奇鸟。它们发现了我们，但并不飞走。山下就是公路，来往的车辆川流不息，它们都不怕，何惧人乎。

看够了，大家商议弄出动静，惊扰它们起飞，以验证它们起飞和飞翔时，双膀是否都会发出呼呼声响。一位战友扔一块石头过去，它们立即扇动双翅飞起。在它们起飞的一瞬，翅膀果然发出呼呼声响。由此可断定，它们但凡飞动，便一定会发出声响。

很快，它们便飞高了，其呼呼声响一阵紧似一阵，像是双翅上安了发动机，要把它们送到苍穹深处。它们何以能发出如此声响？想必并不是力气大，而是翅膀生长得奇异的原因。最后，它们在苍穹中变成小黑点，但那声响仍隐隐传来，似乎鸟已飞远，而声音仍留在了原地。直至它们慢慢在云雾中消失，那声响才弱了下去。

一座红色的山，是奇山；一群双翅发出呼呼声响的鸟，是奇鸟。在这里有此体验，足矣。

后来知道，我们见到的是黑腹沙鸡，它们多栖息于山脚、草地、荒漠和多石的原野。在新疆的哈巴河、吉木乃、和丰、博乐、福海、托里和喀什，以及天山山脉等地，常见它们出没，善于奔跑，飞行速度极快。它们呈小群活动，冬季时集成大群。它们主要觅食平原和荒漠上的植物种子，也吃植物的叶、芽和昆虫等。

黑腹沙鸡的交配粗枝大叶，是几近于性冷漠的鸟类。它们通常成双成对筑巢于平原，或有稀疏植物的低山、丘陵和荒漠地带。到了发情期，它们像是舍不得使用巢穴似的，大多利用地面的凹坑，或者扒出一个浅坑，然后双双进去草草交配。有人曾见过黑腹沙鸡交配用过的凹坑，里面没有任何铺垫物，仅有少许小石头。

没有多少人知道，在喀什和克州的那座红山上，经常会出现黑腹沙鸡。

有知道详情的人说，黑腹沙鸡喝水时很固执，发现河流时却并不急于去喝，而是常常飞出数十公里，去寻找河流的源头。它们喝水的动作和鸽类颇为相似，将嘴伸入水中连续吞咽而不抬头，直至喝足后才抬头，但在抬头的一瞬便已飞起，双翅上倏然传出呼呼声响。

  黑腹沙鸡喝水亦有趣事。有一人躲在石头后偷看黑腹沙鸡喝水，并看清了它们腹部的黑毛。他不知黑腹沙鸡喝足水后会倏然飞走，所以在黑腹沙鸡起飞的一瞬，他被其呼呼响声惊得毛骨悚然，之后黑腹沙鸡发出了嘶吼，要飞来扑抓他的脸。他抱头蹿出很远才回头去看，但黑腹沙鸡早已不知去向。

白尾麦鸡

不知道以后能不能见到白尾麦鸡。

这样说,是因为新疆乃至中国,都没有白尾麦鸡,它们只是偶尔于迁徙途中在新疆停留一次,很快便离去。好在它们没有白来,被人看见后,便将它们身上离奇的美传了出去。

白尾麦鸡是在 2012 年夏天出现的。有一人在莎车县的一个水库中,看到几只从未见过的鸟在游动,便顺手拍了几张照片,确认后的结果让他惊呼,那是新疆从未有过的白尾麦鸡。先前中国亦无此鸟,那水库中的几只是首次露面。那人赶紧查了资料,此鸟在中亚一带繁殖,越冬地则在非洲东南部、巴基斯坦和印度西北部等部,突然出现在新疆是一件奇事。

那人一夜兴奋无眠,第二天一大早便又去看,那几只白尾麦鸡还在。他于是便细看,它们体形娇小,一身灰褐色的毛,并无特别之处,但随着它们走动和翻转身子,那人便看见它们腹下有白毛。那是一种白得出奇的毛,被阳光一照便闪闪发光,犹如一块凝脂。它们慢慢在水中游动,碰到水草或水中浮游生物便伸出喙去啄食,此时他便看见它们的喙很显眼,显得细长而黝黑,犹如是突然伸出了一个铁钩,要将什么钩了去。观鸟的乐趣,就在于仔细观察它们的身体结构。在鸟类世界中,从来没有长得相像的两类鸟,就连同类鸟中也没有一模一样的。譬如这几只白尾麦鸡,它们有的是黑喙,有的却是黄喙,尤其是黄喙者会让人一眼认出。那人在后来等到白尾麦鸡在水面起飞嬉闹,便看见它们的一对爪子颇为细长,而且是醒目的黄色,与身上的毛色形成强烈反差。

那人觉得它们颇为好看,便躲在一边仔细观察。它们在水库中游了一会儿后上了岸,当它们站起走动时,那人惊得睁大了眼,它们的一对细长的爪子,陡然使它们高挺起来,显得极为优雅。

这一发现引得新疆人惊叹,很多人都盼望能够看到白尾麦鸡。我亦是众多盼望者中的一员。加之因为白尾麦鸡第一次露面时,我无缘见到,所以我的渴盼比别人更甚。一位朋友见我对白尾麦鸡念念不忘,数次问我原因,我不说什么,但一定是脸上的神情让他更为疑惑,缠着我非要问出结果。我便告诉他,我对白尾麦鸡念念不忘的原因有两个:其一,我在叶城时曾去过那个水库数次,每去都是为了看鸟,却没有看到一只鸟。听说别人去了都能看到,唯独我没有看到一只,是何原因,至今也说不清楚。其二,我听到那个水库出现白尾麦鸡后,觉得无望见到,便上网找到白尾麦鸡的照片,一眼看到它们的黄色爪子,是身上最显眼的。它们身上多杂色,但那对爪子却黄得出奇,很快把我的目光吸引了过去。鸟兽身上很少有黄色,但凡身上有黄色的动物,不是猛禽,就是凶兽,一旦出现便必然制造血腥或死亡。但白尾麦鸡却不一样,它们是幼小的鸟儿,加之黄色皆在一双爪子上,所以显得与猛禽凶兽不同,让人觉得轻盈、灵巧和高贵,这是我渴望见到白尾麦鸡的另一个原因。

虽然很想去那个水库看白尾麦鸡,但是却因杂事缠身去不了,心里便觉得很是遗憾。后来听到更详细的信息,说偶遇白尾麦鸡的那人一查,才知道与新疆邻近的塔吉克斯坦、巴基斯坦、俄罗斯,以及土耳其、土库曼斯坦、乌兹别克斯坦等国,都生存有白尾麦鸡,有的地方只隔一座雪山或一片草原,但它们却一直从新疆上空迁徙而过,从来没有飞往新疆的记录。原因大概只有一个,它们是留鸟,即使飞出去,最后不论远近都要飞回出生地。熟知鸟类的人有一个说法,但凡是留鸟,在哪里出生,最后必然会在哪里死去。

那么,白尾麦鸡为何出现在新疆?

答案有两个,一是改变了习性,二是迷途。

那人坚信，万事皆可变，鸟类为何就不能改变呢？它们一定是忽一日听到某种召唤，便飞过高山到了莎车的那个水库。白尾麦鸡喜水，落入水库后发现四周安静，水域无波无浪，加之里面有不少浮游昆虫和水生物，实乃理想的栖息地，于是它们便留下来，安然享受起了那天堂般的岁月。

那人是鸟类爱好者，有空便去看那几只白尾麦鸡。他发现白尾麦鸡在水库游弋后，喜飞到附近的沙漠中觅食。那人欣喜，这就对了，白尾麦鸡喜欢栖息在有水有荒漠的地方，新疆刚好是这样的地方。

后经过多次观察，那人看到了白尾麦鸡可爱的一面。它们虽然飞行速度较慢，却喜欢上下翻飞，似乎在空中玩耍得不亦乐乎。但到了水中，它们却很安静，有时在一个地方静止不动。别的鸟儿在水库中闹出很大的动静，它们扭头看一眼，仍一动不动。

但它们上岸，栖息于水边或草地上时，却颇为警觉。如有人接近，它们便伸出脖颈远远地注视，如有危险则立即飞入水库。它们大概认为人无法进入水库捕捉它们，所以水中是最安全的。

水库边有一片油菜地，待油菜花初开，便一片黄色。一天，那人又去看白尾麦鸡，发现它们齐刷刷地站在地边，在看着油菜花。看了一会儿，便低头去看自己黄色的爪子，似乎在做某种辨认。那人觉得有趣，也许它们先前生存的地方没有油菜花，它们便没有见过如此浓烈的黄色，现在见了，许是惊讶这世间还有与自己爪子一样的颜色。后来那油菜花盛开，黄得更加浓烈。它们在油菜花前呆立，不安地鸣叫，然后便骤然飞起，在苍穹中变成小黑点，最后消失了。

它们走了。

那人后来又看过几次，均未见到它们的影子。不知它们为何惧怕浓烈盛开的油菜花，亦不知它们还会不会回来。

燕子

关于燕子,曾遇有二事。

其中一事,与树有关。那棵树在春夏曾被燕子用于栖息,后来进入冬天,一场大雪将它压倒,再后来不知因为什么,又被连根拔起倒在山坡上,空留一个看上去骇然的树坑。我有一次仔细看那树坑,似乎有一片虚光,在那棵树站立过的位置闪烁,仿佛是它最后的挣扎,或者它未死的心跳。再去时山坡复又绿了,春天已经来临。一群燕子,携带着沙沙的声音又寻找而来,但那棵树像是睡着了似的,任凭燕子如何鸣叫都不能苏醒过来。燕子不停地叫着,且来回盘旋。回家的燕子,这一刻的寻找,也许就是纪念。最后,燕子像前一年一样,朝那棵树倒下的地方落下。那一刻,我似乎感觉到一个虚无中的巢,张开了怀抱。

另一事,与天空有关。是在帕米尔高原的一个午后,一群燕子飞到一户人家的上空。春天已经到来多日,这群燕子是迟到的迁徙者。看着它们上下翻飞很快乐的样子,我想,新疆路远,它们从南方飞到这里,真是不容易。它们飞着飞着,突然迎着太阳翻转过身子。在那一刻,我看见它们被照得无比明亮,而且还发出亮光。很快,又有一群燕子飞来,逐一追随。不一会儿,燕子们便聚成了一片,天空中像是飘撒着金币一样闪闪发光。它们一会儿降落,一会儿飞升,使那片光亮变得闪烁不定。幸福的燕子啊,正在享受着太阳赐予它们的欢乐和光荣。太阳落山后,它们身上没有了亮光,但它们还在那样飞着。看着它们,我有些惶惑,我必须承认我不知道它们有怎样的幸福。

　　燕子的故乡在北方，北方色玄，因此，古时把它们叫作玄鸟。《诗经》曰："燕燕于飞，差池其羽。之子于归，远送于野。"当时看见燕子远去的一定是一位女孩子，她觉得它们还略显单薄，但她阻止不了它们南归的习性，便目送它们飞远，直至消失在天空中。关于燕子最著名的诗歌，是唐代刘禹锡的《乌衣巷》："朱雀桥边野草花，乌衣巷口夕阳斜。旧时王谢堂前燕，飞入寻常百姓家。"刘禹锡在当时看到了让人伤心的一幕，燕子在又一个春天归来，但屋主已经易人，昔日的豪门贵族因为没落，早已不知去向，燕子便飞入寻常百姓家。且不可小看燕子对寻常百姓家的飞入，表面是感慨，实为辛辣的讽刺。文天祥的诗歌《金陵驿》云："山河风景元无异，城郭人民半已非。满地芦花和我老，旧家燕子傍谁飞？"燕子本无心，却见证了时事变迁，亦承受了国破家亡的苦难，表现了诗人的"黍离"之悲，其心理负载可谓重矣。

　　在历史上，燕子亦留下过奇事。唐代的任宗离家行江湖中，数年不归，其妻郭绍兰作诗系于燕子足爪，然后对燕子耳语一番，将其放飞出去。其时任宗在荆州，一只燕子忽然飞来泊于他肩上，他见燕子足上系有书信，解下视之，是他妻子郭绍兰写下的一首《寄夫》："我婿去重湖,临窗泣血书。殷勤凭燕翼，寄与薄情夫。"他顿时感动难抑，急急苦泣而归。虽然曹雪芹在《红楼梦》中说"梁间燕子太无情"，但为郭绍兰送信的那只燕子，却促成了任宗的回心转意，回去与妻子相会了。郭绍兰是幸运的，一些不幸的妇人借燕传书，却是石沉大海，音信皆无。譬如张可久在《塞鸿秋·春情》中写下的一句"伤情燕足留红线，恼人鸾影闲团扇"，以及冯延巳在《蝶恋花》一词中写下的"泪眼倚楼频独语，双燕飞来，陌上相逢否"，燕子本不会为人做事，但是在诗人笔下却变得通情达理，想必是诗人的情感寄托罢了。

　　燕子是与人类走得最近的鸟儿，它们常在楼道、房顶、屋檐等处用黏泥筑巢，或在树洞或石缝中营巢，还会在沙岸上钻穴，以度过初秋寒冷的日子。燕子在每年冬天来临之前，要进行一次长途旅行，成群结队地由北方飞向遥远的南方,去那里享受温暖的阳光和湿润的天气。此时在北方挨着严冬的,是从来不南飞过冬的山雀、松鸡和雷鸟。

我有一年在阿勒泰的北湾,因无事,便看燕子。北湾每到春天,就有成群结队的燕子蜂拥而至。它们一定是看中了这里依沙漠傍水,既安全又舒适,便在这里筑巢而居。第一年,一场大风刮来,燕子被吹得掉到地上,摔死了两只。接着燕子们又重新筑巢,显然,它们立志要在北湾安家,虽然它们一点也不知道在产卵之后,会不会再次被大风劫掠一空。

连队战士组成一支守护燕子的志愿者队伍,刮风的日子,他们分成班组昼夜看守,不辞艰苦。守护燕子成为北湾在那年春天里的重要事情。

燕子们终于在北湾安稳下来了。战士们经常清扫燕窝,把自己的馒头节约下来,喂给燕子。燕子对战士也有了感情,亲昵地在他们头顶飞来飞去。战士们巡逻归来时,燕子们对他们报以亲切的问候,他们看到燕子,疲惫顿时消失殆尽。战士们在院子里训练时,燕子们就停止了叫唤,静静地看着他们。闲余时间,战士们坐在门口看燕子们在天空中做飞翔表演,它们上下翻飞,矫健的身姿在天空中划出一道道漂亮的弧线。

日落时分,落日周围是极富线条美的彩云,这时候,燕子们飞得更欢了,啁啾声响成一片,使人感到十分快慰。然而,好景不长。进入夏天,蚊子像是蓄谋已久,突然成群成片地出现在院子里,它们专找人和牲畜叮咬,对燕子们当然也不放过。

战士们在房子里挂上蚊帐,不再出来。过了几天,大家发现燕子不再在院子上空飞动。他们走到燕窝跟前一看,燕子全都蜷缩在里面,一动不动。是蚊子把它们咬蔫了。战士们很伤心。人在北湾面对蚊子是别无选择的,他们早已承受了其中的辛酸,但他们却不忍心看着这群小精灵也遭罪。

后来的一天,北湾下了一场大雨。雨水使蚊子们退避三舍,燕子从窝里飞出,在雨中飞翔,发出一连串鸣叫。它们憋得太久了,终于获取了飞翔的快乐和歌唱的幸福。那天夜里,燕子们整整鸣叫了一夜。第二天,天空晴朗,万里无云。然而晴天对于北湾来说,却并不是好天气。这时,蚊子已蓄足了力气,又飞到了院子里。大家采取以往的办法,闭门不出。但是他们很快发现,燕子们不在了。时值八月,还不到飞回南方的时候,它们却提前离去。答案不问自明,一切都因为蚊子太猖獗。在蚊子王国,连燕子也难以生存,蚊子可谓是罪大恶极。

燕子飞走了,北湾的天空又变得空旷和清冷。战士们偶尔抬起头,用怀恋的目光瞅瞅天空。他们看到,除了蚊子,什么也没有。

多爬一步
再大的沙漠也会变小

塔里木兔　　刺猬
长耳跳鼠　　草原蝰
子午沙鼠　　鼩鼱
塔里木岩蜥　虎鼬
吐鲁番沙虎　白鼬
沙狐
蚂蚁
雪鸡
青蛙
旱獭
草原龟

塔里木兔

　　塔里木兔的性欲很强，人们有时候谈论塔里木兔，说着说着就会面露窘促，不好意思再说下去。熟知情况的人知道，如果说塔里木兔说不下去，一定是说到了它们的情欲之事，如果有女性在场，就得把话题打住。

　　塔里木兔性事繁忙，雌雄二兔一旦钟情，从二月到七月会天天交媾。有一人见到一只塔里木兔，它对另一只塔里木兔吱吱叫了几声，然后接近。被接近者突然直立而起，用两只前爪猛地拍打接近者。但接近者却任由它拍打，从始至终都不躲避。那人慢慢便看明白了，这两只塔里木兔乃一雌一雄，它们传递感情的方式就是拍打和被拍打，尤其是那只接近者，不经受一番踩躏便无法靠近。后来，便看不出是谁打谁了，它们依偎在一起，互相推搡着进入河谷的树林里。它们已完成调情，接下来要进行的是让肉体激荡，让时间迷离，把情欲推向极致的疯狂。

　　沙雅县有一人白天在胡杨林里放羊，傍晚便把羊赶回到河边，那里有他居住的小屋，也有一个羊圈。不知什么时候来了几只塔里木兔，占领羊圈一角过起了自己的小日子。羊群习惯了它们天天忙于性事，便任由它们在羊圈中自顾自快活。后来，雌兔很快就怀孕了，等产下一窝幼兔，不久又怀孕，然后又下一窝幼兔。从二月到七月的五个月时间里，雌兔先后怀孕三次，生产三次，每窝三到五只兔崽。七月过后的一天，那牧羊人突然发现羊圈中不见幼兔的叫声，这才知道它们终于像是疲惫了似的分开了。至于幼兔，则不用担心它们，因为幼兔出生三五天后就能走动，十天后就能觅食。那牧羊人断定，大兔离去时将幼兔也带走了，幼兔过不了多久也会像它们一样，又开始疯狂地交媾。

塔里木兔又名莎车兔、南疆兔等，多生存于库尔勒、阿克苏、喀什、和田等地。库尔勒和阿克苏属于塔里木盆地北缘，多水，气候湿润，是新疆最好的绿洲所在地。而和田和喀什则属于塔克拉玛干沙漠腹地，相对来说要干燥一些，但也不是没有水，譬如帕米尔、昆仑山到了夏季，积雪融化后便形成季节河，会给干旱的沙漠注入生机。而那些由雪水汇集成的河流，譬如叶尔羌河、克孜勒河、喀拉喀什河、吐曼河、提孜那甫河、玉龙喀什河、乌鲁克河、柯克亚河、棋盘河等，都常年保持一定的流量，在苍茫的沙漠中展示出清盈和透明，是人们能看得见的生机和力量。塔里木兔的生存离不开草，而草则又离不开水，所以在任何一条河流的附近，都有塔里木兔生存的痕迹。

不了解塔里木兔的人，初次见到它们，会觉得它们长得很是奇怪，譬如它们的耳朵太长，让人疑惑那么长的耳朵并不仅限于听，恐怕还有别的用途。更加奇怪的是，它们似乎觉得自己的耳朵与众不同，动不动便一扬头把两只长条状的耳朵竖起，像是要伸入天空。起初人们以为它们喜欢竖耳朵，后来发现其实不然，它们的耳朵在平时并不竖起，只有在异性塔里木兔出现在眼前时，它们才因为性亢奋，会急切地做出那样的动作。

但凡是发出的信号，必然会有投向的目标，亦会渴望对方接收到信号后有所反应。塔里木兔的性躁动颇为明显，动作亦颇为夸张，异性的反应便如同被电流击中，很快就会有敏感的反应。有一人见一只塔里木兔奔跑时，比一般兔子高大了很多，不像一般兔子那样贴地疾行，而是像黄羊一样甩开四条腿，腰一弓一挺便蹿出一大截。那人以为塔里木兔善于奔跑，但很快便发现不远处有另一只塔里木兔，它们一碰头便缠绵在了一起。那人虽然分不清那两只塔里木兔的雌雄，但断定它们一定性别不同，他怕影响它们，便悄悄离开。

塔里木兔毛色杂乱，经常与自然环境融为一体，这亦成为它们惯用的保护方法。有一人在塔里木河边的草丛中碰到两只塔里木兔，它们受到惊吓后转身便跑，一晃不见了影子。那人疑惑，前面是塔里木河，那两只塔里木兔不可能涉水过去，它们去了哪里？他观察了半天才发现，它们紧贴在一片枯黄的草丛中，因身上的毛色与草丛几近同色，如不仔细辨认便很难发现。那人笑了，我又不抓你们，你们紧张成这样干什么？他准备离去时不慎把地上的一根枯枝踩出声响，那两只塔里木兔起身逃走，紧接着又蹿起两只塔里木兔，向另一侧的灌木丛奔跑而去。原来还有两只塔里木兔正在此约会，那人很是后悔，他无意间弄出的响动，害得两对塔里木兔从情欲的高潮坠入了慌乱的世界，真是不应该。

塔里木兔快则快矣，但也有慢的时候。它们一般在清晨和傍晚出来活动，利用昏暗和模糊的光线行动。它们此时的活动仍与性爱有关，但前提是利用毛色的混搭优势，先将自己掩藏好，它们不会为一时头脑发热，知危险而不顾。它们会在昏暗的光线中，选择与自己的毛色接近的石头、植物或草丛紧贴上去，直到与它们混淆一片，才会对异性发出呼唤。两只塔里木兔接近后，并不急于缠绵，而是紧紧依偎在一起，一直到夕阳落山，大地一片黑暗，它们才开始交媾，此时的它们将黑暗阻隔在一边，只是任由激情燃烧。

人们曾为塔里木兔总结出一句话："塔里木兔，白天不见太阳，晚上不见月亮。"但人们只知其一不知其二，塔里木兔白天在洞穴中，必是一雌一雄待在一起，不停地在交媾。洞穴岁月在白天亦充斥着黑暗，但它们要的是洞中的肉体幸福和高潮，以至于黑暗再漫长和寒冷，也不难挨。

它们忙乎一天也不会累，到了晚上从洞穴中出来，虽然美其名曰觅食，实际上彼此在给异性传递信号。常见的情形是，一只塔里木兔会像消失了似的突然不见了，另一只知道它已俯身趴在某个角落，它们很快便缠绵在一起，让情欲如同烈火一般燃烧整整一夜，一旦天色大亮便马上分开，或迅速进入各自的洞穴。

曾有一人见到一大群塔里木兔，集体涌到河边喝水。那人感叹，看来它们只有口渴时才不会沉溺事性。那样想着，他没有注意到脚下有一个深坑，一脚踩下去不慎弄出动静，所有的塔里木兔都猛地从河边抬起头，待观察到那人后便迅速离去。但有一只塔里木兔,不知因为什么断了一条腿,剩下的三条腿站不稳亦跑不动,眼见同伴都已远去,一晃一摇地在那里乱叫。有一只塔里木兔听到它的叫声,转身返回到它身旁,与它互相用身体依偎着往前跑去。

那人就在它们跟前,但它们顾不了那么多,从他面前跑了过去。

那人疑惑,这两只塔里木兔,是一雄一雌吗?

长耳跳鼠

长耳跳鼠的身上有三怪。第一怪是两只耳朵,从脑门向上竖立而起,显得出奇地长。

第二怪是它们的两条后腿非常发达,看上去极像袋鼠。但千万不要小瞧它们的那两条腿,往往向下一蹲就能跳跃出去,等于跑了好几步。

有了这两怪,它们便怪出了名,于是人们将它们的长耳和跳跃考虑在一起,称它们为长耳跳鼠。

但它们身上不仅只有这两怪,还有第三怪呢。这第三怪,是指它们身上最显眼的地方,不在腿,亦不在耳,而是在尾巴上。它们有一条又细又长的尾巴,一动便在身后甩出波浪。细看,那尾巴是身体的两三倍,如果绕着身体缠绕的话,应该能缠三四圈。在啮齿类动物中,长有如此长尾巴者并不多见,所以长耳跳鼠算是奇禽异兽。

我总觉得,长耳跳鼠这个名字没有叫到位,如果就其外表而言,应该把它的长尾巴考虑进去,譬如叫长尾跳鼠,就会更加准确,也更加生动。

最早听到长耳跳鼠,说是它们生存在塔克拉玛干沙漠中,便觉得很难一见。把"塔克拉玛干"翻译过来,意思是"山下面的大荒漠",当地人则又称其为"死亡之海"和"进去出不来"。我仅仅为看一眼长耳跳鼠,怎可一个人跑进塔克拉玛干去?另有一个原因,长耳跳鼠少之又少,就算进了塔克拉玛干,也未必能有一睹芳容的机会。据说见到长耳跳鼠的人,都是与它们不期而遇,专门去寻找的人往往一无所获。有一件与长耳跳鼠相关的事说来颇让人感慨，说是有一年有几人准备去罗布泊中的楼兰遗址，但进入沙漠后不久就遇上了风沙，越野车陷入沙子中出不来。后来风沙过去，车子好不容易才开了出来。有一人建议大家适可而止返回，因为那样的天气极有可能还会遇上危险，但其他几人却被探险激情冲昏了头脑，一副哪怕此去不复返，也绝不半途而废的冲动模样。那人从车的后备厢抱下一只活羊，毫不犹豫地一刀将其宰了，然后说，他从不吃荤，亦不杀生，今天如果谁不听他的劝告，他就从这只羊开始破戒，然后让不听他劝告者也躺在地上。那几人沉默一阵后，听从他的话踏上了返途。他们离开时看见不远处的沙丘上有两只长耳跳鼠，它们将身体一蹲，尾巴一甩，便从沙丘上跳跃了过去。他们低声嘀咕，这两只长耳跳鼠是不是一直在观察着我们，直到我们做出决定要返回，才离开了？如果真是那样，长耳跳鼠便不是一般的动物。

　　我虽然见不到长耳跳鼠，但好在我这几年和一群动物爱好者厮混得不错，他们很快打听到乌鲁木齐铁路局有一人，极爱长耳跳鼠，且有十余个标本。我联系上那人后，便去他的工作室看了长耳跳鼠标本。说实话，长耳跳鼠的耳朵除了长之外，并无特别之处，看一眼便会把目光移向别处。但它们的尾巴确实很长，足足是身体的两三倍。当初听人介绍时就觉得，有那么长的尾巴真是不可思议，没想到亲眼见到后仍是大吃一惊，按说长耳跳鼠长得并不大，充其量像是一只发育健康的老鼠，但为什么会长有这么长的一条尾巴呢？看来是找不出原因了，只能说是上帝的布道扑朔迷离，让小小的长耳跳鼠碰上，便长了一条颇为离奇的尾巴。后来细看，发觉这真是一条美得出奇的尾巴，其流线极富美感，尤其是尾巴尖端的那一簇黑白相间的绒毛，显得非常可爱。

　　那人说长耳跳鼠的尾巴不但好看，而且用处很大，它们在沙漠中行进时，便用尾巴把爪印扫去，所经之处便无一丝痕迹，谁也别想寻找到它们的足迹。

　　我忍不住抚摸了一只长耳跳鼠的尾巴，它虽已被制成标本，但仍然光滑细腻，尤其是尾尖的绒毛，摸上去有极为柔软舒适的手感。

说到它们的尾巴，那人说起它们的另一奇事。它们跳跃而起时，仅用两只爪子支撑身体，腰一挺似乎要向后倒去。但它们的尾巴在此时却绷得很直，起到不可思议的平衡作用，遂让自己或唰的一声向前蹿去，或垂直跳起，把空中飞动的昆虫吞进嘴里。它们跳跃时与袋鼠颇为相似，总是一跳一站。人们以为那样很费时间，不料它们跳跃的频率很快，转眼就不见了影子。

聊到它们的耳朵，本以为仅仅只是比脑袋大出数倍，没有别的奇特之处。但是我很快就为自己的偏执后悔了，我并不了解它们的长耳，为何却固执地认为那只是摆设一样的两只耳朵呢？那人说，它们的耳朵是动物中最厉害的耳朵，如果周围有异常反应或者危险降临，它们的耳朵会骤然竖起，并迅速伏下身子，将长尾收拢成一团。如果这种时候刚好看到它们的正面，便只能看见其高竖的双耳，似乎它们用双耳在冷静判断遭遇的情况。

那人对长耳跳鼠的兴趣十年不减，有机会就往东疆和南疆的沙漠里跑，运气好的话能找到长耳跳鼠，悄悄拍一些照片；如果运气不好便一只也找不到，只能在沙漠中转转，在心里说几句祝福长耳跳鼠的话，然后默默离去。

有一年他听说有人在火焰山下抓了一只长耳跳鼠，便连夜从乌鲁木齐赶到吐鲁番，对那人讲解了一番长耳跳鼠的珍贵之处，劝那人将那只长耳跳鼠放回戈壁。那只长耳跳鼠几起几跳便不见了，那人颇为诧异，难道长耳跳鼠会飞，转眼间就不见了影子？他遂又解释，长耳跳鼠身上的颜色，与沙土十分相似，只要它们一进沙漠，便与沙漠浑然一体，人便无法发现它们。

除了在沙漠中生存外，长耳跳鼠还会选择草原，因此它们又有"草原跳鼠"的别名。它们白天待在洞穴中，晚上出来活动。在筑巢方面，它们善于借他者之力为己所用，譬如旱獭、兔子和狐狸好不容易挖出的洞穴，常常被它们据为己有。人们不解，它们那么幼小，何以能把大它们数倍的那几种大物吓走？直至人们发现它们有很尖利的牙齿时，才知道了它们的厉害。

到了秋天，长耳跳鼠便迎来冬眠的日子。它们进入冬眠时很有趣，在洞穴中，先是雄鼠的脑袋越来越沉，最后头一歪便进入绵长的梦乡。雌鼠则要晚几天进入冬眠，常常是外面的大地上刮一场风或下一场雨，它们便挨不住困倦，一头栽倒睡去。幼鼠则要在更晚的时候进入冬眠，它们身体幼小，看到大鼠们都已睡去，会兴奋得窜来窜去，不时把沉睡无知觉的大鼠碰得翻来滚去。它们在折腾得意犹未尽时，亦会被巨大的困意突然袭击，头一歪倒在大鼠旁边睡去。

那人与长耳跳鼠纠缠十余年，亦经历了不少趣事。有一次他碰到一只黄鼠狼抓长耳跳鼠，那长耳跳鼠极为聪明，从一条石缝中一跃而过，黄鼠狼不甘心，一头钻进石缝后被夹住，发出难听的叫声，而长耳跳鼠在另一侧舞动腰身，把一条长尾巴甩出极为柔美的曲线。

另有一事，曾有一人安下捕兽器欲夹长耳跳鼠。一只长耳跳鼠利用身小灵活的优势，在捕兽器中一动不动。那人以为它已被夹死，便伸手欲把它从捕兽器中拽出，它用尾巴一触捕兽器开关，迅速窜离。在它身后，那人发出一声惨叫，夹在捕兽器中的手，鲜血淋漓。

子午沙鼠

这个名字起得很确切，它们喜欢在夜间活动，活动高峰为子夜零时，故得名"子午沙鼠"。

子午沙鼠有好几个别名，分别是黄耗子、黄尾巴鼠、中午沙鼠、午时沙土鼠等。从这些别名可看出，它们的生存地多在沙地或沙漠地带，是西北特有的动物。我找来资料一查，得知它们多在内蒙古中部、河北张家口向西、陕西、甘肃、宁夏、山西、青海、新疆等省区出现，是耐旱且喜欢干燥的鼠类动物。

我在新疆最早听人说到子午沙鼠时，说有人在吐鲁番的艾丁湖边的草丛中，发现过它们的洞穴。艾丁湖的湖底海拔为 –154.31 米，是中国陆地最低的地方。有一年去艾丁湖，一心想见到子午沙鼠，便不停地向当地人打听，他们一脸疑惑地说，那不就是老鼠吗，有什么好看的？子午沙鼠是老鼠吗？非也，它们虽然同属鼠类，但就珍贵程度而言，子午沙鼠要比老鼠强出百倍。记得有一位喜欢动物的朋友说过，老鼠就好像遍地的草，而子午沙鼠却像枝头绽开的鲜花，不可同日而语。那次在艾丁湖，最终没有打听到子午沙鼠的任何消息，便打消念头一门心思看艾丁湖。艾丁湖在吐鲁番市的恰特卡勒乡和艾丁湖乡之间，我们的车子从吐鲁番市驶出不到一小时，看见前面有一座山，当地朋友说到了，那是觉罗塔格山。我听得一愣，是艾丁湖到了，还是到了觉罗塔格山下？他说艾丁湖就在觉罗塔格山下，看见觉罗塔格山也就等于到了艾丁湖。细看觉罗塔格山，虽然没有特别之处，但想到艾丁湖水是从山上流下的雪水汇集而成的，便觉得哪怕是最常见最普通的山，也就有了非凡的意义。待车子停下，却不见艾丁湖，而且四周不见任何水域。当地朋友说，吐鲁番的人如今向外人说起艾丁湖，其实挺尴尬的，因为艾丁湖除了南侧还有一点点水之外，原有的湖泊已彻底干涸。他的话让人听得心里一酸，新疆从古至今干涸了不少河流和湖泊，但那都是久远年代的事，我们更愿意把它当成历史，历史在很多时候是可以沉睡的，人对待历史的态度常常便是如此。只有艾丁湖是近些年干涸的，让人觉得是发生在我们眼前的痛心之事。看不到艾丁湖了，大家便议论与艾丁湖有关的事情。譬如它在古代被称为"觉洛浣"，在维吾尔语中则又叫"艾丁库勒"，意为"月光湖"。这个说法很有意思，以前艾丁湖水充盈时，入夜后被月光一照便一片晶洁，是真正的月光湖。后来艾丁湖干涸了，由于其边缘是一层白色的盐碱，晶莹洁白，看起来如同被月光普照着一般，好像以前的那个月光湖还在。对于一个死亡的湖来说，恍惚之中的错觉也算是一种美吧！我们东张西望了一会儿后上车离去，没走多远，却在无意一瞥间看见干涸的湖床上，有几团小黑点倏然蹿向远处，很快就不见了。因为当时没有看清，所以这么多年一直无法断定，那到底是不是几只子午沙鼠？

后又听说在吐鲁番盆地、准噶尔盆地和塔里木盆地，都有子午沙鼠出没的踪迹。这三个盆地比艾丁湖大很多，从某种程度上说，把这三个盆地的面积加起来，基本上就是新疆的面积。在如此大的地域中生存，看来子午沙鼠的数量确实不少。

听一位见过子午沙鼠的朋友说，戈壁沙漠只是子午沙鼠披在身上的外衣，它们真正的栖息地，常常是戈壁的灌木丛、沙丘和沙地。它们是挖洞高手，一旦喜欢上一个地方，便会挖出一个又一个洞，细分下来有越冬洞、夏季洞和复杂洞。越冬洞是专用于过冬的，它们常常把越冬洞挖到两米以下，任凭外面大雪纷飞，它们在洞中安然偃卧。至于夏季洞，则是用于在酷夏避暑，所以多在树下或草丛中，如果有河流或湖泊则更好，它们会将洞穴挖于临近水的地方，钻进去会很凉快。而复杂洞说起来则确实复杂，它们不论是挖出越冬洞还是夏季洞，都要在不远处挖出一个备用洞，不仅如此，每个备用洞还要分三五个洞口，在隐蔽处还有分洞口，以备应急之用。这样的洞确实是复杂了一些，但是足可见子午沙鼠有很强的防范意识。

说起子午沙鼠，人们常常会兴致勃勃地说起它们的洗脸。它们虽然身处干燥的环境，却很喜欢洗脸，而且是干洗。它们在每天早晨都会选择一个安静的地方，用两只前爪干洗脸庞。它们"洗"得缓慢而从容，常常耗时两三个小时。洗完脸后神清气爽，便与同伴互相举起爪子，一下一下地梳对方身上的毛。梳完后绕对方走两三圈，直至认为满意后，才开始玩耍。

它们有极强的领地意识，常以家庭为最大范围，在洞口附近布下标志，并以此发出警告：若陌生者侵入，会被它们毫不留情地赶走。在如此顽固的领地意识下，一只雄鼠和一只雌鼠要走到一起，往往得花费一番工夫。说起来，子午沙鼠像窟里木兔一样，是极喜性事的动物，它们从四月份开始交媾，在之后长达七个多月的时间里，天天雌雄缠绵，乐此不疲。雌鼠怀孕后入洞，直至幼鼠出生后哺乳，洞口都会被死死堵住。雌鼠每年繁殖两三次，每胎产仔少则三五只，多则能达到十只。

刚出生的沙鼠，只有一寸大小，因为身上无毛，即使大热天也瑟瑟发抖。它们的眼睛要闭合数日，似乎不愿打量这个世界。雌沙鼠一点一点舔净它们，坐在它们身边帮助保暖。如果一胎有多只幼鼠，雄沙鼠会把它们平分成两堆，不会偏心对待它们。十余天后，幼鼠的毛色渐渐明显，它们开始爬动，但双眼仍然紧闭。直至二十天后，它们的眼睛才会睁开。雄鼠与它们对视片刻，便转身离去，留下的雌鼠也不会溺爱它们，会果断给它们断奶。幼鼠的成活率极低，虽然雌鼠能生下一大群，而最后一胎入冬后，便只剩下为数不多的几只。寒冬大雪会使九成幼鼠死去，活下来的只有区区一成。

子午沙鼠喜食种子，人们前一天把种子下地，第二天便痛苦地发现，子午沙鼠在一夜间已把田地翻了个遍。人们痛恨子午沙鼠，便把夹捕、封洞、陷阱、水灌、鼓风、剖挖或枪击等方法用到子午沙鼠身上，而子午沙鼠贪食，一有吃食便忘乎所以，常常被捕杀得倒下一大片。

我惊异于朋友对子午沙鼠那么了解，他说，人常说吃一堑长一智，他挨过子午沙鼠的欺负，还能记不住它们的一点事情吗？细问之下才知道，有一次他抓了一只子午沙鼠，见它那么小，便捧在掌心玩耍。那只子午沙鼠似乎并不怕他，亦对挤眉弄眼的他不理不睬。他放松了警惕，不料子午沙鼠突然一口咬住他的手指头，疼得他一抖，子午沙鼠跳到地上，一蹿便不见了。

　　后又一次，他把一只子午沙鼠堵住，想起上次被咬的事，便心生捉弄它的想法。那只子午沙鼠与他对视，一双小眼睛滴溜溜转，似乎在打什么主意。他想对它大吼一声，嘴巴刚一张开，子午沙鼠便一甩尾巴，他便闻见一股腥臭扑面而来。他赶紧用手捂住口鼻，子午沙鼠转眼间逃得不见了踪影。后来他才知道，子午沙鼠在那一刻把尿液撒到尾巴上，然后甩向他的脸，借以逃之夭夭。

　　子午沙鼠几乎一生不喝水，所以尿液奇臭无比，甩到人脸上，能把人熏得晕过去。

塔里木岩蜥

塔里木岩蜥，是蜥蜴类的一种。

它们多生存于和田一带，但和田严格来说在塔里木盆地的边缘，所以把它们叫塔里木岩蜥，多少有些牵强。熟悉它们的人，把它们称为和田的塔里木岩蜥，但那样用作口语尚可，一旦写成白纸黑字还是有些怪异。人们啊，算了吧，不要在一个名字上纠缠了。名字嘛，也就是符号而已，只要让人能记住，能分辨就可以了。

塔里木岩蜥长得很怪，它们的头像鲨鱼，如果正面碰到它们，刚好看到它们的脸，就会看到它们有几分凶煞之气。有一人在沙漠中碰到一只塔里木岩蜥，因为只看到它们的头长得像鲨鱼，对于其他地方，譬如鼻子、嘴巴和眼睛都没有看清，回家后便找到一本动物图集，仔仔细细把塔里木岩蜥研究了一番。研究后觉得它们仅是眼睛让人恐惧，而其他部位则显得很温和，让人有想将它们视作宠物的想法。

其实塔里木岩蜥的体形极小，看上去与蜥蜴没什么两样，大可不必怕它们。不仅如此，塔里木岩蜥只要觉察到有人，就会迅速跑掉，以至于人发现有塔里木岩蜥，最多只能看见它们的影子。时间长了，便有了一个固定的说法，它们这么胆小，人还会怕它们吗？

常见的塔里木岩蜥，多出现在沙漠和戈壁中。沙漠和戈壁往往多沙子、砾石、少水流、植被，其实是不适宜动物生存的。但是有一些动物，譬如骆驼、蜥蜴、沙鼠等，却将沙漠和戈壁视为生命乐园，离开沙漠和戈壁反而活不成。上天造就一物，必然会为其安排相匹配的生存之道。譬如骆驼，在沙漠中十余天不喝水，仍可行走无误，被誉为"沙海行舟"；再譬如蜥蜴，虽然弱小，但在遇到危险时却有快速逃走的本领，转眼就会不见踪影。塔里木岩蜥与蜥蜴一样，身上长有柔软的鳞片，将橄榄色、灰色、浅棕色和黑色等密密麻麻杂糅在一起，没有固定的色块也没有固定的形状，所以每一只塔里木岩蜥是一种花色，从来都不会有两只一模一样的塔里木岩蜥。

有人在沙漠中碰到一只塔里木岩蜥，它看了那人一眼，一扭头便不见了。那人颇为疑惑，它看他的眼神幽幽的，像是一个无底深渊，它为何会那样看他？他没有看清它身上的颜色，但从它闪出的一团影子断定，它是一只橄榄色较多的塔里木岩蜥。那人站在那儿愣怔半天回不过神，他觉得那只塔里木岩蜥身上的颜色，就是沙漠的颜色。沙漠这种地方，一眼望去是一片褐黄干旱之色，几乎不见绿色生命。但塔里木岩蜥却紧紧拥抱沙漠，把沙漠视作母亲的怀抱。

找到了适于生存的地方，塔里木岩蜥便慢慢变得从容起来，并张扬出了不少厉害之处。譬如遇到危险时，它们头一低便可钻入沙子中，然后就见沙子剧烈向远处蠕动出一条细线，很快就没有了动静。不知它们习性的人，以为它们有遁沙而走的本事，其实那是它们早已挖好的通道，在关键时刻用于逃命。

知道了它们的这一习性，无论是见到或见不到塔里木岩蜥，便都会知道它们的活动范围不大，一般都仅限于方圆数百米。但如果想沿着这一线索找出它们，却并非易事，它们在有限的范围内，常常构筑出好几条逃遁路线，即使被人发现也无大碍，因为它们在地底下逃遁，人在地面又怎能知道？

它们的另一厉害之处，是能让身体变色。如果从亮处进入暗处，身上的颜色马上便暗下去，直至变得乌黑一团。而一只从暗处走出、进入强光下的塔里木岩蜥，则很快会变得与沙漠、石头和沙丘同一颜色。它们的这个本事在动物界独一无二，亦是它们一趴下便用作保护自己的法宝。

有一人在沙漠中找玛瑙，脚步惊动了一只塔里木岩蜥，它一晃便没有了踪迹。那人颇不解，都说塔里木岩蜥的速度快，但也不至于快得让人连影子也看不见吧？他无意一瞥，才发现那只塔里木岩蜥变了颜色后，就趴在他的脚边。他再次惊讶，它的变色本领真是厉害，一晃就变得和沙子一模一样，如不仔细看，便会被它蒙骗过去。

塔里木岩蜥虽然长得丑陋，但性情温驯。人们但凡看到塔里木岩蜥，只有三种情景：打盹、吃东西和晒太阳。塔里木岩蜥是素食主义者，主要以青草、树叶、花瓣、水果为食。吃饱后，会懒洋洋地晒太阳，借助太阳的温暖一边消化食物，一边闭眼打盹。

在平时，塔里木岩蜥之间可平静相处，一旦到了交配季节，一石激起千层浪，众多雄蜥常为争夺雌蜥大打出手。最后，最强壮的雄蜥将争夺者击退，且占领大块区域，和成群的妻妾自在逍遥。而失败的雄蜥，没有超凡的力量，无法击败称雄的雄蜥，只能把情欲压到体内的隐蔽角落。

有一人抓了六只塔里木岩蜥，他不知其中一只是雄蜥，另五只是雌蜥，便将它们关入同一笼子。六只塔里木岩蜥被"绑架"六个星期后，五只雌蜥发情了，那只雄蜥再也不用拼死争夺，与那五只雌蜥在笼中交配得如鱼得水。那人后来知道塔里木岩蜥正常的交配争夺很残酷，便替笼中的那只雄蜥担忧，到了下次交配期，被释放的它如何东山再起，一展雄风？

雌蜥产卵后，会在地上挖出一个洞穴，将卵用土覆盖后便不再理会，幼蜥孵出后得不到任何照料，从小就得自力更生。雌蜥的产卵数量很大，一次可达到三十至五十颗卵，每颗卵可孵出一只幼蜥。幼蜥的成活率很高，两年时间即可成年，其寿命在十五年左右。

塔里木岩蜥除了变色外，还会用断尾自残的办法逃离危险。它们的尾巴长，人们抓它们时，常常一把抓住尾巴拎起。它们知道别无他法，便强烈挣扎让人分神，回头一口咬断尾巴逃脱而去。它们逃脱时不会再变换颜色，因为它们变不了断尾处的流血。但它们只要一落地便逃得很快，让抓它们的人手握一截断尾，惊讶得不知所措。

有一只塔里木岩蜥逃脱时，没有彻底咬断自己的尾巴，事后又长出另一条尾巴，从此便有两条尾巴在身后甩来甩去。看见它的塔里木岩蜥，都

——惊恐闪开，以为它们中间出现了怪物。

它们亦有从不屈服的性格，有一人抓了几只塔里木岩蜥，它们不吃不喝，时时用头去撞击玻璃缸，撞得破皮流血也不停止。最后，一只塔里木岩蜥撞死，另几只去舔它的头，遂一一感染而亡。

另有一只塔里木岩蜥，被一人自小抓去，与一只狗同养。后来，每当那人唤狗，它便和狗一起回应那人。那人起初没有在意，直到有一天，那只塔里木岩蜥突然发出像犬吠一样的声音，惊得那人细看，发现它并未变成狗，才放下心来。

但蜥类发出犬吠声，实为一奇。

吐鲁番沙虎

吐鲁番沙虎是蜥蜴的一种,因为只生存于吐鲁番盆地,所以被叫作"吐鲁番沙虎"。

从形体上看,便会发现吐鲁番沙虎与其他蜥蜴大有不同。它们的背部有一片黄色,因为太鲜艳,看上去像是刚刷上去的。它们腰上分布着黑色鳞纹,一动晃出骇人的晕厥感。其实此黑色鳞纹并不吓人,主要是人们觉得很像蛇鳞,便不由得心生恐惧。不仅如此,它们腹下却又是白色,而且四爪和尾巴还是微红色,显得斑驳鲜艳,在逆光中会显出透明之感。在正常情况下,色彩搭配会呈现出丰富的视觉效果,但吐鲁番沙虎身上的色彩却毫无鲜艳之感,看上去让人触目惊心,似乎随时会从鲜艳色彩中涌出阴森的气息。

尽管这些小家伙好像一身披鳞挂甲,但那些不同颜色的鳞片却很"娇嫩",一经擦碰便破。有一人见一只吐鲁番沙虎在惶恐逃窜时,不小心碰到了骆驼刺上,身上马上便是一层血色。那人以为它的尾巴会断,因为蜥蜴类爬行动物的尾巴很容易断掉,但他看见那只吐鲁番沙虎的尾巴甩了几下,便闪出一团血色光影跑远了。那人后来得知,吐鲁番沙虎的皮肤有很强的修复能力,如果伤得不重,一夜过后就会恢复得与先前一模一样。

如此这般,虽然吐鲁番沙虎不吓人,但却不招人喜欢。有一次去托克逊看桃花,问当地朋友此处可有吐鲁番沙虎?他说有倒是有,但是难看得很,看那玩意儿干什么呢?有一人甚至视吐鲁番沙虎为不祥之物,有时进入沙漠时还会念叨：沙虎沙虎你走开，不要让我的头发疼。人的头发怎么会疼呢？那人说的大概是看见吐鲁番沙虎的一瞬，头发竖立，恐惧袭遍全身，让他以为连头发都疼呢！

吐鲁番沙虎虽然不好看，但却不恶，如果人们打消对它们的偏见，便可发现它们的优点。吐鲁番沙虎本性机警，反应灵活，爬行速度极快。如果碰到一只疾行的吐鲁番沙虎，人们会看见它们身上原本骇人的色彩，在那一刻似乎变成了幻影，迅速向前穿梭而去。它们的迅疾速度亦与众不同，你以为它们穿梭得那么快是四爪在起作用，细看后才会发现，它们的身体亦发挥出了张力，一扭便快速向前蹿出一大截。一边扭动一边爬行，是蜥蜴类爬行动物的常见情景，但吐鲁番沙虎却是最快的，它们扭动疾行，这一本事在蜥蜴类爬行动物中算是独一无二。

吐鲁番沙虎独属吐鲁番盆地，说来也是一奇。吐鲁番盆地在历史上孕育了一系列辉煌文明，是东西方文化交会的十字路口，亦是丝绸之路上的重要驿站。高昌、车师、鄯善等西域古国，都曾在历史长河中留下不少传奇，譬如高昌国的国王麴文泰，在玄奘路过高昌时，因看重玄奘的才华，欲强留玄奘当高昌国的国师，玄奘以绝食方式抗争，后来麴文泰的妃子对麴文泰一番晓之以理、动之以情的劝告，终使麴文泰幡然醒悟，亲自送玄奘上路，向天竺（今印度）而去。

吐鲁番盆地的历史悠久，其地理构成亦非同一般，常常让人谈之色变。譬如其在中国海拔最低，但却很少下雨，年降水量仅为十六毫米，而水分挥发则是降水量的百倍，是新疆最干旱的地方。少雨便多风沙，每到沙尘天气，天地迷蒙，一片浊黄。当地人将其称为"下土天"，意思是老天爷不下雨，只下土。再譬如夏日酷热难当，四十多摄氏度是常事，动辄还上五十摄氏度。吐鲁番的热在历史上已经非常有名，譬如康熙，曾写下《土鲁番地极热》一文（康熙多将吐鲁番写成土鲁番），言及其地多磺石，被烈日照射后赤热如火，人若不小心触之，皮肉会被烧得焦烂。康熙曾听闻，西域多流沙热风，人和动物遇上会致昏跌倒。他先前怀疑那些说法言过其实，后则深信不疑。吐鲁番离雪峰不过百里，但每年入夏却极热，若日出而耕，则热不可耐，非得等到入夜，才可走向田间。酷热让地表水急剧蒸发，人们于是在地下挖出流水渠，引雪山融化的雪水下来，流向所需之处。此地下水渠叫"坎儿井"，被称为"地下运河"。至今，坎儿井仍然被使用，实为吐鲁番之功臣。但其流水多在地下，人们仅知有坎儿井，却说不出其具体情况。

某一年，一干人游吐鲁番，见戈壁上有圆形口，问之得知乃坎儿井废弃出口。向下张望，笔直且深不见底，便疑惑那水怎可流出？一小孩趴在出口边向里望，差一点掉进去。其母一把抓住，大惊失色。返回的车上，见那母亲紧抱其子，身子仍在发抖。育人子，母亲的负重无可比拟。

如此独特的地域环境，影响了吐鲁番沙虎的生存，亦让它们适应了更独特的生存法则。譬如有一个说法，吐鲁番沙虎是夜行者，在白天见不到它们的影子。究其原因，是因为吐鲁番的白天太热，它们在白天便不出洞，等到天黑后才出来觅食。戈壁沙漠有一个好处，白天酷热，但夜晚会凉下来，怕热的动物便在黑夜出来觅食和饮水。

在干旱的吐鲁番盆地，不论是植物，还是动物，都生长得不易，所以吐鲁番沙虎能吃的东西，便寥寥无几。每年四五月份，它们能吃到昆虫，但是昆虫也怕热，随着天气越来越热，昆虫在白天也很少出现，只有入夜凉快下来才会出来觅食。吐鲁番沙虎从洞穴中探出头，先是观察一会儿，待确定昆虫的位置后，迅速蹿起用舌头吞卷入腹。它们的速度很快，加之不发出任何声响，所以大多数昆虫都发觉不了它们的动静，转瞬便成为它们的"宵夜"。久而久之，它们便又得到一个"黑夜杀手"的称号。

到了七八月份，它们只能吃刺山柑果实。但戈壁沙漠中没那么多可结出果实的树，它们往往要经过长途跋涉，才能找到果腹的果实。吐鲁番一带的葡萄很出名，人爱吃，吐鲁番沙虎也很喜欢。它们一旦发现农民的葡萄园，便在夜晚悄悄潜进去，沿葡萄藤爬上去开始啃吃。它们吃得不多，迅速吃几口便转身返回。

在火焰山下的戈壁上，有一人在一个黄昏见到一只吐鲁番沙虎，它被他的脚步惊扰，作逃离状，但旁边的一棵小草又让它停了下来。它转身望

III

着那人，圆圆的眸子里似有祈求之意。那人遂明白，那小草上的颗粒果实，对它来说得之不易，它不想放弃。很显然它已多日没有进食，否则不会在黄昏便出洞。那人一笑离开，给它留下了一方安全地带。

　　黎明亦是吐鲁番沙虎的活动时间，它们在这一时刻出洞，主要是喝水。说是喝水，其实也就是从草叶上舔露水。沙漠一夜降温，至黎明时分，草叶上便有了露水，吐鲁番沙虎在这一时刻慢慢凑近草叶，伸出舌头舔吸上面的露水，舔完一片又去舔另一片，直至舔足了才离去。

　　有一人在沙漠中碰到一只吐鲁番沙虎，它去舔骆驼刺上的露水，无奈骆驼刺太过尖利，它努力了好几次，都无法把舌头伸到那滴露水上。它观察了一下那根骆驼刺，弯下两只前爪，才让舌头舔到了那滴露水。

　　在那一刻，那人看见那只吐鲁番沙虎，像为了活命而跪下的人。

沙狐

顾名思义,沙狐多生存于沙漠。

沙狐在狐类中最小,大小与猫差不多。如果不识沙狐,突然碰到了猛一看,会以为它们是猫,只有细看才会发现它们的耳朵向上挺立,一双眼睛极富媚态。仅此两点,它们便与猫不一样。

新疆的沙狐,多在南疆的塔克拉玛干沙漠中,人们提及它们时常会说一句像谚语一样的老话:夏天的沙狐四处流浪,冬天的沙狐处处是家。可见春夏秋三个季节的沙狐,因为气候和觅食条件并未对它们构成威胁,所以它们便任性浪荡,从不在任何一个固定区域停留。这三个季节的沙漠在它们眼中可任由四爪征服,无论远近,皆取决于它们的流浪秉性——如果心野,就会走得远,把天地风景尽收眼底,把沿途食物逐个品尝;如果心不野,则会在有限的范围内活动,慢慢看出每一物的细致之美。到了大雪飘飞的寒冬,沙狐觅食变得困难,让它们陷入这一困境的原因,是它们不喜欢大雪,不论是漫天飘飞的雪花,还是堆积在地上的积雪,它们都会远远避开,唯恐一旦接近就会丧命。为此它们会在秋末顶着寒风向南迁徙,赶在第一场大雪落下之前,进入"沙狐城"与同类群居。相比其他狐属,冬天的沙狐更具群居性,其中有配偶和成年子女,甚至一二十只共居同一洞穴。不仅如此,它们的洞穴常常相邻,只要有一个洞穴,附近就一定会有很多个洞穴。这些洞穴除了可供沙狐居住外,还可以让其他动物居住,譬如旱獭,就是最常见的受益者。

熟悉沙狐的南疆人说，沙狐不但在春夏和冬天不一样，而且它们的白天和黑夜也截然不同。为此，他们又为沙狐总结出一句话：沙狐在白天四处奔跑，在黑夜八方走动。如此说来，沙狐无论是在白天还是在黑夜，都始终不会闲着，是动物中的忙碌一族。但是它们的忙碌，并非出于无奈而苦苦挣扎，很多时候都是沉浸其中忙得不亦乐乎。沙狐在白天非常活跃，无论天气多么酷热，或者刮多大的风、下多大的雨，它们都忙于疾行。好不容易慢下来，也仅仅只做短暂停留，很快便复又上路。它们如此忙碌穿梭，实则是为安全担忧，从不在一地长久停留。它们是习惯于警惕的动物，所以神经便一直绷得很紧，如果完全放松下来，反而会不自然，亦不习惯。它们在夜间活动时，虽然比白天慢一些，但仍然不会在一地长久停留，哪怕捕食也不会发出声响。它们有一个习惯，在黑夜走过的路，必将用于在第二天疾行。所以它们捕到吃食后，譬如果子、种子和花籽，总会留下一些以备第二天食用。熟知沙狐的人说，沙狐睡觉的时候，它们的心就变成了眼睛，在看着第二天的路。

狐类从不主动攻击他者，身上无一丝杀气，可谓是好脾气的动物。有一人在沙漠中碰到一只沙狐，它追逐一群老鼠，数次都能将其中一只老鼠一口咬死，但它却并不残忍下口，而是将它们驱赶出了那块草场。沙狐主要以鼠类为食，它们在调节鼠类数量和控制鼠害方面，起着重要的作用。那人后来才知道，那一年的草场上蝗虫泛滥，专吃蝗虫的老鼠出现后，蝗虫很快就被消灭干净。但蝗虫有一个很难被改变的习性，一个地方的蝗虫被消灭后，别处的蝗虫很快就会蜂拥而来，在它们用双翅发出的鸣叫声中，没有它们占领不了的土地。所以老鼠在这时便变成了草场的宝贝，虽然它们会制造出鼠害，但消灭蝗虫的功劳也首屈一指。沙狐只驱赶并不伤害老鼠的原因，便在于此。大自然中的生物链，犹如上帝精心编织而成的，只有当我们认清或梳理出其精妙结构后，才会为生命与生命之间的关系叹为观止，并深为信服其生命力的顽强和美丽。

无论是动物还是人，行为自信一定与内心自信有关。沙狐小心翼翼构筑自我的城堡，是因为它们有超凡的能耐，足以让它运筹帷幄，从容为生存布局。它们善攀爬，听觉、视觉和嗅觉皆灵敏，如有危险临近，可被它们及时听到或嗅到，一晃尾巴便不见了影子。

曾听说过一件趣事。有一人见一只在沙漠中穿行的沙狐，嘴里叼着一枝枯花，像是要去做重要的事情。那人好奇，遂尾随其后观察。那只沙狐将枯花叼到一个洞口，用爪子猛抓花蕾，有花籽飘着弧线落到了洞口，然后转身躲进了灌木丛中。那人仍不解，便躲在一边观察，不一会儿从洞中爬出几只老鼠，争相抢吃花籽，沙狐蹿出堵住洞口，老鼠们欲逃脱，但沙狐闪展腾挪，很快便让它们毙命于它的爪子之下。那人笑了，聪明的沙狐，在谋略方面是动物中的一绝。吃毕老鼠，沙狐弃老鼠洞而去。那人猜测，老鼠洞太小，容不下它的身体，对它没用。

沙狐擅抓老鼠，每天都可以抓五六只。有此举动，它们堪称是平衡大自然生态链的功臣，但它们却活得很辛苦，因为没有固定的栖息地，只能四处流浪。到了冬天，觅食变得越来越困难，加之不能忍受寒冷的风雪，它们会向南迁徙。没有人知道它们会走到哪里，仅靠四爪又怎能走远，也许挨到一个暖和的地方，就凑合着过一冬。

相比其他狐属，沙狐更具群居性，甚至数只共居一个洞穴。沙狐主要栖息于草原、荒漠和半荒漠地带，从不进入人们的农田觅食，亦不进入森林和灌木丛。它们天生有管理才能，与其他穴居动物毗邻而居时，如附近有空置地穴，它们便主动接管，并合理分配给其他动物居住。时间渐长，它们便越聚越多，形成类似于部落的规模，人们称赞它们居住的地方，是沙漠中的"沙狐城"。

居住得再幸福，沙狐也不会享清福，它们借助宽大的耳朵，准确定位猎物的跑动方向。到了捕捉的那一天，它们便大显身手，把早已锁定的啮齿动物（老鼠、野兔和鼠兔等）作为捕捉对象。它们先跃入空中，再扑向猎物，猎物很少有逃脱的机会。

沙狐蹿高捕食的习性，持之长久便成为习惯。有一人捉兔子，却被兔子耍得团团转，不但没抓住兔子，反而被骆驼刺扎破了手，抱着手甩下几句诅咒，跑回去包手了。那只兔子逃脱了人的视野，却逃脱不了沙狐的眼睛。一只沙狐从人的失败中吸取教训，悄悄攀上岩崖，爬到一根斜伸出来的树枝上，耐心等待兔子出来。等了一天一夜，那只兔子终于从草丛中露出了头，它不知一场博弈已暗自布置完毕，等它进入沙狐的埋伏地，沙狐像一团阴影倏然飘下，兔子尚未反应过来，便被沙狐按进了沙土中。

那人几天后又去了那个地方，看见地上有兔子的骨头，一时疑惑不已，难道那只兔子在前几天死了？自己在当时只顾着去包手，忽略了本该属于他的一只兔子？

他没有见过沙狐，不知道那是沙狐的壮举。

蚂蚁

蚂蚁有玄驹和昆蜉的别名，因为叫的人少，鲜为人知。

蚂蚁常被视为微小之物，并常被忽略其身上的厉害之处。在阿尔泰山上，一只黄羊误入蚁窝，蚂蚁一拥而上，将它覆盖成了一座蚁山，之后黄羊倒塌下去，地上只剩下一堆白骨。

蚂蚁虽小，但活得很自在。有一次在阿勒泰，当时是个好天气，阳光洒落到大地上，每一个角落都被照亮。我突然发现在地上有什么在轻轻蠕动，不一会儿，一只只蚂蚁举着像刀剑一样的触角，将最后一层土轰开，一个洞穴由此大功告成。

一位牧民说，地底下有蚂蚁的宫殿呢，它们住在那里，谁也不怕。听他的意思，是在说蚂蚁生存在大地上太危险，有那么多庞然大物对它们构成威胁，一不注意就会在像大山一样的脚板下毙命。他说原因不止这一个，最大的原因是蚂蚁天生适合在地底下生存，所以它们向土地深处掘进，到远离陆上族群的地方去生存。它们的足、嘴和尾都在挖洞时发挥出了作用，挖松软的泥土对它们来说并不费什么事。它们天生就是建筑师，往往选择能避雨水，保持阴凉，而且见光的地方掘洞。它们选择的地方很坚固，无论人和动物怎样踩踏，都能经受得住。他在放牧时多有闲暇时间，便观察蚂蚁，时间长了对蚂蚁了如指掌，说起蚂蚁便头头是道。

哈萨克族有一句谚语：猎人的儿子会造子弹，蚂蚁的儿子会掘洞。说的就是遗传基因在生命中起到的作用。

后来，那人带我到一棵松树下，指着一个圆形的松针包说，要看蚂蚁就要有耐心等它们出来，不然看不出名堂。我于是保持耐心等，一只蚂蚁发现一只昆虫可成为它们的食物后，不知在洞口发出了什么信号，很快便有成群的蚂蚁出动，将那只昆虫分割成了块。

它们的口器十分锋利，昆虫被轻而易举地切开，它们一拥而上围住啃吃，十余分钟后，肉便被吃尽，只剩下森森的躯壳。吃饱了，每只蚂蚁便搬一块肉进洞，而那些大块则由数十只蚂蚁合力拖回。它们中的一只蚂蚁是指挥者，它向众蚂蚁发出前行的信号，遇到障碍物总是能够巧妙地躲过去。有时候会遇到上坡路，蚂蚁会搬来石块，每往上推一点便用石头垫住，如此重复向上，居然把食物推上了坡。

之后的几天，我便经常去看蚂蚁，很快便发现它们是大力士，可搬动比它们重数十倍的东西而迅疾行走。除了搬运食物，它们很有集体主义意识，常排队弯弯曲曲前行。有一次我一不小心一脚踩到它们旁边，它们便迅速逃离。它们行进可谓是神速，我将它们视为昆虫中速度最快的"马"。那天，它们意识到危险过去后，便又汇聚到一起，看来它们有一个生存习惯，只要不被死亡夺走生命，就不会走失。

是夜，与那牧民聊蚂蚁，他说蚂蚁天生是巫师，虽然在大地深处过着隐蔽的生活，却对大地上的事情有强烈的预测能力。天空往往一片艳阳高照，但它们却已经知道要下雨了，于是便集体出动在洞口筑坝；天刚刚转阴，它们已在洞中进入甜蜜的梦中。如果是一场暴风雨要来，它们则会早早地从风和空气中做出准确判断，暴风雨会让雨水灌入洞中，它们会在暴风雨来临之前从洞中搬出，找到更为安全的地方。雨过天晴，土地变得松软，它们又开始掘洞。

那牧民感叹，大地无比宽广，但蚁穴却无处不在。千里之堤溃于蚁穴，说的就是蚂蚁的洞穴太过于密集，最后致使大堤溃散，洪水造成了灾难。我亦唏嘘，那样的事虽然让人骇然，但微小者制造的大事件，谁也无法阻止。

后来的一天，我看到了更惊心动魄的一幕。一只蚂蚁发现了一只死去的虫子，颇为兴奋地钻进了洞中。我猜想它是去向众蚁报告好消息，一只虫子对蚂蚁们来说无疑是一次盛宴,洞中众蚁一定会像那只蚂蚁一样很兴奋。但此时在洞外却发生了意想不到的事情,一只鸡路过此地,它用嘴一啄便将虫子吞入了肚内,等蚂蚁们闻信而至,洞口已空空如也。所有的蚂蚁都愤怒地摆动触角,将那只蚂蚁围了起来。我心想坏了,它们一定认为那只蚂蚁撒了谎,按蚁群生存规定,那只蚂蚁的死期到了。

众蚁一拥而上,很快,那只蚂蚁便变得尸骨全无。

蚂蚁的奇事多矣,但蚂蚁之猛,有时候甚至会影响到人的生存。譬如被称为"蚁中霸王"的劫蚁,就曾制造过一场人蚁大战的传奇。1883年的一天,巴西的亚马孙河仍在平静地流淌,但在它的岸边却出现了奇怪的现象,一支庞大的蚂蚁群排成十公里长、五公里宽的阵队,正沿着河岸缓缓推进。

这个消息让人们害怕,怎么会有这么多的蚂蚁呢?情况尚未弄清,很快又传来更可怕的消息:凡是被那张蚂蚁大网覆盖过的地方,房子纷纷倒塌,庄稼和野草顷刻间便消失不见,甚至树皮也像被刀子刮过一样划痕累累,地平线不见一丁点绿色,处处是被摧残过的样子。

科学家冷静分析了那种现象,得出了一个可怕的结果——劫蚁来了!他们的心发抖,劫蚁出现预示某种灾难的来临。

劫蚁,是热带森林里的蚁类霸王。因为它们颇为凶悍,人们又将它们称为"南美洲食肉蚁""狩猎蚁""行军蚁"。

黑夜,它们会派出"侦察兵"侦察行进方向和沿途情况,如有可捕获的食物,便马上回来向大军通报。劫蚁"大军"在出发不久便排成极具规模的阵营——宽五米左右的横队,组成十万到十五万之多的集团,形成势不可挡的讨伐阵势。它们所经之处,来不及躲避的动物都会在它们包围下丧生。这种以小攻大的劫蚁讨伐,往往需要持续十余天才会停止。那时,它们已吃饱喝足,可放松下来再次休息。

一家农场不幸成为那群劫蚁前行的必经之地,它们距农场还有十几公里,鸟儿们便惊恐地鸣叫着飞向别处,兽群也乱窜着寻求逃生之路,就连凶猛的美洲豹也放下架子落荒逃命。更让人惊叹的是,鳄鱼和大蟒蛇一改平时是死敌的关系,肩并肩在河中奋力向下游的森林游去。劫蚁未到,林中动物便纷纷逃命，说明劫蚁犹如可怕的魔鬼，它们深知自己不能抵挡，便赶紧逃向安全的地方。

农场场长骑马赶回农场，上面给他下了死命令，不论付出怎样的代价，必须阻止劫蚁前行。劫蚁到达农场还需一天一夜，他有足够的时间想出对付它们的办法。他想出了三个办法。当然，前面两个办法，即水阻和火攻，只能是试一试，而第三个办法——水淹——是他的撒手锏，他下定决心，如果前面两个办法都不奏效，便用第三个办法将这群可怕的小魔鬼一淹而尽。

很快，那群可怕的小魔鬼进入他的第一道防线———条二十米宽的排灌渠。它们犹豫了一会儿，便一只叠一只，叠起数千道近三十米高的蚁墙，然后倒向对岸，在排灌渠上搭起一条条蚁桥，劫蚁们调整成长条形从"桥上"缓缓通过。

场长的第一道防线被轻而易举地攻破，不过这在他的意料之中，他马上实施第二道方案。农场正前方已铺了一道数米宽的草墙，在上面浇上了柴油，等劫蚁爬到跟前时，人们突然将草墙点燃，腾起的烈焰便阻止了劫蚁。但劫蚁很快便想出对策，它们迅速抱在一起形成一个个圆球，从火中滚了过来。外面的劫蚁被烧死，里面的劫蚁又继续向前。偌大的田地被一片黑色遮裹，空气中响动着它们爬行的沙沙声。一只奶牛没有来得及逃走，劫蚁一拥而上将它覆盖成一座蚁山，几分钟后那座蚁山塌了下去，地上只剩下一堆白骨。

劫蚁距农场只有一公里，过不多久就可以将农场全部覆盖。农场场长守在位于农场左上方的水库闸门前，他在等待劫蚁进入农场前的那些左高右低的庄稼地，只要它们一进入，他就可以让奔涌而下的洪水把它们冲走，他知道它们之所以能够勇往直前，是因为团结成了庞大的集群，唯一能打败它们的办法就是把它们冲散，但那一办法却淹没庄稼。为了人们的生命，场长已别无选择。过了一会儿，劫蚁终于进入可被淹没的庄稼地，满头大汗的场长按下闸门的开关按钮，洪水排山倒海般扑向劫蚁，将它们冲得飞了起来。

雪鸡

先说说狮泉河达坂（山口）下的一只雪鸡。

二十余年前的一个温暖的冬日，不知它从何处而来，突然在我面前的雪地上停住了。于是，一个酷似新天方夜谭的故事发生了——

那个高原的中午显得有些神秘，我迎着刺眼的阳光望了望阿里高原的山峰和晶莹的积雪，刚低下头，便发现脚边的积雪中有一只雪鸡，我被它吓了一跳。它或许已经爬累了，加之面前的达坂不容许它继续爬行，所以便想在这片干净的雪地上歇息一会儿。事实上，它必须整装待发，因为在它的前面，达坂陡峭得几近于直立，那"哗哗"滑落而下的雪水，更犹如阻挠它的一双大手。但它显得很从容，静静地将肚皮贴在沙土上，两腮一鼓一敛地在喘息。这时一群蚂蚁爬到它跟前，像是在对它说，你别费劲了，还没有谁能爬上去哩。它生气了，宽大的尾巴掠起一道狂飙，那些蚂蚁被吓跑了，它们可能自出生以来还没有见过如此有威力的东西。

山中一片平静，它一直在歇息。

我觉得时间尚早，便决定等待目睹一只雪鸡攀登山峰的壮举。

它像一个充满弹性的橄榄，贴地翘首，像是在期待，在准备，在幻想，更像是长久蕴藏着爆发力……这个平常的日子，一只雪鸡（也许它已行将暮年）似乎要进行一生中的一次大行动。尽管难以预测它的行动能否成功，但它如此长久而又充满虔诚地预备、蓄锐的态度还是让我感动。阳光照入山中，它身上笼罩着一层神秘的光晕。我想我即使等到天黑不吃饭，也要等到它行动的那个时刻。

终于，它动了——双腮一张一翕。这个动作一直在重复着，每做一次，它的躯体就膨胀起来一点，原先细腻纤柔的羽毛变得坚硬起来，像是一位初次上阵的武士正缓缓抖开他的衣甲。它真的要动了？也许那只是一种期待和错觉，但我却分明听见它从心脏深处发出的呐喊，在山谷中无比激烈地弥漫开了……

阳光还是那样温和，它的眼睛慢慢睁开，眸子晶莹而透明。我仔细观察，发现它眸中的晶莹越来越醇厚，像一场浓烈的大雪弥漫了开来。很快，它战栗了一下，战栗得那么强烈，以至于双爪边的雪都被震动得飘了起来。就在它战栗的一瞬间之后，它张开闭合的喙，锐利地叫了一声，那叫声细而尖厉，如一把临空劈下的大刀携带的风声。它的头高高扬起，橄榄形的躯体渐渐变得蓬松而有力，原先紧紧贴在身上的羽毛直立成针状，迎风耸立。

它的身子慢慢向后仰去，突然，它尖叫着向雪山蹿去。然而，狮泉河达坂太险要了，它连连起跳攀登了十余次，都无一例外地从光滑的雪壁上跌了下来。它停了下来，但不是歇息与期待，而是校正好姿势后再次攀登，它的嘴里仍发出尖厉的叫声。这是一种多么执着的舞蹈，似乎高原只容许雪鸡一次又一次地用固有的动作攀登，哪怕失败，也绝不放弃。它虽然一次次被摔下来，但再次振作而起的动作依然娴熟完美，甚至像一个忘我的舞者。那种节奏与旋律，实际上是它那颗永不退却、永葆向上的心灵弹奏出的。

太阳已经偏西，雪鸡还在努力，山谷中只有它发出的声音在回荡。它身上的羽毛随着它的起落翻动着，一种摄人心魄的凄美像流苏一般，从它白色的躯体上垂流下来，让人叹为观止。藏北的冷空气开始游动，远处的山峰变得模模糊糊，而一场扣人心弦的舞蹈仍在持续，雪鸡似乎要将自己多年的力量慷慨地使用完毕。它跌落在地上时，有几根落下的羽毛被风卷入山谷，很快就不知道飘落到了何处。

过了一会儿，雪鸡停住了。

它又像刚开始与我相遇时那样，安安静静地倚雪而卧。它张开的双翅渐渐合拢，并垂下白皙的脖颈，向积雪缓缓地匍匐下去。它平静而庄严地做完这套动作，然后双翅战栗了一下，像是舞蹈的尾声中最后复位的表演。它的开始是舞蹈，结束也是舞蹈，一起一落，一丝不苟。它用一整套凝重执着的舞姿阐释了一次生命的真谛。

至太阳西落，雪鸡已经安静下来，重新闭合成拳头般大小的肉身，而且显得有些疲惫。雪在夕光中泛开一片白光，雪鸡在白光中像一只纹丝不动的小舟。如果天再暗一些，谁也不会发现，一只雪鸡沉甸甸地躺在积雪中。如果不是亲眼看见，谁会相信它会一触即发，嘴里发出冲锋者的音乐，顷刻间攀向悬崖峭壁。

几天之后，我洗出了那天拍摄下的照片。雪鸡在蹿跃前后的模样，几乎没有什么不同，始终像一只紧握着的拳头，只等着那个属于它的时辰一到，就会睁开眼开始行动。当晚我看一本书时，读到了维尼的这句诗："飞鸟在地上行走／也让人感到有翅翼在身。"我觉得这是一种神示，我愿意把这两句诗献给那只雪鸡。

后来在新疆亦见过不少雪鸡，但自从听过一位女士讲述过关于雪鸡的故事后，便觉得雪鸡是沉重的禽类，我们平时看到的只是它们安静的外表，其实它们很有灵性，身上亦有不少传奇之事。当时是冬天，乌鲁木齐下起一场大雪，朋友们聚会，一位气质高雅的女士说起了雪鸡。她在天山深处办了一个雪鸡养殖场，因为赔了钱，不得不撤下山来。

大家都听她诉说着山上的事。

她说，雪鸡都生存在海拔两千米以上的地方，而且必须是终年积雪才行，这就注定了雪鸡的性格非常坚强。雪鸡是靠吃雪莲生存的，而高原上的雪莲有限，所以，雪鸡自小就懂得节食。

雪鸡是圣鸡，在生命中不会出现任何龌龊和贪婪。雪鸡不会在大庭广众之下死去，它们一旦发现自己难逃厄运，便拼命奔跑，最后坠崖而亡。有时候雪鸡会被人抓住，但等你把它举起时，却发现它已经死了——它因为不能忍受这样的命运，被气死了。所以，人们在市场上买到的雪鸡都有一个烂脯，那是被气炸的。

雪鸡的爱情也很感人，一只死了，另一只必定挖开积雪将它埋葬。接下来，它会一直在附近活动，从不走远。一次，她看见一大群雪鸡在行进中碰见一只孤独的雪鸡，它们便停下，朝着一个雪堆嘶鸣。那只孤独的雪鸡在众雪鸡的嘶鸣声中低着头，十分难过。她断定那里埋葬着一只雪鸡。让她惊异的是，雪地上本来布满动物们杂乱的爪印，但那个雪堆却干干净净，从来都没有动物们踩过。说到这里，她伤心地告诉大家，因为养殖失败，男友已早于她败下阵来，并离她而去。

她又说到雪鸡的性格。能见到雪鸡的人毕竟是少数，因为雪鸡怕人伤害，往往选择高山雪峰作为家园。人们都知道吃雪鸡可祛寒，尤其对关节炎有好处，但没有人知道雪鸡遭受的严寒。一位牧民曾告诉她，一次他见几只幼小的雪鸡可怜，就把自己的羊皮袄放在它们窝前，想着它们抵御不了寒冷时，就会钻进去。没想到第二天早上一看，它们把羊皮袄掀到一边，早已悄悄走了。她想，雪鸡面临的是一生的寒冷，所以，它们必须拒绝温暖，向寒冷挑战。

当然，雪鸡也有它们的欢乐。说到这里，她脸上露出微笑。一次，她给养殖圈里的雪鸡喂食，发现两只母雪鸡把吃食都推让给了幼子。更奇怪的事情发生在后来，两只雪鸡过河，一只弱小一点的在跳过石头时，不慎落入水中，她以为它会从水中游到对岸去，反正它不怕冷。但她没有想到，它又返回原来的地方，再次起跳，要跳到那个石头上去。努力了四次，它都失败了，但它没有畏惧，一次次返回去再接着跳。在第五次它成功了，上岸后，它发出兴奋的欢叫，地上的雪被它的爪子掠起，在头顶飞扬。她觉得雪鸡的那份执着，就是欢乐。

说到她的雪鸡养殖场赔本，她的脸色变得复杂起来。其实，在这之前她意识到雪鸡终有一天会战胜她，那种战斗不是形式的，而是因为二者生命的不同早已注定的。雪鸡是圣物，它们有超凡的习性和意志，是注定要战胜人的。那是在一场大雪下起后，天山顷刻间就变成了白色，她望着天山上的大雾和飘飞的雪，内心有了不祥的预感。那场雪下了一天一夜，第二天早上起来，一走出门，她被眼前的情景惊呆了，所有的雪鸡都已冲出养殖场，正在向远处走去。

　　说到这里，她长叹一口气说，直到现在，我也说不出当时是什么感觉，她就那样呆呆地望着雪鸡们走远，直到再也看不见一只雪鸡，她才明白，雪鸡们一直在等待这场大雪，它们喜欢在雪地上行走。过了两天，她默默收拾好东西，一声不响地下了天山。

　　说完这些，她不再说话，大家也都陷入了沉默。坐了一会儿，大家便散去，那桌丰盛的肉菜几乎未动。

青蛙

我原以为，新疆没有青蛙，因为新疆干旱少水，不是青蛙的理想生存之地。但到了新疆后才发现，新疆不但有青蛙，而且还多得超出了我的想象。由此便想，青蛙是两栖动物，水多了可以从容地活着，水少了可以淡定地活着，哪怕没有水也能活下去。淡定这个词，用在动物身上似乎有些牵强，但是用在沙漠中的青蛙身上却再合适不过。沙漠中的水往往今天有，明天就没有了，青蛙从不跟着水走，亦不跟命运较劲，它们在水洼、浅滩、草地或树林中存活，只要有湿润的空气和水分，就能活下去。

新疆的青蛙与别处的青蛙是一样的，但在历史上却略有不同。譬如东北视青蛙为药品，《东北动物药》记载："青蛙鲜用或阴干行用，可全体入药"，有"利水消肿，解毒止咳"之功效。而中原地区则将青蛙食用，视为上佳的绿色食品。李时珍在《本草纲目》中记载青蛙："南人食之，呼为田鸡，云肉味如鸡也。"青蛙这一名字的出处亦有奇事：据说古代有一男子长得很丑，家人想给他张罗亲事，但是媒人一看见他就哇的一声吐了。那样的事发生得多了，他便习以为常，但父母却不甘心，每次媒人来了后，他们便递过去一个痰盂说：请哇。意思是你吐吧，我就知道你要吐，不过请吐到痰盂里面，免得把地吐脏了。这件事在后来传了出去，街坊邻居都知道了，"请哇"这个词也渐渐传播开来，演化成看见某人很丑，就说：请哇。时间久了，这个词又慢慢演化成长得丑陋的青蛙，意思是它们之丑，会让人见之即吐。

其实青蛙并不丑,亦不会因为丑让人看见就吐。我有一年在塔里木河边,本来想看看塔里木河水的流向,但因为河面太宽,加之河水又流得太缓慢,让人觉得它并不是一条大河。我在那一刻的感觉是,我面前的塔里木河,像是经过万里跋涉,到了这里已经疲惫之极,便身体一散塌下去,从此便再也没有了能够爬起的力气。大河负重,让人看到的是世间沧桑,哪怕风景再美,也唤不起人心头的浪漫之情。算了,一条沉重得像哑巴一样的河,又怎么能歌唱呢?就在我转身要离去时,一只青蛙却从河中跳到我脚边,然后抬头望着我,似乎它知道塔里木河的秘密。但我只看清了它深幽的眼睛,它却因为我脚下不慎一动而跳入河中,立刻引得河中一片蛙声,原来河中有不少青蛙。但塔里木河水浑浊,即使凑近水面也看不清水中情况,直至那一片蛙声渐渐弱下去,也没有看清一只青蛙。塔里木河中多青蛙,但青蛙究竟以何种方式在河中生存,至今也不得而知。

后在疏勒县的洋大曼乡,我们去考证一条与林则徐有关的古渠,却意外见到了草丛中的青蛙。那天,我们很快便找到那条古渠,但判断不出林则徐当时是如何引水灌溉农田的,亦想象不出当年的水流有多大。洋大曼在当年叫巴依托海,林则徐在他的日记中记载,他每天在巴依托海"黎明量地亩","卯刻履亲地","余复勘量",最终发现从帕米尔流下的叶尔羌河,以及周围的几条河流,都可充分利用于农田灌溉。林则徐亲自验查水域情况,然后挖渠引水,巴依托海有史以来第一次有了农田灌溉。百姓看到清澈的水流缓缓流入田地时,惊异得连连赞叹。他们一直靠天吃饭,有时候辛苦一年也颗粒无收,而林则徐带领大家开渠引水,让耕种有了保障,再也不用发愁了。如今百年岁月已经过去,那条渠在当年的辉煌,只留下想象和怀念。

我们离开那儿准备返回,行之不远却听到哗哗的流水声,循着水声寻找过去,便看见一条在阳光中清澈透明的小河,沿草滩向远处流去,想必在最后汇入了叶尔羌河。我们被它的幽静、怡然和清新吸引,便走过去坐在岸边休息。人喜欢坐在河边休息,大概享受的是人静水动的美感。我们刚坐下便惊动了小河中的青蛙,它们唰的一声蹿入旁边的草丛中,把青草撞得甩出一层绿浪。原来青蛙是捉害虫能手，趴在一个小土坑里，后腿蜷曲跪在地上，前腿支撑，张着嘴巴仰着脸，肚子一鼓一鼓地等待着什么。一只蚊子飞过来，在青蛙面前一晃，青蛙身子猛地向上一蹿，舌头一翻又落在地上，蚊子已经被它吞进了肚子，然后它又原样坐好，等待着下一个昆虫的到来。青蛙的眼睛看静的东西迟钝，但是看动的东西却很敏锐，只要昆虫出现便难逃被吞食的命运。

我们在小河边闲坐，等来了一只青蛙的放声歌唱。当时是炎热的夏天，青蛙躲在草丛里偶尔叫几声，旁边的青蛙便跟随叫几声，好像在对歌似的。后来我们听到了青蛙的合唱，好像有几十只甚至上百只青蛙，"呱呱——呱呱"地叫个没完。我们离开后，在几百米外仍能听到那声音。

后来，在叶尔羌河边见到了蝌蚪。当时天已经暖和，柳树枝头挂着嫩嫩的叶芽，似乎风一吹就会向上蹿出一大截。春天的阳光很明媚，将柳树在水面上投出清晰的倒影。我觉得那个倒影很好看，但还没来得及把相机拿出来，那倒影却突然像是被一双大手扭扯了几下，在水面散成了虚幻的影子，然后就看见水中有一些微小的黑点在游动，并且不时兴奋地浮到水面，将黑色头颅探出水面，又迅速缩回。它们很显然不谙水中世界的规律，彼此之间冲撞在一起，然后像是撞疼了似的左右摇晃。

一群孩子看见那一幕，便大叫：有蝌蚪，快来抓蝌蚪！蝌蚪们在水中并未受到惊吓，仍慢悠悠地游着。它们这样的态度刺激了孩子们，他们的小脑袋中产生了大胆的想法，并马上付诸实施——一根被小手握着的柳枝伸入水中搅动了几下，水中的蝌蚪吓坏了，慌乱地向四处游开，水中像是翻动着细小的黑金箔似的泛出一片暗光。

这些蝌蚪来自青蛙在春天的一次大产卵，青蛙们把一条条长长的卵带排入水中，然后不知去向。大批量地产卵使它们很疲惫，所以在完成之后，青蛙们便悄悄隐入不为人知的角落休息。它们离开时也许很放心，因为它们选择的产房是静止不动的水潭，可以让它们成千上万的儿女平安长大。

我仔细观察了一番，发现从卵带中孵育出的蝌蚪有先有后，最早的一批已经在水中游动，而晚一些的一批仍是卵带中的小黑点。我惦记着它们，过了一周后,我又去看那些卵带,它们已在河水中变软并裂变,但卵带中的那些小黑点却丝毫不受损害,反而借着这样的机会脱颖而出,一个个浸在水中,估计过不了几天就会开始动了。

十多天后再去看,小蝌蚪长得很快,几天便长出尾巴和脑袋,然后又长出四条足爪,一上一下开始游动。它们在水中欢乐嬉闹,尽情地让身躯上下穿梭。这时候它们靠鳃呼吸,像鱼一样属于水中一族。

我牵挂着小蝌蚪,之后便常去看。一天,我发现它们已长成小青蛙,似乎觉得待在水中有些憋闷,便把头探出水面想透透气,它们刚把头探出水面,就无比欣喜地爬上岸,欢快蹦跳着向四处散开,再也没有回头。意外体验到的快乐,让它们被幸福牵动,在一瞬间便忘记水中的故乡,变成了陆地世界的一员。

一个更宽广的世界以沉默和宽容的态度接纳了它们,这里充满光亮,白天和黑夜的更迭,使它们感知到了生命被造物主分配的角色。它们不再游泳,本能地获得了爬行和跳跃的生存方式。爬行是缓慢的散步,而跳跃则是飞翔,采用哪一种方式在大地上行进,完全取决于它们的心情。

之后在很多地方都碰到过青蛙,草丛中、石头底下、树根的洞中、菜地里、池塘边、泥土中等等,都是它们在大地上的居所。它们并不挑剔居住环境,随便选一个地方便长久地待下去。它们似乎不喜欢这个陆上世界的嘈杂和喧哗,一旦潜入一个地方便很少露面,像隐士一样安静地生活。

偶尔会碰到觅食的青蛙,它们从草丛中跳出,扑向目标的速度很快,所用时间也很短,转瞬就会用嘴叼着食物返回。有时候,它们会被人或动物的脚步惊动,但它们不发出任何惊恐的声音,快速跳跃着去了另一个地方。它们不留恋居住已久的家,一旦被干扰便认为从此不会太平,会义无反顾地离去。

到了一个新地方,它们会像以前一样深居简出,依然保持隐士的恬淡心态。

旱獭

第一次见到旱獭,是在帕米尔高原。

帕米尔的冬天是冷清的,山峰孤独地裸露着,一天又一天,一年又一年,变得像淤结的血块;满山的石头散乱着,大的、小的、圆的、畸形的、断裂的,沉睡在寂静之中,似乎永远被时间遗忘了……高原似乎再也想不起要动一动,在懒惰中变得昏晕、混沌,无可奈何地陷落进无言的冬天。冬天依然用沉默把帕米尔遮裹起来,然后撒下纷纷扬扬的大雪。

一场雪下了起来,帕米尔高原很快便变白。

雪花犹如时间的碎片,一层层落入山谷,让人看到一种寂静中的覆盖。有时候,牧羊人赶着羊群从山谷中经过,羊群在风中咩咩乱叫过一阵后,似乎觉得无聊,便低下头向前走去。又一阵风刮过来,细雪会窜入牧羊人的衣领内,亦会落到他们身上,但牧羊人却不理会,任由它们结冰,或被自己的体温暖化。等人和羊群走得远一些,看上去似乎已全部变白,甚至让人担心会被大雪淹没,然后从这个沉寂的山谷消失。但白色雪地上的隐隐蠕动一直会持续下去,证明人和羊还在向前移动,并把这种缓慢延续成了高原的生命状态。又一阵风刮过来,地上的雪便旋飞而起,使整个山谷变得迷蒙幽暗,人和羊群突然变得模糊起来,似乎真的被大风吞没了。风很快便刮向远处,隐隐可见人和羊群还在,只不过已向前走出不远。

山谷一侧的山路,被积雪覆盖得只剩下隐隐约约的形状,但那仍是一条路,它的形状及延伸方向在人们的心里,所以在这样的大雪天行走仍不会迷失。居住在帕米尔高原的塔吉克族有一句谚语：天空把眼睛带走，大地把心灵停下。说的是在这样的山路上行走，只要在内心存有一份记忆，就会知道该怎样往前走去。阿勒泰的蒙古族图瓦人也有一句谚语：如果你不知道往哪里去，任何一条道路都会带领你到达。其寓意和指向，与塔吉克族的那句谚语有异曲同工之妙。

　　雪一直在落着，雪花从天空中落下时，看不出有什么气势，但落地后一层层积厚，显出一种占有或征服的气势。但那条山路仍然隐约可见，仍然让人觉得是一条醒着的路，似乎在等待着有什么走过来，让它完成一次路的使命。这是一种无形的呼唤，很快便走来几匹马，踏着积雪下隐隐透出黑色的山路，在慢慢往前走。它们走得非常缓慢，看上去很像驮运重物的驴，或者拉着大车的牛。马在高原上应该奔驰，尤其在如此寂静的大雪天，就更应该将四蹄沉重地叩击下去，然后踢出一层层雪浪。但这几匹马却在慢腾腾地往前挪动，一副忍受着重负的样子。

　　雪一直落着，这些迟缓的马要去哪里呢？也许在整个冬天，它们都将如此行走，走着走着，就好像与任何事物都没有了关系，而它们四蹄踏过的地方，也不会留下任何痕迹。岁月烟尘是一场不动声色的改变，所有生命都会深深裹挟进去，在最后变得悄无声息。

　　后来的雪下得稀疏了一些，风也小了，不再粗鲁地乱撞乱碰。有东西在雪地里动了，隐隐一现便不见了，但过一会儿复又冒了出来。生命是善于动的，哪怕是不可预知的探寻，甚至灾难已不知不觉临近，却仍然会向前走动。是几只旱獭，领头的一只蹿上一块石头观察一番，确定没有异常情况后，返身对着伙伴们唤了几声。于是从洞穴、石缝和山坡上，倏然间像变魔术似的涌出三五成群的旱獭。在新疆、西藏和青海等地，可经常见到旱獭。旱獭又叫土拨鼠，另有别名草地獭，又叫哈拉、雪猪、曲娃（藏语）等，但叫土拨鼠的多一些，其他别名则很少有人提及。旱獭的体形肥壮，但是耳朵却很小，而且眼睛细小，四肢粗短，尾巴又短又扁，看上去憨态可掬。旱獭因潜藏烈性传染病病菌，又危害牧场，一度被疾控与植保部门列入监控和杀灭的黑名单。

帕米尔的这一群旱獭，它们亲热地聚在一起打闹嬉戏，显得非常亲密。不一会儿，山坡上便满是旱獭，它们对石头和雪不屑一顾，顽皮地蹿上蹿下，小爪的足迹清晰地印在雪地上。如果有雪沾在身上，它们便甩开四只小蹄狂奔，要把雪抖掉。旱獭是可爱的，而接近它们的是怎样的一些人？譬如几十年前，曾有一群人踏上帕米尔，看到可爱的旱獭，其中一位提议弄几只回去，另外几个人用不同的口音说出两个相同的字——可以。他们从车上拿出食品散布在山坡上，然后脱掉衣服，在衣角绑上登山绳，拉开另一端坐在车里等候。

食品的香味被风刮开，很快被旱獭闻到，它们高兴得欢快腾跃，向这边靠近。待走得近了，它们发现了趴在路上的几个铁家伙，有黑的，有白的，闪闪发光。它们于是停住脚步，将身子掩藏在石头后面，然后慢慢探出头张望。它们很快发现那几个铁家伙是死的，趴在路上不动，所以不必害怕。但是它们还是很谨慎，几个像头目般的旱獭在一块儿碰头，商议必须打探清楚之后方可动身，于是便选出一名肥壮的"敢死队员"，让它向那些铁家伙靠近。敢死队员猫着腰一步一停地爬到汽车跟前，它细细观察一番，飞速返回向首领报告，那几个铁家伙就是死的，因为平日见的都是四个轮子不停地转动，在路上跑上跑下，而这几个纹丝不动，可以不理它们。

它们开始欢呼，从石头后面纷纷跳了出来。扑鼻的香味又弥漫了过来，于是它们上当了。一只，两只，三只……猝然扑向食物。车中的人盯得很稳，等它们吞食食品忘乎所以时，便一拉绳子，衣服便如大网般将它们蒙在里面。意识到灾难降临时，它们一定非常后悔，在黑暗中乱撞乱碰，但那软绵绵的什物却怎么也冲不破。那些人飞蹿上前捂住衣服，伸手捉住了旱獭。他们高兴极了，举起一只只乱蹬四爪的旱獭，俨然获得了什么宝贝。然而没等他们怎么高兴，顷刻间的变化让他们惊骇不已——旱獭们一个个从他们手中脱出，掉到地上后又蹿跃而起，飞奔向山谷深处去了。他们被惊吓得发愣，半天才缓过神来，满脸茫然地向四处张望。他们很沮丧，那双刚刚还拥握"成绩"的手变得麻木，举在半空中好一阵子才收回来。他们从地上捡起衣服，无可奈何地回到车上，向另一个地方去了。很明显，他们有被旱獭戏弄的耻辱感。

"旱獭太伟大了，简直是神话。"那天，一位目睹了那一幕的诗人发出这样的感慨。他扭过头又看见旱獭在山坡上嬉闹，它们踩出的痕迹颇为醒目，像是有千军万马刚刚奔腾过去。

又下雪了，旱獭们留下的痕迹被落雪淹没，高原的那种懒散、麻木的老人神态又显现了出来。

诗人起身，向雪山下的石头城走去。

天黑了。

草原龟

　　最初听得迷迷糊糊，说新疆霍城的草原上出现了乌龟。当时想，既然说的是"出现"，那么一定是指以前没有，在这一次机会中便有了。但是既然已经出现，那就说明乌龟可以离开水域，能够在草原上以陆生方式生存。

　　那几天，因为这个消息产生了诸多疑惑，譬如担心它们会离开，如果离开，那么新疆霍城的草原上，从此便仍然没有乌龟。

　　再譬如，它们是怎样到了草原上的呢？是有人带它们去了那里，还是它们经过一次缓慢运动，到草原后既无力向前，又不能爬回原来的生存地，便留在了草原上？

　　还没等我弄清原因，就传来了一个确切的消息：那乌龟本就生于霍城的草原上，既无来处，亦不想去远处，是霍城草原上久已生存的土著龟类。而且它还有一个名字：草原龟。从名字上看，是人们根据它们的生存地取了这样一个名字，不过这个名字取得很准确，一听就知道它们是生存在草原上的乌龟。

　　本以为它们就叫草原龟，不料后面传来的消息说，关于它们还有一个有趣的说法：会走路的活罐头。有这样的名字，一听便知它们是人们的吃食对象。但它们是生存在草原上的乌龟，严格意义上来说是旱龟，不知与水生乌龟的味道有什么不同。这样一想又觉得不妥，为什么围绕它们的话题，总是和吃有关呢？如果不把它们作为吃食对象，安安静静地欣赏一番它们，会慢慢看出它们身上的美。

有人熟悉草原龟，说它们的学名叫四爪陆龟，别名叫旱龟。因它们在中国仅生存于新疆霍城的草原上，故得名"草原龟"。怪不得呢，按说新疆的巴音布鲁克草原、喀拉峻草原、那拉提草原、巴里坤草原、唐布拉草原等，都要比霍城的草原大得多，水草也颇为丰茂，但却没有听到任何一地有草原龟，看来它们在霍城的草原落脚后，再也没有去别的地方。

大家的兴趣在于霍城的草原，它为何会成为草原龟唯一的生存之地？几经打听，才知霍城的草原其实规模不大，而且多荒地、土层和沟壑，但就是那样一块并不以青草独有，而且水分湿润程度并不高的土地，却是草原龟理想的栖息地。可见它们虽然是龟类，但却并不需要水，只要有荒地、土层和沟壑，便挖出一洞，然后一头钻进去不吃不喝，长达十余天不出来。

有一年在霍城，听说不远的芦草沟有草原龟，兴奋至极，便请朋友开车去看。以前的芦草沟没有名气，这几年因为草原龟传出了名声，路上有车印，看来去看草原龟的人不少。我们的车子拐过一个山脚，一片草原像是已等待我们许久，把浓郁的绿色推涌了过来。这就是芦草沟的草原了，虽然不大，但仍然是一片草原。我们的运气不错，很快便找到一只草原龟。它的壳不小，大出身体两三倍，看上去像是背着一个坚硬结实的盾牌。再细看，发现它的头很小，不仔细辨认会以为它们没有头。我们的到来惊扰了它，它头一缩将四爪插入地中，用力一撑便向前蹿出一大截。而拔出爪尖时，则将带出的泥土甩飞出去，把青草击得东倒西歪。

同行的一人紧赶几步，抓住它的脖子将它提起，它并不反抗，而是伸展四爪，像是在举手投降。如此可爱的龟，切不可捉弄它，大家劝那人把它放到草地上。它获得自由后并不急于逃离，而是慢悠悠地向前爬行。也许它已知道我们不会伤害它，便不怕也不紧张。

后又碰到一只休息的草原龟，它将头和四肢都缩进了甲腔内，只剩下圆形甲壳在草丛中，像是在静静地吸收着阳光。我们没有打扰它，也许在这坚硬的甲壳下面，它正在做一个美妙的梦。

到了一户牧民家，与主人说起草原龟，主人十分警惕，闭口不谈草原龟一个字。一番解释后他才释然，遂说出了刚才警惕的原因。原来，他担心这里有草原龟的消息传出去，外面的人会涌进来捉龟，到时候把草原糟蹋得不成样子，他的羊吃什么，马吃什么，他们一家又怎么能在这里待得下去？

他的顾虑不无道理，近年来走到哪里，都能听到人们感叹草原退化，河流干涸，牧民不得不赶着牛羊去远之又远的地方。但迅猛推进的沙化，良莠不齐的草场长势，都已成为无法改变的现实，也许到了某一天，人们便再也无法躲避，只能畏缩在被挤压的窄小家园里。

那家牧民的小女儿很利索，不一会儿便端来了煮好的奶茶。我们边喝边聊，草原龟在那人的讲述中遂变得清晰起来。草原龟是食草动物，以野葱、蒲公英、木地肤、早熟禾、顶冰花等为食，偶尔吃蜥蜴、甲虫等。最有趣的是饮水，它们把头伸入河中，边饮边发出低沉的咯咯声，饮完后便迅速离去。它们的同类大多仍生存于水中，而它们却早已远离，所以它们对水没有感情。

草原龟怕热，经常隐匿于洞穴中。它们的规律是，在清凉的早晨出来活动一两个小时，然后便进入洞穴，直至太阳落山后又出来。它们每年仅在三月到八月露面，其他时间都在休眠。长达六个月的沉睡，让它们养成缓慢和迟钝的习性。爱动的草原龟爬行二三十米，便犹如远行；不爱动的草原龟，出洞后在附近爬几步便草草完事。

一只草原龟一般会有两个洞：一个为临时居所，多在蒿草和芨芨草的根部处。因为临时洞不常待，它们便挖掘得又浅又简单，用过一两次便弃之。另一种洞为休眠专用，挖掘得很深，它们钻进后，洞口经风雨冲刷，谁也看不出有一只草原龟在下面呼呼大睡。

草原龟最为激烈的场面，是在交配时。每到四月发情期，好几只雄龟围着一只雌龟徘徊，最后谁也无法得逞，便采取决斗方式。雄龟互咬对方的颈、头和前肢，或将头颈缩入壳内，用壳互相撞击。几番格斗后，失败者自觉退出，最后取得胜利的雄龟，则与那只雌龟交媾。

到了五月，雌龟产下卵后（一次产一至四枚），迅速将卵埋入土坑，然后用土填平。龟卵在自然条件下孵约一百二十天，幼龟就出生了。幼龟在当年不吃不喝，有的甚至待在卵壳中，直至来年三月才出来活动。

这些故事之所以好听，是因为草原龟生动。但凡生动的动物，必然活得无忧无虑。草原龟在这方面尤为突出，它们让时间在自己身上慢下来，或从容淡定地爬行，或安然惬意地大睡，至于这个世界发生了什么，或什么也不发生，都与它们无关。

我们离去时，一人突然被惊得叫出一声。原来，我们吃过西瓜后，顺手把西瓜皮扔在了草地上，被两只草原龟发现，此时正各含西瓜皮的一边，在慢慢吞吃。它们是慢性子动物，就让它们慢慢吃吧。吃饱后，再沿着慢习惯沉睡，或者走动几步。一种动物，当我们熟悉了它们的生活后，我们就希望它们活得更加从容、自在和安静。

我们离开时，它们仍然在吃西瓜皮。它们吃得很慢，亦吃得很少，吃了这么长时间也不见吃了多少。

我看到了草原龟的生活。

刺猬

十余年前在额尔齐斯河边的一个兵团连队，碰到一位农工从地里回来，嘟嘟囔囔在骂刺猬。问过后才知道，他的庄稼在昨晚被刺猬祸害得不轻，今年的收成看来是没指望了。他越骂越生气，如果此时眼前有一只刺猬，他一定会一棍子把它打死。

大家劝他不要生气，他的庄稼此次受刺猬祸害，与他没有把庄稼看好有关，再说骂刺猬能把刺猬骂死吗？如果他还不把庄稼看好，过几天可能还会被刺猬祸害一场。他气消了，遂心平气和与大家说起刺猬的情况。原来，刺猬倒是不吃庄稼，而是因为掏庄稼根部的蚂蚁，把他的庄稼弄得东倒西歪。他当时欲一把抓住刺猬摔死它出气，刺猬一看情况不妙，马上蜷缩成一团，浑身竖起钢刺般的棘刺，让他无从下手。

刺猬是动物中的"铁蒺藜"。

在动物中，只有刺猬身上长着密密麻麻的棘刺，如果遇到危险，便将身体蜷曲成团，连短小的尾巴也埋藏在棘刺中，直到危险过去，才慢慢伸出头和四肢，开始缓慢爬动。有人不慎碰到刺猬身上，被那棘刺一下子刺到手，痛得大叫着说刺猬咬人呢！旁边的人赶紧把刺猬赶开，那人仍惊魂未定，喃喃自语说刺猬怎么会咬人呢？旁边的人说，刺猬不咬人，但它们的刺比牙齿还厉害。

连队的人听了那人的遭遇，都怕自己的庄稼遭殃，便赶紧去田地中查看。他们的庄稼均有损害，但刺猬早已不知去向，只有几支遗落的棘刺，明晃晃地摆在地中让他们生气。

那人被刺猬祸害的庄稼,在几天后又遭受了一次不幸。刺猬闻到那庄稼有味,便将其咀嚼一番,然后吐到自己的刺上。那人的气已经消了,心想不就几棵庄稼嘛,反正已经长不成了,就任由它们折腾去吧!但很快他便明白了刺猬此举大有文章,它们把庄稼咀嚼后吐到刺上,是为了使自己保持当地环境的气味,以防止被天敌发觉。

那人感叹,人里面有闲人和懒人,但动物中绝对没有闲散懒惰者,它们的每一举动皆有意图,人不仔细看便很难发现。他与连里人说起刺猬的这一举动,有一人了解刺猬,说它们还有更绝的一手,如果碰到有毒的树或花草,它们会让自己的刺上沾染毒物,以备攻击侵害它的敌人。那人感叹不已,看来它们并非只是有棘刺,而且棘刺上还含毒,幸亏上次没有去抓那只刺猬,否则被刺中一根,轻则中毒,重则一命呜呼。一个人如果因一只刺猬而死,那真是可悲。

第二年我又去了那个连队,终于见到了刺猬。那天一大早,三个小孩把小脑袋贴在我住处的窗玻璃上,说是他们发现了一只刺猬,叫我去看。我跟着他们去了连队的玉米地里,果然见一只刺猬趴在地里,我们弄出那么大的动静,它却一动不动。我断定它患病了,让其中一个小孩拿树枝去捅它一下,意欲观察它的反应,但它还是不动。一小孩想把它提起,刚触到它身上,它便猛地竖起棘刺,吓得那小孩大叫着赶紧退开。它被这样一闹,似乎清醒了似的爬起来,慢慢爬进了玉米地边的草丛中,那草叶一阵晃动,想必是那只刺猬已经离去。与那三个小孩聊天,得知他们今天早上在玉米地边玩时,突然听到草丛中传出呼噜声,他们以为有人在玉米地里睡觉,过去一看有一个小洞,那呼噜声就是从小洞中传出的。小孩子贪玩,拿树枝往小洞中捅,用石头在洞上面砸,那呼噜声停止后便爬出一个黑乎乎的脑袋,原来是一只冬眠的刺猬到了春季还未醒过来,还在打着呼噜酣然大睡。刺猬在秋末开始冬眠,它们入眠后和人一样会打呼噜,到了第二年春季气温升高后才会醒来。这只刺猬被小孩子提前弄醒,爬出洞后清醒不过来,趴在那儿缓了半天才能动。

几天后到了刺猬醒来的高峰期，但是它们似乎有些醉氧，每爬一步都显得头重脚轻，颇为吃力。这样的情况持续了两三天后，它们才变得正常了。如果向它们扔一块石子过去，或用树枝捅一下，它们便抖动棘刺，做出要进攻人的样子。它们不怕人，在田间地头碰到它们，人忙人的活，它们吃它们的草，倒也相安无事。刺猬经常待在灌木丛内，喜静厌闹，喜暗怕光，常常昼伏夜出，人能碰到它们的机会并不多。

我算是运气好，在两天内碰到了好几只刺猬，仔细观察后对它们产生了兴趣，觉得它们的小眼睛、长鼻子、矮胖的身子都颇为可爱。我以为它们身上最厉害的是棘刺，后来才知道它们的爪子也很锐利，危险时用于攻击他者，犹如利刃一般让对方害怕。而平常挖洞时，则会用爪子迅速向地下掘进，很快就会挖出一个可供它们栖居的洞穴。曾见到一只刺猬，它的触觉与嗅觉很灵敏，它嗅到地下有蚂蚁后，便用爪子挖出洞口，然后将长舌头伸进洞内一转，便粘出蚂蚁获得丰盛的一餐。

后又看见一只刺猬游泳，算是开了眼界。当时酷热难当，那只刺猬爬到河边，头一伸便钻入水中。我以为它要潜入水中，不料它很快就在水面冒出了头，不见任何动作，却从容向对岸游去。与连队的农工说起此事，他们说刺猬在夏天也怕热，它们利用游泳降温，常常从河这边游过去，第二天又热得受不了，便从河对岸又游回来。

看到了刺猬的这些习性，便等于看到了一种生命在这个世界的生存，并为它们的可爱而感动。当地的牧民长久观察刺猬，深知它们的习性，便总结出了谚语：大到人的家园，小到刺猬的洞穴，都不可轻易破坏。另外，他们还对刺猬的棘刺也总结出了谚语：被刺猬扎痛的人，有一半是自找的。可见刺猬对人并无敌意，你若不犯它，它又怎会犯你。

我在那次算是看足了刺猬，之后数年不见刺猬，便一直希望能再去看一次，甚至有时候会在心里产生疑惑：为何那个连队的周围，有那么多刺猬？没有答案，只有留待以后去弄清楚了。

几年前，与连队的一人通电话说一事，说完提到刺猬，他在电话中叹息一声，说这几年刺猬的景况不好。先是人们对庄稼大量使用杀虫剂，刺猬因为吃了被杀虫剂杀死的虫子，频频中毒身亡。去年的一天早晨，一位农工下地见到十余只被毒死的刺猬，它们在做最后的垂死挣扎，不仅身上的棘刺散落一地，就连那很小的眼睛也向外鼓着，似乎目睹了这个世界在它们眼里由光明变成黑暗，最后让它们坠入死亡深渊的全部过程。

不仅如此，这几年因为气候变暖，刺猬一改昼伏夜出的规律，大白天爬到高速公路上。它们行动缓慢，常被高速行驶的汽车辗死，让人看着骇然。还有更无奈的事，有一位农工在秋末烧树叶，不料有几只刺猬藏在树叶中，等到发现时已经被烧焦，那农工便只好挖坑把它们埋了。

我在电话这边一声叹息。

草原蝰

草原蝰是新疆最常见的毒蛇。

因为它们离不开水草，所以多生存于草原地带，被称作草原蝰。

清朝诗人洪亮吉到伊犁草原后，曾多次见到草原蝰，亦受惊不少。他后来在一首诗中写到了草原蝰："芒种才过雪不霁，伊犁河外草初肥。生驹步步行难稳，恐有蛇从鼻观飞。"洪亮吉在诗中将草原蝰简称为蛇，是为了保持七律的整齐。蛇的种类很多，东西南北，山川河谷，每一个地方的蛇都不尽相同。譬如五步蛇、黄链蛇、蝮蛇、眼镜蛇、翠青蛇、斑蝮游蛇、锦纹小头蛇、紫灰锦蛇、长吻蛇、喜山钝头蛇、山烙铁头、洞蛇、拟索蛇、鞭条蛇、绿练蛇、具角锁蛇、红头环蛇、银环蛇、金环蛇、噗气索蛇、响尾蛇等，不一而足。从洪亮吉的诗中可以看出，当时伊犁草原上的草原蝰很多，它们非常凶猛，行人上路后最怕的就是它们从眼前蹿飞，而且几乎贴着人的鼻子，那情景让人想想都不寒而栗。

也有人把草原蝰叫草原蟒，有了一个"蟒"字，让人一看便知道是蛇类。相比之下，草原蝰这个名字则显得陌生，不查找资料不知是何物。有一年听到一个消息，说有人在伊犁河谷见到了一种奇怪的蛇，它们爬行的速度极快，会像一束光似的从草地上飞闪过去。有一只青蛙因为天热刚哇哇叫出几声，就有一条蛇闪电般爬过去一口吞没了它。我听后觉得疑惑，但凡是蛇都有厉害之处，仅凭其动作迅速，实在判断不出那是什么类型的蛇。后来又传来消息，说有一位了解蛇的人看到了那种蛇，给出的答案是草原蜢。伊犁河谷气候湿润，水草丰美，是草原蜢生存的天然之地，出现草原蜢不足为怪。后来又听说，有一人在尼勒克草原上走动，行之不远便听得草丛中窸窸窣窣一阵响，他眼尖，一眼便看见一条草原蜢将细草冲开，迅速向远处爬去。

草原蜢多生存于伊犁河谷的草原、树林和芦苇丛中，从春到夏的阳光和雨水，可让它们快乐地觅食和游走。但它们的快乐时光也仅限于此，随着入秋后天气变凉，它们则要从草原出发，或远或近地爬到沙漠、戈壁和沙丘中，寻找干燥温暖的洞穴。动物的洞中岁月千篇一律，几乎都是以冬眠方式度过。草原蜢亦不例外，当大地上大雪纷飞，河流封冻，而洞中数十条或数百条草原蜢或互相缠绕，或彼此拥挤在一起进入冬眠。到了第二年春天惊蛰，它们苏醒后便一一散开，爬出洞去寻找食物。

说到草原蜢，人们经常会提及它们的毒性。它们虽然毒性极强，却并不主动袭击人畜。人的气息在走动时会被风带走，草原蜢一旦闻到便马上离去，所以很少有人能碰到草原蜢。但牛羊在草原上却经常与草原蜢碰到一起，因为草原蜢不怕牛羊，有时候感受到牛羊已到了跟前，它们却不躲避，常常将牛羊吓走。但也有牛羊会不小心踩到它们身上，它们便会去咬牛羊的蹄子，但也仅仅只是咬一口，然后会迅速离去。

它们身上亦有一奇，两条草原蜢在发情期交配时，会兴奋得浑身僵硬，哪怕危险来临也一动不动。以前的人认为碰到交配的蛇不吉利，会远远地避开。小孩子顽皮贪玩，会拿石头去砸交配的蛇，大人们顿时脸色大变，赶紧把他们拉到一边。但现在的人没那么多讲究，草原蜢经常成为人们的捕捉对象，加之它们沉溺于情欲之中不逃亦不反抗，捕捉者便毫无顾虑地从尾上提起装入袋中。

有一年，我和几位朋友从阿克苏市去温宿，车子行驶得正快，突然发现前面的路面上一团乌黑，间或还有血肉之感，但路上快速行驶的车子却不管不顾，径直从上面辗压了过去。待我们车子驶近，看清是鲜血淋淋的蛇，有的断成两截，有的已变成一团肉泥。车上有一人认得那蛇，说它们就是草原蜢。

草原蜂为何会死在路上？大家一番推测，断定它们是过马路时被汽车辗死的。看着横七竖八死于非命的草原蜂，心便沉了。以前没见过草原蜂，不料好不容易见到了，却目睹了它们的一场集体死亡，真不是一个好日子。那位认识草原蜂的朋友说，其实草原蜂是一种很特别的蛇，它们在白天会长久在洞中栖息，只有到了夜晚才出来活动，其活动仅限于觅食，如果肚子不饿，绝对不会出来。听他那么一说，我们便觉得不对，既然草原蜂只在夜晚出洞，那么现在是白天，它们为何会出来，而且还是一大群？于是大家一番推测，在公路另一边的河流和稻田里找到了答案：草原蜂是为了到稻田中去捕食蝌蚪、青蛙、小鱼和昆虫，才横穿了马路。它们虽然不喜欢白天出洞，但为了迁徙，便一反常态集群活动。但它们的运气不好，一辆汽车快速驶来，司机没有看见它们，便从它们身上辗了过去。这样的血腥事件让人触目惊心，但来往的汽车司机却视而不见，照例从蛇尸上辗压了过去。有时候以为汽车是冰冷的钢铁机器，其实驾驶汽车的司机的心，更加冰冷。

几年后在阿勒泰的那仁牧场上，又见到了一条草原蜂，它盯上一只老鼠，先迅速爬到老鼠跟前，一口咬在老鼠身上致其昏厥，然后张开嘴慢慢吞下。那老鼠比它的嘴巴大数倍，但它却硬生生将其吞了下去。听牧民讲，草原蜂吃老鼠是小菜一碟，它们还会吃兔子、呱呱鸡、松鼠等。

有一人见到草原蜂抓青蛙，其动作之潇洒，着实令人叹为观止。他说，草原蜂经常处于饥饿或半饥饿状态，常以"守株待兔"方式捕食，但有时也主动出击。他亲眼看见的那条草原蜂，在河边追赶一只青蛙，青蛙一跃跳入河中，草原蜂也跟着像飞一样跃入河中，一口把那只青蛙吞进了嘴里。

那人也见到过草原蜂吞吃鸟卵的情景：它悄悄上树潜到鸟巢边，不断吐舌惊走大鸟，爬入巢中把鸟卵先行缠绕，然后张开嘴巴囫囵吞了下去。

那人说碰到草原蜂不祥，且不可多看，尤其是它们交配时要远远避开，否则会倒霉。我觉得他迷信，蛇虽然有毒，加之外表长得阴森恐怖，但它们不会主动进攻人，除非你让它感到不安。但他说，他自己就是例子，自从见过两次草原蜂捕食后，从此便总是碰到草原蜂，害得他不敢进草原，哪怕骑在马上也紧张得要命。有好几年他手执一根木棍，用"打草惊蛇"的方法边走边挥打，如果草丛中有草原蝰，会受惊逃避而去。

　　我不以为然，认为他太过于紧张，反而自己把自己吓坏了。但他却始终坚持认为见草原蝰不祥，因为他在恐惧和防范交织的时间中久了，还是遇到了危险。一次，一条草原蝰受惊后却并不逃离，而是盯着他手执的木棍。他用木棍去打草原蝰，因为木棍的着地面很小，不但没有击到草原蝰身上，还差一点被它咬了一口。之后他改用有弹性的软木棍，再次遇到草原蝰时便一棍将其打翻在地。那一刻，他想起"蛇打七寸"的说法，便手臂陡然爆发出力量，挥棍向草原蝰的七寸要害部位迅猛击打，很快便打死了那条草原蝰。

　　唉，蛇类长久让人恐惧，但遇到人，便只有一死。

貐貚

有一年在阿勒泰禾木村的大平台上,一位朋友说禾木另有一个名字,叫"神的自留地"。大家看着由栅栏和木头房子组成的禾木村,四周山坡上如水墨画一般的桦林,还有从村庄旁流过的禾木河,都显得无比静谧、惬意和安然,便觉得把禾木叫"神的自留地",一点也不为过。

禾木村虽然是一个遥远的地方,但奇事颇多。譬如早先的禾木有很多动物,猎人们捕得猎物,尤其是猎捕到庞大的哈熊后,却因为吃不完而发愁。他们把能吃的瘦肉带走,把肥油挂在白桦树上,任凭需要的人取用。人们说起禾木,便说那是一个"树上挂有熊油的地方",以至于后来打猎的人少了,连哈熊也难得一见,人们还是用那句话替代禾木。

另一件奇事仍与哈熊有关。禾木和喀纳斯一带的山林里多有哈熊,它们的个头很大,力气亦不小,尤其是嗅觉非常灵敏,常常把捕猎它们的猎人一掌打飞。有一人前后两年见到同一只哈熊,它在第一年把一头牛抢出十几米摔死,第二年又把一头牛放到屁股底下坐死。不管是被哈熊摔死还是坐死,哈熊都会去搬一棵树来把牛盖起来,七八天后牛开始腐烂了才去吃。那人看见哈熊吃肉时有一个习惯性动作,就是每吃到有肥油的地方,会把油脂抹在掌上,那人于是明白它那样做是为了冬眠时舔食。那只哈熊吃饱后慢慢悠悠地走了,那人觉得它会去找一棵结实的树,用两只前掌抓住树枝,吊在上面睡觉,一睡就是一周左右。不过那样的地方人迹罕至,就算打猎数十年的老猎人,也很难找到吊在树上睡觉的哈熊。那人为了捕猎那只哈熊，用熊皮缝制了一件像哈熊一样的衣服，穿起来在它吃过牛肉的地方等待了十天，那只哈熊返回吃牛肉，被他的哈熊衣服麻痹，以为那人是同类而放松了警惕，被那人一枪击毙。

禾木人天生就是猎人，但是他们的自制土枪射击不准，杀伤力也小，于是他们用珍贵的毛皮去换苏联人的快枪，从此猎捕到了很多猎物。人多了，枪多了，猎物就少了，后来哈熊越来越少，以至于猎人们好多年都见不到一只哈熊。直至近一百年后的1997年，因为不少动物被列入保护范围，政府统一收缴了猎人的猎枪，动物才又多了起来。禾木附近的阳坡森林茂密，苍翠欲滴，马鹿、旱獭、雪鸡栖息其间；而阴坡绿草满坡，繁花似锦，蜜蜂在芳香四溢的花丛中采蜜，牛羊满山遍野觅食撒欢，禾木又恢复了一派迷人的广袤草原景色。

居住在禾木村的有哈萨克族和蒙古族图瓦人，他们都有不少讲究。譬如你去哈萨克族人家，不能骑着快马直冲主人家门；主人做饭时，客人不能动餐具，更不能用手拨弄食物或掀起锅盖看；主人割给客人吃的肉，或是送给客人晚上住宿用的被褥，一定不能拒绝，要愉快地接受；走路时遇到羊群应绕道而行，不能骑马冲进羊群，以免羊群受到惊吓。图瓦人亦有独特的生存习惯，他们崇拜火，忌讳有人往火里吐痰、扔脏东西。他们也崇拜水，忌讳有人在河水里洗澡、洗衣服和倒垃圾。

大家在大平台上听了禾木的故事，眺望了禾木风景，便有些累了，加之天气正热，便进入白桦树林中去歇息。不料刚在草地上坐下，就听得脚下苔藓层中传出吱吱几声响，随后便见一小团黑影蹿了出去。细看，其身形和尾巴很小很短，有些像老鼠。但是大家又有些疑惑，它的全身也就手指头般大小，有这么小的老鼠吗？但是它虽小，却无比敏捷，用尖嘴和柔软的身体撞开青草，很快就跑出一大截，然后钻进一层苔藓中。它许是不会再出来了，我们也不能再干扰它，便转身下了大平台。有一位朋友认得它，说它叫鼩鼱，是新疆最小的陆生哺乳动物。别看它小，却是产生于中生代的白垩纪的动物，繁衍至今，亦是哺乳动物中最原始的一类。但我们见到的这只鼩鼱，仅仅一闪便已消失，我们只看见它小，它长什么样子则一概不知。

回到禾木村,大家的兴趣仍在鼩鼱身上。说着说着,鼩鼱便因为人们的讲述变得清晰起来。关于鼩鼱,有两个说法:一说它们是黑夜杀手,常常在夜深人静的时候出来捕食;另一说它们是黑夜骑士,别的动物在晚上都睡觉了,它们却黑白颠倒,把黑夜当作白天一样走来走去。杀手也罢,骑士也罢,无外乎都在说它们喜欢在黑夜活动,在白天恐怕见不到它们的影子。

其实鼩鼱并不陌生,动画片《黑猫警长》第一集就是鼩鼱的故事;电影《疯狂动物城》中的黑老大 Mr.Big,亦是鼩鼱的卡通形象。看来鼩鼱深受人们的喜爱,常常被虚构成影视剧中的形象。

禾木有一人吃过鼩鼱的亏,听大家谈论鼩鼱,他的脸色一直不悦。后来在大家一再请求下,他才说出吃亏的过程。他说鼩鼱的腭下长着一个唾液腺,能分泌出一种毒液。有一天他在树林里挖蘑菇,不知蘑菇下有一个鼩鼱洞,一只鼩鼱从洞中探出头对他吱吱叫,间或还朝他眨眼。他伸手去捉它,不料它把嘴上长长的胡子一抖,那胡子便像铁刺一般直立了起来。他尚未反应过来,就被鼩鼱咬了一口。他的手臂一阵剧痛,很快便发热肿胀,几天后才好起来。后来他才知道,像老鼠一类的小动物被鼩鼱咬一口,很快便瘫痪在地不能动弹,任由鼩鼱慢慢吞噬。

那人因吃亏反而多关注鼩鼱,慢慢便掌握了鼩鼱的生存规律,亦观察到鼩鼱的很多实际情况。譬如鼩鼱一天到晚总是在不停地吃,每天至少要吃和自己一样重的食物。如果食物丰富,它一天能吃下相当于自己三倍的食物,是名副其实的吃货。

如果遇到无法躲避的敌害,它们就装模作样将背隆起,将牙磨出尖锐的吱吱声。有时,它们会索性躺倒在地,伸出四爪边踢边舞,把敌害吓退。鼩鼱的这一动作,亦可用于请求救援。有一只鼩鼱被一条毒蛇盯上,那毒蛇以为鼩鼱是一只普通老鼠,便意欲将鼩鼱吞吃。鼩鼱用四爪边踢边舞,不但躲过了毒蛇的进攻,而且还招来了另几只鼩鼱,它们将小巧的身子钻到毒蛇腹下,伸出尖嘴去咬毒蛇,很快就让毒蛇昏厥过去。它们并不罢休,撕扯开毒蛇肉身吞噬了一顿。最后，毒蛇变成了几截，至死也不知道自己死于何故。

那人还见过鼩鼱发情，雄鼩鼱求爱时，总是在雌鼩鼱洞口兴奋地鸣叫，雌鼩鼱如果不愿意，就会发出嘶叫，示意它尽快走开；如果雄鼩鼱还是纠缠不休，雌鼩鼱就会尖叫着下逐客令，雄鼩鼱才甩着尾巴沮丧地离去。

那人说到兴头上，却感叹一声，原来鼩鼱的寿命仅有一年半左右，在如此短暂的生命中，雌鼩鼱却抓紧时间孕育，它们的怀孕期为二十天左右，在十四五个月中可怀孕两到三次，每胎产四到八只幼仔。幼仔们长大后，雌鼩鼱常带着它们排成一列纵队，相互衔着尾巴，穿过原野去寻觅食物。如果遇到险情，雌鼩鼱回头用力一扯，将一长串幼小的鼩鼱甩到安全地带，然后独自去面对敌人。

有一次，那人看见两只幼小的鼩鼱为争夺吃食，撕咬得不可开交。它们不知自己的唾液腺已经能分泌出毒液，很快便双双倒地昏厥过去。雌鼩鼱赶来欲把它们弄醒，却引来了兀鹫，它为了别的儿女，便不得不舍弃那两只幼鼩鼱而去。兀鹫将那两只幼鼩鼱撕开，很快便吞吃得干干净净。雌鼩鼱在远处一改平时的吱吱叫声，发出低沉的悲鸣声。只有它知道，那两只幼鼩鼱本就没多少时日可活，却如此自相戕害，作为母亲的它伤心至极。

是夜，它返回那两只幼鼩鼱命殁的地方，不料那只兀鹫并未离去，一股猛烈的风和一片黑影骤然将它围裹，它没有做出任何挣扎，又变成了兀鹫的食物。

虎鼬

　　见过两次虎鼬。

　　第一次是十几年前去木垒的路上，因为天热，我们停车在戈壁滩上吃西瓜。一位朋友把一块瓜皮扔向沙坑，意思是一场风沙刮过，瓜皮就会被沙子埋掉，那样就不会影响戈壁的环境。但是西瓜皮落地的声响却惊动了一只小动物，它一跃从沙坑中跃出，不像其他动物那样慌乱跑开，而是盯着我们细看。它身上布满黄色斑纹，起初我们以为它是一只松鼠，但后来发现它比松鼠大多了，而且腰身和脖颈也直立而起，与松鼠完全不一样。没等我们弄清楚它是何方神圣，它便头一扭蹿入红柳丛中去了。我们觉得它是一只奇怪的动物，但是仅仅只是觉得奇怪，对它的名字则一无所知。当晚在木垒县城住下，心里还惦记着那个小家伙，向当地的朋友询问后才知道，那只动物叫虎鼬，但仅仅只是知道了其名，对其他仍是一概不知。

　　第二次见虎鼬是在独库公路上，我们在独山子吃过午饭后，便开车驰入独库公路，前往被称为"百里画廊"的乔尔玛。刚行驶不远，却发现车外有一只小动物在奔跑，似乎在与我们的车子赛跑。仔细一看，认出是在木垒见过的虎鼬。与上次见过的那只不同的是，这只浑身的斑点是白色的，在黑色底毛的映衬下显得很是耀眼。它奔跑的速度很快，四爪起落之间便蹿出一大截。我们的车子加大油门向前疾驶,但它却始终没有被甩到后面。后来要过一座桥，我们断定它不会从桥上奔跑过去，但也不能肯定它是否会从桥下的河水中穿越而去。那条河不小，像它这么小的动物一旦进水，恐怕会被淹溺而亡。我们的车子驰到桥对面停下，却看见它既没有过桥，也没有过河，而是在河边转过身又跑了回去。真是贪玩的家伙，它与汽车赛跑只为了高兴，以至于到了最后也不要输赢，又向出发的地方跑去。如果再来一辆车，它也许又会赛跑一番。

两次见虎鼬，都因为是近距离细看，所以它们给我留下的印象是贪玩的动物。后来查了资料，得知它们除了虎鼬一名外，又叫马艾虎和花地狗。在准噶尔盆地的戈壁上，经常能见到它们，别的地方则不多见。怪不得呢，我两次见它们都是在准噶尔盆地范围内，算是运气好。

虎鼬贪玩，但只是短时间留下的印象，后来这种印象很快就变得模糊了，代之而来的是它们很像虎的样子。这种印象从第一眼看见时便让人吃惊，之后便一直印在脑子里，尤其是它们皮毛的颜色和身上的斑纹，让人觉得它们几乎就是微型的老虎，便觉得把它们叫虎鼬再合适不过。让人难以忘怀的是，它们常将两只圆耳竖立，一副很萌很顽皮的样子。它们身上最显眼的地方，是从额头到下巴有一圈白毛，将眼睛、鼻子和嘴巴围拢了起来。它们的眼睛很圆，如果大睁，便显得更萌。它们之所以显得萌，而且经常眼睛大睁，是因为这个世界有很多让它们感到欣喜的事情。譬如它们发现了老鼠，不像别的兽类那样扑过去抓咬，而是先高兴得一乐，在眸中泛出丰富的神情，然后摇头晃脑，把爪子甩几下，才会突然一跃去抓咬老鼠。不难看出，虎鼬是喜欢快乐和贪玩的动物，活得好不好，在于是否高兴，只要高兴便一切都好。

本来对虎鼬印象颇好，有时候想起它们的样子也会一乐，但后来听人说，虎鼬是黄鼠狼的亲戚，常干偷鸡摸狗的事情。看来它们好玩归好玩，其行为却不招人喜欢。不过对于动物来说，又怎能用人类的道德去衡量和要求它们呢？弱肉强食，是上帝分配给动物界的法则，它们无一不顺应这一法则存活。相比于那些庞大动物之间的凶残杀戮，虎鼬的偷窃，则少了血腥和疯狂，犹如身陷暗谷中对有限的光明的追求。

除了偷窃，虎鼬在别的方面仍以追求快乐为多，让人觉得它们会活，而且是活得最好的动物。譬如它们筑巢，就与其他动物不一样。几乎所有的动物筑巢，首先都会考虑安全，但虎鼬不那样想，它们首先考虑的是将巢筑在透光的地方，因为它们喜欢在强光中栖息，所以它们的巢是动物界真正的"阳光房"。

虎鼬因为贪玩，亦闹出不少趣事。有一年在克拉玛依的一个炼油厂，有一人发现一只虎鼬，它东张西望一番后潜入了车间。克拉玛依地处北疆，是出石油和天然气的地方，在已开采的戈壁上，那些自动抽送地下石油的机械，常年一上一下持续作业，被人们称为"磕头机"。那只虎鼬潜入的车间里只有炼油设备，它绕着那些机器转了两圈，慢慢近前咬了一口，才发现不是它想要的食物，便气得用爪子去抓，结果崩掉了指甲，疼得乱跳乱叫。那人见它长得很萌，想把它抓住，它立即住了声，把长尾巴一甩便跑了。

另一只出现在福海的虎鼬，则脾气更大。它偷小鸡时被村民捉住，先是用嘴去咬人，未得逞后又用爪子去抓，村民无奈之下便将它绑了，送到派出所。它被绑之后不叫亦不闹，睁着一双无辜的眼睛，极像受了委屈的孩子。人们都说它很萌，便逗它，它越发显得委屈，似乎忍不住要大声哭叫。最后，它被警察放归，走远后回头张望，仍是一副很可爱的样子。

虎鼬虽然是惯偷，但却是吃老鼠的环保功臣。尤其是入秋后老鼠打洞时，它们便频繁捕捉老鼠，可避免老鼠残害草原。到了第二年青草发芽，老鼠复又出来活动，虎鼬则开始又一轮捕捉。牧民常说，只要草原上的老鼠敢露头，等待它们的就是虎鼬。

虎鼬性机警，凶猛，嗅觉灵敏，能攀树。但它们的视力较差，常常连近在眼前的东西也看不清，所以只能在晨昏和夜间活动，因为这几个时间段危险较少。至于阴雨天和下雪天，它们则认为最危险，干脆不出洞。它们喜欢单独活动，吃食时两只后脚盘起坐地，迅速吃完便离开。

虎鼬的警惕性高，其防卫和反击能力，亦有非凡之处。如果遇到追捕和威胁，它们便迅速钻进附近的鼠洞；躲避不及时，即刻掉转身体，尾巴直立，毛发竖立，发出短而急的咆哮声，显得颇为凶残。遇到人时，如果能袭击，它们会主动出击；如果没有袭击的机会，它们会迅速逃走。如果它们不出击亦不逃走，就会另出奇招——转身将屁股对向人，让臭腺散发出腺臭味，将人熏得恶心呕吐，再也顾不上它们，它们遂顺利逃离。

虎鼬的嗅觉非同一般，能及时发现老鼠和其他食物的动向。它们采用夜间掘洞的方法捕食，目标是荒漠中的鼠类、蜥蜴和小鸟。在一夜间，它们掘洞可达数十个之多，那些居于洞中的跳鼠和黄鼠，常常在梦乡丧命于虎鼬的利齿。栖居在村庄附近的虎鼬，偶尔会潜入室内或仓库，盗取肉食，或捕食户内家鼠。在入冬前，虎鼬在夜间频繁地捕跳鼠和黄鼠，库存在洞内以备过冬。

因为虎鼬经常潜入村庄中的禽舍，鸡、鸭子和鸽子常被它们侵害，所以人们便猎杀它们，以减少让人头疼的事情。前面说过的克拉玛依是石油城，工人常在荒漠中采油。不知为何，虎鼬居然喜欢闻井架的油味，常潜入修理车间溜达。有一人在车间发现了一只虎鼬，觉得它可爱，便躲起来看它要干什么。它看见墙上贴着一张防鼠贴画，上面有几只老鼠，便用爪子去抓，贴画被抓烂，画中仍有两只老鼠。它恼了，转过身子把屁股对向贴画，放出腺臭味，但画中的那两只老鼠仍一动不动，它气得又抓过一爪子后，颇为不解地转身走了。

虎鼬因为模样可爱，被人捕捉后成为宠物。有一人捉得一只虎鼬，它不吃不喝，一脸很委屈的样子。后来，它居然哭了，伤心得似乎已无法活命。那人心软了，便放了它，不料它却不走，仍双眼流泪，长尾巴颤抖不停。

那人嘟噜一句，虎鼬傻了，轻拍它一巴掌，它才慢慢走了。

白鼬

一次，一位朋友问我，虎鼬好玩，白鼬珍贵，如果有一只虎鼬和一只白鼬，你只能二选一，你选哪一个？

我一时为难，不知该做出怎样的决定。

虎鼬在以前见过，而且前面一文写的就是它，算是对它了如指掌，如果能够拥有一只，那该多么美好。但是虎鼬好玩只是在它们自由时好玩，一旦失去自由，它们还会那么快乐吗？它们不快乐，就一定不好玩了。再说，如果是因为我让一只虎鼬失去了快乐，从此变成一只不好玩的虎鼬，我岂不是做了有罪的事情？至于白鼬，我就更不能选择了，因为我在当时没有见过白鼬，不知它珍贵在哪里，亦不知它的性情如何，如果弄一只在家养着，不知会是什么结果，还是算了吧。

所以，我最终的选择是，不选。

之后便留意起了白鼬，心想它们大概与虎鼬差不多，但很快又否定了自己的这一想法，因为我听到一个关于白鼬的说法：白鼬行无双。可见白鼬喜好独行，从不与同类结伴而行。这样的动物是从不凑热闹的，它们知道在热闹之外，还有更为美好的世界，而它们选择的独行方式，亦是对更为美好的世界的渴望与追求。

当然，白鼬也像虎鼬一样是颇为好玩的动物，民间有老话说：天不黑白鼬不出来，没食物白鼬不挪步。此老话说的是白鼬为夜行性动物，从黄昏开始活动，多与捕食有关。在动物界有这样一种现象，凡是严格控制自己行为的动物,往往都有一个共同的特点,即它们身上有很珍贵的东西,它们一旦露面就会成为猎捕对象,所以它们便不随意走动,多待在不被轻易发现的地方。但它们活着就得吃东西,所以在肚子饿了后便谨慎出行,觅得一口吃食后又赶紧返回。

阿勒泰有一位猎人,为白鼬布下铁丝圈套。一只白鼬钻入圈套后,觉出不对劲,便绷直身体慢慢向前移动。它不碰圈套,圈套机关便无法启动。最后,它顺利将细长的身体移出圈套,那猎人上山得知情况后,气得直跺脚。

那猎人虽然没有捕到白鼬,但从此却迷恋上了白鼬,像是要研究白鼬一样经常琢磨白鼬,不长时间,便对白鼬了解得清清楚楚。譬如,白鼬的别称有扫雪鼬、短尾黄鼠狼、短尾鼬。这三个别称都很有意思,其扫雪鼬一说,是指白鼬冬天觅食时,尾巴在雪地上会留下一条长长的痕迹,由此得名扫雪鼬;短尾黄鼠狼一说,则是说白鼬体长得很像黄鼠狼(黄鼬),但尾巴比黄鼠狼的尾巴要短一些,所以得了此名;而短尾鼬一说,是指白鼬的尾巴在鼬类中最短,但这只是对比之下的结果,如果单个看它的尾巴,还是不短的,尤其是跳跃时蹦出一条直线,与它们细长的腰身显得极为一致。

白鼬的身体细长,尤其是腰身和脖颈,显得颇为笔直,极具流线美感。但它们的四肢却很短小,在地上行走时几乎不见四爪动弹,只有笔直的身躯在快速移动。它们能那样迅疾而行,是靠了敏捷的四爪,其步履之快,肉眼是看不清楚的。

白鼬身体的柔韧性极佳,平时弯曲成一团躲在洞穴中,奔跑时身体笔直蹿出,如同拉直的弓。它们平时爬行,但眺望时则站立而起,扬头向远处张望。它们站立的姿势亦与众不同,仅用两只后爪就可以站起来,让笔直细长的身体变得像一棵树。看到它们站立得那么美,有时会担心它们会一头栽倒,但细看后才发现,它们将两只前爪垂直伸出,在平衡身体。

它们最奇特的地方,是身上的毛会变颜色。阿勒泰的那猎人在夏天看到一只白鼬,它们的背上是灰棕色,腹部为白色,便惊叹白鼬很漂亮,如果能抓一只当宠物养,该是多好。到了冬天,那猎人又看到一只白鼬,它全身都变成白色，远远看上去有一尘不染的感觉。那猎人后又发现，那只白鼬只有尾端为黑色，但一点都不影响它身上的白。那猎人又动了将白鼬捉回家当宠物养的想法，但他尚未接近，白鼬已闪出一片白光不见了。那猎人又惊叹，白鼬太漂亮，也许是神的宠物，人怎能轻易把它们抓住。后来他听说白鼬的白色毛皮昂贵，可作高等皮料时，便又为两次错失白鼬而后悔，如果抓住白鼬弄一件鼬皮大衣穿，该是多么享受。到了2008年，一个消息更让他失落，汤加国的国王图普五世举行加冕典礼时，身上穿的就是白鼬皮做的大衣。他嬉笑一声为自己开脱，人家是国王，穿鼬皮大衣能让白鼬扬名，我一个打猎的人，穿鼬皮大衣能顶什么用？

我有一年在阿勒泰的达尔汗碰到那猎人，经他的讲述，知道了白鼬的一些情况。白鼬的适应能力很强，草原、草甸、沼泽地、河谷地、森林、半荒漠的沙丘以及耕作地等地带均有分布，它们主要吃啮齿动物和其他小动物。白鼬不善于挖洞，大多在岩石裂缝、树根或倒木下、乱石堆、草垛、树洞以及占据鼠洞等为巢。它们的巢的结构较为简陋，常常把干草、苔藓、细枝或猎物的毛等铺垫进去，就是一个栖身之地。

雌鼬怀孕九个月左右分娩。幼鼬出生后，眼睛要过一个月后才能睁开。前面提到的阿勒泰的那猎人，费尽心思终抓得一只幼鼬，好吃好喝喂养数日，那小家伙始终不睁眼。他一气之下把它扔在院中，任它自生自灭。黄昏时他听得院中有异常响动，出门一看，一只雪白的白鼬疾速蹿入院中，一口叼起那幼鼬夺门而去。他又像以前一样感叹，白鼬的鼻子了不得，我抱了它的小崽子，它闻着小崽子的味道一路跟了来，幸亏它是一只白鼬，如果是狼，还不一口把我吃了。

那猎人在后来再次碰到了白鼬。一天，他为兔子布下圈套，藏在石头后等待兔子出现。圈套旁有鲜嫩的野草，后来有一只兔子果然紧盯着野草出现了，但那猎人没想到一只白鼬亦像他一样，也在等待兔子。兔子尚未进入猎人的圈套，白鼬便紧贴地面匍匐到兔子跟前，一跃扑过去咬住了兔子的脖子。兔子比白鼬大好几倍，它几次欲奋力挣脱开，但白鼬死死咬着它不放。它们在地上翻滚，蹬起的尘土弥漫成一团。最后，白鼬发现旁边有一块石头，遂扯起兔子的头撞向石头，兔子惨叫一声，软软地瘫在了地上。白鼬用嘴扯着兔子到僻静的地方，遂开始吞噬。那猎人本来想趁白鼬不备，一把将它抓住带回家，但是看到那一幕后，便觉得白鼬不是那么好抓的，就放弃了。白鼬吃完兔子后慢慢悠悠地走了，完全是一副胜利者的样子。

说起来，那猎人有好几次都是眼睁睁地看着白鼬离去而未得，但他对白鼬了如指掌，所以他给我讲述白鼬时变得很兴奋，语气中亦流露出对白鼬的喜爱之情。他说，白鼬的动作十分敏捷，视觉和听觉也极敏锐，一旦发现猎物就伸长颈子，全身贴近地面，匍匐向前移动。抓住猎物后，会先将其头部咬碎，使猎物很快死亡。

我没有见过白鼬，以上所写皆为那位猎人所讲。所以今日将白鼬写到此，绕不过那猎人后来的命运突变。后来的一天晚上，他听到附近有类似于猫头鹰的声音在叫，扰得他心烦，便出门欲将鸣叫者赶走。不料却看见一只白鼬蹲在栅栏边，见他出来便闪出一片白光离去。夜虽黑，但白鼬犹如一把刀子，把黑夜切出了一条逃生的路。更为离奇的是，当时没有任何征兆，但他一转身，脚腕咔嚓一声便骨折了。

难道白鼬夜叫，不祥？

草原上的奔跑
给千里眼也不换

香獐子　哈熊
野兔　　狼
新疆虎　鹿
白狐　　牦牛
红狐　　骆驼
貂熊　　长眉驼
马
普氏野马
伊犁马
蒙古野驴
野猪

香獐子

香獐子有一个美称——自带荷包的动物。

说的是它们中的雄獐,不论走到哪里,身上都会散发出香味。熟知它们的人都知道,它们身上的香味来自脐腺香囊。它们在一个地方卧过后,会留下浓浓的异香,人们有时候就称它们为麝香。

麝香虽然是金贵的药物,但是长成的过程却不复杂。它来自雄獐身上长着的一个脐腺香囊,里面的分泌物成熟后会慢慢干燥凝结。人们在一般情况下谈论的麝香,是指从脐腺香囊中取出的凝结物,而作为长出麝香的香獐子,已无从谈起。如果一定要弄清楚它们被割取了麝香后的去向,实际上会使割取麝香的人面露窘色,因为他们常常会先取香獐子的命,以保证顺利割取麝香。

香獐子在新疆多出现于阿尔泰山,自古到今以身上的麝香吸引人眼球。正因为麝香是一种异香,且在平时难得一见,所以便具备了独特的意味。在新疆的音乐和诗歌中,麝香常常是极富古典意味的象征。譬如《十二木卡姆》歌词中,就有"夜晚我看到你缬草摆动的长辫,如和田麝香般在天地间氤氲""你唇上的汗毛,与麝香般的秀发,乌黑难分""她的呼吸犹如兰麝,对我又犹如美酒佳肴""你编织的秀发散发出麝香般的夺香,令缬草无人问津,郁金香妒火中烧""哎,冤家,你那瞳仁、麝香般黑茸茸的唇毛,竟使我的居室变得黯淡无光"。麝香奇异浓郁,用于表达爱情再合适不过。

在诗歌中,也多见香獐子作为意象出现。譬如鲁提菲的"格则勒"中"香獐子窃取你的芬芳,在于阗酿成麝香",诗中的于阗即古代和田,有一阵子我很疑惑,为何在诗歌和《十二木卡姆》歌词中,都多说在于阗酿成了麝香?和田有香獐子吗,抑或说是别处的麝香被运到和田,加工成了香料和药物?也许有一种可能,和田历来以种植玫瑰花著称,是一个有香气的地方,所以麝香便汇聚于和田。问过几人后,得知和田因为背倚喀喇昆仑山,在以前有不少香獐子,而且因为加工业发达,麝香便在和田出了名。但那样的时代是在数百年甚至一两千年前,如今的和田已不见香獐子,人们但凡说起新疆的香獐子,则多指阿尔泰山和天山一带的,在那里,经常能听到香獐子的故事。

前几天与一位朋友说起香獐子,他说现在的阿尔泰山也很少有香獐子。我听得一阵失落,等他解释一番后才知道,香獐子是国家一级保护动物,没人敢捕,所以很难见到。早说嘛,这样的情况怎能不让人欣慰。如今难得一见香獐子,是因为它们拥有了自由安全的家园,这是多么好的事情。人类不能因为一己利益,一再戕害香獐子,而应让它们长久存活,把那股奇异的香味散浸于山水之间,它们便是大自然中最美的精灵。

几年后在阿尔泰山见到一只雄香獐子,它的脐囊已被割下,在等待里面的分泌液自行干燥,然后变成棕色硬粒,即成麝香。香獐子活着时会因为麝香发出异香,而脐囊一旦被割下干燥后,则发出恶臭味。但此时的麝香已归于药物,闻不到香味也罢,更重要的是它已经成为用于治疗病痛的药物,没有人再在乎好不好闻了。

后又见到一公一母两只香獐子,其时正是雌香獐子的发情期,它不停地走动,将臀部触到地面磨蹭,用两只前蹄交替踢打乳房,并发出一连串低沉的求偶声。它的举动终于引起一只雄香獐子的注意,于是它们奔跑追逐,最后终于缠绵到了一起。难得见到香獐子,等那一公一母香獐子交媾完毕,我们便远远地藏起来观察。此时的雄香獐子精神抖擞,跳跃到一块石头上向远处张望。它的两根细长的獠牙突在嘴外,阳光一照便闪烁出光芒。而雌香獐子则温和腼腆,站在低处望着雄香獐子。少顷,一只鹰飞过时发出嘶鸣声,雄香獐子仰头怒视,短短的尾巴奋力甩了几下,跳下石头护在雌香獐子身边。雄香獐子之所以警惕性高,是因为它知道,自己身上的麝香常常会带来危险,只要危险降临到它身上,大多都是为了它的麝香而来。雄香獐子紧张恐惧,而雌香獐子则显得平静,只是在鼻孔中发出短促的喷气声,表示不满和抗议。那只鹰在空中盘旋一圈后又飞了回来,两只香獐子立即转身离去。它们的速度很快,将几棵小树撞开后,便不见了影子,只有小树起伏成一片绿色波浪。

后听人说,香獐子有一个难改的习性,无论遇到怎样的危险,逃脱后时间不长,必然还会回来。它们如此固执的习性,被人们称为"舍命不舍山"。正因为如此,香獐子的领地意识便非常强,它们常常把尾部分泌的油脂涂抹在树干、岩石和木桩上,既作为划定区域的标记,又作为联系同类的暗号。它们喜欢沿着固定路线行走,如果身处陌生地带,则会迅速通过,哪怕风景再好,也不逗留片刻。

有山就有树,有树就有香獐子的吃食。它们吃植物的根、茎、叶、花、果实和种子,冬季啃吃树皮,有时还会舔食积雪。吃饱了,它们会走到光线好的地方,用唇角触舔露水,待露水散尽,便又啃食青草。它们在固定地点排泄粪便。常常见香獐子匆匆忙忙去往一地,那里便是它们每次排泄的地方。

雄香獐子走过后,会留下麝香的味道,所以雄香獐子的听觉和嗅觉比雌香獐子灵敏,即使一起行走,也总是雄香獐子走在前,并负责观察和判断四周情况,而雌香獐子跟在后面,显得颇为轻松自在。

有了这些故事,便觉得香獐子是极富个性的动物。但在阿尔泰山碰到一位上了年纪的老猎人,听他讲述了香獐子的故事后,才知道香獐子有那么多感人的故事。有一公一母两只香獐子,被猎人用枪口逼到悬崖的狭窄处,当时必须有一只香獐子迎向枪口,才能换得让另一只逃走的机会。平时娇柔温顺的雌香獐子,一声大叫后冲向猎人,让雄香獐子顺利逃脱。猎人捕获了那只雌香獐子,默默想,一定是雌香獐子觉得雄香獐子身上有珍贵的麝香,才舍身让自己死,为雄香獐子换得生的机会。

另一只雄香獐子则更决绝,它被猎人的铁丝圈套紧紧勒住后,见无望逃生,便将脐囊撞向一根枯枝,噗的一声脐囊被刺破,里面的分泌液流出,洒到树叶和泥土中,很快便渗得没有了影子。

那猎人两天后上山,闻到扑鼻的异香,但那头雄香獐子的脐囊已破,一切都无济于事了。

野兔

野兔的腿和耳朵比家兔的长，奔跑速度则是家兔的十倍。

在阿合奇曾听到一句谚语：野兔身上的泥巴，不会沾到别人身上。说的是野兔生性机警，听觉和视觉灵敏，尤其是逃跑速度极快，很难把它们抓住。

野兔昼伏夜出，喜欢在固定老路上走动。它们从黄昏开始活动，可整夜不停息。遇到白天阴暗或细雨蒙蒙，那时路滑人稀，它们便出来活动。

在动物界，野兔最擅长隐蔽，常与杂草混在一起，人走近也不易察觉。野兔好闹腾，在人不注意时突然蹿出，反而把人吓一跳。人们认为兔子不会叫唤，其实不然，它们受到惊吓时会尖叫，如果被人捕捉在手，会发出像婴儿啼哭一样的声音，让捉它们的人心生怜悯，会手一松放了它们。

野兔是害羞的动物，在春天发情时，雄兔并不直接去追逐雌兔，而是互相追逐，在雌兔面前显示自己的优越性。而雌兔则会挥舞前爪"拳击"雄兔，表示它还不想交配，或是测试雄兔的耐心。

野兔怕猎鹰，而新疆的猎鹰专捕野兔，驯鹰人驯养猎鹰的目的也正在于此。阿合奇是驯鹰之乡，有一年我去阿合奇看猎鹰，看到的猎鹰并未超出我的预料，倒是看到了野兔智取猎鹰性命的场景。

猎鹰死于野兔的计谋，是一次意外事故。

出事之前的那天早上毫无征兆，阿合奇的驯鹰人依布拉音对我说："你不是想看猎鹰吗？今天让你看一下哈，走。"好，说走就走，我随他出了门。

一个多小时后，我们俩到了一片浓密的小树林里，由于树荫太密，林子里的光线很暗，不远处的东西几乎都是模糊的一团。他把鹰的眼罩取下，让它适应一下环境。不料刚一取下，鹰便唰啦一下立了起来，他赶紧把它的爪扣解开，让它飞了出去。

"有东西。"他神情凝重地盯着鹰，对我甩过来一句话。这样的情景在我意料之外，一只鹰在刚被取下眼罩后就可以发现林子里有东西，它真是太灵异了。我以前从别人那里听到过一些关于猎鹰的故事，不料今天亲眼看到的情景却如此意外。在一瞬间，一只鹰几乎像一幅画卷一样，为我陡然抖开了神奇的画面。

它斜飞着绕过几棵树，"嗖"的一声扑向一片草丛。草丛中的一只兔子被惊起，撒开四条小腿向林子深处跑去。我在后来和依布拉音聊天时得知，鹰抓兔子时都是先让其惊慌逃窜，然后扑上去用爪子抓入它的屁股，待它因为疼痛难忍回头时，抠瞎它的眼睛，然后扭断它的腰，便就稳稳地捕获了。现在，这只兔子的速度很快，再有十几米就跑进一片矮树丛中了，鹰必须在它进入矮树丛之前，把自己尖利的爪抓入它的臀部中去。

依布拉音大声对鹰叫着："快，快快快……"天长日久，这只灵异的鹰大概能听懂他的话，所以在他的叫声中飞得更快了。终于，它俯飞向下扑向了兔子。兔子被它抓住了，地上升起一股尘灰。但就在这时却听见鹰发出了一声痛苦的嘶鸣，紧接着就看见兔子飞快地跑进了那片矮树丛。

"我的鹰……"依布拉音惊叫一声，赶紧跑了过去，我也紧随其后。从鹰刚才的嘶鸣声来看，鹰可能出事了。到了跟前，鹰果然出事了。它在扑向兔子时因为用力过猛，让一根干红柳枝扎进了它的胸膛。这根红柳枝太过尖利，一下子穿透了它的身子，让它像是被挂在了上面。它还没死，双翅扑腾着，嘴里发出呜呜呜的粗鸣。依布拉音伸手想把它弄下来，但一看它汩汩往外流淌着血，便不知所措了。他一着急，像是在问自己，也像是在问我："怎么办？"我也不知道该怎么办，红柳穿透了它的身子，要救它就必须把它从红柳枝上拉出来，那样一拉它会流更多的血，会死得更快。但不那样做，就只能眼睁睁地看着它死了。

我们俩商量了一下，还是决定把它从红柳枝上拉出来。我们俩用双手把它的身子捧住，一点一点往外拉，它的血喷涌如注，呜呜呜的粗鸣一声连一声。红柳枝扎进去时伤了它，现在往外拉时它又别无选择地被伤了一次。

终于，它被拉了出来，但是却已经死了。依布拉音的脸阴沉沉的，捧着鹰尸一句话也不说。一只他很喜欢的猎鹰转眼间就死了，他伤心极了。我也很伤心，这根可恶的红柳枝，它本来已经是死了的东西，但却鬼使神差地在这里斜伸着，把一只猎鹰刺死了。鹰死了，在枝干上留下了猩红的血，看着很是骇人。

无奈，我和依布拉音只好把鹰埋了。他埋得很仔细，把它的眼罩和爪扣一并葬了进去，完毕后又把地面抚整平坦，似乎这里什么也没有发生过。也许从这时起他才意识到一只鹰在他面前消失得无影无踪了，他控制不住情绪，泪水一颗一颗从眼里涌出。

我拉了一下他的手，我们俩往回走。刚走了几步，他突然转身走到那根红柳枝前，用力把它拔出，在膝盖上一折，它便断成了两截。他看了看枝条上的鹰血，手一甩便把两截红柳枝扔了出去。树林里"哗啦"一声响，那两截红柳枝不知落到了什么地方。然后，我们俩继续往回走。我觉得自己的脚步变得沉重起来。

几天后，依布拉音的又一只鹰也死了。在这里，让我的笔也来一个人们常说的穿越时空，把后面的鹰之死的事在这里一并写完。

那天，我同样没想到依布拉音的又一只猎鹰会死掉。事后，依布拉音说他在早晨就有一种不好的预感，但他却没有把不好的预感当回事，在我提出想吃兔子肉时，他随便架了一只鹰就带我出门了。这几天我想吃兔子肉，在心里实在憋不住了，便试探着对他把想法提了出来。其实，我想吃兔子肉的馋劲是一方面，另一方面是我想到荒野里去逛一下，再看看猎鹰逮兔子的激动场面。但万万没想到，却让依布拉音的又一只猎鹰死了。我后悔呀，但天下无后悔药可吃，我心里的阴影一层一层加厚，我觉得自己有罪。

早晨，我试探着对依布拉音把心里的想法提出后，他说，噢，好好好，那咱们走。然后，他随便架了一只鹰带我出门了。他选了村后的一条深沟，和我慢悠悠地往沟深处走去。我们一边走一边闲聊，走到了沟谷外。他选中了兔子有可能藏身的一个地方，揭去了鹰的眼罩。我没料到，这只鹰的感应能力很强，眼罩刚被揭下，它便捕捉到了一个准确的信息——在一片草丛中有一只兔子。它鸣叫着飞了过去。兔子被突如其来的一只猎鹰吓坏了，赶紧向一片树林跑去。这是一只很聪明的兔子，它只要跑进树林，那些横七竖八的树枝就可以让鹰没办法飞进去，它便可逃之夭夭。

但鹰早已识破它的用意，迅速飞到它的头顶扑下，一爪子便抓在了它的屁股上。这只鹰用的仍是用力抓兔子的屁股，致使兔子疼痛难忍回头时，便抠瞎兔子双眼，继而又将兔子的腰扭断的老办法。但鹰今天遇到的是一只老练的兔子，虽然它的屁股被鹰的尖爪抓得很疼，但它却不回头，不让猎鹰想要抠瞎它双眼的预谋得逞。

鹰在扑腾，兔子在挣扎，一股尘灰被搅起，把它们遮裹得隐隐约约只有一个模糊的轮廓。依布拉音很吃惊地看着眼前的这一幕，在他的狩猎生涯中，大概还没有遇到过这样的情形，所以他便只是吃惊，一时间不知该如何是好了。

依布拉音不知该如何是好，但这只富有逃生经验的老兔子却知道有办法，它用力爬起来，拖着猎鹰朝一片蒺藜丛里钻去。猎鹰因为将利爪在它的屁股上抠得太深，所以无法甩开它，被它用力一拖便失去了平衡，被拖进了蒺藜丛里。

依布拉音惊叫一声："我的鹰。"赶紧往蒺藜丛跑过去，他知道那些蒺藜有尖利的刺，扎到鹰身上就会让它丧命。然而我们离它们太远了，没等我们接近，那些蒺藜刺便扎入了鹰的身上，它发出一连串的惨叫，但兔子仍拖着它在往前跑，直到有一根比较粗的刺扎入鹰的胸部，使鹰受到阻力才把扎入兔子屁股上的爪子拔了出来。兔子身上也流着血，但它知道已摆脱了猎鹰的利爪，于是便飞快地逃走了。

我和依布拉音跑到鹰跟前，见它已奄奄一息。它的羽毛掉了一地，而躯体血肉模糊，被蒺藜刺得到处都在流血。最可怕的是，一根致命的蒺藜刺扎到了它的心脏处，它死了。一只老练的兔子，利用蒺藜尖利的刺把猎鹰刺死了。猎鹰在这些通常被称为"猎物"的兔子，或者说小动物面前是不可一世的，它不光可以小瞧它们，而且还可以轻而易举地取它们的性命，似乎它们天生就是它的肉食。不料今天的一切却都颠倒了，一只老练的兔子把一只不可一世的猎鹰打败了。

依布拉音把鹰血肉模糊的躯体捧在手上，嘴里喃喃重复着一句话："我的鹰，我的鹰……"这样的事对他来说就是致命的打击，鹰是他一手训练出来的，鹰被兔子打败，就等于他被打败；鹰被兔子打败丧失了性命，就等于他的心被割了一刀子。

我想劝他，但不知该说些什么，今天出来抓兔子是我提议的，顿时一丝悔意涌上心头，我觉得其实害死这只鹰的并不是那只兔子，而是我。如果今天不出来，这一切就不会发生了。但现在事已至此，我后悔又有什么用呢？

依布拉音伤心了一会儿，用手在地上挖出一个土坑把鹰埋了。然后，我们俩快快返回。来的时候是两个人和一只鹰，回去的时候只有两个人了，而一只鹰已被埋在了荒野中，过不了多久它的肉就腐烂了，骨头就朽了。生命在消失时总是悄无声息，但会消失得彻彻底底。

我想，如果不是我亲身经历了鹰之死的事，我也许不会想到一只兔子会让一只鹰丧命。但因为我亲身经历了，所以才发现往往惊心动魄的故事背后都隐藏着心酸和伤痛，甚至就连死亡也因为你站立的位置不同，其色彩也截然不同。死了的那只鹰，便是例证。

新疆虎

虎之奇闻，说起来多矣。

在《酉阳杂俎》一书中，多有对虎的记载。譬如人在夜里入山，如果看见远处有光，低而不动，那就是虎。老虎在夜里，一只眼睛放光，另一只眼睛看物。人在夜间与虎格斗，由于虎动作迅猛，人会眼花缭乱看到三只虎当空扑来，这时要用力刺中间那只，因为那才是虎的真身。虎死时如果眼睛向下，脑袋低伏于地面，所谓的"虎威"就会沉入地里。知情者会记住那个地方，等月亮消隐后向下挖掘两尺，必会挖出一块状如琥珀的黄玉石，那是"虎威"凝结的产物，随身携带可辟百邪。

《酉阳杂俎》一书对"虎威"另有记载："虎威"形如"乙"字，长一寸，当是块骨头，在老虎的肋两侧。为官的人佩戴"虎威"，则不怒自威；平民佩戴"虎威"，则万众嫉妒。《酉阳杂俎》中还提到，每当夜空出现月晕，必有老虎相交。此外，虎须治牙疼。唐时山野老虎成群，虎须并非稀罕之物，所以并不是成本太高的药材。

西域曾经有虎，在《博物志》一书中另记载有一事："汉武帝时，大苑之北胡人有献一物，大如狗，然声能惊人，鸡犬闻之皆走，名曰猛兽。帝见之，怪其细小。及出苑中，欲使虎狼食之。虎见此兽即低头着地，帝为反观，见虎如此，欲谓下头作势，起搏杀之。而此兽见虎甚喜，舐唇摇尾，径往虎头上立，因搦虎面，虎乃闭目低头，匍匐不敢动，搦鼻下去，下去之后，虎尾下头起，此兽顾之，虎辄闭目。"西域的老虎被敬献到中原,不但在汉武帝眼中是小物,而且不适应其他动物,与它们玩耍不到一起,显得颇为憋屈。

两千多年过去,到了今日新疆,新疆虎仍是一个有趣的话题。新疆虎又叫里海虎、西亚虎等。正因为被叫了里海虎一名,波斯的里海虎灭绝后,人们认为新疆虎也会随之一同灭绝,但后来人们发现天山南北还有新疆虎,之前的说法便不了了之。

曾经的塔里木盆地,是新疆虎的天堂,它们大多生存在由库尔勒沿孔雀河至罗布泊一带。那一带曾经遍布河流、水草和胡杨林,让新疆虎来去自如,而大量的黄羊和野兔,则又让新疆虎从来都不会饿肚子。

生存得好,吃得好,任何动物都能活得好,何况虎类是生存能力极强的动物。曾听到一事,说清末有一人误入塔里木盆地的胡杨林,忽闻得有震耳欲聋的动物啸叫,一扭头便看见一群虎向他围了过来。他想跑,无奈饥饿数日,双脚已迈不出一步。那群虎到了他跟前,看了看他便向前走去。那人惊喜,塔里木盆地的虎不吃人。接下来那人又经历了更离奇的事情,群虎惊动了藏在草丛中的一只黄羊,黄羊欲逃离,但它怎能快得过虎,它仅仅只跑出几步,便被一只虎摁住,一口咬断了脖子。但群虎却并不吃黄羊,只是将身影一闪,将野草撞出一片巨浪,便不见了影子。那人挣扎过去,抱着黄羊脖子喝了一通热血,然后生火将黄羊肉烤熟,边吃边欣喜地念叨,塔里木盆地的虎不但不吃人,还会救人的命呢。

另有一事,有一小孩被仇家扔到塔里木盆地的荒野,几只虎喂养了那孩子,他长大后开口便发出极像虎啸的叫声,亦不直立行走,而是像虎一样用手脚爬行,一跳便跃出很远。人被虎养,便会变得像虎。类似的事在西域历史上曾发生过,且被《史记》和《汉书》等史书记载:譬如匈奴单于(首领)之女曾嫁狼为妻,乌孙王子被狼喂奶和乌鸦喂肉,被剁去双腿的突厥王子与狼繁衍后代的事,都极富传奇色彩。

被虎养大的那人,后来结局如何,至今无人能知。那件事后来被作家写成小说,说那人长大后杀了仇家,为家人报了仇,亦为自己雪了恨,但因为无法回到虎群中去,自杀身亡。小说只能当小说看,离现实恐怕已经很远。

都是久远的事,过去就会成为往事。但有一点不可忽视,即那时的新疆虎很多。直至十九世纪末,俄国探险家普尔热瓦尔斯基还见过新疆虎。他曾在一个叫阿克塔玛的村子里住过八天,参加了当地人的猎虎行动,亲眼看见受伤的新疆虎逃回森林。他在后来将那一经历写入一本书中,其中有一句"那里的老虎就像伏尔加河的狼一样多",引得很多人向往塔里木盆地,亦对新疆虎渴慕不已。

后来,瑞典博物学家斯文·赫定在塔里木盆地发现了楼兰古迹,同时还发现了新疆虎。他的这一发现说明,当时的塔里木盆地水草丰美、森林茂密,有大量食草动物和充足的水源。新疆虎在那么良好的自然环境中,无忧无虑地活着。

但新疆虎在后来突然遭遇了厄运,因为沙化愈恶,河流每况愈下,沙漠逼得越来越近。如此一条恶性链条,绷得越来越紧,到最后便让动物越来越少,新疆虎因缺少吃食,也面临着灭绝的危险。

新疆虎的厄运与楼兰的灭亡颇为相似,楼兰曾经是丝绸之路上的一个十字路口,同时也是商业、文化交流中心,在其鼎盛时,亦陷入人口猛增的困境。人多了就要吃饭,就需要大量自然资源,于是森林被成片砍伐,草场被耕种,致使河流断流,土地沙漠化严重,繁华的古楼兰由此走向衰败,最终不得不举国迁走。楼兰人在异乡忍受不了严寒,亦无力对付野兽侵袭,便有人悄悄返回楼兰。但仅仅只过了一个冬天,便只剩楼兰城的墙头露在沙子外,好像他们离去的第一夜,沙漠便将楼兰城一口吞噬。

与古楼兰一样,新疆虎亦在短时间内遭遇了劫难。没有了森林,它们失去食物来源,亦失去安身的家园。大批新疆虎死去,只有一小部分凭借着顽强的生命力,在仅有的绿洲里坚毅生活。

之后,环境逐渐恶化,加之利欲熏心者大肆猎杀新疆虎,所剩无几的新疆虎,最终没有逃脱厄运。新疆虎最后一次出现,仅仅只给人们留下了一个背影。1916年的一天,有一人看见一只新疆虎沿着塔里木河向远处走去。其时夕光如血,按说正是新疆虎栖息的时间,但那只新疆虎却低着头，把孤独的身影融入夕阳，最后在慢慢暗下来的光线中，变成一团模糊的影子。

之后，便再也不见新疆虎。人们说，新疆虎灭绝了。这么大的一块土地，却没有虎，人们这才觉得无比孤独。

过了几十年，传出一个惊人的消息，有人看见北疆的牧民捕杀了一只新疆虎。新疆人一时哗然，新疆虎没有灭绝。但找不到看见那一幕的人，亦不知捕杀了那只新疆虎的是何人。人们议论过一阵子后，遂又不了了之。

之后又有人声称，在天山上看到了虎爪印。其时在陕西，关于华南虎的闹剧闹得沸沸扬扬，人们便对新疆虎爪印的消息保持了警惕，很快便又不了了之。

新疆虎已经灭绝，如今说起新疆虎，实际上是在怀念。

白狐

　　有一猎人说，某地猎人什么都猎捕，唯独不捕白狐，见了白狐不但不会开枪，反而会远远避开。再细说，便知那里的猎人还有忌讳，他们从不看白狐的眼睛，亦不会让白狐看见他们。问及原因，说白狐的眼睛很邪，猎人看了它们的眼睛后，从此就不敢走夜路了，否则会看见黑夜恍如白昼，到处是蹦蹦跳跳的白狐。至于人被白狐看见则更可怕，从此不但无法瞄准射击，就连悬崖危桥也看不清，走到跟前会一脚坠下去。人们觉得白狐身上有邪气，便常常避开白狐。

　　于是，白狐便被裹入迷信之中，让猎人疑惑，亦让猎人恐惧，从不主动去猎捕它们。

　　一猎人说，曾有一人欲开枪射杀白狐，不料枪在那一刻哑火，他只觉一片红光闪至眼前，迅速将他淹没进了晕晕乎乎的深渊。之后，那人便变成色盲，眼前明明是绿叶，他却说是白色；遇到红色，他又说是黑色。偶然又遇一只白狐，他便惊呼怎么有一只乌鸦在地上奔跑？这件事传开，人人都怕因白狐落下毛病，便没有人再打白狐的主意，白狐亦变得越加神秘。

　　在另一事中，白狐则被拉近，让人们感觉出了它们的内心反应。说是一只雌白狐，产下幼狐后便立即离去，不让幼狐记住自己的样子。它的行为虽然诡异，但每日却将食物悄悄放到幼狐巢边。如幼狐遇到危险，它会马上出现，保护它们不受损伤。等到幼狐能够独自觅食，它便果断离去，与它们永不见面。

狐类行为虽然残忍，但其狡诡和智谋的长处，无不让人惊叹。

白狐并不是特定的狐类，只是因为它们的皮毛洁白如雪，显得与众不同，常被人们另当别论。其实，在任何一类狐狸中，都极有可能出现白狐，前提是长出一身白毛。

白狐不易碰到，捕捉则更难。有一位猎人，那些年他是北疆有名的猎手，其枪法之准，在同行中留下一致的赞美：他枪打得好，一支半自动步枪被他玩得出神入化。有一天，他在山谷中寻找猎物，看见远处的山顶上有一个白点在移动，他判断是一只白狐，心情马上激动起来。他迅速向其接近，潜入最佳射程的位置趴下身子。那个白点仍在慢慢移动，似乎对危险毫无察觉。他将子弹上膛，瞄准，扣动了扳机。白点在一块石头上晃了一下，随即坠入山谷。他跑过去寻找，四周却没有任何白狐的痕迹。他已有十几年没放过空枪了，难道没打中？那一刻他沮丧之极，心里涌起复杂的念头。在牧区，狐狸被视为神秘之物，牧民只看见过它们的影子，从来不知其具体行踪。至于白狐，则被视为不祥之物，牧民在平时一看见白狐便远远避开，害怕不小心走近与它打照面。牧民们说谁与白狐打照面谁就是勺子（新疆话，傻愣之意），而自己却向它开枪，是不是勺过头了？

这件事让他蒙耻，地位在同行中大跌，以至于有人开玩笑时怪怪地说他见过白狐，并在那个"见"字上加重语气。他变得很敏感，只要一听到白狐二字便内心如同打翻了五味瓶，一会儿觉得自己犯了与白狐打照面的忌讳，一会儿又觉得大家在嘲笑自己。枪打空了不说，而且连白狐的一根毛也没见着，不是吹牛是什么？

尴尬处境让猎人承受了巨大压力，他很长时间里只有一个愿望，捕捉一只白狐，只有那样才能证明自己，才能把隐埋于内心的屈辱连根拔掉，从而让精神获得轻松。

猎人忍受不了白狐制造的痛苦，还有他人对他的嘲笑和议论，他决定孤注一掷去打死一只白狐，让所有人把嘴巴都闭上。尽管他不知道是否能找到白狐，但屈辱在莫名地促动着他，他一去不回头。

白狐很神秘，他在山里转了一天都不见它们的影子。他的嘴唇已经干裂,但仍把嘴咬得发出脆响,喝完水将水壶放下时会发出"咚"的一声响,让沉寂的山谷似乎有了几许颤动。下午,他突然与一只白狐相遇了。他很奇怪,白狐并不像人们说的那样神秘,他刚翻过一个山脊,便看见一只白狐站在不远处。它没有想到会突然与人相遇,所以有些惊恐,但惊恐只在它眼里一闪,它很快便平静下来,一动不动地站在那儿望着他。他亦保持平静,丰富的狩猎经验告诉他,此时如果慌乱,会使白狐受到惊吓逃走,而自己一动不动则会麻痹它。暗中较量是为了等待最好的时机,只要白狐放松警惕,他便可举枪将它打死。

那只白狐看了他一眼,便转身慢慢向山坡下走去。它身姿优美,步履优雅,似乎周围的草木都在为它俯首。他紧追不舍,到了一条小河边便觉得不能再追了,如果白狐涉水而逃,人过河的速度会大大降低,那样的话白狐就会迅速逃脱。他举起了枪,但聪明的白狐还是让他上当了,它突然掉转身子向后跑去,很快便跑上了山坡。人爬坡的速度无法加快,会越来越慢,他还在半山坡上,那只白狐已在山梁上不见了踪影。

第二天他又与那只白狐在同一地方相遇,意外的遭遇并没有让他欣喜,反而因昨天低估了白狐的智商而怒不可遏。他边追边开枪射击,不给白狐以喘息之机。令他不解的是白狐居然跑得很慢,似乎并不恐惧子弹会让它毙命。最后,他感到自己力不从心,便用跪姿向白狐射击,白狐在他扣动扳机时似乎有了感应,身子闪了一下意欲逃脱,但它怎么能比子弹还快呢?枪响之后,它一头栽倒在地。他兴奋地跑过去准备捡拾猎物,但白狐却趁着他分散注意力的机会,从地上翻滚而起又逃跑了。白狐用装死的方法又骗了他一次,他握着枪愣怔不已,失望和无奈在那一刻让他变得浑身无力,枪"啪"的一声掉在了地上。

他坐在山坡上喘着粗气,白狐两次逃脱让他很沮丧。休息少顷,他已没有了再寻找的兴趣,便打算从原路返回。但这时的意外发现让他惊讶不已,他看见了那只白狐的窝,里面有两只刚出生不久的小白狐,它们只有微微睁开眼睛打量世界的力气。他突然明白为何两次在同一地与一只白狐相遇,尤其是今天它故意跑得很慢,是要把自己引开,以防自己发现它的子女。为达到这一目的,它甚至不惧被子弹射伤,甚至毙命……紧闭的幕布突然拉开,一切在瞬间揭晓。

意外的事件让他极为震撼,并在内心生出一种惊异,看来白狐之所以神秘,实际上和人一样有所思所想。天黑时,他一身轻松地返回。人们见他又空手而归,嘲笑和议论很快便如同一张大网将他包围起来。出去时他是放了狠话的,不打死一只白狐他就去死,但现在人们没有看见被打死的白狐,他也好好地活着。所以他放出的狠话变成了耻辱柱,对此感兴趣的人始终将取笑的目光投向他,似乎要将他死死钉于其上。

但他不在乎别人对自己的议论,只有他心里清楚白狐是一种什么动物,他上了白狐的当,但他并不感到羞耻,也不因为射击失败而遗憾,反而因为一次难得的认知,对白狐产生了敬畏心理。

这些,别人都不得而知。

红狐

有一年在阿合奇，我和依布拉音在一个牧场上搭了一个"霍斯"住了下来。所有的牛羊都在安安静静地吃草，牧民们坐在帐篷门口懒懒地晒太阳。突然，有人高呼一声，快看，那头牛干啥哩？众人看过去，见对面的山坡上有一头牛在追一只红色的狐狸，有石堆和杂草不时出现在牛的蹄下，但它却并不躲避，只是飞快地从上面一跃而过，继续向前奔跑着追那只红色的狐狸。

"是米西提的牛。"

"不是，是买买提的。"

"都不对，是约提克尔的。"

牧民们争论不已，但都不能断定它是谁的牛。那个山坡离人们有几百米远，人们只能看见是一头牛在奔跑，无法断定它到底是谁的牛。它跑下山坡后，人们才看清它是买买提的那头大牛。

那只狐狸有红色的尾巴，或者说全身都是红的，跑起来红光一闪一闪，像是有一团火在山坡上滚动。那头牛紧紧地盯着它，不管它跑到哪里都死追不放。牛是大动物，跑动时四蹄踩出很大的声响，狐狸怀疑它始终就在自己身后，只顾逃跑，连回头张望一下都不敢。也许，它根本不知道是一头牛在跟自己过意不去。

牧民们看得高兴，一头牛和一只狐狸，这两种老死不相往来的动物，今天居然碰在了一起。牛为什么要追它？也许，它吃了牛刚要去吃的一株嫩草；也许，牛卧在什么地方刚要打个盹，是它经过的脚步声惊醒了牛，牛很生气，便要捉住它问罪。狐狸聪明至极，一看情况不妙便跳起身就跑。狐狸以前肯定没有遇到过这样的事情，见身后的那个家伙追个没完，便只有拼命往前跑。

牧民们一边看热闹，一边议论，如果这头牛追上狐狸，一蹄子就可以把它踩死。狐狸皮是好东西，能卖不少钱呢！买买提这两天不在牧场，如果他回来，就不要告诉他那只狐狸是他的牛踩死的，等狐狸皮卖出去后，大家分钱，凡在场的人都有一份。但事情却并没有出现人们期望的情景，那只狐狸跑到一片草丛跟前红光一闪便没有了踪影。牛失去追逐目标，在草丛四周着急地打转，却再也找不到那只狐狸。牧民们觉得那只狐狸可能在草丛中躲了起来，便跑过去围堵。但他们把那片草丛翻了个遍，也不见那只狐狸的影子。他们又怀疑它钻入洞穴了，掀开草皮找了一遍，还是没有。他们觉得，狐狸可能会什么变身术，见自己实在跑不过身后的庞然大物，就摇身一变遁去。

牧民们怏怏而归，他们一转身，才发现那头牛不在了。不知什么时候，它已经走了。牛是逮不住狐狸的，它只能靠着自己个儿大，有蛮力，在狐狸面前耍威风，但它最终却拿不下狐狸。把它们放在一起一比，狐狸显得灵巧、妩媚，而牛显得横蛮、粗野。就拿今天来说，狐狸施展开它藏匿的本领，牛便没办法了，只能转身离去。

牛没办法，鹰有办法。架在依布拉音胳膊上的鹰也已经看见了刚才的一幕，它的眼力很好，在人们都不知道红狐藏到了哪里时，只有它知道。它飞过去，突然向一棵树的树冠落了下去。聪明的红狐为了避开人们的视线，躲到了树上去，而人们却以为它仍在地面上，眼睛在那些草丛和石头堆中扫来扫去。

见那棵树离我们不远，依布拉音和我便赶了过去。鹰落到树冠上时，红狐却保持着异常的冷静，一动不动地与它对视着。这只红狐真是聪明，它知道一旦从树上下去，就会引起人们的注意，还有那庞然大物——牛，把地都踩得颤响的蹄子也让它恐惧。所以，它待在树上不动，一门心思对

179

付鹰。鹰在一根树枝上站稳,居高临下地用那双幽蓝的眼睛盯着红狐。红狐用一双颇显柔情的美丽眼睛望着鹰。可以看得出,它们都在想着对付对方的办法。

我悄声问依布拉音:"鹰怎么逮红狐,它有把握吗?"

他一笑,并无担忧地说:"没问题。"

既然他说没问题,那就一定没问题,我只须等着看好戏了。

过了一会儿,我发现,与其说鹰和红狐都在想着对付对方的办法,还不如说红狐只是在挨着时间,只有鹰在想着对付红狐的办法。很快,鹰便有办法了,它用嘴咬住一根青藤,绕着红狐飞了一圈,红狐被青藤缠住了。它再飞一圈,红狐又被缠了一道……几圈下来,红狐已被缠得严严实实,动弹不了了。依布拉音爬上树,把几近于已被青藤捆绑的红狐弄了下来。这是一只很漂亮的红狐,阳光照在它身上,泛出一层明亮的色彩。我曾听人说过,红狐是极为珍贵的,有很多人在牧区生活了一辈子,都不能见红狐一面。红狐的皮子很贵,据说可以卖到一万元。

看着美丽的红狐,尤其是它通体火红的毛,心里产生了一个强烈的愿望。这个愿望一经产生便像火焰一样蹿升,我无法按捺自己,便对依布拉音说:"能不能把它放了?它太漂亮了……"

依布拉音没想到我会提出这样一个要求,但他很快便明白了我的意思,脸上苦笑一下,点了点头。看得出,他也很喜欢这只红狐,在解它身上的青藤时,不禁伸手抚摸了一下它。我见他这样,也赶紧凑过去抚摸了一下红狐,它的毛真柔软啊,摸上去舒服极了。红狐不知我们俩这是要干什么,一对瞳孔里充满了惊恐和不安。红狐啊,不要怕,我们这就放了你,你是动物中的美少女,我们给予你生的权利,你又可以像以前一样自由自在地生活,只是不要再接近人生存的地方。

解开红狐身上的青藤,把它放在地上,它愣怔片刻后便飞快地蹿了出去。它跑到一个山冈上,似乎才意识到了什么,回过头朝我们叫了一声。然后,它身影一闪,像一团红光似的消失在了山冈后面。

貂熊

貂熊又叫狼獾,是鼬科中的一种。

阿勒泰的牧民不常叫狼獾这个名字,而是习惯叫它们貂熊。狼獾这一名字中虽然有个"狼"字,却与狼没有关系。从形体上而言,它们长得像貂,还是叫貂熊听着舒服。

不过就名字来说,貂熊的两个俗名——月熊和飞熊,听起来更有意思。

月熊一说,是说它们臀部有一圈白毛酷似月牙,走动时隐隐晃动,如云中月亮,便得了"月熊"一名。猎人捕熊,都会先寻找熊心脏部位的一个白色印记,只要瞄准那个白色印记开枪,肯定能把熊一枪击毙。貂熊的心脏部位没有白色印记,但它们身上的"月熊"印记则成为猎人的瞄准目标,一旦击中也可让它们毙命。

而貂熊的飞熊一说,是因为它们十分利索,无论奔走、攀爬、跳跃和游泳,都迅疾如飞,所以人们便叫它们"飞熊"。熊类大都行动缓慢,而且颇显笨拙,但貂熊有如此矫健的身姿,算是给熊类增加了荣耀。但是因为它们与棕熊、黑熊等比起来要小得多,所以人们并不把它们当作熊类对待,而是视作能飞的动物,叫了它们"飞熊"一名。

关于飞熊还有一说,它们两肋至后腿的毛很长,将身体围成一圈,看上去像穿着一条"毛裙子"。它们在山野中快速奔跑,或从高处跳下时,"毛裙子"便剧烈飘动,看上去宛如飞翔一样,故被称为"飞熊"。

貂熊没有固定的迁徙路线,亦从不筑巢穴和挖洞。哈熊、狐狸、獾、旱獭等动物废弃的洞穴，只要被它们看见，它们的眼睛就会闪出喜悦的光芒，因为对它们来说那就是现成的，且温暖无比的巢穴。如果无处栖身，它们就会在山坡上找一个裂缝，钻进去凑合一夜。第二天如果仍无处栖身，它们不会再在前一夜的山坡裂缝中凑合，而是在石堆中找一个空隙，甚至树根、倒木之下或枯树的空洞之中，都可以栖身一夜。它们无论在怎样的地方栖身，都会留好出口，以便遇到危险时逃匿。

貂熊经常采用从树枝上突然飞降下去捕猎的方式。为了捕到猎物，它们经常躲藏在其他动物经过的小路旁，有时干脆藏在树上，当动物走过时，一跃而下突然袭击。它们的爪和牙非常锐利，力气也大，猎物一旦被它们盯上便很难逃脱。有时，貂熊也会用假装攻击的办法，去夺取比它体形大得多的食肉动物，例如狼、熊等动物的口中食物。

貂熊如果不觅食，便无比悠闲地待在桦树上，哪怕树下有多大动静也不出声。阿尔泰山上多桦林，从低处看上去，白花花的一片，像是艺术功底深厚的画家完成的美术作品。到了秋天，树叶则变得一片金黄，像是满山遍野闪动着金箔。有一位猎人见一只貂熊走出白桦林，仅在林子边觅食，并不走向河谷和草地，便觉得它是一只奇怪的貂熊。其实林子边并没有它所需的动物，它用嘴不停地拱地，不知在寻找什么。那猎人没有耐心再等，便瞄准它开了枪，但没有打中，它转身向猎人的方向嘶吼一声，闪出一团黑影进了树林。之后几日，它复又出来过几次，但始终在林子边活动。那猎人无法再开枪，便只能等。后来那只貂熊再也没有出来，倒是出来了另外几只貂熊，但它们也只在林子边活动，让那猎人无法扣下扳机。那猎人捉摸不透，是那只貂熊将消息告诉了所有貂熊，还是所有貂熊都有不远离林子的习性？

那猎人将疑惑讲给别人听，有了解貂熊的人说，貂熊喜欢在森林中的沼泽地、河谷以及溪流的发源地等处活动，尤其喜欢在森林的边缘活动。它们的防范意识很强，不动则已，一动则必然留好退路。那猎人遂明白，那只貂熊后来虽然没有出声，但它知道他在窥视它，所以它从不步入危险地带。

那猎人虽未捕得貂熊,但在后来碰上了好运气。一天,他在山上寻找猎物,看见一只黄羊正缓缓从一棵大树下经过。那本是山中常见的情形,但树枝倏然摆动开来,一只貂熊跳下将黄羊摁倒在地,一阵扑抓后咬住黄羊脖子,然后将脑袋猛地向上一扬,黄羊脖子上喷出一股鲜血,便不动了。

　　那猎人想起,貂熊擅长爬树,经常藏在树上,等动物走过时突然跳下袭击。它们的爪和牙锐利如刀,力气也大,猎物往往难逃厄运。

　　那只貂熊虽然顺利捕得黄羊,却不急于下口,而是向四周看了几眼,确定没有危险后,才开始撕吃起来。黄羊是大物,貂熊仅吃掉不多的一部分,但它不会放弃,于是把黄羊撕成块,用嘴一趟趟叼入树林,藏在石缝、树洞和土坑中。那猎人下山后去看貂熊藏起来的食物,闻到一股腥臭味,才明白貂熊会在藏匿的食物上撒上尿,以警告其他动物不可擅自动用。

　　貂熊身上有顽疾,却被它们利用并发挥出了作用。譬如它们肛门附近有发达的臭腺,它们便利用分泌出的臭液防御别的动物的侵袭。有时,貂熊会在臭液上打个滚,使臭味遍布全身,让敌方无从下口,它便趁机逃之夭夭。

　　那猎人在后来见了不少貂熊,便知道它们生性贪吃,其拉丁学名 *Gulo gulo* 的原意即为"贪吃暴食"。貂熊吃东西吃得杂,经常捕捉狐狸、野猫、狍子、麝、小驼鹿、水獭、松鸡、鼠等大大小小的动物,甚至也对驯鹿、马鹿一类的大物打主意。无肉可食时也吃蘑菇、松子或各种浆果。实在不得已,也吃大型兽的尸肉,甚至盗食猎人的猎物。它们尤其爱吃蜂蜜,常常攀爬到树上把蜜块掰下来,一边往下跳一边塞给自己嘴巴里。但蜂蜜可遇不可求,它们有时一年只能碰上一回,有时数年也碰不上。

　　那猎人一次失手,多年咽不下一口气,总想获得一枪将貂熊撂倒的机会。他跟踪、观察和分析,以期获得十拿九稳的机会。一次,他发现了一只饥饿的貂熊,它许是多日未进食,肚子瘪得像是只剩下了皮。碰到一头狼,它决定冒险夺狼口中的食物。狼过度谨慎,对来犯者必须观察清楚后才会出击,这一点在貂熊面前就变成了软肋。貂熊善于猛攻猛打,很快就击退了狼,抓起狼嘴里掉下的兔子,不一会儿便吃得干干净净。

另有一次，那猎人又碰到一只冒险的貂熊，它居然去攻击比它大得多的哈熊。它很聪明，不猛攻亦不硬拼，而是发挥灵活的优势蹿至哈熊身下，迅速对着哈熊的掌咬了一口。哈熊因身躯庞大便运动不便，掌上挨了一口，口中的食物便掉了。貂熊一口叼起食物就跑，哈熊反应过来后气得用大掌拍地，地上的落叶飘起一片，但貂熊早已不知去向。

那猎人感叹，低头的汉子，独头的蒜，不声张的才是最厉害的家伙。

后来，那猎人终是败给了貂熊。他在林子边安装好捕兽器，意欲套住貂熊。几天后他上山去查看，地上的一串爪印说明貂熊巧妙地躲过了捕兽器，而且捕兽器已被毁掉。他气得咒骂几句，怏怏然下了山。

更不可思议的事情发生在后来。那猎人将套着的皮毛挂在院子边的栅栏上风干。一天早上他起床后吃惊地发现，那些皮子被撕成了碎片。他一看地上又有貂熊爪印，便断定是貂熊干的。

他感叹，我几年前开了一枪，貂熊从此便心生仇恨，一直在等待报复我的机会。

马

有谚语说：你能数清马的鬃毛，但你数不清马的蹄印。

此谚语说的是，马是永远在路上的牲畜。马的传奇故事，亦多发生在路上，如果让马在原地打转，是看不出它们有任何凛冽之举的。

另有一句谚语说：只有跑远路的马，才会让鬃毛迎风飞扬。我有一年在阿勒泰的那仁牧场上见到一匹受伤的马，主人一直抚摸着它的鬃毛，后来月光升起，那人突然发现马的鬃毛挺立了起来，它像是终于有力气似的站了起来。后来与牧民聊起那事，牧民说那匹马一定是在等待月亮出来，只有月光照到它身上，它才会站起。

至于马的蹄印，在以前亦听说过一个说法，马跃起前蹄，如果在原地落下，只会在地上踏出浅浅的蹄印，而它们奔跑时踏出的蹄印，则深深地插入地面。牧民为此又总结出一句谚语：马圈中的马只会留下影子，草原上的马才会留下蹄印。

大家都熟悉马，就不写马的习性了，这一篇只写马的故事。

先写四件听来的有关马的奇事。

某年，新疆出了一匹好马，人皆喜欢。喜欢乃人之常情，观之赞之，是一种享受。有人却动了心思：若让它与母马交配，产下小马，可将优良基因延续，岂不是好事？于是它变成种马，每日忙于性事。但它很固执，凡是不喜欢的母马，绝不交媾。某一日，男主人外出，其妻用鹿篼（用鹿皮做的盛物器）蒙了它的头，让它与九匹母马交媾，挣得几个私房钱。待揭去头上的鹿皮,那马看见那九匹母马皆非自己喜欢,便嘶吼一声跳下悬崖。

另一匹马,在那仁牧场走丢后到了另一个牧场,它不吃不喝,整日嘶鸣。人们知道它想回到那仁牧场,但谁也不想送它,心想它叫累了就会消停,时间长了便会在那儿待下去。几天后一场大雨,雨停后又有风,牧场上干爽怡人,颇为舒服。关于干爽,柯尔克孜族的长诗《玛纳斯》中,曾专门写有一句:"醒来吧勇士,你在干爽的高地上,已沉睡得太久。"人喜欢干爽的天气,牛羊和马亦会有反应。那匹马闻着刮来的风,甩了一下尾巴便上路了。第二天传来消息,它回到了那仁牧场。一位年长的牧民一语道出实情:那风是从那仁牧场刮过去的,那匹马闻到后凭着嗅觉,便回到了那仁牧场。

还有一匹马,更为传奇。主人骑马去放牧,从一座雪山下经过时,突遇雪崩,人和马被积雪砸伤,困于山谷中。后来主人勉强起身,却因一条腿骨折挪不了一步。那马见状便在主人身前伏下,让主人爬到了背上,然后便把主人驮回村庄。主人得救了,那马却如同大山坍塌一般倒在地上,再也没有起来。人们惊叹,那马也是受了伤的,它用最后的力气将主人驮回村中,累死了自己。

要说的第四匹马,让人欣慰。某一日夜晚,村民误将一只狼关进了马圈,人们以为马会成为狼的肉食,但狼不但没有吃掉马,还和马友好相处了好几天,彼此之间显得非常密切。那件事传得沸沸扬扬,村民便释放了那只狼。但是,一马一狼之间的友谊,却并没有因为释放而结束。之后数年,那只狼经常出现在牧场边,望着那匹马出神,那马对着那狼嘶鸣几声,那狼便转身离去。后来那马一日日老去,直至在一个夜晚命殁。第二天清晨,那只狼在牧场边狂嗥许久,才慢慢离去。之后,那狼再也没出现。

四件听来的马的奇事,如上。

马因为是家畜,似乎受人的影响,行为便多与人相似,很多时候看到马的同时,便看到了一个人。马是有灵性的畜物,加之又经过人的驯养,所以马是懂人的。有一年听到一事,说有一位牧民的一匹马丢失一年后,那牧民已转场换了好几个地方，但在一天早上掀开霍斯的门帘，却看见那匹马站在外面看着他。那牧民在事后说，那匹马记得他身上的气味，认得他的脚印，所以隔了那么远的草原、那么高的山、那么多的河流，它也能找到他。

另有一事，是我亲眼所见，亦为我体验到的，在此详细叙述下来。

十余年前的一个傍晚，我在阿克哈巴河边逗留。当时的阿克哈巴河一片铁青色，让人感觉它不是一条河，而是一个要将天边倒影装进去的深洞。一抬头，看见挂在天边的月亮。新疆地域宽广，经常能看见天上一边挂着太阳，一边挂着月亮。如果在白天，月亮只是悄悄在天上挂着，而一旦太阳落山，便能看见远处的天边变成了铁青色，不一会儿，那片铁青色越来越大，一直铺展到眼前。

天黑下来后，我看见那片铁青色压到了河面上，河水似乎被压得凝成了块状，不再有流淌的动感。此时的阿克哈巴河，让人觉得更像是一个深洞，亦要把落到河面的铁青色吸进去。

我正看得兴起，一位哈萨克牧民骑着马，一边唱着歌一边往这边走来。空旷的夜晚因为有了他的歌声，便被打破了宁静和孤独。他走到我跟前，从马上跳下来，愣愣地望着一片铁青色的阿克哈巴河。我觉得他有点奇怪，不知为何突然瞅着阿克哈巴河就发起了呆。

过了一会儿，他表情复杂地看了我一下，然后转过身去，准备牵马离去。我想和他说几句话，就用称谓朋友的哈萨克语，叫了他一声"佳克斯"。他听到我的叫声后，准备去牵马的那只手在半空中犹豫了一下，还是收了回去。他走到我跟前，也像我一样说了一句"佳克斯"。他的声音很有磁性。我们两个人都不说话，望着月光中的阿克哈巴河，长久沉默。

此时的阿克哈巴河面仍旧是一片铁青色，我仍然感觉它不是一条河。

少顷，我发现他的右手上有血。再仔细一看，他的右手正在流血，一滴一滴的鲜血从指缝里流出，滴在沙土中。此时月光正亮，因而他的那只手看上去黑乎乎的，可以肯定已经有大量的血流了出来。

我问他的手怎么啦？他把手伸到我跟前，我看见他的手心扎着一根骆驼刺。他把手翻过来，真是触目惊心，我发现，那根骆驼刺刺穿了他的掌心，在手背露出二三寸长的一截。紧挨着阿克哈巴河的山坡上，到处都长着骆驼刺。骆驼刺坚硬无比，其叶锋利如刃，人和动物一旦碰到身上，必然会被划破皮肤；如果碰得重了，则会被刺入肉中。

我问他，你这是怎么回事？他说，刚才，我的马看见阿克哈巴河，就狂跑起来，我不小心跌落在地上，这根骆驼刺就刺穿了我手心。我扭头去看犯下错误的那匹马，它仍然在出神地望着阿克哈巴河。看它的样子，它很想跳入阿克哈巴河中，但被主人紧紧抓着缰绳，它动不了。

他说，我本来想在河水中把手上的血洗掉，但一看见阿克哈巴河，我发现我从来都没见过它是这样。我不洗了。说完，他翻身上马，两腿用力一夹马腹，那匹马就奔腾而起驰向远处。不一会儿，远处传来了他的歌声。此时的他跟刚才来到阿克哈巴河边时一样，正高声唱着歌，而那些鲜血伴着歌声，正从他的指缝里一滴一滴地落入沙漠。

文章写到此，突然想起他当时的面部颜色，与阿克哈巴河一样，都是铁青色的。当他离开后，他的面孔和河流便隐入黑夜，就像刀回到了刀鞘。

普氏野马

有一年去奇台的将军戈壁，返回时有人说野马中心不远，不妨去看看。此野马说的是"普氏野马"，因为珍贵便专门成立了繁殖中心，有人常年观察研究，目的是让它们成群繁殖，变成庞大的种群。

到了繁殖中心，听人们并不称那里的马为普氏野马，而且它们已经被驯养多年，但人们还是叫它们"野马"。我们刚一进入马的生活区，便看见圈中的普氏野马确实与常见的马不同，它们的头又高又大，但脖颈却很粗，尤其是耳朵，显得比驴的耳朵还短。再细看，它们的蹄子是圆形的，口鼻上有斑点，背部有一条很明显的深色背线，一动便扭动出波纹。它们的尾巴也非同一般，前半截儿毛短，后半截儿毛长，看上去像一把扫帚。最显眼的是它们的四条腿，又短又粗，一点也不像马的腿。不仅如此，那又短又粗的腿上有明显的黑色横纹，仔细一数，有的是两条，有的是五条，像是有人专门画上去的。在马类中，这样的腿被称为"踏青"腿，平时难见，没想到在普氏野马身上却看到了。

说到它们颈上的鬃毛，却有颇为奇特的故事。有一匹野马在夏天时，颈上的鬃毛是浅棕色的，长得又细又短；到了冬天，那鬃毛则长得又长又粗，颜色还变成了赤褐色，在大雪中显得极为醒目。前几年，有一匹野马摔伤后一直好不起来，眼看马上就要下大雪，如果它还好不起来的话，恐怕就过不了冬了。有人听到消息后意欲把那匹野马买下，宰杀后运到菜市场上能卖上好价钱，繁殖中心的人将那人痛骂一顿，然后精心伺候那匹马吃喝，他们相信它能好起来，如果实在好不起来死了，他们会把它埋在戈壁上，用石头给它立一个碑，而不是让人把它吃到肚子里去。挨到大雪飘飞，那匹野马颈上的鬃毛却慢慢变了颜色，人们大为惊喜，既然它颈上的鬃毛能变色，就一定会好起来。后来，它颈上的鬃毛完全变成了赤褐色，大雪也漫天飘飞得如同是在舞蹈，那匹马果然完全康复，又变得和以前一模一样。

野马的记载始见于《穆天子传》，周穆王西游东归时，西王母送周穆王"野马野牛四十，守犬七十"。《本草纲目》则有"野马似马而小，出塞外。取其皮可裘，食其肉，云如家马肉"。据记载，西周时的人已开始捕杀野马，充当食物和礼物。成吉思汗率兵西征时经过准噶尔盆地，能猎捕野马的士兵被视为壮士。耶律楚材的诗句"千群野马杂山羊"，"壮士弯弓殒奇兽"，便是当时的真实写照。

普氏野马，也就是人们常说的蒙古野马。早先时，蒙古野马生存于蒙古高原，后移向俄国和中国阿尔泰山一带的盆地和戈壁，等于是跨国繁衍的动物。也许，它们命中注定要颠沛流离。它们之所以叫"普氏野马"，与沙俄军官普热尔瓦斯基有关。1878年，普热尔瓦斯基在新疆准噶尔盆地发现了蒙古野马，但因为其难以捕获，只是将马皮带回了沙俄，引得沙俄人一片哗然：中国有蒙古野马。那时的俄国人以蒙古野马为荣，并认为仅他们国家的土地上有蒙古野马，突然在中国的准噶尔盆地中出现了蒙古野马，着实让他们吃惊不小。

之后，普热尔瓦斯基千里迢迢又到了新疆，经过几次尝试，发现成年野马十分机警，奔跑速度极快，几乎无法捕获。于是他们选择捕捉刚刚出生的小马，从1899年至1903年，共有五十多匹小野马被相继运抵俄国，乃至到了欧洲，成了第一批由人工饲养的蒙古野马。后人猜测，俄国之所以费那么大的周折，是因为俄国的蒙古野马已经很少，如果不从别处引进，很快就会灭绝。普热尔瓦斯基无意间撞了大运，不但将蒙古野马引入俄国，而且还以他的姓氏命名了那一批野马。

中国人在称呼人名时喜欢简化，加之普热尔瓦斯基叫起来麻烦，于是便简称为"普氏",这是典型的清末称呼。

因它们的命运与"普氏"紧密相连,人们遂称它们为"普氏野马"。

它们性机警,无论吃草或饮水,都沿固定路线。最有意思的是,它们进食后必须清理皮肤,常见两匹普氏野马呈反方向站立,用嘴舔舐对方的身体。双方舔舐的都是同一部位,配合得十分默契。如果是单匹独处,则用打滚的方式自我刷拭和驱散蚊蝇。

戈壁上的芨芨草、梭梭、芦苇、红柳等都是它们的食物,哪怕冬天也能刨开积雪觅食枯草。它们的饮水量很大,一头扎入积水长久不将头抬起,那积水越来越少,很快就干了。人们便常常把它们赶到有水有草的地方,它们吃饱后慢慢走到有水的地方,喝足水后才会转身往回走。如果没有水,它们则不会贪食青草,看上几眼后就会嘶叫。人们知道它们的意思,只好赶着它们去有水的地方。

它们的叫声颇为独特,互相争斗时,会发出声调尖而单一的吼叫;如果失群,会发出洪亮而高亢的呼唤信号;感到某种满足时,就发出轻微的喉音,如反感则发出尖而细的声音,有恐吓对方离开的意思。但它们已经变了,因为与欧洲当地马杂交,身形变得高大,加之长期圈养,四条腿亦比较粗壮,已不适应奔跑。它们长久凝望赤野的戈壁,面无表情,只有尾巴不知所措地甩来甩去。

人们感叹,它们废了。

有一人不甘心,赶它们进入戈壁,挥动马鞭子欲做抽打之势,想让它们体内的激情焕发出来。但它们仅仅只跑出几步,便气喘吁吁地停下,漠然地望着那人。那人叹息一声,把马鞭子抽到一块石头上。

另一人动了脑子,他骑一匹牧民的马,天天在普氏野马跟前奔跑。起初,普氏野马没有反应,后来时间长了,那匹马嘶鸣或直立而起时,普氏野马陡然一抖尾巴,喷出响亮的鼻息。那人持之以恒,继续骑那匹马在普氏野马跟前奔跑,直至普氏野马不安地用蹄子踢地,脖子高仰,发出响亮的嘶鸣。那人脸上浮出笑容,心里有了想要的结果。

之后,那人骑那匹马在前面,引普氏野马在后面,进入戈壁训练普氏野马。慢慢地,普氏野马迈开四蹄奔跑起来。那人很兴奋,让胯下的那匹马愈加提速,他身后传来密集的蹄声,他知道普氏野马追了上来,脸上再次浮出笑容。

解决了奔跑问题,人们又面临让普氏野马繁殖的难题。为保持血统纯正,不能让它们与别的马交配,只能在普氏野马之间配对。时间是能够帮忙的,人们有意将母普氏野马和公普氏野马分配在一起,无论是吃草,还是奔跑,抑或自由走动,都不让它们分开。慢慢地便发现有母马和公马形影不离,有点意思了。

不久,有几匹母马怀孕了。一年后,几只马崽出生。人们于是明白,普氏野马的孕期在三百多天。第二年,一匹母马又怀孕了,分娩时却遇上难产。等人们发现时,它的肠子已流到体外,喘息声变得越来越虚弱。人们欲救它,便将已在腹腔窒息而亡的小马崽掏出,不料它看见小马崽已死,突然挣扎而起,缠在腿上的肠子便被拉断。它痛叫一声,但没有倒下,而是走向去年生下的那只小马驹。那只小马驹看见它因怀孕而鼓胀的乳头,奔跑过来衔住吮吸起了乳汁。母马站立不动,直至小马驹吃饱离去,才身体一软轰然倒地。

有人说,那天是母亲节,人们便更为那匹母马难过,直至把它在戈壁中埋了,心里才好受了一些。

伊犁马

有一句谚语：眼睛能看到的地方，你的马一定能到达。

说的是马的奔跑速度极快，长途奔驰的耐力极好。

但另有一句谚语，却道出马的无奈：用手指头指出的路，一天一夜就能到达；用嘴巴说出的路，三天三夜也走不到尽头。

此等情景，与"看山跑死马"是同一个道理。

诗人布罗茨基《黑马》中的最后一句："它在我们中间寻找骑手。"这是好诗，亦可看出诗人高超的表达手法，他换了一个角度，便极具精神冲击力量。

关于伊犁马，也有一个说法：门前拴着八匹伊犁马，你想牵哪一匹就牵哪一匹。此说法的指向很具体，说的是伊犁马之多，可随意骑乘。以前的伊犁人在草原上放牧，走到谁的霍斯前，可随便解开拴着的马骑行。而霍斯中的人听到有马蹄从远处传来，一听便知是家人还是他人在骑马归来。

伊犁马也就是人们常说的天马，是以新疆的哈萨克马为基础，与顿河马、奥尔洛夫马等杂交而成，曾被当地牧民称为"二串子马"。好马出伊犁，是因为伊犁河谷空气湿润，青草充足，天地开阔，为马提供了良好的生存环境。南方马善于驮拉，北方马善于奔跑。从马的本性而言，奔跑更让它们快乐，而驮拉则是一种负重。

说到伊犁马，人们都会赞美它们。也难怪，拿伊犁马与其他马一比，它们显得体格高大，结构匀称，应该是马中美少年。有一年去伊犁的吐尔根看杏花，当时杏花开得浓艳，连空气中都有一股香味。至于刚刚长出青草的吐尔根草原，则起伏有致，犹如曲线玲珑的女性躯体，把一种性感之美体现得淋漓尽致。我们碰到两位哈萨克族小孩子牵着马，因为太小骑不到马背上去。我们想把她们抱到马背上，当地的一位朋友用一句谚语劝住了我们：后长出的犄角，比先长出的耳朵长。他让我们耐心等待，他相信那两个小孩子一定会有办法骑到马背上去。没过多一会儿，她们手牵马的缰绳爬上杏树，然后将马牵到树底下，从树上滑下便落到了马背上。我们看得无比惊讶，一出生就在马背上的民族，他们与马之间的关系，便是如此让人震惊。游牧民族与马的关系，法国历史学家勒内·格鲁塞在《草原帝国》中曾写过一段精彩的文字："……他们在马背上度过一生，有时跨在马背上，有时像妇女一样侧坐马上。他们在马背上开会、做买卖、吃喝——甚至躺在马脖子上睡觉。"

伊犁马的历史久矣，张骞第一次出使西域时，带回大宛有汗血宝马的消息，其中关于"其跑动时流出像鲜血一般的汗水"一说，引得汉武帝刘彻大为艳羡，遂有了想得到汗血宝马的念头。但他运气不佳，苦苦盼望也没有见到汗血宝马的影子。后来，是游牧于伊犁一带的乌孙王国的大汗猎骄靡，给汉武帝进贡了乌孙马。他以为余生不可能得到汗血宝马，遂将最好的名字"天马"赐予了乌孙马。

汉武帝后来得到了汗血宝马，但得到汗血宝马的过程，亦是颇费周折。他先是派出李广利率大军在西域打出威风，让西域诸王国闻之心惊，害怕汉朝军队的长矛短剑，忽一日突然指向他们。然后，他下令将囚徒、地痞、恶霸等，统一调整到大军中担任骑兵，使李广利的征讨军队增加到六万多人。同时，他又下令将全国所有犯罪的官吏、逃亡者、入赘妇家为婿者、商人、原属商人户籍者、父母或祖父母属商人户籍者，一律罚服兵役，给攻打大宛城的汉军运送粮草。有了如此规模的保障，李广利的三万先头部队直抵大宛，迅速切断城外水源，同时从地下挖出通道，杀进了大宛城。大宛国贵族对李广利的大军深为恐惧，认为是大宛国王母霸贪恋汗血宝马，杀了汉朝来大宛求马的使者，给大宛国引来了灾祸。他们于是杀了大宛国王，给李广利献上了汗血宝马。汉武帝觉得"天马"一名已被用掉可惜，遂将其移到汗血宝马身上，而又称乌孙马为"西极马"。

天马神奇，往那儿一站，其身姿和神情，便与普通马不一样。有一说法，没有量得清天山的尺子，但有数得清天马的人。可见人们因为喜欢天马，对天马一清二楚。

有一事，发生在清朝末期，朝廷派人到昭苏，从一牧民手中抢得一匹天马。那天马被运到半路，挣脱后跑回昭苏。从此，那马和主人杳无踪迹。

另一事，有一人骑乘天马一生，年老后，每与骑过的天马相遇，双方眼神均无言而深沉。终有一日，那老人不行了，他让马驮着他，在草原上踽踽而行。最后，他死了，那马又将他驮回。有人说，骑手死在马背上，是最好的归宿。

在如今，伊犁马亦有不少有趣之事，则多在当下。譬如伊犁的冬天奇冷，人们便担心伊犁马恐怕难以过冬。伊犁的牧马人答曰，天冷是好事，刚好锻炼马的耐力。

有一人养了一匹伊犁马，走过了很多草原，翻过了很多山冈，就连河流也蹚过好几条，但它的奔跑速度却提不起来。那人很伤心地抽那马一鞭子说，你本来是应该奔跑的马，跑不起来，难道你要像羊一样缓慢走动吗？后在一个电闪雷鸣的雨夜，那人骑那匹马晚归，一人一马被大雨浇透，亦被黑暗吞没，像是挣脱不出黑色深渊。那人怕被闪电击中，遂打马疾行，但那马总是去看闪电，身上哪怕多挨几鞭子也不在乎。那人颇为不解，但雨大天冷顾不上，便急急赶回家去。第二天的天气变好，那人复又骑马出去，不料那马的速度之快，几近于那些比赛的伊犁马。那人惊叹，闪电让我的马活了过来！有人闻之不解地问，你的马不是一直好好的吗，何谈死呀活的？那人高兴地看马，笑而不答。

另有一事，有一年举办天马节，骑手们辛苦训练数月，却因连日阴雨搁浅了训练计划。人急，马也急，都显得急不可耐。挨了几日，雨仍不停，骑手们望着雨感叹，雨啊，再这样下下去，我们的伊犁马就废了，我们这些靠骑马过日子的人，也会变得一无用处。

马匹们亦望着自天而落的雨丝，蹄子在地上踢出响亮的声响，尾巴甩来甩去，像是一身的郁闷无以发泄。

　　一天晚上，骑手们都已入睡，忽听得马匹们齐声嘶鸣起来，那声音高亢、雄浑和有力，是以往没有过的。骑手们惊醒后，觉得有排山倒海般的气势涌了过来，让他们惊惧发生了什么。待他们出门，才发现雨已停，夜空一轮明月，星光无比璀璨。他们惊呼，马的感应灵异，知雨已停，遂兴奋得嘶鸣起来。

　　等他们打开关马的房门，马匹们望向夜空，嘶鸣戛然而止。

蒙古野驴

有一句老话：野驴跑起来，比狼还快。

说的野驴，是指蒙古野驴。在新疆，阿尔金山是蒙古野驴的天堂，要想看到它们，除了去阿尔金山，在别处见不到它们的影子。

先前曾听到过关于蒙古野驴的两件事。第一件事是说，阿尔金山有一个叫依夏克帕提的大湖，湖水溢出后变成一条小河。有一天，一群蒙古野驴过河，一只小驴恐惧河水太深，叫了一声后在岸边打转，把地上的沙子踢得乱飞。那群野驴并不为它着想，而是有序依次过河，剩下最后的两只大野驴，它们互相偎依，用自己的脊梁搭成一个架子，将那只小驴架起扛过河，再用力推上了岸。

第二件事，每年八九月份，蒙古野驴进入繁殖交配期，其时的雄驴性情变得很凶，先是用频频嘶叫的方式，向附近的同性发出不要妨碍它对异性讨好的警告，但所有的雄驴都发出了同样的警告，谁又会怕谁呢？最后，它们为争夺与雌驴的交配权而激烈咬斗，取得胜利的雄野驴不但可与雌驴交配，而且还可控制整个驴群的活动，如果哪只驴不听话，就会被它又踢又咬，直至那驴老实了才会停止。而曾经与它争夺过雌驴的雄驴，则被它记恨在心，会经常受到它的欺负，直至被它驱赶出驴群才会罢休。

阿尔金山平均海拔四千六百米，人到了那么高的地方，会有高山反应。但蒙古野驴则在那里自由自在，犹如是动物界的快乐王子。人们对此会产生疑问，人在那么高的地方会有高山反应，那么蒙古野驴就不会有高山反应吗？后来有一人用自己的亲身经历得到了答案。他从阿尔金山带了一只蒙古野驴到若羌县城，不料它却软塌塌地一步也走不稳，而且呼吸短促，眼中流露出痛苦的神情。后经人们分析，那只蒙古野驴到了低海拔区，反而因为氧气充足而醉氧。如此说来，蒙古野驴的肺活量适应三四千米的高海拔区，应该不会像人一样有高山反应。

蒙古野驴是群聚性动物，有一人在阿尔金山的沙漠中见到一片黑色在移动，起初以为是云朵投下的阴影，后来离得近了才看清，是一大群蒙古野驴在走动。它们一头挨一头，将所经之处覆盖得没有一丝缝隙。那人惊异，它们那么紧密地挤在一起，如何能够吃得上草？少顷后他明白，它们走得那么慢，并不是要去寻找草吃，而是在一起散步。

那人乐了，蒙古野驴喜欢一起散步，这样活着多有趣。

细看，蒙古野驴一点都不像驴，反而像马。它们四肢矫健，骨架硬朗，浑身毛色光滑，看上去极为漂亮。那人从它们的奔跑速度断定，它们极擅长奔跑，其速度快出普通毛驴很多倍。那人感慨，同样是驴，被人类驯服的毛驴丧失了意志，哪怕四蹄迈得再欢也快不起来，而蒙古野驴长久生存于大自然中，吸天地灵息，看风云雨雪，其野性被保存了下来，所以才迅疾如飞。

几天后，那人在依夏克帕提湖溢出的河边，遇到了一事。一群蒙古野驴必须过河才能吃到草，所以无论过河有多艰难，它们都从不恐惧。一群狼以为刚爬上岸的蒙古野驴易于偷袭，便在岸边等着蒙古野驴，但蒙古野驴擅长奔跑，一上岸便将狼群甩在了身后。蒙古野驴有非凡的本事，但也有致命的弱点，譬如它们的"好奇心"就是致命的弱点。它们常常追随猎人，前后张望，大胆者会跑到帐篷附近窥探，让偷猎者得到开枪的可乘之机。一声枪响，便有一头蒙古野驴倒毙于地上，别的蒙古野驴则惊窜而去，踩起一团浓厚的灰尘。

那人以为在高海拔的阿尔金山没有人烟，不料却有几户人家，分布在大山各个角落，过着几近与世隔绝的生活。经由他们的讲述，蒙古野驴的事便犹如书本，被一页一页地翻了出来。

那几户人家说，他们最早见到蒙古野驴时，发现它们在每天清晨便早早地出发，走很远的路到有水源的地方，将头伸入水中长久饮水，直至喝足了才会把头抬起。它们的一天从喝水开始，喝完后便在草场上觅食，一直吃到傍晚才会回到山地深处过夜，第二天凌晨又再次出发。它们每天来回走好几十公里的路程，却一点也不疲惫。他们便明白，它们有极强的耐力，亦是很讲规律的高山动物。有一天，一只蒙古野驴找到曾经喝过水的水源后，却发现水源早已干枯，它只好继续去别处寻找。看见那一幕的人颇为吃惊，看来蒙古野驴喝不上水，便一口草也不吃。那人后来又发现，蒙古野驴找到水源后，必然会在附近踩下蹄印，目的是告知同类此处有水源，让它们少走弯路。

　　到了冬天，阿尔金山大雪飞舞，一片银装素裹。那几户人以为蒙古野驴会被冻坏，但它们却仍然坚持觅食，丝毫不见怕冷的样子。到了酷夏，它们又显示出耐热的本领，顶着烈日去饮水和觅食。他们于是又知道，它们亦不怕热。有时候没有草吃，又喝不上水，但它们不急不躁，似乎懂得挨过艰难时日，就一定有吃有喝。他们感叹，蒙古野驴不但耐寒耐热，而且耐饥耐渴，在阿尔金山这样的地方生存，再合适不过。

　　他们与蒙古野驴熟了，成为在偏远之地的"邻居"。慢慢地，他们发现蒙古野驴很有意思，它们走动时喜欢排成队，呈一字形鱼贯而行。它们长年如此，在草场上留下特有的"驴径"，它们每次都沿循先前的蹄印，从不随意迈向别处。

　　那人在阿尔金山的日子，碰上了多年不遇的干旱。蒙古野驴可以数日不饮水，但人不喝水不行，更无法做饭。正在发愁，却传来蒙古野驴在河湾处用蹄刨坑挖出了水的消息。原来，蒙古野驴亦被缺水困扰，但聪明的它们从地上的湿润程度，判断出一个地下水位高的地方，用蹄子刨坑挖出了水。蒙古野驴"掘井"的事传开，当地牧民将其称为"驴井"，一时传为美谈。

　　几天后，那人听得外面有蒙古野驴在叫，出门便看见一头蒙古野驴被狼群追逐，在草地上狂奔。蒙古野驴发出短促而嘶哑的叫声，但却不恐惧，把狼群甩在了身后。那人吼叫几声，狼群怪嗥着离去。那头蒙古野驴回头向那人发出叫声，像是在表达感激。

那人后来知道，蒙古野驴奔跑之快，狼群是追不上它们的。蒙古野驴好集群生活，警惕性高，其视觉、听觉和嗅觉敏锐，能察觉距离自己数百米外的情况。蒙古野驴吃草时，会派出一只"哨驴"。若发现有人接近或敌害袭击，哨驴先是静静地观望片刻，然后扬蹄疾跑。跑出一段距离后，觉得安全了，又停下站立观望，然后从容离去。

但有一只哨驴却遭遇了不幸。有一天阿尔金山起了沙尘暴，蒙古野驴不惧风沙，依然成群去水源处饮水，喝完水便顶着风沙觅食。狼群亦不怕那样的天气，它们发现站在沙丘上的哨驴后，悄悄向它包围过去。那头哨驴很快发现了狼群，它向驴群发出信号，无奈风沙太大，驴群什么也听不见。

哨驴哀鸣一声，转身向驴群相反的方向跑去。驴群安全了，但它却被狼群包围了。狼群将它扑倒在地，它最后的嘶哑叫声，刚从嘴里冒出，便被风沙淹没了。

野猪

猎人论及动物凶猛，常说一句"一猪二熊三老虎"，可见，居猛兽之首者，是野猪。

野猪形象，人人能说出一二。归纳起来，无外乎是笨拙、迟缓、贪食和丑陋。但野猪一旦发威，便俨然是动物界大力士。野猪不擅长撕咬，却极会运用獠牙去挑。如果被挑的是石头，会留下一道深槽；如果是树木，会豁然断裂；如果是人，十有八九性命难保。

在大约八千年前，野猪被驯化成家猪，成为人类的肉食。如今，家猪与野猪的命运截然不同。家猪长得快，一年便膘肥体壮，这便正应了人常说的"人怕出名猪怕壮"，它们长肥了，便也就到了被宰杀的时候。这一现象导致家猪的寿命也就一两岁，不会活得再长。

而野猪因为自由自在，多能活到四五岁。人们喜食野猪肉，便想方设法猎捕它们。但它们很机警，加之攻击能力极强，想猎捕它们并非易事。猎人遇到野猪，如果没有十足的把握，不会对它们开枪，因为它们一旦反击，其浑身的蛮力和尖利的牙齿，都非人所能敌。有一位猎人一枪击中一只野猪，本以为已经把它击倒，不料它却嘶叫着向他扑来，大张的嘴里露出闪着寒光的獠牙。幸亏他躲得快，才躲开了野猪的大嘴。野猪一口咬在一根木头上，木头立刻便被咬下一大块。

关于野猪，《本草纲目》中有记载："形如家猪，但腹小脚长，毛色褐。作群行，猎人惟敢射最后者；若射中前者，则散走伤人。其肉赤色如马肉，食之胜家猪，牝者肉更美。"可见野猪有两个奇处，一为性情凶猛，常常结群而行，猎人只敢射杀那些走在最后的散猪；二为它们的肉质可口好吃，尤以母猪肉为上乘。古人食肉，以牛、鱼、羊肉为多，食猪肉则要稍晚一些。李时珍是明代人，其时的人们虽然已经开始吃家猪肉了，但因为民间有不少猎人，所以吃猎人猎捕的野猪肉，仍是人们的最爱。

新疆的阿尔泰山和天山，多野猪。尤其在阿尔泰山，它们和哈熊一起留下诸多丛林传奇，被人们长久传诵。譬如雄野猪，长有又长又尖的獠牙，发起的攻击没有哪种动物能受得了，但它们却并不满足，经常用岩石磨牙，让獠牙保持锋利。不仅如此，雄野猪还要花很多时间利用土层、树桩和石头，摩擦它的身体两侧，把皮肤磨成坚硬的保护层，在搏斗中避免受伤。

母野猪虽然没有獠牙，但它们会疯狂地撕咬对方。它们的力气不亚于雄野猪，只要被它们咬住，一口就能撕下一大块肉。那样致命的撕咬，会让对方受到严重创伤，甚至丧命。

野猪在白天不走动，在早晨和黄昏时分常出来觅食，到了中午则进入密林中躲避阳光，长时间趴在地上休息。每动之前，它们都要在泥水中洗浴，这就是它们喜欢在水源地带栖息的原因。

它们是擅长攻击的勇士，常常在二三十米远的距离，便对目标开始突袭，如果对方没有防备，则会被一头撞倒在地；如果再被它们撕咬一口，则命不保矣。野猪之间也发生冲突，顶撞、撕咬和抓扑，是它们常用的攻击方式。一番撕咬后，胜利者在石头上打磨牙齿，以此庆祝，并排尿让对方看清楚，此为它的领地，以后不许涉入。失败者受到威慑，翘起尾巴默默离开。

野猪以杂食而活，吃草、果实、坚果、昆虫、鸟蛋、老鼠、野兔、鹿崽、腐肉等。进入夏季，野猪喜欢出没于水源地带，先是拱地取食，然后在泥水中洗浴。吃饱后，它们将肥硕的身躯慢慢挪向阴坡上的山杨、白桦林、落叶松林、云杉林等树下，它们将在那里进行一次安然偃卧。

有一人见到一只野猪掏鸟蛋，才知道野猪非常聪明。那鸟巢隐蔽得很好，但野猪的嗅觉很灵，嗅到了鸟巢的位置。有雌鸟在巢中孵卵，另一只雄鸟在一旁守候。野猪故意弄出动静，把雄鸟从巢边引开，让雌鸟以为野猪不会回来了，不料野猪突然转身扑向鸟巢，连雌鸟带卵都吞进了肚子里。

野猪无事时喜欢慢行，遇到好地方还会停下来活动。而它们一旦发怒，或遇到危情，则快速奔跑，加之发出的吼声粗豪嘶哑，让人觉得犹如黑色飓风刮过。

到了冬天，野猪的日子便不好过，大多数动物都已冬眠，只有它们仍然在孤独地徘徊。此时的它们明显加快了步速，去寻找向阳山坡的栎树林，因为阳坡温暖，而且栎林落叶层下有大量橡果，野猪要靠食橡果过冬。如果它们运气不好，碰上橡果绝收，在大雪天会被饿死。在自然法则中，野猪显得颇为脆弱。

在阿尔泰山上，有一人见到一只野猪和一只狼搏斗，狼蹿至野猪腹下攻击它的会阴，野猪失去平衡倒下，狼扑上去撕咬得野猪浑身是血，很快就没有了动静。狼以为野猪已被咬死，便去舔野猪的血，不料野猪突然翻身把狼压在身下，咬住狼的脖子用力一扯，便撕下狼头甩到了一边。

野猪有智慧，并懂得只有隐忍，才能抓住最好的机会。

野猪凶则凶矣，但行动却缓慢迟钝。有人见一野猪，从山脚爬向山顶，其速度之慢，好像在动，又好像不动。那人喊出几声，欲惊吓它，令它加速，不料它仍是不顾，仍那般缓慢地爬着。

有一野猪，将头伸入淤泥中拱食，被牧羊人惊扰，顿时大吼，将淤泥击打得四溅。野猪好吃，谁若影响它们进食，便怒不可遏。

另一野猪，在夜晚悄悄潜入一农民地中，欲饱食一顿土豆。那农民早有防范，放狗吠叫，野猪不得已离去。第二天，那野猪大摇大摆复又过来，挖地中土豆吞吃。那狗只是叫，却不敢近前；那人只是骂，亦不敢去赶。那野猪慢慢吃饱，才转身离去。

无人敢近野猪一步，但野猪牵连人的事情，却屡屡发生。新疆塔城有一人，在某一夜嘴馋，欲偷玉米烤熟后解馋。他进地后遇一野猪，便佯装成石头不动，一直挨到野猪吃饱后离去。他想，今夜运气不错，虽然遇上野猪，但有惊无险。但那人运气不佳，有一人在夜间去打猎，以为他是野猪，便瞄准他扣动了扳机。

一声枪响，那人倏然倒地。

哈熊

新疆人们常说的哈熊，即棕熊。

新疆多哈熊，在阿勒泰、伊犁、塔城、昌吉和乌鲁木齐，都有叫"哈熊沟"的地方。哈熊沟多，说明哈熊多；哈熊多，便留下诸多趣事。先前的人狩猎，多与哈熊周旋，如今已经禁猎，加之哈熊已经不多，便只能聆听哈熊故事。

有一猎人去打哈熊，一路在想能打则打，不能打便罢，千万不要发生危险。但危险说发生便发生，他走累了背靠一石头歇息，猛一抬头，便见一只哈熊亦卧歇在石头上，它虽然尚未看见他，但鼻息呼呼，显然已闻到他身上的味道。他起身便跑，身后哈熊怒吼声声，他未敢回头看上一眼。事后有人问，你那么害怕哈熊，还怎么去猎捕它们？他回答，只能潜伏偷猎，它们心脏处有一块白毛，只能悄悄瞄准射击，否则绝不开枪。

有一只哈熊，被一只狼惹得发怒，挥舞大掌欲将狼拍死。那狼狡猾，将哈熊引诱到一块石头前，便嗥叫对峙。哈熊照准狼一掌拍下，欲将狼拍成"肉饼"吞噬。那只狼抓住时机，在大掌离身不远时闪到了一边。哈熊收势不住，大掌便拍到那石头的尖凸处，顿时咔嚓一声骨折。哈熊疼得嘶吼离去，那狼在哈熊身后，发出兴奋的嗥叫。

阿勒泰另有一位图瓦猎人，名叫加巴泰，一生从不碰别的猎物，只猎哈熊。其自小丧失双亲，靠吃百家饭长大，但成人后却身高九尺，力大无穷，他在村中吼出一声，数里之外皆可听到。人们于是得知，他不但力大，嗓门亦非同一般。其时阿勒泰山中多哈熊，人们亦多食熊肉。加巴泰将大熊称为"哈熊爷爷"，将小熊称为"哈熊孙子"，无论大小熊，但凡被他碰上，皆丧命于他手。某一年，村人与邻村械斗，加巴泰从腰中抽出牛皮腰带，蘸水后便坚硬如铁，将邻村人一举打出村庄。后有一次，他与一哈熊搏斗，遂尝试用那腰带击熊，熊很快便丧失斗志。他复用腰带去抽击熊之脖颈，居然将其头打落，断裂处恍若刀割一般。加巴泰至年迈，仍猎熊，仍如年轻时那般矫健，每每出手必有收获。一日，他又将一大熊堵住，一番击打后，伸手去抽腰带，然腰上空空如也，那腰带忘在了家中。那哈熊看他一眼，似含有嘲笑，然后转身逃脱。他被哈熊那一眼看得心生怒火，一口血喷出，倒地而亡。

哈熊众所周知，不须多写。倒是阿勒泰的一位猎人的经历，值得一写。

那一年入冬后，阿勒泰的天像疯了似的下着大雪。下到最后，就没有了要停的意思。那猎人记得那场雪是十天前开始下的，在这十天里，满天飘飞的雪像刀子似的刺向牧场，已经有几十头牛和三百多只羊被冻死。牧民们不吃死了的牲口，把它们堆在牧场的后山里，没想到一夜大雪就淹没了它们。牧民们望着与房屋齐高的雪堆欲哭无泪，而雪地仍然泛着白色的光芒，看上去干干净净，像是什么都没有发生过一样。

那天早晨，那猎人在梦中被一把剑刺了一下。他梦见自己很疼，在疼痛中还夹杂一些恐惧。他之所以恐惧，是因为那把剑是一直藏在他身体里的，它忽然像是被什么抽了出来，将自己刺了一下。于是，他疼醒了。睁开眼睛的一瞬，他发现窗户的缝隙里透进来了一丝光，照在了自己的眼睛上。他爬起来，那束光便落在了羊毛毡上。他感到左眼眶很疼，用手揉揉，感到像刚才在梦中被那把剑刺了一样疼。

他的左眼是瞎的，他只有一只右眼。

穿好衣服，他慢腾腾地走出屋子。雪已经停了，阴了一两个月的天终于晴了。在雪中走走吧，他返回屋背上猎枪，向牧场后面的山坡上走去。山坡上的雪落得薄一些，所以，他很轻松地就走到了坡顶上。突然，他发现前面的树林里有一道白光一闪，就像他刚才在梦中遇到的那把剑刺来的一瞬。他兴奋起来，把猎枪提在手中向树林跑去。雪很厚，有几次他差点跌倒，他将猎枪当拐杖拄着，向树林里快速跑去。他想看看这道白光到底是什么。

他跑进树林后惊呆了，一头身躯庞大的哈熊居高临下地站在一块石头上，正怒睁着双目在盯着他。因为他没有发现它，所以在他停住的时候几乎已经撞到它的两只前掌上。哈熊的两只掌很肥厚，很黑，但尖尖的指甲却很白，看一眼就让人心寒。他退后几步，见哈熊仍无动静，便又后退几步，倚着一棵大树站住。他知道自己不能再退，否则就会激怒熊，它如果一跃而起追过来，自己又怎能跑得过它呢？

平静了一会儿，他开始与熊对视。忽然，他的呼吸变得粗重起来，右眼像是要喷出火似的，愤怒地睁圆了。他认出挖了自己左眼的哈熊就是眼前的这个家伙。他对它的模样烂熟于心，这是他今生痛恨至极的仇敌，多少个日日夜夜他发誓要把它打死。而为了实现这一目的，他苦练枪法，现在已达到百发百中的地步。他紧盯着哈熊，握枪的手指头"叭叭"作响。今天冤家相遇，不是我打死它，就是它咬死我。他已经看见了哈熊前胸的那个小白圈，那是它的心脏部位，他只须一抬手就可以一枪击中。

这时，熊突然叫了一声。它的叫声很奇怪，一改往日嘶哑的声音，而且声音里没有愤怒和进攻前的激奋。它此时的声音显得很温柔，像是在对他传递着某种友善，又像是对他手中的枪表示出不屑。

他犹豫了一下，没有把枪举起。

哈熊很专注地看着他。树枝上的一团雪落下，刚好落在它的头上，它黑乎乎的脑袋变得像圣诞老人，显得有些可爱。他发现哈熊很复杂地盯着自己，似乎有什么要表达，但却总是表达不出来。他想起上次它装死挖了自己的左眼，就又谨慎起来。这是一只狡猾的熊，也许它已经认出了他，正在琢磨对付他的计谋呢？再说，这只熊肯定在这场雪灾中没东西可吃，现在碰上他了难道不打主意？想到这里，他又抓紧了手中的枪。

哈熊又温柔地叫了一声。

他犹豫着，但食指却悄悄地勾住了枪的扳机。他想，如果哈熊突然袭击，自己在举起枪的一瞬就可以开枪。

这时，林子里传来一声马的嘶鸣。哈熊像是听到召唤似的从石头上慢慢走下，向马发出声音的地方走去。哈熊好像忘记了他和他手中的枪，轻松自如地从他面前走过。有几次他都忍不住要向它开枪，但他一直在等待，他要等着哈熊向自己扑过来的一瞬，一枪击中它的心脏，只有这样他才解恨。

但哈熊却一直向林子深处走去。

他转过身，看见一匹小马正在用嘴啃树皮。大雪已淹没所有的野草，这匹小马饿得实在不行了，只好啃树皮，但它没有把树皮啃下的力气，尽管使了很大的劲，但最终仍无济于事。一急之下，它便像孩子似的又叫起来。哈熊走到它跟前，仍用注视过他的复杂表情注视着小马。按说，熊和马在平时是不打照面的，但现在却变得很平和。哈熊走到树跟前，小马为它让开位置，哈熊举起一只前掌一下一下地把树皮扒拉下来，小马把嘴凑上去开始咀嚼那些树皮，哈熊不时地看一眼小马，表情仍然很复杂。

他远远地看着这一幕，抓枪的手慢慢松开了。他这时才想起，这场雪灾淹没了所有的草场，牧民虽然为牲畜准备了冬草，但还是有那么多的牛羊被饿死了。眼前的这只小马是忍受不了饥饿才跑出来找吃的，但白茫茫的雪地里没有一株野草，就连这些树也已经被埋到半腰。小马实在饿得不行了，才饥不择食啃起了树皮，但如果没有这只哈熊帮忙，它又怎能把树皮啃下来？

哈熊仍在用力为小马抓着树皮，不一会儿，它便喘起了粗气，每抓一下都显得很吃力。终于，哈熊不行了，像一座大山一样轰然倒地，小马嘶鸣一声用嘴去碰哈熊的嘴，想让它爬起。他惊叫一声扑过去，见哈熊口吐白沫，浑身发抖，慢慢地闭上了眼睛。哈熊在这场大雪中没有吃上东西，又为小马抓树皮耗去最后的力气，它累死了。他和小马站在熊的尸体旁，久久不知所措。

下午，又下起大雪。林子里传出一声枪响，然后就听见枪支被抛入雪地的声音。过了一会儿，他牵着那匹小马从林子里出来，向牧场走去。

狼

在雪野或密林中,如果突然传出嘶哑的嗥叫,那一定是狼群要出现了。

狼群出现后,会前俯后蹲一动不动,眼睛里闪着罕见的寒光。这是狼进攻猎物前惯有的野性,在短短的时间里,这股野性会变得像洪水,要将它看到的东西淹没。

狼是苍穹之子,西域的游牧民族对此坚信不疑,他们认为狼受苍穹之命,在春天驱赶草原上的动物,让草原免受践踏;它们还会将病死腐烂的动物吃掉,避免草原上传播瘟疫。他们还认为,狼在饥饿或疲惫时,会对着月亮或苍穹长嗥,让自己的身心获得力量。狼与游牧民族的死亡亦有密切关系,当老人去世后,人们会将死者放置在山冈,或让其从运送的牛车上自行滑落,等待天黑后让狼将死者吃掉。他们坚信,死者只有被狼吃掉,其灵魂才会在狼回归时被带入苍穹。

熟知狼的牧民说,同一件事,人看两眼,狼看一眼。狼群一旦决定出击,会在对方尚未察觉的情况下,对其迅速实施致命一击。狼将动物们的习性牢记在心,如果盯上它们,狼群会在草丛或大树后面长久潜伏,当那些动物在清晨或黄昏经过,狼群会迅速扑过去将它们扑倒撕咬。

狼大多数时候在外游走,没有固定居所,但偶尔也会挖出长达三四米的狼洞,里面有两室,可供大小狼分居。狼洞前面往往有一大堆土,用于遮掩狼洞。

狼的生存主要依靠肉食,但在夏天也吃青草、嫩芽和浆果。狼不喝流动的河水或山涧溪水，它们知道流水会把自己的气息带向远处，暴露自己的行踪。它们只喝湿地中的积水或泉水，如果没有这样的水，它们便忍受饥渴，长途跋涉去寻找，直到找到为止。所以，狼的艰辛行走在大多数时候并不是为了捕取食物，而是为了寻找水。

狼的奔跑速度极快，一小时可穿越五十公里左右。狼的持久性在动物中首屈一指，爬山时速度并不会减缓，往往从一块石头可以跳到另一块石头上。狼走过空旷地带时，会快速穿行而过，以免让自己暴露。一旦被人或者其他动物发现，狼不会用遮掩物隐藏自己，它们会与其对视，随时准备搏斗。如果它们不想搏斗，会选择有利地形迅速离去。狼不会走到让自己暴露，并有可能发生危险的地方。狼的记性很好，每走过一个地方都会记住其地形分布。如果需要从原路返回，它们会根据记忆选择捷径，并准确到达目的地。

狼是群居动物。一群狼的数量至少有五只，一般情况下在十二只左右，在下大雪的时候，狼群数量会增加到二十只左右。狼群通常由一对有地位的配偶领导，它们可与狼群中的任何一只狼交配。

狼群有明确的领地，且自觉遵守活动范围，从不踏入他者的领地。狼群会因为小狼出生或别的狼加入导致领地缩小，它们会因此向别处迁移，去寻找新的栖身之地。如果狼群之间发生领地冲突，它们会发出嗥叫声向对方宣告主权。狼靠声音传递信息，熟知狼的牧民往往根据狼的叫声，可以判断出狼群隔着好几座山在交流。

在狼群中，有地位的狼不论走动还是站立，总会将头高挺，四腿直立，两只耳朵直立向前，似乎在警惕周围的动静。在头狼面前，狼群往往尾巴卷曲起来朝向背部，一副很听话的样子。

狼高兴时会不停地摇摆尾巴，舌头也会伸出嘴外动来动去，尾巴会高竖，并不停地舞动。狼做游戏时，会在一处转圈跳跃，一会儿低头，把身体低低地伏倒在地上，一会儿又抬高臀部摇晃。狼玩耍时会将全身伏于地上，嘴唇不停地嚅动，有时还会伸出舌头舔着爪子。而愤怒时则双耳会动，背上的毛会在瞬间竖立，嘴张开后双唇卷起，将尖利的獠牙露到外面。同时，它们也会弓起背发出尖利的长嗥。狼恐惧时会低下背防守，并将尾巴收回。狼这样做是为了让自己不显眼，易于隐藏。

有人说，狼是动物中会数数的动物。它们围住一群羊后，往往要逼视很长时间。它们这样做有两个目的，其一在等待羊群慌乱，那是最佳的出击时机；其二为数清面前的羊有多少只，以选择最肥硕的攻击对象。狼袭击羊时，往往会选择羊肚子和脖子。攻击羊的肚子是为了扯出羊的肠子，因为狼的偷袭经常会被人发现，所以它们会先将羊肠子叼走，因为羊肠子是狼最喜欢吃的东西；狼攻击羊的脖子是为了把羊咬死，然后背走。狼咬死一只动物后，并不立刻吃掉，而是要叼（拖）回狼群中。新疆阿尔泰的牧民经常会说一句话："狼咬死羊并不一定能吃上，如果狼把羊背上，那就没指望。"狼咬死羊后，会钻到羊的肚子下面把羊背起，然后逃离。狼将咬死的动物运回狼群后，在狼群面前跑上几圈，然后才开始将其吞噬。任何一只狼都不会上前与它争食，只是看着它津津有味地享用食物。

狼可以为了内心需求去冒险，也可以为了高贵精神而选择死亡。有一只狼被牧民打伤后，觉得自己无法逃出包围圈，一头撞向一块石头，一声闷响后，它的脑袋变成模糊的一团。在内蒙古锡林郭勒草原上，流传着一首长调："一只狼在仰天长啸，一条腿被猎夹紧咬，它最后咬断了自己的骨头，带着三条腿继续寻找故乡。"狼的精神在这首长调中体现得淋漓尽致。

狼灵活机智，从不盲目出动。一位牧民说，有一次，一群饿狼围住一只鹿，一只狼冲过去咬伤鹿腿后，随即返回狼群，让另一只狼冲过去咬伤鹿的另一条腿。狼群之所以不凶猛进攻，是因为鹿高大于狼好多倍，善于用蹄子攻击，如果踢得准，一蹄子便可把狼踢死。所以，狼群就那样一只又一只扑过去咬鹿的蹄子，让它大量失血，没有了反抗的力气和意志。当然，在这样的等待中狼也渐渐没有了力气，在饥饿中极有可能会倒下去，但信念支撑它们一直坚持了下去。鹿终于不行了，身躯轰然倒地。狼群一拥而上，撕扯开它的皮肉吃了起来。

在狼身上，孤独和骄傲并存。狼的最佳生存状态是在孤苦绝境中独自觅食。狼不会在任何一个地方长久停留，即使吃东西时也高度警惕，一有风吹草动便一跃而起，将身影闪入旷野之中。正因为狼始终高度亢奋，所以它们的精力始终都很集中，在沉默中保持着高度警惕。但它们伫立在高处对着圆月发出的长嗥却酣畅淋漓，让人觉得它们在那一刻精神振奋，浑身激荡着难耐的热流。

狼对大自然中的一些动物朋友充满友爱，总是不动声色地关心它们。狼在吃猎物时总要把一些骨头、皮肉和残渣剩屑留在路边，那些陷入无助境地的狐狸、秃鹫、鹰、乌鸦等，往往会靠这些东西渡过难关。受狼的启示，新疆的牧民在沙漠中吃完西瓜后，将瓜皮反扣在地上，使其保持一定的水分，以供以后路过此地的受困者或饥渴的鸟儿食用。乌鸦是狼的好朋友，一旦发现猎物就会给狼报信。狼接到信号后会欢快地嗥叫，快速向目标疾驰而去。

在赤野千里的荒原上，一群狼走动时，走在最前面的是一只头狼，它用头将草木辟出小路，让后面的狼顺利通行。在漫漫长途中，狼群会遇到突如其来的另一狼群，它们会咆哮，龇牙咧嘴，怒目相视，但却很少搏斗。狼一般不去侵害别的狼，它们喜欢和平沟通。

狼的威风表现在它们的尾巴上。狼群中地位高的狼总是高翘着尾巴，地位低的狼则把尾巴夹在两腿之间。为群狼出去打探猎物的狼，不光要为整个狼群负责，还必须具备冒险精神。所以，这样的狼在很多时候其实是独狼，它们勇敢、睿智，具有超凡的本领。它们找到目标后把嘴插入地缝，发出低缓嘶哑的嗥声，狼群听到它们的叫声后会汇聚过来。如果独狼在外遇到危险，便只能独自解决。如能解决危险便可归队，如解决不了便命殒荒野。所以说，独狼是狼中间的敢死队员。

深夜，狼的一声嗥叫会让人惊骇不已。它们的叫声阴森、凄楚、嘶哑而有力，犹如异乎寻常的音乐。每一只狼都有自己的声音，不论是嗥叫还是呼唤，绝不重复。狼对自己声音个性的要求十分严格，以此来强化自己作为狼的高贵。狼的叫声有很多种，没有人能说清狼嗥叫的意思，大自然赐予了它们这一禀赋，它们从中享受着自己独有的快乐。

狼最无可奈何的敌人是蚂蚁。在树林里，蚂蚁在松树下的落针中密集成团，有时候狼并不知详情，会卧到落针中，成团的蚂蚁便爬到它们身上。最后，狼会被蚂蚁咬得全身溃烂，倒地而亡。

野生的狼因为一直在荒野生存，可活十六年左右。而人工饲养的狼因为生存条件好，最长能活到二十年左右。狼死亡的原因有很多，疾病是导致狼死亡的一大原因，它们捕食时并不知道会被传染，常常被传染上了狂犬病、细小病毒和犬瘟热等流行病。

一只老狼在临死前会大声嗥叫，尽量多地召唤一些狼到自己身边来。它在闭上眼睛前这样做，并不是恐惧死亡，而是要将自己以前光顾的巢穴、河水、牧场分布等告诉同类。这是每一只狼都会严格遵守的传承规则。

狼死后，同类会把它吃掉，不让它的皮肉和骨头遗失于荒野。这是死去的狼享受的最好的葬礼。

鹿

有一年在阿勒泰，见一只鹿被拴在路边的树上，它急得大声嘶鸣，用角去撞那棵树，无奈它被拴死，终是无法撞到树上。

我拔了一些青草喂它，它却不吃。拴它的一定是某一人，它自然视我也有害它之意。我默默离去，希望拴它的人早一点放了它。

当晚与人们说起鹿，所谈大多都知道，唯有鹿感知天气变化的本事，让我听得颇为欣喜。哈萨克族有一句谚语，刚好是说鹿感知天气变化的：鹿在山外过冬之年，牲畜大量死亡；鹿在深山过冬之年，六畜兴旺。由这句谚语可见，年份好不好，看鹿在哪里过冬就能知道答案。

阿勒泰多鹿，常见它们挺着一对长角，在山林间觅食，显得极为优雅潇洒。鹿自古以来就是大自然中自由走动的精灵，这一点在岩画上可得到印证。阿勒泰的岩画上有鹿，亦可见到鹿石。鹿在古代被视为神物，常有吉祥和长寿之寓意。长寿神骑的是梅花鹿，商代有占卜的鹿骨，殷墟有鹿角刻辞等，是美的象征，亦与艺术有着不解之缘。

过去有两个成语。一个是"鹿车共挽"，鹿车即独轮车，这个成语是称赞夫妻同心，安贫乐道。另一个叫"鸿案鹿车"，也是比喻夫妻之间相互尊重，相互体贴，同甘共苦之意。

司马迁在《史记》中说："秦失其鹿，天下共逐之。"他所说的鹿指帝位和政权，是一种古老的说法。其时，每在战争之前，人们要先捕捉鹿，取鹿角用作打仗的武器。所以说，拥有鹿角就等于取得了战争的决胜权，而失去鹿角就等于失去武器，其帝位、政权和统治地位便也难保。这就是司马迁所说"失其鹿"的原意。

自古以来的猎人，多捕鹿。捕猎者与被捕者之间，永远是杀戮和逃脱的关系。有一年在阿勒泰的可可托海，我碰到一位猎人，他给我讲述了他捕猎一只白鹿的故事。

那只白鹿真漂亮啊，浑身雪白，迈着轻盈的四蹄，犹如高贵的公主在散步。贪婪在那一刻像大手一样推了他一把，他一阵冲动，便甩出套绳网住了白鹿。精心设置的计划实施得有条不紊，白鹿挣扎一番后只剩下哀鸣。他准备捆绑白鹿，却突然发现它腹下有两只小鹿，它极力阻挡他，是怕他伤害那两只小鹿。

白鹿和那两只小鹿犹如难负命运的棋子，随时都会陷入死局。猎人心软了，小鹿大概出生没有几天，没有了大鹿如何活得下去？理智在那一刻驱散了他内心的贪婪，而仁义又犹如开放的花朵一样，在他内心绽放出馨香，他决定放走那只白鹿。但白鹿已受到惊吓，一蹄子踢到他腰上，疼得他大叫。无奈，他从腰间抽出刀子去割网绳，白鹿看到刀子蹦跳得更加厉害，一头将他撞倒在地。他觉得腹部一阵灸烫，很快便转为剧痛。他低头一看，才发现他受到白鹿撞击后，刀子鬼使神差地刺进了他的肚子。命运突然开出恶之花，一阵恐惧自内心弥漫，他的伤口更疼了。他想把恐惧从内心压制下去，一用劲才发现无济于事，恐惧像魔鬼一样在他身体里乱窜。他双唇颤抖，牙床磕出啪啪声响。他弄不明白是恐惧还是疼痛在作祟，总之他不停地颤抖，已不能自已。

博弈的局势神秘转变，猎人从杀戮者变成了弱者。他用手握着刀子，理智告诉他不能把刀子拔出，否则他会躺在这儿再也起不来，也永远醒不来。血在他手上浸出一股温热感，他这才知道人流出的血是热的。他苦笑一声，用如此悲惨的方式获得的体验，代价实在太大。

白鹿咬断套绳后获得了自由，扑闪着长睫毛看着猎人。猎人无奈地看着它，内心冒出白鹿不可亵渎的想法。他内心又涌起一阵恐惧，握着刀子的手又感觉到一股温热，不用看，又有血流了出来。

白鹿无奈地在他身边走来走去。少顷后，它扬头一声又一声嘶鸣起来，不知是何用意。猎人动不了，只能就那样看着白鹿。他很悲哀，命运把他推到了死亡深渊的边缘，用不了多久他就会一头栽进去。出乎意料的是，白鹿的嘶鸣引起了打猎队员的注意，它刺激了打猎队员，他们向它包围过来。它扬起四蹄奔跑，很快把他们甩在了身后，他们不放弃，遂紧追过来，然后就发现猎人受伤了。他们背着他下山，让他及时得到医治保住了性命。

　　一次贪婪的掳掠，是恶的膨胀，如果顺利实施，猎人就可以达到目的，但是那把刀子在颠簸的一刻，让他的身体成为这一事件的承受者，并暗示这是一场要付出代价的冒险，或者是神对他的惩罚。

　　所有人都坚信，那只白鹿在那一刻犹如被神引导，走向善的一面，化解了一场危险。在这件事中，白鹿成为至关重要的行动者，它的意图、行为和目的，都犹如圣者书写的诗篇，闪烁着圣洁的光芒。

　　事后，猎人回忆那天的事情时，不光感激那只白鹿，还在内心生出对神的敬畏和感恩。一只鹿在当时犹如得到了神示，用无声的行为，把他从死亡边缘拉了回来。在那一刻，它像神一样在大地上布道，其行为比传说更为完美。

　　他在事后说，动物也有心灵，而且与天地万物互通，彼此之间存在着美妙的灵息。不仅如此，动物的心灵与人的心灵也是相通的，而且能给人带来温暖。

　　猎人的话影响了打猎队员，他们以前面对动物时，即使它们再好看再动人，也会压制内心的柔情，将其列为捕猎对象。虽然人有时候会怜悯被捕猎的动物，但是它们身上有维系人类生存的价值，所以猎捕便变得合情合理。猎人正是多年坚持这种获取行为，以冷漠方式存在的一种职业。但那只白鹿却救了猎人的命，经由这件事，他被推到了对立面，自身的残忍、贪婪和无情，都受到了无声的谴责。

　　猎人彻底被那只白鹿感动，那些长久流传在牧区的传说，在此时变得像暖流，让他体味到从未有过的温暖。在牧区，人们在很多时候认为诸多事物有灵，譬如他们每年开春进入春牧场前，会选一块羊骨头放进火中烧一会儿，然后观察上面的裂纹，判断长纹所指的地方可去，短纹所指的地方不可去。他们还会用四十一颗羊粪占卜，测出外出会遇到的凶吉。从事这一职业的人叫"巴克斯"，也就是人们常说的萨满。但他们只在有人需要时，才会出现在人们的视野里。平时，他们与牧民别无二致。

白鹿一直被人们视为神物，据史书载，成吉思汗曾下过保护鹿的命令："若有苍狼、花鹿入围，不许杀戮。若有卷毛黑人骑铁青马入围，要生擒他。"白鹿自古以来被人们视为神物，凡见到者皆顶礼膜拜，绝不做出对其有所亵渎的事情。

这些事深深地影响了猎人，他不再渴望猎捕白鹿，反而断定那只白鹿就是来帮助他渡过一劫的。事实上，白鹿在新疆非常罕见，它们往往一闪便不见了踪影，其生存之地一定在不可知的幽邃之处。他把白鹿当成神物，想象它们在孤寂之中维持着圣洁。他这样想，内心便觉得很美好。

他在后来一直难解一个疑虑，那只白鹿在那天引来打猎队员后，人们忙于救他，并未注意到它和那两只小鹿去了哪里。也许它们悄悄离去了，也许它们还有更为隐秘的逃遁方式，人是想象不出来的。

白鹿是神，猎人深信不疑。

牦牛

一头牦牛和一只狼，展开最后的对决。在这一刻，对方的死，等于自己的活，所以它们都想把死亡像钉子一样，钉入对方身体。

牦牛是食草动物，平时行动迟缓，性格也颇为温顺，但它们是隐形大力士，一旦发怒可一头把石头撞飞。狼是食肉动物，但狼的爆发力很厉害，加之攻击技能在动物中首屈一指，所以狼的攻击都是致命的，经常会制造出血腥杀戮。

它们都眼冒凶光，浑身的血液燥热，骨骼隐隐作响。

是这只狼掀起了这场血肉之搏。它已饥饿很久，发现这头牦牛后便紧紧尾随。牦牛在夏天会从雪线下到河滩中吃东西，有时候甚至许久都不抬起头，似乎地上有吃不完的东西。牦牛是肥硕的，走动时四蹄踩出"咣咣咣"的声响，其尖利粗壮的双角看上去让人骇然。但这只狼觉得牦牛的体格并无优势，反之却因为行动迟缓会让它轻易得手。在狼美好的饕餮幻想中，一系列谋略被迅速设置完毕，牦牛在它眼中逐渐缩小，死亡的阴影逐渐扩大。

牦牛吃饱后去河边喝水，随后又望着远处的雪峰出神。狼躲在石头后面等待，丰富的进攻经验和高于一般动物的智商让它明白，毫无防范的牦牛一定会给它提供一个进攻时机，那时候它只须突然蹿出，一口将牦牛的喉管扯断，牦牛就会轰然倒地。牦牛的力气大，狼不会和它硬拼，只会选择它的致命处一举歼之。

几只乌鸦飞过时发出聒噪的叫声，牦牛抬头向天空望去。这是最佳的进攻时机，狼从石头后面一跃而出，大张着嘴向牦牛扑了过去。最佳的进攻时机犹如最得力的"武器"，狼适时将其掌握，可使进攻力度大增。它扑向牦牛的速度非常快，但它对牦牛的预估只是主观判断，加之它过于轻敌，牦牛很快便发现了它的进攻。牦牛迅速将身子一扭，用一对尖利的角对着它，只等着它扑过来便刺进它皮包骨头的身体里去。狼心中的火焰迅速熄灭，愿望在顷刻间被改写。但它不服气，嗥叫着又向牦牛逼近。也许狼是忍受不了耻辱的动物，而且轻易不会改变意图，所以它们一旦出击，都要拼死一搏。

狼数次进攻，牦牛数次将它击退。二者都想置对方于死地，一场拼杀迅速掀起高潮。狼在粗喘，并不时嗥叫，让寂静的草滩似乎也在颤抖。牦牛身体的每一个部位都似乎在咆哮，地上的沙砾被它踩得乱飞，飘出纷乱的弧线。牦牛是稳重的伟岸者，在此刻被激出浑身的爆发力，恨不得用四蹄或双角一下子让狼丧命。但狼亦很愤怒，与牦牛相比，狼更善于短兵相接，一旦被它近身就会有危险。

这只狼并不知道牦牛有惊人的爆发力，所以它不知不觉把自己置于危险位置。慢慢地，牦牛占了上风，并且频频向狼发起攻击。狼先前设想的"四两拨千斤"的封喉战术，在这时已无法发挥，牦牛尖利的角阻挡了它的所有进攻。最后，牦牛把狼逼到了它藏身过的石头跟前。曾被它利用过的石头被牦牛利用了起来，它已无后路可退。那一刻，狼的内心也许生出了恐惧，间或还有从未有过的痛苦。心理崩溃往往证明事实已糟糕到了无法改变的地步，牦牛扬着那两只尖角，一头便刺向了狼。狼的双眼中布满惊骇，继而又闪过一丝屈辱。牦牛的力气太大，用双角刺穿狼的身体后，头一扬便将狼挑了起来。牦牛用力太猛，乱叫的狼被它顶了起来，很快死了。

狼不会想到会落到那样的下场，但牦牛的力气太大，狼与牦牛拼的是力气而不是智慧，所以狼必死无疑。如果牦牛与狼拼智慧，牦牛绝对不是狼的对手。狼不会发起猛攻，会一次又一次扑过去咬它的腿，让它因为流血过多倒地，被狼活活咬死。但这次狼处于被动位置，从战术上而言，它与牦牛构成直接对立关系，加之牦牛的那对角尖利无比，所以狼必然受到牦牛的致命一击。

我这篇文章主要是写狼，现在作为主角的狼死了，接下来应该仅做补记即可，但因为那只狼死后仍不让牦牛安生，所以，我将这个故事继续写下去。

被牦牛用双角刺死的那只狼，是狼的死亡法则中的意外，狼的尸体从此挂在牦牛头上，时间一长，皮肉腐烂脱落，牦牛头上便只剩下了一副狼的骨架。远远地看上去，牦牛似乎戴了一顶白色头冠。这意外的"装饰"并非牦牛本意而为，它只想要一次胜利，要一次对狼的杀戮。所以，它不知道一次意外的决斗在最后留下了一件纪念品，并要永铸于自己头顶。它已经习惯了头部负重，便不再觉得自己头上有东西。有的动物见了牦牛头上的狼尸，会惊异地叫几声跑开；而大多数动物则无动于衷，看它几眼后又去吃草。

一次，一根树枝挡住了它的去路。它习惯性地用角去撞树枝，但双角上的狼尸却不能让它发挥出作用，猛烈撞上去如同触及软物。它在当时如果产生怀疑，就会发现挂在头上数月的一具狼尸，已影响到双角发挥作用。但它的性格中有致命的忽略他者的习惯，并且有喜欢较劲的毛病，所以它用力将那根树枝撞击掉落，然后顺利走出树林。牦牛的迟钝遮蔽了真相，而自足的心理又是如此舒服，这种情况下，牦牛错过了反思的机会。

一天，一群狼与这只牦牛相遇。牦牛将头低下，将双角对准了狼群。牦牛只知道头上有一对尖利的角，不会意识到角上还挂着一具狼尸。对于狼而言，死后是不能让遗体存留于世的，活着的狼必须把死去的狼吃得干干净净。但现在一具狼尸却挂在牦牛头上，狼群不知如何是好。对峙少顷，狼群怪叫着离去，牦牛亦不动声色地站在原地。事情的真相没有被揭示，牦牛只知道防范，没有意识到狼群的奇怪反应，更没有意识到它头上有一个隐秘的世界，它已经打乱固有的秩序，并改变了两种动物的判断规律。

219

之后的一天，牦牛去河边喝水，突然从水面上看到了头上的狼尸。是那只狼，因为白骨裸露显得更加可怕。它记得不久前的那场杀戮，其恐惧和仇恨更是烂熟于心。所以，水面在那一刻如同打开的幕布，让它觉得一只狼并未死去，而是死死压在它头上，要对它实施致命的一击。它被吓坏了，转身从河边跑开。它不具备分析那场杀戮的智商，只是觉得恐惧的刀子悬在头顶，随时都有可能落下。它再次愤怒，想用疾跑的方法把狼尸甩下，但任凭它怎样努力，狼尸始终纹丝不动。最后，它跑累了，在一块草地上无可奈何地转圈，并发出急躁的吼叫。狼尸犹如隐形的敌人，它的心理在那一刻迅速崩溃。

它再也不敢去河边喝水，水面对它而言是一个深渊，它只要接近就会掉进去。为此它忍受饥渴，似乎忍受是唯一保护自己的方法。上帝在它的生命棋盘上突然布下一枚意外的棋子，它全盘皆乱，不知该如何突围。

它变得越来越孤独，自卑心理导致它不愿接触同类，对其他动物也远远躲开。它默默吃草，勉强储备相应的热量，但因为缺少水分，饥渴很快便变成可怕的事实。它的腹腔犹如被邪恶的大手撕扯着，它痛苦不堪，却必须一再忍受。昔日，它身体的每一个部位都可以咆哮出力量，但现在却在一点一点干裂，似乎遇到火点就会燃烧。但它仍不愿去河边喝水，它不惧死亡，却害怕水中阴森森的狼尸倒影。

它想起山上有一处小瀑布，有水从高处流下，它只须仰起头就可以喝到水。以前它曾那样享受过一次，那里的水清凉甘甜，从高处滴入口腔，继而浸入喉咙的过程无比美妙。饱受折磨的它强烈地意识到，必须寻找到可利用的自然条件，才可解决禁锢于身的麻烦。而记忆中的那次畅饮，让它的思维活跃，立即决定去山上喝水。

完美的想法让它精神倍增，它向山上爬去。它内心充斥着新生的滋味，又感受到了以往的幸福。那个小瀑布在山高处，而且还要走很远的路，但这些对它来说都不算什么，多日来的苦闷正在一点一点消失，随之而来的是重新建立自信，恢复以往的骄傲。

但它的命不好，经过一个狭窄的岩缝时，头上的狼尸被卡住，它企图将双角连同狼尸从岩缝中扯出，但一用力却让狼尸卡得更死，无论怎样挣扎都无济于事。命运开出了恶之花，它急得大叫，四蹄把岩石踢出火星，附近的鸟儿被吓得迅速飞离而去。慢慢地，它的声音由愤怒变得无奈，由无奈变得伤感，由伤感变得绝望，最后便没有了声息。

它渴死了。

骆驼

骆驼一出生就会走路。据牧驼人讲，幼驼从母腹中出生后，四蹄一着地便站起来，扬起头好奇地打量着这个世界。仅仅一天，它就能跟着母驼到处跑，并把嘴伸向那些鲜嫩的草叶，看见小溪或河流，懂得跑过去喝水。

一只幼驼如果出生在春天，在一个夏季就已经长大，而且身上会长出一层粗毛，入冬后这层粗毛就可以帮它们避寒，无论天气如何寒冷，它们都不会觉得冷。其实除了这层毛之外，身上的脂肪也可以使它们保持体温，在冬天不怕任何严寒。过了冬天，沙漠迎来春天，树木泛绿发芽，很快就长出叶子。这时候，所有的骆驼都遇到一个难题，因为身上的粗毛一直保温，使它们燥热难当，大汗淋漓。它们在沙漠上奔跑，渴望能把身上的粗毛抖落，但那些粗毛是从肉里长出来的，怎么能被抖落呢？它们绝望了，站在沙漠中无奈地望着远处的雪山。这时候奇迹出现了，它们体内涌动起一股悸痛，让它们的身体开始发抖。还没等它们明白是怎么回事，身上的粗毛像是被一只无形之手拨落了似的，在沙土上落了厚厚一层。骆驼在冬天长出的粗毛，在夏天会自行脱落，它们的身体因此变得油滑光亮，被太阳一照便闪闪发光。骆驼明白了造物主在自己身上设置的这一神奇密码，第二年夏天到来，它们便不会为身上的粗毛慌张恐惧。

沙漠干旱赤野，很少有植被生长，但任何一匹骆驼都在沙漠中乐于天命，不会弃沙漠而去。时间长了，很多动物都逃离或毙命于沙漠，只有骆驼安静地站立于沙漠中，或缓慢而从容地行走。沙漠中起风沙后，它们用身躯挡住主人，然后用嘴去拱沙子，拱出一个大坑让主人进去，它则卧在边上继续挡风沙。如果没有人，它则将头伸入沙坑，等着风沙过去……细心观察过骆驼的人说，风沙将天地遮掩得一团乌黑时，除了骆驼之外，没有任何动物敢向前迈出一步。骆驼之所以可以在沙尘暴中准确无误地前行，得益于它们的好体力和对道路的记忆。由此可见，骆驼的记忆力在动物中首屈一指。

如果不需要前行，骆驼会迎着风沙卧下，用身躯为主人挡住飞舞的沙砾。骆驼的眼睛有两层睫毛，耳朵里有毛，也都是挡风沙的有力屏障。最有意思的是它们的鼻子，在沙尘暴中，它们可以调动气息把鼻孔像门一样闭合，把飞到鼻孔前的每一粒沙子都拒之"门"外。在风和日丽的日子，骆驼的眼睛睁得很大，对四周的景物看得一清二楚。骆驼之所以有超凡的记忆力，也许与它们平时看得多有很大的关系。

最有意思的是它们的眼睛。有的人，能在骆驼的眼睛里看到自己的影子；有的人，却什么也看不到。人们说，只有好人的影子，才可以在骆驼的眼睛里出现，而在骆驼眼睛里看不到自己的影子的人，是坏人。

看过骆驼眼睛的人都说，它们的眼睛太漂亮了，不管谁走到它们跟前，它们的眼睛都不会眨动一下，除了在很少的时候眼睛里会出现人之外，更多的时候会出现蓝天、沙漠、草原或湖泊的影子。在白天，骆驼只是安静地用眼睛看，无论看到多么高兴的事情，或不高兴的事情，都不会有任何反应，不发出任何声响。由此可见，骆驼是最宠辱不惊的动物。

骆驼的脚掌宽厚扁平，走路时可以叉开脚趾，犹如柔软的肉垫子，使自己的行走稳健而结实。除了行走的超凡本领外，骆驼耐旱的本领也堪称一绝。遇到可饮用的水时，会把头伸进水中长饮一通。有人曾见过惊人的一幕：有一水洼中大约有三百多升水，一峰骆驼一头探入，用了十几分钟时间将其一饮而干。骆驼之所以喝水多，是为了让身体的水分保持平衡。在酷热的夏天，骆驼排水很少，在气温约四十摄氏度时才会出汗。平时它们不轻易张嘴，如此这般便在沙漠中八天不喝水也不会被渴死。除了水之外，骆驼单峰或双峰中的脂肪会分解成骆驼所需的营养和水分，使骆驼在困境中得以继续维持生命。据记载，骆驼曾保持了十七天不喝水而仍然存活的惊人纪录。

水是骆驼的生命之源，所以骆驼对水的感应灵敏。夏天热得实在不行时，骆驼会找到地下有水的地方卧下，让湿润的地气帮自己降温。牧民掌握了骆驼的这一习性，在放牧时如果缺水，便在骆驼卧过的地方向下深深挖掘，挖到一定的深度，便有汩汩冒出的水让他们欣喜若狂。

草是维系骆驼生命的最佳食粮。有人不理解，骆驼的躯体那么高大，居然是食草动物。但它们将草吞食入腹后，居然化作无形的巨大力量，一旦快速行走或跑，让四蹄下的沙子旋飞起一层细浪。骆驼并不挑食，而且是动物群中的谦谦君子，它们把好吃的草让给那些娇气的动物，而自己则吃多刺植物、灌木枝叶和干草。沙漠中有一种叫"骆驼刺"的草，就是因为骆驼喜欢吃而得名。骆驼刺的枝叶上有尖利的刺，但骆驼却对此物极为喜欢，舌头一伸一卷便吞入嘴里嚼碎咽下。

有人说骆驼和牛羊一样从不睡觉，一辈子没闭上过眼睛。正因为它们不睡觉，看到的一定比需要睡觉的动物看到的多得多。骆驼熟知人的生活，更懂得人的行为。有的牧民外出放牧时生病或遇到生命危险，无法挪动身子回家，骆驼会奔跑回家，对着他家里人痛苦地嘶鸣，他家人从它们的叫声中便知道外出放牧的人出事了。

早晨，它们被主人赶着外出，它们会向着太阳的方向抬头凝望一会儿。牧民说，它们在早晨认定太阳所在的位置，在一天之中不论天气如何变化，都不会迷失方向。有一峰边防连骆驼走失，战士们苦苦找寻几天终无下落。到了第三年，士兵巡逻时看见那峰骆驼的尸体裸露在沙漠中，但它的一个姿势却很清晰，它四腿向前，头颅努力向前伸着，似乎至死都在挣扎着想爬回。

骆驼是被人驯服、为人类服务的最大的牲畜。它们因为四肢长，足柔软，适于在沙漠行走。它们虽然看似庞大，而且行动迟缓，但从地上站起时异常灵敏，用胸部和膝部撑地，一下子就站起来了。它们一小时可以走三至五公里，一天可以行走五十公里。牧民们转场时，把他们的家当绑在骆驼的双峰间，让它们驮着走向下一个牧场。

　　骆驼受伤后不会让人看见，它会独自离开，哪怕走很远的路也要找到不会被人发现的地方养伤。待伤养好后，才会回到驼群或主人身边。骆驼的自我保护能力也很强，一只狼想偷袭一只骆驼，跳到它背上准备咬它的脖子，但骆驼的身躯太过于高大，狼无论如何都够不着它的脖子。骆驼一直把狼驮到人群中才停下，人们看见它背上有一双绿幽幽的眼睛，知道是狼，便将狼围住打死。

　　骆驼的生命在三十到四十岁之间，当它意识到自己快不行了时，便会离开驼群或主人，一直走到自己出生的地方去。很多骆驼一生中最后要完成的事，就是坚持走到出生地，然后在那里死去。

长眉驼

长眉驼是野骆驼中的一种。

长眉驼最奇特之处，是浑身的毛细长如丝，尤其是头部的长毛自脸庞垂下，将脸庞围绕得如同圆月。有人以为那是长长的眉毛，随口喊出一声"长眉驼"，"长眉驼"一名遂被叫开。

骆驼已经写过，到了长眉驼这儿，因为其习性与众多骆驼一样，就不写它们的习性了。这一篇，写长眉驼的死亡。

有一年在木垒的沙漠中，我跟随养长眉驼的叶赛尔，去沙漠中放牧长眉驼。那天的天气好，长眉驼在沙漠中吃草，我和叶赛尔坐在一根木头上抽莫合烟。我带来的"红河"烟已经抽完了，便抽叶赛尔的莫合烟。叶赛尔对我抽烟有意见，他觉得我"过一会儿便点一根"实在是太麻烦，从早到晚嘴就不闲着。而他早上抽一根莫合烟可以管到中午，中午抽一根莫合烟可以管到晚上。他让我抽莫合烟，我抽了一根，味道太烈，抽完后头晕。

闲着无事可干，我们俩便闲聊长眉驼的事情。聊着聊着，叶赛尔说到了长眉驼的死。我没想到，长眉驼居然有那么多的死亡之事。

在这里先写叶赛尔告诉我的一峰病死的长眉驼的故事。我在前面写过，骆驼在受伤后会躲在不被人发现的地方养伤，养好伤后才会露面。由此我们知道，骆驼只要有力气挪动身躯，哪怕伤口再疼，流再多的血，都要避人养伤。但是当一峰骆驼病得爬不起，它就无法那样去做了。

在叶赛尔的记忆里，那峰长眉驼一直很强壮，但是有一天说不行就不行了，趴在地上痛苦地望着人们，似乎乞求有谁能救它。大家猜想，它可能得什么病了。每年夏天外出放牧都无医无药，病了只能听天由命。但长眉驼现在已属于稀有动物，叶赛尔要想办法救活它。于是捎话、打电话，终于弄来药给它喂进了肚子里。第二天，它有了好转，眼睛里不再有那么多的痛苦。它想挣扎着往前爬一点，但没有成功。过了一夜它又不行了，人们发现它趴在地上不动，过去仔细一看，它已经死了。它可能是半夜死的，有蚂蚁从鼻孔中出出进进，让人看着骇然。

它趴在那里像一座倒了的山，它以往迈着稳健的步伐在沙漠中行走，临死前，想再往前爬一点都没能如愿。一峰高大的长眉驼倒下后，就这样让人看着伤心。

另一峰长眉驼从山坡上滚下摔死的情景，是叶赛尔见过的长眉驼最凄惨的一幕。那天，叶赛尔本不想让长眉驼到山坡上去吃草，但山坡比较平坦，它们吃着草不知不觉就走了上去。山坡的一端平坦，另一端必然陡峭，等它们意识到危险时，已经站在了陡坡边上，下面的陡坡上乱石密布，无任何动物跋涉过的足迹。叶赛尔着急地唤它们从来路返回，但它们已经慌了，一峰挤一峰，在陡坡边上乱成一团。

一峰长眉驼一蹄子踩空，庞大的身躯像皮球一样滚下山坡，陡坡上的石头一次次将它的身子碰得起起落落。可以看得出，它也想挣扎着站起，但它的身子太沉重，加之向下摔出的惯性太大，它已无力控制自己。最后，它"咣"的一声摔到坡底，被它连带下来的几块石头在一边亦摔出声响。它的嘴里和鼻子里都是血，眼睛无力地闭上了。

叶赛尔被那一幕吓坏了，他跑过去摇长眉驼的头，希望它能从地上爬起来。但它嘴一张，"噗"的一声吐出一团黑血后，就再也不动弹了。叶赛尔抱着它的头哽咽着说，你太大了，你太大了……你要是像一只羊一样多好。他在这个地方经历过一次牲畜被摔的事情，他的一只羊曾经也那样摔了下来，但它爬起疑惑地向四周望了望后，便又去草地上吃草。

不是所有死去的长眉驼都显得悲怆，有一只长眉驼的死就很感人。几年前的一个冬天，一峰母驼下了两只小驼，它带它们出去寻找草吃。其实，冬天的沙漠中没有草，母驼只能从冻土中扯出几根草根，喂到小驼的嘴里。主人知道它们不会走远，便放心地让它们去了。

一天黄昏起了暴风雪，母驼和两只小驼迷路了，它们原以为向着家的方向在走，实际上却越走越远。半夜，母驼为了保护小驼，在一棵大树下卧下，将两只小驼护在腹间，然后任大雪一层又一层落下。那是一场几十年不遇的暴风雪，天气冷到了零下四十多摄氏度，而地上的积雪也有一米多厚。

那一夜，风在恣肆，像是天地间有无数个恶魔在吼叫。母驼护着两只小驼，寒冷像刀子一样刺入它的皮肤，继而又刺入了它的体内。在那样的天气里，寒冷像乱窜的魔法师，对占领的生命的肉体施以冷冻的魔法。不久，那峰母驼变得僵硬了，似乎恶魔正在慢慢占据着它的身体。但它仍然一动不动，两只小驼已经熟睡，它用两条前腿和腹部为它们撑起温暖的卧床。

第二天中午，暴风雪才停了。人们在茫茫雪野中寻找它们，直到下午才找到那峰母驼和两只小驼。母驼已经死了，两只小驼围着它在哀号。风已经停了，两只小驼的哀号在雪野中飘荡。

还有一只长眉驼的死更感人。那一年发生了奇怪的现象，牧民们进入沙漠牧场后，到处都找不到小河或海子。牧民们不知道，全球气温变暖已经影响到了沙漠，水在短短的时间内已经干枯。没有水，人和牲畜便无法存活，牧民们决定向别处迁徙，但转了好几个地方，都没有水。

人绝望了，牲畜们发出嘶哑的哀号。有人想出一个办法，长眉驼可以找到地下水，因为在夏天酷热难当时，长眉驼总是会找到一个有地下水的地方，让自己的身体卧下，所以从畜群中放开几只长眉驼，它们就会去找水。这个提议让人们像是抓住了救命稻草，马上从畜群中放出几只长眉驼。它们明白人们的用意，低着头向四周寻去。一天过去了，它们没有找到水。两天过去了，它们还是没有找到水。第三天，人们已对它们不抱希望，赶着牲畜去了另一个地方，他们已经打听清楚到哪个地方有水。但就在上路的时候，却发现一峰长眉驼失踪了。大家在一起碰头，觉得一峰长眉驼与已经好几天没喝水的畜群相比，毕竟只是一峰，所以他们决定放弃它，赶紧把畜群赶到有水的地方去。

经过几天的迁徙，他们到了那个有水的地方。那峰长眉驼一直没有消息，牧民想，它也许会沿着畜群的蹄印跟到这里来。一个多月后，传来一个消息，有人在一片沙漠中发现了地下水，而且不远处躺着一峰死了的长眉驼。是那峰被人们认为失踪了的长眉驼，它找到地下水后便一直在那儿等待牧民，但牧民们没有过去，它饿死在了那儿。

在低处盘旋
一定离巢不远

红腹锦鸡
呱呱鸡
啄木鸟
喜鹊
攀雀
乌鸦
指猴
猫头鹰
麻雀
松鼠

红腹锦鸡

头上是金黄色的头冠,身上是红色的羽毛,长尾巴又是黑色,如此鲜艳的颜色组合在一起,可谓是最漂亮的鸟儿。

这样的鸟儿,是红腹锦鸡。

但并非所有锦鸡都有如此艳丽的外表,被人们赞不绝口的红腹锦鸡,仅指锦鸡中的雄鸡。其身上的红色羽毛和黄色头冠颇为鲜艳,可谓是野鸡类中的美男子。而雌鸡却并无此殊荣,它们身上长着乌黑的羽毛,看上去没有惊艳之处。

红腹锦鸡的别名有金鸡、采鸡等,但没有一个提到它们的红色羽毛,让人觉得可惜。如果以它们的红色羽毛起一个通俗的名字,恐怕早就被叫开了,人们便会知悉并欣赏到它们的美丽,算是享了眼福。

我在甘肃天水出生并长大,小时候的冬天,经常看到红腹锦鸡从山下飞跃而下,落入麦地中觅食。天水一带种的是冬麦,入秋后下种,到了冬天已长出寸许麦苗,如果下一场大雪,便是一片白与绿交映的景色,看上去让人颇为怡悦。我们那一带把红腹锦鸡直接称为"锦鸡"。它们在空中飞过时,会发出一种呼啸的声音。起初我以为那叫声是它们的一种鸣叫,后来才知道那声音是从翅膀上发出的。它们飞落时将双翅凝固住不动,却可以灵活掌握方向,常常会飞到有阳光,且不受人干扰的地方去觅食。麦地中有残留的种子,它们用尖喙一啄便可叼入嘴里。

老家人喜欢锦鸡,亦觉得它们的美丽羽毛实属难得,所以从不伤害它们。它们于是便在秋冬季成群活动，有时集群多达二三十只，春夏两季则多为单独或成对活动。锦鸡性机警，胆怯怕人，听觉和视觉敏锐，稍有声响便立刻逃遁。当危险尚远时，多在地上急速奔跑逃窜；当危险迫近时，则多急飞上树隐没。

红腹锦鸡分布的核心区域在甘肃和陕西的秦岭地区，我原以为它们生存于贵州、云南、四川、陕西、甘肃、青海等地，等我到了新疆，才惊喜地发现天山和阿尔泰山上都有红腹锦鸡，且数量颇为可观，着实让人高兴。

前几年在阿尔泰山上见到一只红腹锦鸡，它从松林中走出，在草地上抖动几下尾巴，然后才开始觅食。先前曾了解过它们的习性，知道它们主要以野豌豆、野樱桃、青蒿、蕨叶、野蒜、蔷薇、箭竹、橡子和松树种子为食，也吃小麦、大豆、玉米、四季豆等农作物，此外也吃甲虫、蠕虫等动物性食物。红腹锦鸡有如此之多的吃食，是不会饿肚子的。它也许觉得草地上没什么吃的，便慢慢向树林走去。我躲在一边仔细观察它，它不知有人在偷窥它，便在林中边走边觅食，最后也许是吃饱了，才消失在林子深处。

下午，它又从树林中出来，又在草地上觅食。我发现它觅食时亦有一个规律，总是低头寻找一会儿，便抬头向四周张望几眼，复又低下头去。看得出，红腹锦鸡的警惕性极高。后又有几只毛色杂乱，长得极像红腹锦鸡的锦鸡从林中出来，只顾低头觅食，不像红腹锦鸡那般警觉。它们是雌锦鸡，不但身上没有彤红似火的羽毛，而且自我保护意识也差，见到能吃的东西便一头扎下，如果有人将枪口对准它们，恐怕它们也没有反应。

我们躲在石头后细看，这只红腹锦鸡羽色华丽，头顶的黄色羽毛又犹如金冠。虽然它的尾巴是黑褐色的，还缀有桂黄色斑点，但丝毫不影响其耀眼的红色。尤其是走动和转身时，便犹如一团火焰在闪动，让人疑惑它并非一只鸟，而是浑身幻化奇光异彩的神物。

因为它好看，我们便一直在看，没想到却看到了红腹锦鸡求偶的场面。一只雌锦鸡走到它附近鸣叫了一声，它便把双翅展开，像披上了一件彩色披肩。雌锦鸡看它，它便用双翅盖住头部，很快又倏然展开。它就那样一边靠近雌锦鸡，一边不停地将翅膀张开又收起，将自己五彩斑斓的羽毛都展现在雌锦鸡面前，双眼向雌锦鸡脉脉传情。它绚丽的羽毛和一连串的炫耀动作，终于让雌锦鸡眼花缭乱，双翅鼓动，尾巴颤抖，并发出"哒哒"的艳羡声。少顷，一雄一雌两只锦鸡头挨头，并肩向林中走去。

它们可以当众示爱，但绝不当众交媾。

阿尔泰山上的红腹锦鸡颇多，接下来的几天，常见成群的红腹锦鸡活动。其时天已渐冷，红腹锦鸡有时集群达数十只，远看红彤彤的一大片。见多了，便觉得不足为奇，而它们亦对我们视若无睹，颇为从容地在草地上觅食。经一位牧民介绍后，我们才知道其时是它们觅食的黄金季节，野草成熟的草籽落在地上，它们只须把嘴伸过去将草籽叼起。野草生长一年，到最后为红腹锦鸡奉献了硕果，它们是红腹锦鸡的庄稼。

附近山冈上有一人骑马疾行，红腹锦鸡听到马蹄声便纵身逃窜。它们平时看似随意，实则颇为机警，那匹马的蹄声被它们视为异常声响，立刻逃遁。起初，它们只是急速奔走，随着马蹄声渐脆，它们意识到危险迫近，便急飞而去。它们的飞翔迅疾而灵巧，遇到树也能自如躲开。最后，它们飞入树林，犹如火焰突然熄灭，没有了踪影。

它们白天大都在地上活动，尤以早晨和下午活动较多，中午多在隐蔽处休息，晚上多栖于靠沟谷和悬岩的松树、桦树和栎树上。有一天黄昏，我听得一阵悦耳的鸟鸣，便看见一群红腹锦鸡在上树。它们或从低枝逐级跳跃，或从邻近小树跳向另一棵树。最后，它们栖息于树冠上，许是隐藏得好，那团红很快便不见了。

一天，与人聊及红腹锦鸡。那人无趣，说红腹锦鸡那么好看，它们的肉好吃吗？众人面露怒色，但已经晚了，他的话一出口便无法收回，气氛一时变得颇为尴尬。牧民笑笑说，很多人都有这样的想法。他给我们说起一件事，有一人想尝试红腹锦鸡的味道，便在草地上安了夹子，然后撒下玉米，诱惑红腹锦鸡去吃，夹住了一只极为漂亮的红腹锦鸡。那人为红腹锦鸡的美所折服，抓在手里舍不得宰杀，嘴里嘟噜出一连串声音，这么美，吃了可惜，养起来，天天看，多美。那只红腹锦鸡用力挣扎，脖子鼓得如同塞进了一块石头。但它挣不脱那人的手,眼见得双目中的急切神情渐渐退去,只剩下绝望。少顷之后,它突然嘶鸣一声,脖子一软垂下了头颅,再也没动一下。

它心烈,气死了自己。

呱呱鸡

先前我曾以为，塔里木河边的草湖和塔里木乡是两个地方，后来才知道，是同一个地方的两个叫法。

我更喜欢草湖这个名字，因为它背后有很吸引人的说法——塔里木河边多长草木植被，所以得了这个名字。有一年我从库车前往草湖，远远地便看见前面一片绿色，旁边又是一片红色，一时便纳闷，绿色肯定是树，那红色会是什么呢？待我们的车子驰近，才看清那红色也是树，即沙漠中最具生命力，亦常常成片生长的红柳。草湖的不远处就是塔里木河，而草湖又有如此多的植物，着实让人觉得是一个美丽而又富有生机的地方。

其实，塔里木河多坎坷苦难，沙漠虎视眈眈地想扼制它的流淌，亦经常听到它断流的消息，所以在它流经地段长一些草木植被，实属难得。多年前听到过一句谚语：哪怕一棵小树，也是水的脊梁。谚语的意思是说，有水就一定有树，树受到水的滋养后，会长得更加挺拔。这样的情景在新疆尤为可贵，因为在很多时候，新疆的水与树，就是生命最直接的展示。

草湖虽然是小地方，却多出美食。

细说起来，草湖有柴火灶焖野兔、风干兔肉、红柳烤野鱼、辣子蒜头呱呱鸡。其野兔、白鲢、鲫鱼等，因为做法是家常味，吃过后没有留下印象，倒是那呱呱鸡，吃之前见过几次，它们在雪地里呆头呆脑地行走，听到动静会愣怔，待反应过来才仓皇逃离。在众多飞禽中，呱呱鸡活得木讷，且经常处在紧张中，很容易让人逮住。

呱呱鸡较红腹锦鸡要小得多，亦因为一身灰黑，在雉类中是不怎么起眼的一种。但呱呱鸡长得肥圆，身上的肉多，所以常常成为人们的猎捕对象。如果一种动物仅以肉身吸引人的眼球，那么人就会获得口福，而对它们来说则是不幸，因为它们除了被吃掉之外便再也没有价值。

很多人都觉得呱呱鸡肉好吃，在草湖总是听人们说有空了弄个呱呱鸡吃一下。细问后才知道草湖一带呱呱鸡很多，多到什么程度呢？有时候人不小心碰到路边的草，就会惊起好几只呱呱鸡。它们看见路上有人走动，便躲在草丛中挨时间，等人走远后蹿入田地中叼食种子。呱呱鸡不吃庄稼，只吃刚种入地里的种子，所以耕种时节的田地里有它们的盛宴，而农民却被它们害得苦不堪言，因为被它们叼食过种子的地方，便长不出禾苗，更无从谈起秋天能有所收获。人们对呱呱鸡恨之入骨，但凡提及它们便总是扔出一句：那挨夹子（捕兽器）、喂人嘴的货，迟早会被吃光。人们之所以多吃呱呱鸡，隐隐有报复它们的心理。不过呱呱鸡肉确实好吃，可红烧、可炖煮、可干煸，甚至还可以清蒸或红卤，是难得的乡间美味。

那次在草湖，很快便吃到了呱呱鸡。呱呱鸡的个儿小，但厨师的厨艺精湛，将其剁成大块，便显得很有气势。他把油烧热，放上蒜头和辣子，用武火爆炒，不一会儿便香味弥漫。尤其是那厨师加了蒜头和辣子后，便起到了明显的提味作用。呱呱鸡因为长期在山中奔走，所以肉质瓷实，吃在嘴里很有嚼头。那厨师说，爆炒呱呱鸡要注意火候，如果火不够大，其淳厚的香味便出不来，但如果爆炒得时间太久，肉质又会变老。

一盘辣子蒜头呱呱鸡上桌，每块肉都收得很紧，给人很瘦的感觉。那厨师说，吃呱呱鸡有个要领，不能把整块肉吃进嘴里硬咬，那样的话就只是牙齿和骨头的较量。聪明的吃法是，挑有肉的地方咬下，然后慢慢吃。我照他所说试吃，果然把瘦肉咬了下来，吃起来格外地香。

吃罢，与那厨师闲聊，才知道他是一位猎人。一次在塔里木河边，他和一位朋友带着双筒猎枪，潜伏在一个沙坑中等待呱呱鸡出现。冬天的塔里木河边，芦苇、沙棘、椒蒿和叫不上名字的野草，会落下一层果粒和草籽，吸引呱呱鸡前去叼食。太阳出来之前，塔里木河边会弥漫大雾，此时不是呱呱鸡出来的时候，它们要等到大雾散去才会出来。那天很冷，猎人和朋友趁着雾大早早地潜伏好，趴了一会儿后，二人就呱呱鸡应该归类为鸟儿还是归类为兽类争论起来。猎人觉得呱呱鸡不喜欢飞翔，往往只在觅食前从半山腰头重脚轻地飞下来，落地后便笨拙地行走，即使遇到危险也选择跑动逃命，所以呱呱鸡和爬行动物没什么区别，应归为兽类。但那位朋友却认为呱呱鸡是鸟类，它们并非不善飞翔，而是善于利用跑动觅食，久而久之便不喜欢飞翔了，它们是鸟儿中的另类。

本来他们的争论是为了消磨时间，没想到呱呱鸡飞与跑的问题，很快就摆在了他们面前。一群呱呱鸡出现后，猎人和朋友瞄准射击，一只又一只呱呱鸡应声倒地。但双筒猎枪一次只能装两发子弹，要频繁换弹，所以大部分呱呱鸡受惊逃窜，山坡上像是有无数快速移动的小黑点，也有石子发出一阵乱响。对于他们俩而言，那快速逃窜的呱呱鸡就是能看得见的美食，怎能轻易错失。

他们俩都是老猎人，换弹速度很快，所以随着他们再次开枪，呱呱鸡逃脱的越来越少，而趴在地上的越来越多。频频开枪更能刺激猎人，子弹出膛时枪身的震颤、子弹的响声，以及猎物在腾起的尘土中倒下，都是猎人难得的体验，其中的快感外人难以想象。十几只呱呱鸡横尸山坡，他们准备将它们收拢后返回，但却有一只呱呱鸡嘶哑哀叫着从山后飞了过来，它身后追来一团巨大的黑影。

是一只鹰在追它，鹰是呱呱鸡的天敌，往往在一瞬间便闪身而至，呱呱鸡在它们双翅一扑或双爪一伸之间便不见了影子。但这只呱呱鸡很聪明，它迅速从空中落到山坡上逃窜。它虽然利用改变方位的策略赢得了时间，但它的天敌太过于强悍，它没有逃多远，便又被鹰的一双大翅笼罩在一片阴影之中。

呱呱鸡看见他们俩，便迅速跑了过来，直至跑到他们脚下才停住，用一双充满恐惧的眼睛望着他们。他的那位朋友嘴里蹦出一连串的啧啧声，好家伙，呱呱鸡在关键时刻又会飞又会跑嘛！但在那一刻，不知出于什么原因，他和朋友都不约而同地举起枪向鹰瞄准。鹰惧怕人，转身飞走。其实他们知道鹰不好打，从来没听说过谁能把鹰打死。他们只是想把鹰吓走，把这只呱呱鸡救下来。

那一刻，他和朋友都被感动了，他们本来是来猎杀呱呱鸡的，但在天敌逼近的一瞬，呱呱鸡还是跑到了人跟前，寻求人的保护，呱呱鸡信任人类。他们用沾血的手摸了摸那只呱呱鸡，让它慢慢离去。

那一刻，他们没有产生再多添一只猎物的想法。

啄木鸟

说起啄木鸟，很多人都会提及它们与众不同的"给树看病"的特长。它们因此被称为"森林卫士"和"树木医生"。

森林卫士一说，是指它们但凡发现对树木有害的害虫出现，便像是听到命令似的，将其一一啄食干净，让树木在阳光雨露中健康生长。

树木医生一说，则是指它们可准确判断出树木中的虫子，然后将树凿开一个洞，把嘴巴插进去吃掉虫子。如此一来，树木便犹如得到了及时医治，不会枯朽腐烂，一直长成大树。

无论啄木鸟是被誉为"卫士"还是"医生"，为它们赢得巨大声誉的皆在于嘴和舌。它们之所以能从树中凿孔钩虫，一是靠嘴，二是靠舌。它们的嘴巴长、尖、硬，只要寂静的林中响起一连串笃笃声，一定是它们在树上凿洞，过不了多久，便会把树凿开一个洞。那洞中或大或小的害虫，是它们要捕食的目标，它们把嘴巴沿洞口插进去，伸向凭借感应确定的害虫所在处。无论是作为"森林卫士"还是"树木医生"，它们凭借的都是又长又细，而且长了许多倒刺，在表面还布满一层黏液的舌头。有此本领，它们可准确地把害虫钩出或者粘出来。

中国古书对啄木鸟有很多记载，譬如《禽经》中说它们"志在木"，与"森林卫士"和"树木医生"是同一个意思。《异物志》中说它们"穿木食蠹"，则明确说它们有凿洞吃虫的本事。可见古人对啄木鸟观察得颇为仔细，而它们自觉肩负起的使命，亦由来已久。

李时珍在《本草纲目》中则说啄木鸟"刚爪利嘴，嘴如锥，长数寸，舌长于嘴，其端有针刺，啄得蠹，以舌钩出食之"。李时珍对啄木鸟的每一个部分都观察得很清楚，尤其让人感觉到，他是专以考证啄木鸟的嘴和舌，以及凿洞取食的本事而去的。等到他亲眼看见了一只啄木鸟凿洞取食的全过程后，终于相信关于啄木鸟的种种传说都是事实。于是，一向严谨的他才写下了关于啄木鸟的记录。当然，他的文笔也很好，仅仅用了二十余字，读来却犹如啄木鸟就近在眼前。

啄木鸟中常见的是绿啄木鸟和斑啄木鸟。绿啄木鸟身上的羽毛为绿灰相间，但绿色要稍多一些，有时候看上去会以为它们全身都是绿色羽毛。唯一的区别是，雄鸟的头顶有红色羽毛，看上去非常鲜艳，在凿洞时会闪出一片红色光芒。人们为了好记，亦为了便于分辨，便根据它们身上的绿色羽毛称它们为"绿啄木鸟"。

斑啄木鸟的体形要小一些，其飞翔悄无声息，只有落到树上后，人们才会看清楚它们。它们身上的羽毛黑白相间，给人一种阴冷的感觉，尤其是落到树上开始凿洞时，会给人一种"冷面杀手"的感觉。但它们尾部的羽毛是红色的，其雄鸟的头部也有红色羽毛。如果它们将尾部的红色羽毛翘起，仍会显出几分美感。

还有一种体形更小的啄木鸟叫蚁䴕，是最为常见的啄木鸟，但因为它们并不在树上凿洞食虫，所以人们通常说的啄木鸟，其实并不包含它们。它们的羽色比较特别，上半身是银灰色的底色，密布着暗褐色的斑纹，看上去像蛇皮一样；下半身却接近白色，与上半身极不协调，有几分怪异的感觉。它们不会攀登树木，也不啄木捕虫，只在地上觅食蚂蚁，所以又叫地啄木鸟。

被啄木鸟啄食的虫子，可谓多矣，包括森林中鞘翅目的象甲、伪步行虫、天牛幼虫、金龟甲，鳞翅目的避债蛾、螟蛾，以及花蝽象、臭蝽象、蝗虫、蚂蚁、蛴螬、小囊虫、白蚁等。如此之多的虫子，并非全都是要侵害树木，它们中有大部分只是在林间生存，但是遇上专以食虫为生的啄木鸟，依然会成为啄木鸟的口中之食。

我老家甘肃天水的小陇山，多林区树木，便也就多啄木鸟。当地有民谣：盒子枪双盖盖，我给土匪当太太；啄木鸟嘴巴硬，吃掉大树不出声。前一句说的是以前的土匪，后一句说的是啄木鸟，二者之间或许有某种象征意味。我自小便见过很多啄木鸟，啄木鸟不怕人，见我在树下望它们毫不在乎。有一次，我细看一只啄木鸟，它用两只爪子紧紧扣着树，看上去像贴在树上。后来了解到啄木鸟的一些知识，才知道它们之所以能紧贴于树上，除了双爪紧扣之外，还有顶在树上的尾巴，在起着平衡身体、固定身体角度的作用。它们的尾巴虽然不显山露水，但其坚硬远远超出人的想象。譬如，它们啄树累了，会把身体重心向后移，依靠尾巴休息。

那天，我在树下看了一个多小时，那只啄木鸟断定树中有虫，只管用嘴敲击树干，其密集的笃笃声，响成树林里好听的声音。将树啄出一个洞后，它用舌头将虫子一一钩出来吃掉，回头看了我一眼，飞向密林深处。

我长大后到了新疆，本以为少树的新疆没有啄木鸟，但在阿勒泰和伊犁见了不少啄木鸟，乃至于塔克拉玛干沙漠中的胡杨林里，也有啄木鸟在忙着啄胡杨树，人一走近便飞走，人一离开复又飞来。胡杨树长得稀散，加之周围皆为开阔的沙漠，想必啄木鸟不愿让自己暴露，要避开人的视野。

在可可托海的白桦林中，我看到了啄木鸟捕食的另一方式。一棵树有一个小洞，一只啄木鸟观察了一会儿，却并不将嘴伸入洞中，而是用嘴在洞口敲击。它敲击的速度很快，以至于那声音变得沉闷起来，并传入洞内。不一会儿，洞内便有虫子爬出，被它一口叼住吞入腹内。

我与常在那一带放牧的牧民说起此事，他告诉我那是啄木鸟"击鼓驱虫"的妙计。它们遇到虫子躲藏在树干深处的通道中时，便巧施敲击技，使虫子因为恐惧四处窜动，并在声波的刺激下晕头转向，待逃出洞口，便被啄木鸟擒而食之。

那人告诉我，啄木鸟一般要把整株树的虫子彻底消灭，才会转移到另一棵树上。如果碰到虫害严重的树，就会在那棵树上连续啄食数日，直到全部清除完虫子为止。

没有人能说上啄木鸟的天敌是什么，但它们啄食时却会遇到危险。有一只啄木鸟啄完树上的虫子，正欲飞离，却发现一个树洞中不对劲，待仔细观察，便断定洞中有蛇，它飞到洞口复又用"击鼓驱虫"的方法，从洞中震出了一条蛇。那蛇凶猛，从洞中一爬出便去咬啄木鸟，啄木鸟躲过蛇的毒牙，转过头去啄蛇，蛇失去重心从树上掉下，在地上缓了一会儿才爬走。

喜鹊

喜鹊是最受人类欢迎的鸟儿。

有一句谚语说：喜鹊让人笑，猫头鹰让人哭。可见喜鹊是喜庆之鸟，它们身上的吉祥意味久已凝固，是人们千百年来深信不疑的文化，亦是极富现实作用的精神自足。

喜鹊一名，早在韩愈的《晚秋郾城夜会联句》中就有提到："……室妇叹鸣鹳，家人祝喜鹊。"可见旧时民间传说鹊能报喜，而且经过韩愈的锦绣文章，喜鹊一名便传播开来，从此成为专为人报喜的鸟儿。

但彭乘在《墨客挥犀》卷二中却写道："北人喜鸦声而恶鹊声，南人喜鹊声而恶鸦声。鸦声吉凶不常，鹊声吉多而凶少。故俗呼喜鹊，古所谓乾鹊是也。"南北有别，一只喜鹊在人们眼里便也不同。不过，彭乘说的是古代的南北之不同，如今的喜鹊，在南北都是受欢迎的鸟类。

喜鹊入画，亦有不少佳作。譬如齐白石的《喜鹊登梅》和徐悲鸿的《红叶喜鹊》，堪称画喜鹊之绝世之作。另有赫尔岑的小说《偷东西的喜鹊》，其鲜明的现实主义指向，更是一种难得的境界。

我小时候在乡间多听过喜鹊叫，喳喳喳，一连串清脆甜美的鸣叫从树上传来，让人听来无不心悦。以我最直接的感受，听喜鹊鸣叫，犹如它要把一连串的好消息告诉你，其喜悦、欢欣和吉兆之感，让人心情大好。

记得在天水一带的乡间，关于喜事的征兆有两个，一个是喜鹊叫，另一个是火笑。喜鹊一般都在房前屋后的核桃树、苹果树、梨树、香椿树或樱桃树上叫,一般情况下是一只,最多不过三只。听到一只喜鹊在树上一声接一声地鸣叫,人们便会停下手中的活看它。它不过是一只鸟,确切地说是一只喜鹊,身上并无特别之处,但人们对它固有的认可已起到先导作用,认为只要是一只喜鹊叫出一两声,便一定会有好事降临,所以会盯着它看一会儿,听一会儿,然后继续干活儿。但不难看出,人们看过喜鹊、听过喜鹊的叫声后,其神情明显愉悦,活儿干得也快了很多。

天水一带另一关于喜事的征兆,是做饭的柴火发出笑声。说是笑声,其实是柴火燃烧得猛烈,火焰便发出类似于欢笑的声音。还有一种情况,刚好有风吹入灶膛,将升腾的火焰吹得发出连续不断的哔哔声,听起来像是人的笑声,故而被说成是火在笑。记得村中有一妇女,在一天早晨做饭时忽听得火笑了,便对丈夫说有喜事要到咱家了,丈夫连连示意她保持沉默,因为乡间有凡事只要捂住就必然会变成现实的说法,如不捂住乱说出去就不灵验了。那天,好运果然降临于他们家中,其时正值初春,山上的乌龙头(一种野菜)已冒出嫩绿的芽,丈夫上山去掰乌龙头,突然有两只小熊崽从竹林中跑出,一头撞在了他脚上,他一弯腰便捉住放进背上的背篓中背回了家。那时小熊崽的价格很好,他出手后卖了一千六百元。二十世纪八十年代的一千六百元,是一笔不小的钱,我记得那妇女在下午去河中挑水时,挑着两桶沉重的水快步如飞,没有人与她说话,她亦一路喃喃自语。

喜鹊叫与火笑,成为我少年时期感受到的温暖,亦是我难忘的记忆。

长大后到了新疆,我发现沙漠戈壁旁但凡有树,便必有喜鹊。如果没有树,哪怕是几块岩石,或低矮的沙丘,喜鹊也会立于其上,一有动静便喳喳叫个不停。如果周围寂静,它们便不出声,亦不暴露自己,常常隐藏于树上或草丛中。如此说来,凡听到喜鹊叫的人,皆为有福之人,或有好运马上要来临。

我在疏勒的那几年,部队院墙外有成排的杨树,平日许是因为忙碌,倒未留意到有喜鹊叫,但到了双休日的早晨,必被喜鹊的叫声唤醒。当时曾想,喜鹊的叫声似乎能直抵人的神经,听两三声后便躺不住了,于是起床趴在窗户上往外看，通常有两三只喜鹊在树上叫，还不时往我这边张望。我不知它们是否看见了我，但它们张望的姿势让我很欣慰，亦觉得这一天一定幸福。到了晚上回头想这一天的经历，因为写了一两首诗，或一篇还算满意的散文，便觉得欣慰。

　　喜鹊有人缘，在民宅、农田、郊区、城市、公园和花园，都有它们的身影，它们选择筑巢的大树，往往离人们的房屋不远。有时候在院子里的树上，亦可见它们的巢。白天，它们在居民点附近活动，或到农田中觅食，太阳落山后则飞到巢中休息。它们的适应能力很强，在山区、荒野、平原都能栖息，其不变的规律是附近必须有人类活动，而在人迹罕至的密林中，则难见喜鹊的身影。

　　有一次在巴仁乡的农田旁，看到两只喜鹊觅食的过程。它们很机警，一只觅食，另一只站在一边负责守卫。过了一会儿，便互相替换，轮流守卫和觅食。

　　后又有一次，见一只喜鹊从巢中飞出后，巢中传出一连串细微的叫声，接着冒出两个小脑袋。我知道那是一只雌鹊，它的孩子饿了，它要去觅食。很快飞来一只喜鹊，站在高处为那只雌鹊守望。这是很有意思的事，它们虽无声，但举动却犹如正在一页页翻动的书，让人觉得内容颇为丰富。我正看得着迷，一位农民却道出了实情。他说守望的是一只雄鹊，那巢中的幼鸟，其实是它的孩子。看来喜鹊们有一个规律，雌鹊取食则雄鹊守望。这是多么美妙的生活，我虽然只是看着，也觉得美不胜收。

　　我和那农民的说话声惊扰了它们，雄鹊把我们的声音视为危险，马上发出惊叫声，雌鹊飞入了巢中，雄鹊则在地上跳跃，看得出它仍在为雌鹊和巢中的幼鸟守望。过了一会儿，也许雌鹊已经安置好了巢中的幼鸟，从巢中飞出后迅速与雄鹊靠拢，然后一同飞走。它们飞行时将尾巴张开，两翅缓慢鼓动，看上去轻盈潇洒。但是它们并没有飞多远，我们离去时，雄鹊许是才放下心来，在不远的一棵树上发出响亮的鸣叫声。

　　说到喜鹊筑巢，因雌鹊体力弱，大多数工作都由雄鹊完成。它们的巢远看似一堆乱枝，实则颇为精巧。在外层铺有枯树枝，间或有杂草和泥土，在内层铺有细枝条和泥土，里面垫有麻、草根、苔藓、兽毛和羽毛等柔软的物质。喜鹊在外飞翔一天，回到巢中安然偃卧，然后发出一连串欢快的鸣叫。

因为喜鹊的巢暴露在视野开阔的地方，所以常常会被不会营巢的杜鹃和红脚隼占用。喜鹊不得已便去建新巢，有时大雪纷飞，仍见它们只筑了半个巢，其忙碌飞行的身影不时会抖动几下。

有一年农历大雪那天，我又见部队院墙外杨树上的一只喜鹊，被别的鸟儿霸占了巢，它只能孤独地飞来飞去，默无声息。我决定将那只懒鸟赶走，于是出去捡地上的石头砸向树去，那懒鸟被赶走了，但喜鹊却并不回来。想必阴影已笼罩它的心，它已放弃，我只得作罢。

某一日我正写着什么，忽听得窗外的那巢一声响，我搁笔从窗户望出去，风吹得那巢摇晃着就要落地。少顷，那巢便落下去，在地上哗的一声脆响，犹如灵魂出窍的声音。

那巢散成一堆乱枝，让人目不忍睹。在那一刻，我才发现，自从入秋后，我便再未听到喜鹊的鸣叫声，不知那只喜鹊去了哪里。

攀雀

攀雀，常被误认为是云雀。

造成这一误会的原因是，攀雀长得很像云雀，很多人初见之，来不及仔细分辨，便说，这是云雀。另一原因是攀雀很少，不像云雀那么多，所以人们便只知有云雀，不知还有攀雀。

其实攀雀与云雀是不同的两种鸟，攀雀小，而云雀则要大一些。如果把一只攀雀和一只云雀放在一起，立马便可分出伯仲———一只云雀，大概是两只攀雀的体积大小。

攀雀小则小矣，却有一种所有鸟儿都没有的本事，即在向下垂落的树枝上，能筑出悬挂的巢，任凭雨雪积压，或大风吹刮，它们都安然无恙，待在巢中惬意栖息。

有一年在额尔齐斯河边，见一棵柳树从岸边斜伸到河面，便觉得是一奇。待细看后发现垂下的枝上，居然有一个鸟巢，下面是湍急流淌的河水，而那巢纹丝不动，便觉得更是一奇。临水，难道不怕水上涨后被淹，或某一日因枝条不堪重负，掉入河中？还有一点，流水声终日哗哗，巢中鸟儿难道不怕吵吗？看那巢颇为结实，很显然已被鸟儿久居过，便觉得居于巢中的鸟儿，是不怕被水淹，亦不烦水的流淌声的。

听人说，那是攀雀的巢。

巢中没有攀雀，想必是出去觅食了。我们细看那巢，是用羊毛筑成的，巢心还有棉花，显得颇为舒适，又极为美观。想必攀雀寻找这样的垂枝不易，好不容易在额尔齐斯河上找到一条垂枝，那悬垂之势，正是它们心中所望，于是便不再往别处飞，围着那垂枝飞来飞去忙碌了起来。

后听人说，攀雀在垂于河面的垂枝上筑巢，可谓是难上加难，但它们之所以那样筑巢，就是为了防止受到他者侵害。试想，人无法把手伸到那垂枝上的巢，动物亦不敢跳将过去撕咬，鸟儿虽然可飞近，却无处可落下，攀雀把能预见的风险都已降到最低。不仅如此，它们筑巢的执着同样在鸟类中不多见。它们飞出去寻找羊毛和棉花，得到后用嘴和爪子慢慢拉长，然后衔回在垂枝上筑巢。额尔齐斯河边经常有人放牧，想必攀雀筑巢的羊毛来自羊群，而附近又有大面积的棉田，攀雀弄一些棉花回来不是难事。额尔齐斯河上风大，加之又寒凉，所以攀雀要忙很久，才能把巢筑得密不透风，风雨不侵。如果是雌鸟在巢中孵幼鸟，还要加固得更加坚厚才行。

这看似唯美和独特的巢，背后隐藏着攀雀的艰辛，看来它们活得不易。

攀雀中的雄性经常处于兴奋中，飞出或返回时均高声鸣叫，犹如在唱着一首歌曲。有一人常年守护额尔齐斯河上的索桥，时间长了，便天天看攀雀的举动，亦装了一肚子关于攀雀的故事。他说起攀雀如数家珍，譬如它们每一次衔着羊毛回到巢枝，围绕着树枝像"翻单杠"一样转圈，将嘴里的羊毛缠在枝上。它们筑出的巢有的像小箩筐，有的像靴子。风一吹，似乎会坠入河中，但晃过几番后仍牢牢悬挂在树上，想必它们从不担心巢会受损。

我们在河边玩耍，期待能看到被称为"鱼中恶霸"的狗鱼到底有多凶残，但是那天没看到一条狗鱼，我们便兴趣淡了，坐在河边谈论每年秋末羊转场，经过额尔齐斯河上的索桥的事情。有一人见过当时的情景，那么多羊到了河边，便得排队缓缓通过索桥，所以岸边一片喧哗，很快就把流水的声音压了下去。羊过河，前后得持续好多天，牧民为此总结出一句谚语：羊过了额尔齐斯河，是因为羊圈等了它们一年；人过了额尔齐斯河，是因为躺在冬窝子里最温暖。

额尔齐斯河在二十世纪二三十年代很热闹，苏联的轮船从河上开过来，在布尔津的码头上卸下苏联产的货物，然后装上从额尔齐斯河源头的可可托海开采出的矿石，运往苏联去加工。轮船给一条大河赋予了意义，亦让人们的生活发生了变化。后来轮船停运，额尔齐斯河又变成了一条安静的河。有一人在某一日突然发现，停运后的额尔齐斯河居然水位上升，比以往丰盈了很多。那人先是诧异，后便感叹，闲下来的河才是真正的河，以前天天忙着运送轮船，一条河被累瘦了。从科学的角度而言，那人所说乃是气温变化的一种现象，以前河上的轮船来往频繁，影响到空气，空气又影响到水汽挥发，河水自然就小了。不过额尔齐斯河是大河，其变化尚不明显，并未引起人们的注意。现在的空气不再受到影响，从空气到水汽挥发，再到水量增加等一系列环节都被注入活力，河水流量就大了。那人后来又说，水本来发自雪山，一路悄然流淌，最终汇聚成了一条大河，它在什么时候喧哗过？所以说，只有平静的水才可能汇聚出一条大河。

额尔齐斯河上的索桥，是在轮船停运、码头废弃后，人们因为无法过河修的。阿勒泰多哈萨克族牧民，他们在每年春天赶着牛羊，从低处转场到高山牧区放牧，入冬后则又从高山牧区下到温暖的河谷，让牛羊过冬。因为他们跟随牲畜转场频繁，所以他们被称为"搬家最多的人"。以牧业为主的地方，牛羊比人多，牛羊要走的路，亦比人走的路重要，所以牛羊到了额尔齐斯河边，如何过河就成了问题。人们为此在河上修了这座桥，牛羊每年转场就不再受影响了。这么多年，平时没有多少人从桥上经过，桥上亦悄无声息，像是一座被遗忘的桥。只有转场时才会变得热闹起来，成群的牛羊涌到河边，踏上桥后发出急躁的嘶叫，因为桥下打着漩涡的河水让它们眩晕。索桥上的热闹或寂寞，均与攀雀无关，它们安然偃卧于垂枝上的巢中，似乎对一切都熟视无睹。

我们聊得高兴，一转眼才发现一只攀雀已入巢。那巢摇来晃去，似乎承受不了它的重量，它为了平衡巢的下沉和晃动，每隔一会儿便翻身一次，巢慢慢便不再晃动了。

有一人赶着羊过来，额尔齐斯河边的草长得旺盛，他的羊便放慢速度吃了起来。他见我们对攀雀的巢感兴趣，便说攀雀因为在巢中不停地翻身，时间长了便养成习惯，乃至于入睡后亦自动翻身。我疑惑他为何会知道得那么详细，以至于连攀雀在巢中翻身都一清二楚。他说在他十岁那年，他们家不但来了一只攀雀，而且在院子里的晾衣绳上筑了一个巢。他天天看它，便看出它睡着后翻身平衡巢的习惯。

那人说羊群过河上的索桥时，亦发生过与攀雀有关的趣事。有一年，有一群狼在半夜接近额尔齐斯河，意欲从索桥过去，咬死一两只羊拖走饕餮一顿。牧民都睡了，羊群亦未觉察到狼已接近。但巧的是，一只攀雀从巢中飞出，看见狼后惊得叫了起来，那只狼亦被惊得发出一声嗥叫。那样一闹便惊醒了牧民，他们燃起火把作防卫状，狼群不得不离去。

牧民感激攀雀无意间帮了他们，第二天过桥后，在岸上为攀雀留下一些羊毛。

乌鸦

到处都有乌鸦，加之它们大多为留鸟，所以说，乌鸦是我们平时最容易见到的鸟类。

我见过的有秃鼻乌鸦、达乌里寒鸦、大嘴乌鸦等。它们仅有细微的区别，如果不注意，常会以为它们是同一类。

人们与乌鸦没什么感情，所以人们懒得区分它们，常常以"乌鸦"二字一言概之，让所有的乌鸦只有一个名字，多少年就这么叫下来了。

我在新疆见得最多的是寒鸦，它们比别的乌鸦小很多，但胸腹和颈圈两个地方的白色，在浑身的黑色羽毛的映衬下，一眼就可以认出。它们喜欢在沙丘和高大的树木上筑巢。新疆多戈壁、沙漠，亦多杨树和胡杨，所以它们在新疆活得逍遥自在。

有一次在白哈巴，我看见一棵大树上有数十只乌鸦，不时飞到树下将什么啄食几口，然后又飞回到树上。闻到一股难闻的气味后才知道，树下有一具动物的腐尸，那些乌鸦是在啄食其腐肉。乌鸦在这一点上是有功之臣，它们把动物腐烂的尸体吃掉，可避免让环境遭受污染，亦可阻止瘟疫传播。

另一次在帕米尔，太阳升起后，积雪的高原弥漫开刺眼的光芒，似乎雪地里有无数可怕的刀子被太阳的隐形之手一把把扔出，要扎到人的眼睛里。但在这时，雪地上有黑色的东西在动，走近了才看清是几只乌鸦。它们在下雪的天气里无法飞动，很难找到有食粮的地方，只好在雪地里乱转，渴望碰上一点吃食，填充饥肠辘辘的腹腔。

但冬天没有给它们带来好运，不一会儿风刮得更大，又下起一场大雪。这时候，从远处移动过来一团更大的黑影，它的速度很快，不一会儿便能看清是一只狼。大雪天亦使这只狼饥肠辘辘，它外出捕捉了一只猎物，正叼在嘴里准备到避风的地方美餐一顿。在风雪中，乌鸦们变成一群激动的小黑点，从地上一跃而起向狼飞了过去。乌鸦和狼是好朋友，狼在荒野中行进时往往要靠乌鸦侦察前方情况，它们之间有很深的情意。但这次，饥肠辘辘的乌鸦却要利用这种关系夺取狼口中的食物。它们飞到狼的头顶后分成两组，一组俯冲下去叼狼的屁股，狼被老朋友的反常举动弄得不知所措，在屁股发出一阵钻心的疼时，气愤地扭过头去咬落在背上的乌鸦。如此这般，它嘴里的猎物便掉在地上，被另一组蓄谋已久的乌鸦叼走。

乌鸦用计谋夺走狼的猎物，一顿美餐将在一座雪山后面进行。

第二天雪霁，我看见仍有乌鸦在雪地里寻找食物。一阵风把积雪吹得四散，一堆野核桃露了出来。它们迅速扑过去，用嘴衔起核桃放到公路上，从远处过来一辆汽车，核桃被车轮胎辗碎，乌鸦们飞过去又开始了一次美餐。

与人们聊天，听到一件乌鸦出于忏悔心理，对狼进行补偿的事。一只失散的羊在雪地里彳亍而行，乌鸦从地上衔几颗羊粪飞到空中，然后投落到狼眼前，狼便明白有一只羊就在附近，于是根据乌鸦的"空中导航"，咬死那只羊饱餐了一顿。狼晃着圆鼓鼓的肚子走了，乌鸦从空中落下，饱餐了一顿狼剩下的"残羹剩饭"。

在疏勒县的洋大曼乡，我见过乌鸦熬过冬天后，春天的到来让它们欢喜不已，经常到公路上活动，汽车辗过地面的震动使得地下的虫子爬出地面，乌鸦在它们一露头时便伸嘴把它们吃掉。不远处的田地里有人在播种，从地里长出的庄稼虽然是属于人的，但总会被它们偷食。

乌鸦在春夏两季无比幸福，荒滩里、树枝上、野草丛中，渐渐长高的庄稼等等，都会长出许多虫子。那些虫子疯狂地咬着草叶和树皮，想让甜蜜的树汁给肠胃带来美妙的感觉，但天空中会突然降下黑色阴影，用一张又尖又硬的嘴把它们拦腰夹住，经过钢铁齿轮般的咀嚼，使它们顷刻间丧命。乌鸦享用着这些袖珍美味，成为专食昆虫的美食家。

更多的时候，乌鸦会悄悄潜入庄稼地，一边吃着虫子，一边看着庄稼一天天长大、成熟。它们亦吃庄稼，过不了多久，它们将迎来一次秋天的饕餮。

后来的一次，我看到一个很有意思的作文练习题，其要求是这样的：

阅读下面的文字，根据要求写一篇不少于800字的文章。（60分）

一只老乌鸦从鹫峰顶上俯冲下来，将一只小羊抓走了。

一只乌鸦看见了，非常羡慕，心想：要是我也有这样的本领该多好啊！

于是乌鸦模仿老乌鸦的俯冲姿势拼命练习。

一天，乌鸦觉得自己练得很棒了，便哇哇地从树上猛冲下来，扑到一只山羊的背上，想抓住山羊往上飞，可是它的身子太轻，爪子又被羊毛缠住，无论怎样拍打翅膀也飞不起来。

乌鸦被牧羊人抓住了。牧羊人的孩子问："这是一只什么鸟？"

牧羊人说："这是一只忘记自己叫什么的鸟。"

孩子摸着乌鸦的羽毛说："它也很可爱啊！"

要求全面理解材料，但可以选择一个侧面、一个角度构思作文。自主确定立意，确定文体，确定标题；不要脱离材料的含意，不要套作，不得抄袭。

我将这个材料读了两遍，有了想替一只乌鸦和一个孩子说话的冲动。尽管我觉得我写的作文不一定比中学生写得好，老话说得好，万般算计不上一颗天真的心，但我忝为一个作家，还是应该经常找一找自己的那颗天真的心，也许，我已经将它遗失得太久了。于是我正襟危坐，像考场上的中学生一样写了这篇作文：

　　黄昏的风刮起来了，草原变得像一块绿色绸布，在上下翻滚。一只老乌鸦飞落到一块石头上，久久地盯着风中的一只山羊，它的羽毛也被风吹动，像草原一样在起伏。到了这个时候，所有的鸟儿都回家了，但它还独自留在这里。它有俯冲飞下抓山羊的本领。它已经跟踪这只山羊一整天了，这是一只很难征服的山羊，但它有信心彻底将这只山羊征服。它在耐心等待时机。

　　又一阵风刮起时，老乌鸦突然凌空而下扑向山羊。它的力气很大，加之又有精湛的扑抓技术，所以那只山羊被它毫不费力地抓了起来。它和山羊的大小比例悬殊，但它却紧紧抓着山羊在空中飞翔。耐心等待使它终于获得了最后的胜利。

　　不远处，一位牧羊人正赶着羊群往回走，他看见这只落在石头上的乌鸦，像是想起了什么似的慢慢向这边走过来。待走得近了，他的目光和乌鸦的目光交织在了一起，他发现这只乌鸦有点与众不同，一股亲切的感觉让一个老人和一只老乌鸦都变得兴奋起来，有一种久别的亲人终于相见的感觉。

　　牧羊人对在天空中飞翔的乌鸦说："你真了不起，可以把一只山羊抓起来。"

　　乌鸦说："这样的事你以前没见过吗？"

　　牧羊人说："没见过，我只是听父亲说过。但那是一只失败的乌鸦，它觉得自己练得很棒了，便哇哇地从树上猛冲下来，扑到一只山羊的背上，想抓住山羊往上飞，可是它的身子太轻，爪子又被羊毛缠住，无论怎样拍打翅膀也飞不起来。"

　　乌鸦的呼吸变得急促起来，问："后来呢？"

　　牧羊人说："后来那只乌鸦被我父亲抓住了。我问父亲：'这是一只什么鸟？'父亲说：'这是一只忘记自己叫什么的鸟。'"

　　乌鸦问："你就是那个在后来抚摸着那只乌鸦的羽毛并说'它很

可爱'的男孩?"

牧羊人说:"是。"

乌鸦惊叫一声,在空中盘旋了几圈,飞到他的头顶问:"就是你这句话救了那只乌鸦。它在那以后苦练本领,终于可以凌空俯冲下去抓山羊了。"

牧羊人笑了,脸上有一种满足感。少顷,他对乌鸦说:"放掉山羊吧,草原上的动物已经不多了。"

乌鸦听从了老人的建议,放了那只山羊。它和牧羊人对视了一会儿,飞向远处去了。

从此,草原上有了一个传说。传说的开头是:"从前,有一只乌鸦和一个小男孩……"

指猴

指猴长得奇丑无比。有人列了十大丑陋动物，指猴位于首位。细数下来，它们身上的丑陋之处可谓多矣，大小如猫，形体如鼠，耳如蝙蝠，尾似松鼠，爪如人手。初看，是奇形怪状的异物，细看才可分辨出是猴类。

它们身上有两个器官最吓人，一是门牙，二是眼睛。它们的牙很厉害，有人见它们吃东西，嘴一张露出大门牙，咔嚓一声便将食物咬碎吞下，可见门牙极其厉害。

它们的眼睛总是睁得很大，而且露着凶光，像是对什么都看不惯。人们不解它们为何那么爱瞪人，后来见得多了，知道它们并无恶意，只是长成那样而已。

指猴活得不易，因叫声如同哭声，常被视为不祥之物。如果在夜间听到，会令人毛骨悚然。不仅如此，它们的眼睛在夜晚会发出幽光，忽闪得如同幽灵，所以它们如同猫头鹰一样，常被人们视为邪恶之物。在马达加斯加岛，人们更是对指猴惧而避之，但它们却对人很有好奇心，但凡见到人便追逐上来嬉闹。每遇到这种情景，当地人便认为指猴会带来厄运，常常将其捉住杀死。

指猴捕食亦不易，每每先用爪子敲击树皮，判断有无空洞，然后贴身细听，如里面有虫响，便用门牙把树咬出小洞，用爪子抠出昆虫塞进嘴里。它们吃浆果时也用老办法，先将浆果咬出一个小洞，从中挖出果肉。它们的嘴极小，常常弄得满脸果汁，且口水横流，显得颇为不雅。

指猴的拿手好戏是捉抓树缝中的蛴螬,它们将鼻尖紧贴树皮,嗅到树缝中有蛴螬后,便轻轻沿树干爬行过去,将爪子伸入树缝将蛴螬掏出,啪的一声拍扁在树干上,然后才捏起送入口中。

因为喜食树中的虫类,指猴遂变成有功之臣。它们吃掉树中的虫卵、幼虫和小甲虫,发挥出了像啄木鸟一样的作用,故被人们称为"树木的医生"。

指猴喜欢在树冠上筑巢,往往一个树杈便可容身。如果没有好条件,它们便用门牙把树干咬出一个洞,然后钻进去栖息。

有好牙,可随时用之,指猴在这一点上独占优势。

也许它们认为咬出的洞来之不易,所以会居住多年。白天,它们藏身于巢中呼呼大睡,到了晚上发出咝咝声,召唤同类出来一起活动。

指猴的集体意识很强,一猴有难,众猴必会帮助。有一人见一只鬣狗将一只指猴逼到树上,欲困到它饿晕后成为自己的食物。那只指猴趴在树干上一动不动,鬣狗亦在树下不离开一步。天黑后一棵树突然倒下,砸得鬣狗怪叫着离去。是几只指猴为救那只指猴,咬断了那棵树。机智、果断和沉着,是指猴身上极为难得的特点。那只指猴从树上下来,与救它的指猴打闹戏耍,玩成一片。那人为那一幕感动,觉得此时的指猴才是快乐的,看上去似乎也没那么丑了。

新疆没有指猴,我无缘与指猴谋面。

猫头鹰

猫头鹰有两个别称，且都是一个字，一个是鸮，另一个是枭。

有一句谚语说：碰上猫头鹰，双腿软三分。说的是猫头鹰不祥，碰上会让人觉得晦气。但猫头鹰是防不胜防的，因为它们是世界上分布最广的鸟儿，除了南极洲外，其他各地无处不有。

新疆的猫头鹰类有乌林鸮、纵纹腹小鸮、长耳鸮、鬼鸮、猛鸮等，多生存于天山一带。它们与别处的猫头鹰不同的是，冬天不迁徙到南方，而是留在寒风大雪的天山上越冬。

有一年我们从哈密出发，经天山达坂去巴里坤草原。早先听说天山的气候很有意思，譬如在独库公路上一日可经四季，山下是酷热难当的夏天，到了山上却大雪飘飞，冻得人瑟瑟发抖。当时从哈密出发时便盼望能在巴里坤达坂上一日遭遇四季，那该是多么难得的享受。到了达坂顶部，刚感觉有一股凉意浸到了身上，便见到了积雪和滴着水的冰，觉得是极为难得的体验。我们在积雪前拍照，忽听得旁边的树林里传来急切的鸟叫，仔细去看却不见鸟的影子，同行的一人判断出是猫头鹰，他说真是奇怪，这么冷的地方居然有猫头鹰，它们在这儿咋活呢？大家还没有议论出它们到底是怎么样的活法，它们一声接一声的鸣叫着实瘆人，大家便赶紧下山，直至到了巴里坤草原上，才松了口气。

之后很长时间，只要想起猫头鹰，便心里一颤，觉得它们一定生活在达坂上的积雪后面，也许它们很冷，也许不冷，但随着它们发出瘆人的叫声，便迅速把它们拉入恐惧的阴影之中，没有人会去关心它们的处境。

因为它们长得像猫，民间俗称它们为"夜猫子"。我在木垒的车师古道见过一只猫头鹰，猛一看，觉得它比猫要阴森得多，似乎身上有一股邪恶之气正在氤氲弥漫。细看，发现它的喙长得短而尖，眼睛里有一个黄色圆圈，与黑色瞳眸叠加在一起，显得恐怖至极。

它看见我们在看它，并且议论声不断，但它却不管不顾，只是站在那儿不动。想起关于它们不祥的说法，便觉得不祥并非有那么灵验，但它们的样子和姿势确实不招人喜欢，始终给人一种阴森森的感觉。

后来又惊讶地发现，它们的怪异不仅仅在于身体不动，而且眼睛也不动。任何生命的眼睛，都是最为传神的，亦让人能从眼神波动中看到其内心反应。但猫头鹰的眼睛一动不动，着实让人感到恐怖。我们中的一人弄出动静，它去看时眼睛丝毫不动，只是扭过脖子去直视。如此怪异的长相和反常举动，难免让人心生厌恶，时间长了便会觉得它们不祥。

有谚语称：不怕夜猫子叫，就怕夜猫子笑。说的是猫头鹰的嗅觉超强，如果有人病入膏肓或不久于人世，它们远远地能闻到他们身上的气味，然后便飞临他们的房前屋后，等待他们咽气后啄食尸体。这倒也无可厚非，但让人痛恨的是它们在等待的过程中，却会发出阴森的笑声，让听到的人头皮发麻。有如此讨人嫌的举动，人们便称它们为"逐魂鸟""报丧鸟"等。

猫头鹰的坏名声由来已久，在古代，它们被称为恶声鸟、怪鸱、鬼车、魖魂或流离，当作厄运和死亡的象征。猫头鹰的叫声亦很恐怖，在黑夜中叫出几声，像鬼魂一样阴森凄凉。《说苑》中有："枭曰：我将东徙，乡人皆恶我鸣……"按说枭与鸮都是指猫头鹰，某一日有两只碰到一起，其中一只便对另一只倾诉了一番衷肠。可见它们亦知自己深受人们厌恶，尤其是在北方，它们已经到了被众口声讨，无立足之地的地步。

猫头鹰昼伏夜出，飞动时像幽灵一样飘忽无声，常常黑影一闪便从空中落下，但落下后却又不露头角，让人疑惑与它们一起落下的，还有死神的巨大阴影。它们从来都不会暴露自己的行踪，亦不会让人看见它们栖息于何处。它们离开一个地方时更是显得神秘，会突然从隐蔽的地方起飞，很快就消失得无影无踪，对它们不甚了解的人，容易产生可怕的联想。

但在古希腊神话中，猫头鹰却是智慧女神雅典娜的爱鸟，她对它喜爱有加，在身边配有一位专门负责猫头鹰的侍卫。雅典娜并非把猫头鹰当作宠物，她虽然具有超凡的智慧，但猫头鹰能预示事件的本领，仍让她十分信赖，故而古希腊人把猫头鹰视为智慧的象征。

在日本，猫头鹰被视为福鸟，有一年在长野举行冬奥会，日本人把猫头鹰当作吉祥物。说起来有意思，日本人之所以敬猫头鹰，是因为害怕猫头鹰，所以他们反过来敬奉它们。说到底，那是一种渴望被宽恕的屈服心理。

猫头鹰是有非凡之处的，它们的眼睛虽不能转动，但直视却颇为敏锐，夜间视力是人的一百多倍。有一人在非洲见到被当地人驯服的猫头鹰，眼睛可发出手电般的光，而且还可调节亮度。那人碰到当地人用猫头鹰捕猎，便跟去看热闹。当地人发现动物后，抚摸一下猫头鹰的头，猫头鹰的双眼便发出强光，像手电光束一样照在动物眼睛上，动物居然毫无察觉，土著们于是从容地将那只动物捕获。

猫头鹰以吃鼠类为主，也吃昆虫、小鸟、蜥蜴、鱼等。阿勒泰有一人抓了一只猫头鹰，怕它饿死，遂扔给它一只兔子。它很快便吞了下去，连一根骨头也未剩下。两三小时后，能消化的肉已经饱腹，而不能消化的骨骼、毛发等集成块状，被它们嘴一张从口腔中吐了出来。那人后来得知，猫头鹰的那种吃食方式叫"食丸"，亦叫"唾余"。那人惊异，猫头鹰的这种本事在动物中独一无二，真是了不得。

猫头鹰捕鼠的功劳大矣。广西桂林有一位叫罗取生的人，初见猫头鹰人家以为怪，对其恶之，但后来发现它们昼夜飞鸣，且捕鼠频繁。罗取生便用米喂养它们，时间长了便家家养猫头鹰捕鼠，人人认为它们捕鼠胜过了猫。

细数下来，猫头鹰主要以黑线姬鼠、黑线仓鼠、大仓鼠、棕色田鼠等农田鼠类和小家鼠、褐家鼠等居民区鼠类为主食。至今，鼠类仍是粮食的头号危害者，但一只猫头鹰一年可以吃掉上千只老鼠，相当于为人类保护了数吨粮食,可谓是劳苦功高。

曾听到一事,有一人的庄稼被老鼠祸害得不成样子,他便布下夹子,撒了老鼠药欲对老鼠大开杀戒。无奈老鼠对人的心理一清二楚,它们推石头滚过去把夹子碰翻,还绕过放药的地方,仍去偷吃庄稼。后来猫头鹰来了,迅速抓得不少老鼠吃掉。但一只猫头鹰却误入夹子中,被夹住了爪子。那人赶来,见地上有成堆的老鼠尸身,就笑了。但他听到猫头鹰怪异的叫声后,脸上的笑就隐了去,遂搬起那块石头,砸在了猫头鹰身上……

背着坏名声的猫头鹰,命运便如此不济。

麻雀

有一句谚语说：喜鹊勤快在嘴巴上，麻雀勤快在翅膀上。意思是说，喜鹊喜欢不停地叫，而麻雀则喜欢飞来飞去，是从早到晚不停歇的鸟儿。

几年前去乌鲁木齐的石人沟看石人，遭遇了一次与麻雀有关的奇事。石人沟的石人与伊犁、阿勒泰等地的石人一样，有大有小，有高有低，亦有男有女，其特征都颇为明显。譬如手抚腰间佩剑，或手举酒杯的动作，一看就知道是西域的游牧民族留下的。但是在那天我们发现了一个有趣的现象：偶然一抬头便都看见博格达雪峰，显得更加晶莹明净，于是便感叹，要想看博格达雪峰，石人沟是最好的角度。我在乌鲁木齐曾先后居住过三个地方——建工局家属院、新疆军区机关大院和新美大厦，巧的是从这三个居处的阳台望出去，皆可看到博格达雪峰，尤其是阳光明媚的夏天，博格达会变得更加清晰，其洁白的雪峰犹如王冠，让人望之肃然起敬。

我们准备返回，却听得远处传来一阵喧响，起初以为是风，过了一会儿那喧响近了，越过前面的石人，陡然压下来一片黑影。待仔细看过，才知道是一群麻雀。它们齐刷刷地落到石人脚下，叽叽喳喳叫成一片。麻雀即使落地也不停地走动，像是在寻找什么。其实地上没有果粒也没有虫子，它们亦不是为了吃食而动。要说唯一的原因，就是它们是好动的鸟类，如果一刻不动便难受得不行。它们也不是只喜欢走动，走着走着便三五只围成一团，扑棱棱互相打闹。我们觉得麻雀好玩，便坐在路边看它们嬉闹。一只麻雀扑向另一只麻雀，将其扑倒在地，但它却不甘受欺负，立刻飞起反扑,将对方也扑倒在地,像是解气似的闪到了一边。有的麻雀头碰头聚在一起,像是在商量着什么。人有人言,鸟有鸟语,麻雀在说什么,人们不得而知。这个世界有很多神秘的生命密码,我们永不知其意,但它们却不动声色地存在着,让这个世界的永生成为巨大的秘密。

后来出现了颇为感人的一幕,麻雀走动、嬉闹和交谈到了一定的时候,像是听到了命令似的,突然齐刷刷地飞起,绕着一尊石人飞了一圈,然后又飞向下一尊石人,绕飞一圈后再飞向一尊石人。如此一尊又一尊地绕着石人飞,直至将每一尊石人都绕飞完毕,才集结成一个大集体,闪着一团密集的黑影飞离而去。我们中的一人说,麻雀向每一尊石人告别后,才飞走了。他说得有些动情,大家听得情绪波动,一直望着麻雀飞向山后再也没有了那片黑影才上车离去。

麻雀胆大易近人,多在屋檐、墙洞和老树群等地方营巢而居。但它们在任何一个地方都不会长久居住,最多过一夜就会离去,从此轻易不会再返回。

除繁殖和育雏外,麻雀大多数都群居,有时候听得一棵树上有动静,很快就会飞起一大群麻雀。人们常说的"雀泛",是指它们在秋季形成的数百只乃至数千只的大群,从一个地方飞向另一个地方,如果是光线好的白天,便是一片灰影;如果天气不好或在晨昏时刻,便是一片黑影。但是"雀泛"却有一个奇怪的现象,它们落下后会迅速散开,那巨大的灰影或黑影立刻便不见了。

到了冬季,麻雀便进入极为不易的生存期,天冷得让它们再也无力飞翔,寒风更是使它们不便于走动。有时候人们望望天空,诧异地说,怎么没有了麻雀呢,它们都去了哪里?其实它们并没有消失,仍然经常出来飞动,或在雪地上觅食,但数量已少得多了,结成的小群多在十余只或几十只,像是从某个地穴或树洞中出来似的,突然就出现在了雪地上。如果四周安静,它们会慢慢在雪地上走开,不时把嘴伸入雪中叼食草籽;如果有什么动静,它们就会迅速归拢到一起,然后以一片影子的形式向远处掠去。

麻雀有较强的记忆力,如果得到人救助,它们会对救助过它的人表现出一种亲近，而且会持续很长时间。在麻雀集中的地方，如有别的鸟入侵，它们会团结在一起，直至将入侵者赶走为止。

我童年时在天水老家便多见麻雀。那时从早晨开始，天空便变得很空旷，几乎不见一丝云彩，连风也似乎不刮。下地干活的乡亲们抬头向天空张望一下，心想今天是个好天气，可以抓紧时间把地里的活干完。到了深秋，田地里一片繁忙的景象，玉米都已经收割完毕，玉米棒和玉米秆被分在了两边，玉米棒将被挂起来风干，而玉米秆则要捆起来留到冬天烧炕。与玉米差不多同时成熟的黄豆还要留上几日，等它们的叶子落了才能收回去。农民们这时候都喜欢望着变得空旷的田地，几个月来，他们在这块地里洒下了许多汗水，现在终于可以享受丰收的喜悦。

但就在他们沉浸于幸福中的时候，一群麻雀悄悄接近了他们的庄稼。它们从山后边向这块庄稼地飞过来，在快接近庄稼地时实施麻雀特有的分散法。它们先是超低空飞到地边，然后一一分开，慢慢向玉米和黄豆接近。它们所需的粮食不多，几粒或十几粒便足以填饱肚子。它们的这种偷盗已经持续了很多年，所以人们对它们防备得很严，但它们也似乎不偷便对不起生为麻雀似的，把偷窃这一行为顽强地坚持了下来。事实上，它们并不用如此煞费苦心，人们在收割过程中掉在地上的那些零散颗粒，已足以使它们填饱肚子。但它们和人之间的关系已到了这种地步，在内心都把对方视为恶者，所以，它们和人之间便形成对立关系。

它们接近玉米棒后，很快便用目光锁定了那些已经松动，可以毫不费力啄下来的颗粒，然后向四周张望一下，确定没有人后，便迅速吃了起来。田地里寂静无声，它们吃粮食时不发出一丁点声音。玉米秆到了秋天已变得发黄，刚好掩护它们。有的麻雀甚至将身体隐藏在玉米叶中，悄悄伸出嘴去啄玉米颗粒。田地里此时弥漫着庄稼成熟的味道，农民们闻着这股味道为之欣悦，麻雀们同样也为这股味道而满心欢喜。

但它们的偷窃行为还是被人发现了。坐在地头的一个人不经意一扭头，便发现了一只隐藏在玉米叶中正悄悄啄玉米颗粒的麻雀，他很气愤，大吼着向它扑了过去。那只麻雀赶紧起身飞走。那人用难听的话骂它，但它却已经飞得无影无踪,听不到他的声音。

所有正在偷食玉米的麻雀都受到了惊吓,一一起身飞走,但它们飞了没多远却又停下,向另一堆玉米落下去。那人急了,奔跑着追了过去,它们又赶紧起身飞走,那人跑到那堆玉米跟前站住不动,像守护的卫士。但他很快便发现,它们又要向另一堆玉米飞落下去,守护卫士的尊严岂能受到污辱,他赶紧又追了过去。一场酷似游戏一般的追逐在玉米地里展开,麻雀一会儿飞到这堆玉米上空,一会儿又飞到那堆玉米上空,那人不停地追来追去。

其实,在这看似游戏的背后,一场阴谋正在实施,那人不知道自己已经上了麻雀的当,他被这群麻雀引来引去,而另一些麻雀,正在吃他不注意的玉米。这是麻雀与人展开的真正较量,但人不知道麻雀的手段,他在毫不知情的情况下,像一枚棋子一样被麻雀引来引去。

直到那些麻雀吃饱后,引诱那人的那些麻雀才停止游戏,它们向天空高处飞去,被它们戏弄过的那人,在田地里慢慢变成一个黑点。

松鼠

有民谣曰：树上的果子落下来，洞里的松鼠爬出来。

说的是松鼠专以树果为食。

有人说松鼠喜欢树，又有人说松鼠离不开树，不论说法如何，总之都是说松鼠是典型的树栖小动物，只要有树，便必然会有松鼠留下的故事。几年前在阿勒泰听到一事，说一只松鼠被人追赶，情急之下爬上一棵树准备逃走，但那是一棵断裂的树，追它的人用力一摇就让它掉到了地上，它复又爬上另一棵树，转眼间就逃走了。有人说这只松鼠运气好，如果这里没有树，它就没命了。另一人说，有树就有松鼠，有松鼠就有树；如果没有树，松鼠就不会出现。人们经由这件事，认识了松鼠的习性。

松鼠的身体细长，被柔软的密毛反衬，便显得更小。小有小的好处，它们因此比较利索，在爬树方面堪称一绝。如果它们遇到危险，从来不会从地上逃窜，而是就近选择一棵树，一跃便沿着树干爬上去，然后从树枝上跳到另一棵树上，从容逃离危险。它们选择的方式，常常让对方无法追赶，松鼠在这一点上堪称佼佼者。

松鼠的品种多达二百余种，细分的话有树松鼠、地松鼠、雪松鼠和石松鼠。树松鼠生存于树林中，靠吃树果为生，是松鼠中最有口福的一类。新疆有一句谚语：果子落下，离树不远。这句谚语用在树松鼠身上再合适不过，它们的盛宴就在树下，它们只须用爪子刨开树叶，或扒开积雪，就能看见果粒。它们的食量小，每次吃三五粒便足矣。有时候碰到一堆果粒吃不完，便用树叶或积雪盖住，以备下次再吃。

地松鼠与树林无关，亦从未体验过在树上攀爬、在树枝上跳跃的快感。它们的遗传中没有腾飞基因，所以它们只能在地上奔跑。新疆有一句谚语同样适合用在地松鼠身上：有翅膀的擅长飞翔，没翅膀的擅长奔跑。地松鼠不能像树松鼠那样在空中飞跃，但它们却是大地上的奔驰者，四只爪子在草地和田野上飞跃得如同闪电。如果它们在一个地方停下来，会将那个地方搜刮干净，凡是能吃的东西皆会被它们吞入腹内。它们或任性地奔跑，或从容地觅食，倒也生活得自在。

雪松鼠则生存于独特环境中，无论是处身环境，还是生存方式，均与树松鼠和地松鼠不一样。如果说树松鼠和地松鼠是飞跃和奔跑的佼佼者，那么雪松鼠则像低头不语的隐忍者。它们生存于常年积雪的雪山之上，索食极为有限，譬如为数不多的高山植物的种子，是它们唯一的吃食，吃得饱或吃不饱，都别无选择。它们从来都离不开雪，所以它们一直生存在雪线之上，终生与寒冷的积雪为伴，是松鼠中活得颇为不易的一类。

生存得最为奇怪的是石松鼠，它们既不栖息于树上，亦不选择在大地或雪地上奔跑，它们是松鼠中的隐居者。很少有人能看见它们的活动，因为它们将悬崖峭壁、石滩和河床选择为生存地，越是人和动物轻易到不了的地方，它们越是喜欢，而且常常栖息于石头底下数日不动。它们离不开有石头的地方，哪怕受罪也心甘情愿。

人们常说的松鼠，实际上指的是树松鼠。在松鼠中，唯有树松鼠不怕人，敢于迎着人的目光走近人，然后又仓皇逃窜。它们身体细长，身上的毛多为灰色、暗褐色或赤褐色，所以又被称为灰松鼠。

松鼠是讨人喜欢的动物，其站立和蹲坐，以及尾巴温柔摆动的动作，很惹人喜爱。人们想捕捉它们驯养，但它们十分警觉，能得手者寥寥无几。

松鼠虽多，但流动性很大，如果一个地方的针叶林的种子数量减少，它们就会转移去别处；如果一个地方连续数年食物丰富，它们的数量会明显增多，特别是松子丰收的年份，别处的松鼠会成帮结伙迁移来此落户，第二年就地繁殖，使数量剧增。

松鼠多数栖息在寒温带的针叶林及针阔叶混交林区，尤其在山坡或河谷两岸的树林中最多。松鼠喜欢单独在树洞中居住，有的也在树上搭窝。松鼠不冬眠，但在特别寒冷的天气，它们用干草把洞封起来，抱着毛茸茸的长尾取暖，直至天气暖和后才出去觅食。此时的松鼠不再返回地洞，而是在茂密的树枝上筑巢，或者利用乌鸦和喜鹊的废巢，开始又一年的生活。

松鼠喜欢吃素，偶尔也吃荤。它们的素食主要以红松、云杉、冷杉、落叶松、樟子松和榛子、橡子的干果以及种子为主；荤食以昆虫、蚁卵和其他小动物等为主。它们春季吃树芽，夏季吃托盘（树莓）和越橘等浆果。

采松子是松鼠的拿手好戏，无论树木多高，球果长在何处，松鼠都能口到食来。它们先将成熟的球果咬断落地，再从树上下来，像灵长类动物那样，用前足扒开球果鳞片，咬碎种皮，取出种子食之。最有趣的是松鼠受到惊吓时也不轻易放下食物，而是叼着球果逃跑。

它们在树上攀登或跳跃时，蓬松的长尾巴会起到平衡的作用。跳跃时，它们还会用后肢支撑身体，尾巴伸直，一跃可达十余米远。它们的尾巴还有一个长处，待在树上时，将尾巴像长钩一样倒吊在树上。它们就那样在树上吊上一晚，到太阳初升时下树去地面捕食。

一只松鼠常将食物分几处储存，有时可见到松鼠在不同的树上晒果实，以防止其变质霉烂。入秋后，它们或利用现成的树洞，或在地上重新挖洞，将晒好的果实或数粒或十几粒放入洞中，然后用泥土或落叶封住洞口。到了大雪纷飞的寒冬，准备不足的动物饿得嗷嗷乱叫，松鼠们则不慌不忙地启开一个又一个洞，享用储存的食物。

有一只松鼠，在先一年将红松种子埋在一个地方，后来的一场大雪让它找不出确切位置，直至第二年才找到那个位置，但大自然的更新让它目瞪口呆，那里已长出一片红松幼苗。

它吱吱叫过几声后，甩着尾巴愤愤然离去。

鹅喉羚
伊犁鼠兔
岩羊
盘羊
北山羊
黄羊
高鼻羚羊
紫貂
兔狲
猞猁
雪豹

能爬上山冈
是因为内心有力量

鹅喉羚

鹅喉羚像羚羊，但比羚羊漂亮。

它们往那儿一站，体格均匀，皮毛光滑，四肢细长，美得让人惊叹。

但它们却有一点不好，喉部在发情时会膨大得如同鹅头，直至交配后才会消下去。如果找不到异性交配，它们便歪着脖子走动，尤其是吃草时会很麻烦，膨大的喉部无法让它们低头去吃草。仅此一点，便影响了它们阳刚的英姿。

最初给它们起名字的人，想必心态不好，放着它们矫健的身姿、漂亮的犄角和奔跑时极为迅疾的特点不顾，偏偏抓住它们发情时如同鹅头的喉部这一小瑕疵不放，起了鹅喉羚这么一个不伦不类的名字。人们不喜欢这个名字，但无奈已经被叫开，谁也没有办法更改。

鹅喉羚在新疆很多，哈萨克族牧民称它们为"黑尾巴的羊"。它们身上的毛色为棕黄，腹部为洁白，仅那一条尾巴为黑色，而且黑得极为显眼。不仅如此，它们还经常将尾巴一晃，闪出一片骇人的黑光。人们不解，极为漂亮的它们，为何动不动会极为不雅地来那么一下子。

戈壁沙漠原本赤野干旱，是生命禁区和死亡之海。但鹅喉羚却把戈壁沙漠选择为家园，依靠有限的草木一代代繁衍，终使得戈壁沙漠有了生命气息。究其原因，人们认为有三。其一，它们喜欢奔跑，宽阔的戈壁沙漠能让它们甩开四蹄，不受限制；其二，在戈壁沙漠中视野开阔，如有危险可早早地获知，并及时转移到安全的地方；其三，戈壁沙漠中的红柳、梭梭草和骆驼刺，是它们依赖的食物，可以让它们不饿肚子。

更多的时候，鹅喉羚是忙碌的觅食者。为吃到鲜嫩的草叶，它们便跟着绿色走，哪里有绿色就奔向哪里。戈壁沙漠的夏季极为酷热，鹅喉羚便选择在清晨和黄昏觅食。它们往往在半夜出发，至清晨走到有草和水的地方，开始吃草喝水，太阳出来后便回避烈日，回到休息场地。它们采食和休息地之间的距离有长有短，但它们每天必须回去，休息到太阳落山，则又走向有草和水的地方，开始又一次采食，然后再次返回。

它们如此反复走来走去，只是为了草和水，个中甘苦被它们隐藏在内心，只留给这个世界沉默的面孔。

鹅喉羚有一特异生命现象，在夏天时身上的棕、白、黑等均为深色，但进入冬天后，它们身上的毛色便陡然发生变化，由深变浅，浑身都呈现出沙棕色，与所处的戈壁沙漠是同一颜色。正是这一身保护色，才使它们从容隐蔽，避免遭受天敌的袭击。在卡拉麦里曾有一群鹅喉羚被几位猎人追赶，它们奔跑得很快，但猎人们的子弹比它们更快，他们频频开枪，一只又一只鹅喉羚倒下，在戈壁上洒下一片骇人的鲜血。但是当它们奔跑过一个山冈后却不见了影子，猎人们疑惑不已，山冈下视野开阔，鹅喉羚会跑到哪里去呢？后来有一人想坐下歇息，突然他身后蹿出一只鹅喉羚，飞奔向远处去了。原来鹅喉羚利用它们身上的保护色，贴着山坡趴下不动，所以猎人没有发现。不过一只鹅喉羚受惊而去，其他鹅喉羚便无法再用老办法蒙蔽猎人，它们一一爬起拼命地往前跑，猎人遂又瞄准射击，于是便有几只被击倒在地，空气中马上有了一股血腥味。跑在最后的三只鹅喉羚突然站住，嘶鸣一声向着猎人走了过来。猎人不知所措，端着枪的手抖动不停。他们以为鹅喉羚要和他们拼命，心中倏然弥漫过一丝恐慌。那三只鹅喉羚很快就到了猎人跟前，但它们却不与猎人拼命，而是用愤怒的眼睛瞪着他们。猎人对动物的杀戮从来都天经地义，所以他们瞄准后向它们开了枪，它们应着枪声倒下。猎人为如此得来三只鹅喉羚而高兴，但当他们发现那群鹅喉羚已跑得无影无踪后，才明白那三只鹅喉羚是为了赢得让它们逃跑的机会，才主动迎向他们的枪口……那一刻，猎人们的手抖动起来，突然觉得手中的枪重了。

鹅喉羚极为灵敏，一有风吹草动便奔跑而去。它们在平地奔跑时，多呈扇面形，阔大的戈壁沙漠，被它们像梳子一般梳过。它们在这一点上很像成吉思汗，他曾要求士兵：凡是长草的地方，我们的马蹄都要踏过。成吉思汗是从草原出发的骑手，亦是不多见的东方硬汉。鹅喉羚不掠地，不侵占，但奔跑与成吉思汗的战略极为相似。也许生存于开阔天地中的生命，彼此间心灵默契，意志相似，行为更是惊人的一致。

如果遇到山坡或陡峭地带，鹅喉羚会放慢速度，然后呈一字形缓缓向前。此时的它们，仍与征讨中的成吉思汗极为相似。成吉思汗每次出兵，均为大兵团集群规模，他乘坐由很多匹马拉动的宫帐大车，逢山开山，遇河搭桥，从不受任何阻挡。在他的军队中，有一支被称为"林中部落"的队伍，专为他的前行砍树开路。鹅喉羚也有开山气势，它们行进时会一只紧挨一只，到达山冈后喘口气，便又缓缓下山。它们数量庞大，在山石上踩出的蹄声，犹如冲锋的呐喊。

有一人在戈壁上，曾见到鹅喉羚颇为惊心动魄的一幕。它们本来散布在各处吃草，不知听到什么动静，突然发出骇然的嘶鸣。很快，所有的鹅喉羚便拥挤到一起，密密匝匝变成一大群，向一个山冈移动过去。它们有一百多只，像一只大手在戈壁上移动，又像是一场洪水，要把辽阔的戈壁淹没。它们接近山冈时，山冈上响起怪异的嗥叫，然后便有三只狼冒出来，惊恐地窜走了。那人看明白了，那三只狼本想攻击鹅喉羚，但聪明的鹅喉羚集合在一起，以庞大的集群气势逼走了狼。

不过，离群的鹅喉羚没有那么好的运气，它们往往因为身单力薄，而遭天敌伤害。单独活动的鹅喉羚，被称为"独羚"。鹅喉羚常常因为三个原因，在戈壁沙漠中独自流浪。其一，雄羚在冬季交配期来临时，占据一定的领域，因此变成独羚；其二，雌羚产下幼羚后无法移动，便成为独羚；其三，有的鹅喉羚因老弱病残，脱离了群体。

有谚语说：飘落的叶子回不到树上，丢失的刀子没有光芒。独羚在戈壁沙漠中苦苦跋涉，运气好的话会回到鹅喉羚群中，运气不好便会被天敌捕食，在最后变成被烈日暴晒的一堆骨头。有一只独羚在沙漠中辗转数日，终于发现了鹅喉羚群留下的蹄印。它兴奋至极，遂加快速度向前。然而在那一刻它发现，有几只狼悄悄尾随在它身后，意欲跟着它找到鹅喉羚群。它悲哀地叫一声，转身将狼群引向另一方向。最后，它被那几只狼扑倒在地，吞吃得没有留下一丁点皮肉。

乌鸦是鹅喉羚的好朋友，一只乌鸦在空中看见了那一幕，它飞到鹅喉羚群的上空，鸣叫着将这一消息告知了鹅喉羚群。是夜，鹅喉羚群一片哀号，似乎黑夜也在颤抖。

伊犁鼠兔

伊犁鼠兔身上有很多谜团，譬如为何只有伊犁一地有它们，而其他地方则从未听闻；再譬如它们到底是鼠类，还是兔类，很少有人能说得清。

它们身上的谜团，不论解得开，还是解不开，最后都只有一个字——怪。

它们确实长得怪，初看很像老鼠，而且让人惊异怎么会有那么大的老鼠？难道因为伊犁河谷气候湿润，连老鼠也长成了这样？但是细看，又觉得它们像兔子，尤其是吃草时的动作，与兔子一模一样。人们无法断定它们到底是什么，便从老鼠和兔子身上各借一字，称它们为鼠兔。后来又因为只在伊犁发现过它们，所以在前面加上伊犁二字，称为伊犁鼠兔。

其实，对于神情古怪、总是东张西望的它们来说，叫鼠兔最为合适。它们趴在地上时显得极小，而且低头偷看四周，活脱脱就是一只老鼠。而它们一旦站起来，则扬着耳朵，亮出宽阔的脸庞，还有粗长的四肢，变得又像兔子。如此一卧一起，像是一只动物迅速变幻出了两个影子，让看见它们的人颇为吃惊。这样的动物，一定善于隐藏，且富有生存经验。俗话说，狡兔三窟，它们长得如此像兔子，一定会像兔子那样聪明。但是它们的怪再次让人们吃惊，它们却不善于隐藏，一旦遇到危险就跑，慌乱中还摔跟头，让人觉得它们胆小如鼠。人们于是找到了它们长得像鼠的原因，笑笑让它们逃离而去。

这么怪的伊犁鼠兔，却是濒危动物，见过它们的人极少，更多的人则像听传说一样，仅从传闻中知道它们的一些情况。喜欢动物的人到了伊犁，都念念不忘伊犁鼠兔，渴望能见到它们。伊犁人并不知悉伊犁鼠兔的情况，见朋友总是打听，便说先到草原上去看看；到了草原仍不知伊犁鼠兔在哪里，便又说再到山上去看看；到了草原一侧的山上，仍不知伊犁鼠兔在哪里，于是又说到山坡上去看看；到了多草丛和岩石的山坡上，还是不知伊犁鼠兔在哪里，所有人便都泄气了。人能想到的地方，一定不会是伊犁鼠兔的居所，它们栖身的地方，一定在人迹罕至的地方。

神秘隐身，它们便是活得怪异的动物。人们见不到它们，便只能打听它们的消息，终于在后来得知，那些难以攀爬、不宜兽类生存的悬崖峭壁，常被它们选择成栖息地。不过，它们的本事很大，攀爬悬崖峭壁不费吹灰之力。它们的攀爬是有目的的，悬崖上的窄小石缝，才是它们要到达的地方。它们一点一点把自己挤进窄小的石缝中，在里面度过白昼和夜晚。

它们身上另有一怪，每当在平坦处行走，总是边走边吱吱怪叫，似乎在念叨着什么，又似乎在缓解行走带来的紧张。也难怪，它们在悬崖峭壁上是十分安全的，一旦到了平地，有那么多兽类，更有人活动，它们便难免紧张。它们一慌乱便跳跃疾行，哪怕再短的距离也要迅速穿越，直至将自己隐藏得头尾全无，才会安静下来。

至于它们储备过冬的食物，看似不怪，但长久观察后，就会发现它们在这方面亦是很怪。它们不冬眠，所以在春天便储备过冬的食物，乃至于每出去一趟，总是叼着一束青草回来。有人看见一只伊犁鼠兔爬到山顶，先是冒出一个绿色脑袋，以为碰到了什么怪物，再细看，才知是一只嘴里叼着青草的伊犁鼠兔。

它们储备的青草太多，有些会腐烂发出酸臭味，它们用四爪将其移出石缝。但第二天回来，它们嘴里仍然叼着青草，如果有储草腐烂，便再次将其清除出去。它们叼回的有雪莲、金莲花和虎耳草，都是珍贵的东西，但它们毫不知情，常常肆意破坏。

它们吃东西时更怪，每次进食，必将花朵、草叶和草秆搭配在一起，犹如是色香味俱全的盛宴，然后才慢慢咀嚼享用。它们吃饱后呼呼大睡，醒来就开始排泄。此时它们的怪被推向极致，如排泄出的粪便是稀软状，它们便再次吃掉，直至排出圆形坚硬的粪便，才会罢休。

伊犁鼠兔身上的怪，可说的很多，但它们并不是怪得不可思议。它们身上亦有过人之处，譬如它们在夜间的视力极好，所以活动高峰期往往都在夜间。它们蹲在夜色中的石头上，无声地望远处，望一会儿后又看近处，似乎裹在巨大黑暗中的一切，都被它们看得清清楚楚。

有人说，伊犁鼠兔是心中有数的动物，仅从超凡的夜视能力来说，它们无疑是动物中的佼佼者。有一人赶着羊群去喀拉峻草原上放牧，先他几天到达的牧民对他说，前些天牧场上出现了几只既像老鼠又像兔子的动物，不但朝羊群怪叫，而且还向人挤眉弄眼，不知道它们到底想干什么。那人知道一些伊犁鼠兔的情况，他当晚把羊群在一个山冈下圈好，第二天上山去找伊犁鼠兔，转了半天也不见它们的一丁点儿踪迹。另有一人对伊犁鼠兔知根知底，一听那人的情况便说，伊犁鼠兔在晚上蹲在山上，把山下的动静看得清清楚楚，所以它们不会等着人去干扰它们，去找它们的人一定会扑空。

它们虽然勤劳和谨慎，却常常陷入窘迫境地，原因是它们的天敌太多，白鼬、石貂、狐狸和各种猛禽，都会使它们丧命。很多时候鲜嫩的青草就在眼前，而且还开着好看的花朵，但它们为了防止天敌突袭，绝不从石缝中出去冒险。它们因此成为意外死亡率极低的动物。

伊犁鼠兔最早出现时，亦颇为有趣。有一人救了一位牧民的女儿，那牧民为感谢那人，宰了一只羊，做出手抓羊肉请那人去吃。那人走到半路遇到一座山冈，刚爬到山冈顶部，便看见岩石缝里冒出一个灰色小脑袋，看见他马上缩了回去。他屏住呼吸等它再次出来，便一把抓住了它。当时，那人为它非鼠非兔的样子惊讶，心想长得这么奇怪，到底是什么动物？后几经辨认，确认是伊犁鼠兔。

但那人的运气不好，之后他再也没有找到一只伊犁鼠兔。他常常感叹：伊犁鼠兔，可能沿着伊犁的边界线，去了别的国家。

直至过去二十二年，伊犁鼠兔才又露面。但它们从不让人接近，一旦发现有人便迅速在悬崖上攀爬出一团影子，转眼就在山顶上不见了踪影。

但人们还是很高兴，伊犁鼠兔不让人看并不重要，重要的是它们给了这个世界一个答案：它们并未灭绝。

那人听到消息，便去二十二年前的那个山冈，希望能碰到伊犁鼠兔，无奈他无力爬上山冈，只能感叹一声离去。他用二十二年等来了伊犁鼠兔，但他已经老迈，这个世界的事情就这样让人无奈。

后来发生一事，有一户人家的菜园子种得好，各种蔬菜长得又鲜又绿，忽一日发现一只伊犁鼠兔偷菜，主人一声大吼，伊犁鼠兔逃窜而去，叼在嘴里的蔬菜撒在院中，气得那人怒骂出一连串难听的话。是夜，那人听得院中有动静，出门一看，是那只伊犁鼠兔又来了。那人又吼一声，伊犁鼠兔才舍下院中的蔬菜，闪出一团黑影离去。它是为了白天落下的蔬菜，复又冒险闯入了那人的院中。

此又为伊犁鼠兔的一怪。

岩羊

几年前看一个电视专题片,拍摄的是岩羊,其中有一个细节颇为感人:一只雪豹盯上岩羊群中的一只小岩羊,选择一个高地俯冲下去,意欲一口咬死那只小岩羊美餐一顿。但是那只小岩羊很灵敏地一闪,躲开了雪豹的进攻,然后腰一弓向悬崖上爬去。雪豹的攀岩本事不如小岩羊,很快就被甩在山下,望着小岩羊发出几声怪叫,然后转身离去。

岩羊在平地行走时并不显眼,但是一旦攀岩,就会在陡立的悬崖间旋转出一片幻影,然后身轻如燕地向上或向下,看上去极为潇洒自如。岩羊是攀岩高手,别的动物在悬崖峭壁前挪不了一步,而它们却能轻松攀登上去。

岩羊又叫崖羊、石羊、青羊等,行走无固定路径,今天在平坦的草原上吃草,明天却又出现在山坡上;或者早上在山谷中,中午便站立在山冈上望着远处,犹如一座雕塑。有一句谚语说:再高的地方,鹰靠双翅到达;再远的地方,人靠心灵到达。此谚语用在岩羊身上再合适不过,它们靠着灵巧的四蹄和矫健的身躯,便没有攀爬不到的地方。

它们亦无固定的栖息场所,但它们依赖善于攀爬的本事,就可以轻而易举地找到舒适的地方过夜。譬如被太阳暴晒一天的岩坡阳面、避风的山谷、密闭的树丛、幽深的岩洞等等,都是它们在黑夜的栖身之地。它们会在下午早早地上路,去寻找可供自己夜宿的地方。它们在不同的地方吃草,在不同的地方栖息,大地上随处都是家园。

有一年在北塔山的一处悬崖上见到一群岩羊，它们犹如一条缠绕的丝带，在山岩上轻缓律动。我知道它们虽然看上去显得缓慢，但那是在陡峭的岩石上攀爬，很有可能走完上一步，却不知下一步该往哪里迈动。有时候岩石绝立，但它们总是有办法，譬如向后退一步，或另选一个方向，便可重新选择出一条攀爬之路，然后四蹄一叩岩石，或纵身一跃，或紧贴岩石向上。当地的牧民天天看岩羊，看着看着便看出了名堂，他们为岩羊总结出了像谚语一样的两句话：没有被困在山冈上的岩羊，也没有岩羊翻不过去的山冈。在新疆，要么看到真实的场景，要么听到动人的故事，其真实程度远远超出人的想象。譬如那天，那群岩羊爬到半山腰后却不见了，像是那里有一条密道供它们钻了出去，不用再受攀爬之苦。但是在第二天早上，却发现它们又出现在了半山腰，一边向上攀爬，一边啃吃悬崖上的青草。一位牧民对我说，看出名堂了吗？岩羊每天爬到那里去睡觉，到了第二天早上则开始吃草。听过那位牧民的讲述，我以为这群岩羊以山腰的洞穴为固定的栖息地，会天天去那里度过黑夜。不料两天后它们却再也没有出现，那位牧民又笑着说，这几天你天天往那儿望，还指手画脚，岩羊发现后就悄悄走了。它们去了哪里，我和那位牧民都不得而知，想必还是因为它们不在固定一处栖身的习性，让它们去了另一个山冈。

不论何时，岩羊都扬着一对犄角，极为威风。细看，那犄角像弯刀，如果碰上去会被刺得很惨。有架势，便一定有本事，它们像是只须把犄角扬起便可获得力量，爬高山如履平地，过平地疾如飓风。

曾有人见一只岩羊紧贴崖壁，每往上挪动一步，便舔喝岩缝中渗出的水。那人不解，悬崖下有小溪，它偏偏要那样干，真是奇怪。后来才得知从岩缝中渗出的水，要比河中的水好喝得多，岩羊宁肯费大的力气也要攀爬上去喝上几口。

大雪纷飞的寒冬，它们则攀上高山舔食冰雪。高山上冰封雪裹，它们慢慢舔吸冰块，让那一股清凉润湿的冰水浸入喉咙。它们舔冰时一动不动，在冰雪的掩映下变得像小黑点。舔足了冰水，它们会攀至山冈，扬头望着远处。有鹰在天空中飞过，岩羊鸣叫几声，目送鹰消失在云层之中。

但悬崖峭壁绝非岩羊的天堂,有时也会发生危险。譬如兀鹫是它们的天敌,就在它们刚攀上山冈尚未喘口气,已观察许久的兀鹫便俯飞下来,把粗大的爪子抓向它们。如果岩羊不备,便被兀鹫凌空抓起,飞至高处爪子一松,便将岩羊扔下摔死。但岩羊的视觉、听觉和嗅觉相当敏锐,稍有动静便在乱石间跳跃,并迅速攀上更高的山崖,让兀鹫空欢喜一场。

有长处便必然有短处,所有的动物概莫能外。岩羊知道自己有致命的弱点,所以它们逃上山冈后,总是回头张望,要弄清楚是什么惊扰了它们。这一不好的习惯,便被猎人利用,他们专等它们回头时射击,它们应枪声掉下山冈,口吐鲜血后不再动一下。

岩羊喜欢群居,常集体活动,最多时可结成数百只的大群。群体中的成员互相依赖,如有成员不幸死亡,其他成员会将其尸体围住,不让兀鹫叼走。它们是无法把死去的同类弄走的,最后只能被狼吃掉。即便这样,它们也不让兀鹫得逞,它们恨兀鹫,已恨到了骨子里。

到了酷热的夏季,雄岩羊便离群索居,爬上最高的顶峰纳凉,到秋季发情时才会下山,寻找喜欢的雌岩羊。交配结束后,雄岩羊为避免雌岩羊被追逐导致流产,会主动离开。雌岩羊产下的幼羔,落地即可走动,三月后即可自行觅食,半岁后便长出犄角。

其实岩羊大多数时候生存在平地上,以蒿草、苔草、针茅、杜鹃、绣线菊和金露梅的枝叶为食。它们没有固定的觅食时间,肚子饿了便找几口吃的,吃饱了便休息。它们躺卧的地方,必然会有枯草和岩石,因为它们身体的颜色,与枯草和岩石极为相似,有利于隐藏。

但是危险仍然经常降临,常常让岩羊坠入死亡深渊。一位猎人发现一只岩羊后,心生捕杀冲动,迅速举枪瞄准。那只岩羊的犄角很美,扬起头时像是高傲地刺向了天空,待停止不动,便又犹如屹立的雕塑。猎人无暇欣赏它的美,一枪便让岩羊应声滚落山底。

猎人在灌木丛中找到岩羊,它挣扎起来怒视着猎人,令猎人一时骇然。猎人再次开枪,岩羊身上涌出一团浓血,却仍然一动不动,像不屈的勇士。猎人无力再举枪,手抖动不已。岩羊挨过少顷后轰然倒下,猎人看见它最后的眼神里，仍透着愤怒。是夜，那猎人做了一个梦，梦见那只岩羊仍在愤怒地瞪着他，他惊醒后一身冷汗，爬起来坐到了天亮。此后，他再也没有猎捕过岩羊。

另一只岩羊，死后的姿势意味深长——它挣扎到悬崖下，再也没有了力气，一头栽倒在那儿。一位猎人发现它时，看见它的两只前蹄仍是向前的姿势，似乎在咽气的最后一刻，仍想攀上悬崖。

那猎人被感动，在悬崖下埋葬了它。

盘羊

人们对盘羊有一个错误的认识，一说到它们头上的角，会笼统地认为它们的角都粗大弯曲，有几分威风。其实应该一分为二地说，雄性盘羊的角粗大，弯曲近乎两圈，看上去很美；而雌性盘羊的角非常短，且弯度也不大，有一种紧凑之感。

盘羊的角上有名堂，亦有故事可挖掘。曾听到过一件有关盘羊角的事，说是阿尔泰山有一只盘羊，其角甚是漂亮，是许多人羡慕之极的宝贝。由于人为的大量捕杀，这种羊现在已经很少了，盘羊亦知道阿尔泰山已不是理想的栖身地，时时都会有危险降临，但它们却不离开阿尔泰山。一次，一伙人用绳索套住一只盘羊，准备带回去喂养。盘羊大声嘶叫，他们用衣服蒙住它的头。运回去后，他们将盘羊关进一个院子里。不料，盘羊一看此处已不是阿尔泰山，便一头撞在墙上，那两只美丽的盘角噼啪裂断，它满脸流着鲜血倒了下去，很快就死了。

盘羊的别名有盘角羊、大角羊、大头羊等，都是因雄性头上的盘角而取的名字。仔细一想便觉得，这样叫对雌性盘羊不公，它们头上本就没有大盘角，还那样叫它们，如果它们听得懂人话，让它们情何以堪？不过对盘羊的误称仅仅只是在民间，到了正式的记载和书籍中，就会明确区分出雌雄盘羊的角，譬如马可·波罗当年途经帕米尔高原时，见到了盘羊，将其雌雄情况一一记载在游记中。不过因他的记录而扬名的盘羊，后来被称为"马可·波罗羊"，又无法区分雌雄了。

盘羊的腿很长，加之它们全身又长得瘦，所以是羊类中奔跑速度最快的，但是它们的奔跑仅限于平地，一旦上坡或爬山，力量和技巧都不如岩羊。所以在山冈或半山坡上，从来见不到盘羊的影子。它们深知自己在高处力气不济，所以在遇到危险时，便一头从高处翻滚下去，无论山坡多么陡峭，或有多么尖利的棘刺，它们都毫不畏怯。等滚到低处的平坦地带，它们马上发挥平地奔跑的优势，借助岩石或沟壑迅速脱身。它们的这一怪招，让天敌目瞪口呆，无法继续追赶。

盘羊的双角好看是好看，但却颇为沉重地压在头上，让它们的行走难度骤然增加。解决这一麻烦的唯一办法，就是少动多静，最好不要做那些让头部着地的动作，因为那样的话极有可能会让自己一头栽倒。那些衰老的盘羊，双角不但是生存累赘，而且妨碍行走和觅食。只要没有大的惊扰，它们便不会长途迁徙，待在一地直至老死。它们死后被风沙吹打，最后只剩下一具尸骨，但双角却完好无损，夏天被烈日暴晒，冬天被风雪吹刮，最后便变得明净沁亮。有盘羊从旁边经过，表情淡然，看都不看一眼。

负重让它们长久忍受孤独，并慢慢养成了沉默的习性。因为要少动多静，所以它们便以小群活动，每群数量经常为五六只，最多不过数十只。即使是在新疆这样的地方，也到处都有河流、湖泊和小溪，但盘羊却因为不能走远路，便常常忍受饥渴。任何一种生命，只要能够忍受痛苦，就必然会滋生另一种本领。盘羊因为长久忍受饥渴，便锻炼出了极耐渴的本事，几天不喝一口水也不会有事，到了冬天喝不上水，它们便大口大口地吃雪，同样能解饥渴之急。

因为深知自己不能剧烈奔跑，所以它们时刻保持警惕，以防陷入无望的深渊挣扎。所以，它们无论采食还是休息，总会有一只盘羊站在高处守望，一旦有异常或危险，即向群羊发出信号，群羊便马上转移向安全的地方。

交配是雌雄盘羊难得放松的时候，一只雄盘羊与近十只雌盘羊组群，然后逐一与雌盘羊交配，显得繁忙而又幸福。但要想享受那样的情欲幸福，雄盘羊之间却要经过激烈的争偶打斗，当众多雄盘羊被击败驱走，最后留下的一只，才能进入来之不易的温柔乡。雄盘羊争偶打斗期间，人们隔着一座山都能听见它们的盘角相撞的响声。如果有幸看到它们打斗，便可看到它们因为打斗留在角上的痕迹，或者因为用力过猛撞断或撞裂的残角。

盘羊活得难则难矣，但却不容被改变基因。基因犹如神一样悄然存在，是左右生命和成就生命的最强大的力量，这一点在盘羊身上有一典型例证。有一人让盘羊与家养绵羊杂交，期望培育出硕大的绵羊，但多次试验都没有成功。但在大自然中，盘羊与山羊自然交配后，却成功繁殖出了后代。但仅仅只是杂交出了后代，在生殖方面，它们的后代像马和驴杂交出的骡子一样，再也无法繁衍出下一代。

另有一事，曾有一人抓了一只盘羊羔，不料饲养长大后，却变得非常凶猛，常常攻击人。那人叹息一声，遂将那只盘羊放归。某一夜，那只盘羊复又返回，用头上的双角把栅栏撞倒，进入院子后把晾晒的奶酪撞翻，然后又一蹄子把奶桶踢飞，才转身离去。那人惊愕，看来那只盘羊复归大自然后，认为它在这里受过屈辱，便回来报复了一番。

在一个山谷的尽头，曾有一处悬崖，发生过一大一小两只盘羊的故事。那个故事很美，据说在别的地方也同样发生过，只是在那个悬崖发生时被牧民亲眼看见了，就变成了在牧区流传的一个固定版本。两只盘羊，一个是母羊，一个是幼羔，被狼追到了那个悬崖边。牧民们在另一座山上看见了这一幕，他们为救盘羊大喊大叫。盘羊听到了，只是无望地扭头看了看便又转过头去。狼也听到了，见牧民远在另一座山上便无所顾忌，继续向盘羊逼迫过去。盘羊看了一眼狼群，突然发出一声嘶鸣向崖中跳去。在半空中，儿子在母亲的背上用双蹄一点再次起跳，落到了对面的一块石头上，而它的母亲却在崖底传出一声嘶叫，小盘羊探头向崖底张望，悲呼声不断，但黑乎乎的崖底没有一丝声响。母亲用自己的死帮助了儿子。牧民们后来下到崖底，将那只盘羊摔碎的身骨捡起，葬在了太阳一出来就能照到的地方。

北山羊

羊的头上大多有角，但北山羊头上的角尤其特别。

人们但凡见到过北山羊，第一眼看见的，是它们头上的两个长角，从脑袋上向上竖立，看上去又弯又长，酷似两把要刺向苍穹的长刀。

细看它们的长角，只是稍有弯度而已，但到了尖端则变得无比尖利。有时候阳光照在它们的双角上，便闪出寒光，让人不由得骇然地想，如果人被它们的角刺中，恐怕很难再活命。但是北山羊从不主动攻击人，哪怕人为了得到它们头上的双角而谋害它们的性命，它们也似乎很难愤怒，除了转身逃跑外，连一声发泄的嗥叫也不发出。

因为北山羊的双角又长又尖利，所以与他者拼斗发力时，无疑是两把得力的武器。曾有两只北山羊打斗，它们都扭动脖子，将头上的双角摇出一片幻影，意思是对方如若胆敢来犯，一定会受到致命的打击。当然，示威并非北山羊的本意，它们的目的是打败对方，哪怕打斗结束后伤痕遍体，鲜血直流，那也是让自己赢得胜利的色彩，亦是至高的荣耀。那天，两只北山羊经过一番你死我活的拼斗后，一只将另一只挑起，一下子甩出很远。那只山羊落地后怏怏然爬起，失败的羞耻让它再也无力去继续打斗，但它难抑心中气恼，将头上的双角在石头上碰得啪啪响，让人觉得它既在表示不服，又不得不痛苦地咽下屈辱。

北山羊的双角不仅用于打斗，在平时亦有用处。牧民熟知北山羊，亦见过北山羊的很多壮举，所以他们称北山羊为悬羊。有一次，一位牧民看见一只雪豹追逐一只北山羊，北山羊爬上悬崖，脖子一伸用双角钩住一块岩石，把自己悬挂在了悬崖上。雪豹数次欲扑咬它，无奈它悬空而挂，让雪豹无法得手。最后，一向在追逐方面堪称"闪电杀手"的雪豹无可奈何，茫然地看了几眼北山羊后离去。

新疆有一句关于动物的谚语：腿不快，蹄子一定坚硬；牙不长，爪子一定尖利。意思是说任何一种动物，身上都有可发挥威力的地方。北山羊除了双角外，蹄子就很厉害，其踝关节富有弹性，能在攀岩时对身体起到很好的平衡作用。它们脚趾也非常灵活，能像钳子一样，紧紧抓住山石不放，这也是它们攀岩如履平地的法宝。有两只北山羊在悬崖上攀爬，前面的一只因无路可走，不得不给后面的一只传出退回的信号，但在悬崖上向上爬容易，而要往回退则难上加难。后面的那只北山羊用两只后蹄紧紧抓住岩石，然后转身向下，看清了后退下山的路途，轻松下了山。

早晨和黄昏，是北山羊最喜欢活动的两个时间段。白天和黑夜，它们一直趴在裸岩上休息，只有早晨天刚刚亮，或黄昏时天色渐暗，它们才会去吃草和饮水。它们成群活动时，由身强力壮的雄羊担任头羊。头羊的判断能力极强，选择的方向亦不会错，所以它走到哪里，群羊便跟到哪里。它们吃草时，会派出两三只雌羊，站立山冈顶上或巨石上放哨。别的野羊都是由雄羊担此重任，唯独北山羊中，这一重担落在了雌羊肩上，想来让人觉得不可思议。但雌羊却会尽职尽责，一旦发现四周有动静，便马上通知群体不要贪恋几口青草，迅速爬上悬崖峭壁。它们转移的速度极快，就连雪豹也常常被它们甩开，无可奈何地对着它们的背影喘着粗气，然后悄悄离开。对于雪豹而言，这样的事是屈辱和失败，它们顿时变成沉默者。

说到雪豹，它们与猞猁、狼和豺等都是北山羊的天敌。雪豹擅长登高捕食，但它们猎杀北山羊却要靠偷袭，因为它们的奔跑速度不及北山羊，稍有动静就会被北山羊甩掉。如果正面攻击，北山羊的双角则让雪豹害怕，雪豹的大嘴尚未咬到北山羊，便会被北山羊用双角挑起，悬在半空绝望地哀嚎。北山羊不但善于用双角去挑和刺，而且还会将挑中或刺中的动物甩出，把它们重重地摔在石头上，让它们脑袋开花，先是在血泊中抽搐，后便慢慢不动一下。

北山羊持双角傲敌，常常在地势险要的山巅，或旁边是深渊的地方觅食。知道它们厉害之处的雪豹不敢冒犯，而不知道它们厉害之处的雪豹，则以为它们在悬崖边无路可走，势必能够把它们一口咬倒。但是雪豹犯了轻敌的错误，北山羊引诱它们到悬崖边，突然一改被动的局面，将双角挥舞得如同密不透风的弯刀，向它们发起猛烈攻击。它们顿时便蒙了，被北山羊用双角挑起，一扭头扔进了深渊。

在交配期，众多雄羊为了争偶，经常出现"情敌"相见分外眼红的场景。它们将两只前蹄抬起悬在胸前，偏着头将双角斜伸而出，用力撞向对方。两只北山羊的角长短都差不多，撞在一起后相持不下，会摩擦或碰击出刺耳的声音。据说，北山羊的双角发出的力量，可以达到四吨，怪不得雪豹会被它们一头挑飞出去呢。两只打斗的北山羊，到最后必然会有一只败下阵去，头上的双角似乎也变得模糊了。

在新疆岩画中，常常出现北山羊，它们扬着头上的"弯刀"，或追逐，或交配，显得气宇轩昂。岩画是古代游牧民族在放牧间隙，捡起石子在岩石上刻下的图案。他们目睹动物的活动，看着看着便看出了它们的爱恨情仇，亦目睹了它们的生死，便在岩石上留下对动物的记录。他们刻画得随心所欲，但却留在了时间里，数千年后仍栩栩如生。

多少年前，北山羊是天地间的精灵，如今依然如故。有一位摄影家在天山遇见一大群北山羊，它们头上顶着一对弯角，像舞台上的武将身后颤动的翎子。正是夏季水草丰美之时，它们个个膘肥体壮，棕褐色的毛皮缎子似的发亮。它们聚集在一起吃草，当幼羊跑出一定范围，成年羊就用角把它们顶回来。

后来，它们发现了那人，便停止吃草，警惕地望着那人。那人一边拍照一边接近，放哨的雌羊一声呼啸，群羊呈扇形夺路奔逃，很快便攀上崖巅。此时崖巅被巨大的逆光吞没，它们便变得像黑色雕塑。有一只北山羊，是这群北山羊中的老寿星，其双角已弯到了臀部。别的北山羊都已逃遁，唯有它将臀部转过来对着那人，让那人无法按下快门。

附近有一户牧民，其十一岁的儿子对北山羊了如指掌，他主动提出帮助那位摄影家。他的办法是由他对着那群北山羊唱歌，它们听到歌声后便一一走过来望着他，像是用无声的语言在与老朋友交谈。那位摄影家调整好角度，拍得了数幅满意的作品。

　　奇怪的是，那摄影家将镜头推到一只北山羊的头上，准备拍一张它双角的特写时，它却像是感应到了什么似的，突然将头扭到了一边。他又将镜头对准另一只北山羊，结果出现了同样的情况。一番折腾下来，所有的北山羊像是都感觉到有人要拍它们的双角，遂一起奔跑而去，把一片烟尘留在戈壁上，久久不散。

黄羊

在沙漠戈壁中，最多的是黄羊，据说，仅卡拉麦里一地，就有数万只黄羊。

黄羊生存得极为自在，从不与他者争抢、打斗或冲突。它们吃草时各自散开，迁徙时形成集群，像大手一样从沙漠戈壁上抚过，却不留一丝痕迹。

在动物界，黄羊不坏，亦不恶，但它们却有一个不良习性，即顽皮。它们吃草时，喜欢像收割机一般齐刷刷地将草啃食，草场被它们那样吃过一次，两三年才能恢复。不仅如此，它们吃饱后还喜欢蹦跳，对草根又是一番践踏。牧民感叹：黄羊走过的地方，草原会变成沙漠。

黄羊因为顽皮无度，给自己也带来了危险。白天，黄羊意识到危险时，会有两种反应。其一，一头扎入石缝或树丛，将臀部露在外面，猎人凑近，从容将其射杀；其二，拼命奔跑，欲将猎人远远甩开，猎人骑马追逐，追得它们挣破了肺，一头栽倒毙命，猎人便从容获取。

在夜晚，黄羊亦因顽皮而多遭杀戮。猎人们找到它们后，会突然打开手电照向它们的眼睛，它们却不躲不闪，专注去看手电强光，看着看着，眼睛便暂时失明，被猎人从容开枪毙获。人们为此感叹：黄羊白天死在屁股上，晚上死在眼睛上。

虽然死亡让人心痛，但黄羊超强的繁殖能力，却能弥补死亡带来的减员，而且弥补的数量会大大超过死亡数量。但凡一地有黄羊，便必然是庞大数量。

我第一次见到黄羊，是在新藏公路的一个叫"甜水海"的地方。甜水海这个名字，猛一听会以为那里的水很甜，而且还是很大的湖。实际上甜水海只有不显眼的湖泊和大小不一的几条河流。很多人到达甜水海后因羡其名，必尝饮其水，一口喝下去才知道甜水海的水不但不甜，反而很是苦涩。于是便明白，当初起"甜水海"一名的人，开了一个玩笑。

该地有一兵站，名曰"甜水海兵站"，是我们这些汽车兵上山下山、停留住宿的固定处所。有一年春天，连队执行开年第一趟运输任务，行至三十里营房，见积雪未化，到了甜水海，仍是冰天雪地，俨然是在寒冬。一战友无意瞥见，结冰的湖中伫立着一只黄羊，浑身被冰和积雪包裹，犹如一座冰雕。打听后得知，某一日此黄羊奔跑进湖，因难耐饥渴便破冰长饮，等它喝足解了渴，才发现四蹄被冰卡死，已无法拔出。再后来，冰面复又冻结，它便被冻在冰中。经过几天几夜哀嚎，终再无力气，无声无息保持一个固定姿势，迎送每日的白天和黑夜。

大家叹息，此黄羊为了喝口水，便搭上了性命。藏北生存之不易，由此可见一斑。

下山时，甜水海的冰雪仍在，却不见了那黄羊。向甜水海的人询问，得到的答复是，某一夜听得外面有动物嘶嚎，第二天早上便发现那黄羊不知去向。人们对其去向猜测了多种可能，较为合理者有二，其一为被狼所吃，其二为众黄羊不忍目睹同类惨状，遂将它弄走。众说纷纭，莫衷一是，终不知真实答案是什么。后数次经过甜水海，总是下意识往那湖中看。想看到什么呢？如果又有黄羊出现，则就又目睹一场死亡。

有一年在下马崖边防连，牧民捕得一只黄羊，剥皮剁肉后送给边防连半扇，我赶上机会便吃了一顿。黄羊肉略粗一些，但边防连的炊事班长会做，他把黄羊肉煮得烂熟，出锅后放了蒜泥和胡椒粉，这两种调料提味，黄羊肉便有了酥麻和辛辣的味道，加之被煮熟后有了黏性，嚼起来有独特的口感。

为了吃这一口，居然煮了五个小时，炊事班长每半小时去翻一次，到了筷子能插进去，便到了出锅的时候。见几块骨头闲置在一边，上面没有一点肉，不料炊事班长说黄羊肉好不好吃，全靠这几块骨头中煮出的骨髓，那可是调味的好东西。看来貌似没用的东西，用处反而更大。

第二天晚上，牧民要大规模打黄羊，我便跟了去。牧民说黄羊是害物，每年春天不捕杀一些，就没办法放牧。我听之一惊，细问之下才知道黄羊每年都早于牧民进牧场，它们啃食草刚冒出的嫩芽，严重影响青草的长势。它们还有吃饱后蹦跳的毛病，草再次受到践踏。不仅如此，它们在春季还容易得病，成批倒在牧场上腐烂，导致瘟疫滋生。狼因为喜欢吃腐烂的动物，所以病死的黄羊被它们吃得一干二净，阻止了瘟疫的蔓延。牧民在平时恨狼，但对春天的狼感激不尽，说春天的狼是宝。

我们在淖毛湖戈壁寻找黄羊群，牧民说黄羊在晚上喜欢在南边的山坡休息，因为南边逆风，不会让自己的气息被风吹入他者鼻孔，而且南边的山坡因为日照时间长，卧在上面暖和。

我们没有发现黄羊群，却看见一只黄羊站在山冈上向四周张望。牧民说只要发现这个"哨兵"，便可获知附近有黄羊群。我们很快便找到了黄羊群，但牧民却并不急于开枪，而是点起一支火把。突现的亮光让黄羊们失去方向感，愣在那里一动不动。利用亮光刺激黄羊的眼睛，是最佳的打猎办法，牧民扣动扳机，一只黄羊呜咽着倒地。

除了那五只黄羊外，牧民还抱回一只小黄羊。它身上没有肉，牧民准备喂养它长大后再宰杀。小黄羊用嘴去拱已死去的母黄羊，间或发出亲昵的叫声。这一幕被牧民的女儿看见，她的眼泪流了下来。

牧民没有发觉女儿的反应，手中的刀子上下翻飞，一只黄羊很快便被开膛破肚，皮肉分离。他正埋头干活，一只黄羊因为没有被子弹击中要害醒了过来，哀嚎着意欲逃走。它太过惊恐，只逃出两三米便一头栽倒。它逃脱不了死亡，其结局必然是死亡。经验丰富的牧民不慌不忙，伸出手将黄羊按倒在地，一手扭它的脖子，一手抽出了腰间的刀子。那小姑娘还没有离去，她看见那只黄羊眼中的神情起初是挣扎，之后是无助，最后是绝望。刀子刺进它的喉咙，它呜咽几声便不动了。

小姑娘咬紧嘴唇，泪水从眼中涌出，牧民仍然没有觉察。他的目光在荒野和沙漠中，加之又经常打猎，便不会怜悯一只黄羊，至于周围人的反应，则更容易被他忽略。

　　第二天，那只小黄羊不见了，人们四下查看，见有一串小小的蹄印延伸进戈壁。小黄羊是被关在羊圈中的，加之又有高高的围墙，它如何能够逃走？大家议论纷纷，那小姑娘咬紧了嘴唇，脸憋得通红。

　　我知道了答案。

高鼻羚羊

说起高鼻羚羊，人们必提它们的大鼻子。它们的鼻子之大，似乎整张脸上没长别的，只有一个大鼻子。

但凡见过高鼻羚羊的人，都觉得那么大的鼻子会碍事，但它们无论吃草还是喝水，都显得颇为自然。

细看，它们的鼻子真是太大了，不但把脸都遮没了，就连嘴巴也被堵在了鼻子下面。太大的东西往往都抢眼，何况一张脸上只有一个鼻子。于是，它们因大鼻子而出名，成为动物中的一怪。

如果高鼻羚羊走来，远远地便会让人觉得，它们要将大鼻子触到人身上，或嗅闻人身上的味道，或一下子把人撞飞。只要知道它们大鼻子的好处后，就不会怕它们，也不觉得它们怪了。它们的大鼻子里长满鼻毛、腺体和黏液管，每个鼻孔中还长有一个特殊的黏液囊。在大雪纷飞的寒冬，它们的鼻孔一张一合，便将吸入的空气加热，并变得更加湿润。于是乎，哪怕大雪在一夜间让天地皆白，高鼻羚羊也不怕冷，极为悠闲地在雪地里走来走去。

有一人见到一只高鼻羚羊，它每天清晨必走到河边，长久伫立不动。起初那人不解，后看见它的鼻孔在微微张合，遂明白它是在呼吸新鲜空气。那只高鼻羚羊呼吸一番后，复又走很远的路回去。如果路上有草，它便边吃边走，不浪费时间。

人们常说的逐水草而居，亦是高鼻羚羊的生存规律，它们但凡发现水草尚可的地方,便设置标志告诉同类,此地已名花有主,外来者不可进入。高鼻羚羊很自律,只要看见那样的标志,便会掉头离去。

那人看到的那只高鼻羚羊,后来在它身上又发生了故事。入秋后的一天,那人好几天不见那只高鼻羚羊来河边,心中便一阵失落,但他心有不甘,循着高鼻羚羊留下的蹄印,一路寻找过去,终于看见高鼻羚羊集结成了大群在迁徙。天气越来越凉,高鼻羚羊赖以生存的荒漠和半荒漠地带,已不适宜于再待下去,它们必须得迁徙到暖和的山谷草原,待到明年春天再回来。那人变得欣喜,心想河流明年还在,你们明年还要呼吸,到时候我们还能见面。

高鼻羚羊迁徙到避风的山谷中后,会尽量减少走动,互相依偎在一起取暖。实在冻得受不了,它们才会让大鼻子发挥作用,将空气吸入鼻孔加热,全身便暖和起来。

有一人在山谷中见到一群高鼻羚羊,听见此起彼伏的呼吸声响彻山谷。那人觉得所有高鼻羚羊都像是打开了鼻孔中的"加热器",那鼓噪的声音和它们不动声色的神情,似乎把寒冷压到了别处,再也不会使它们寒冷。

更多的时候,它们则转移到向阳的山坡上,在温暖的阳光中散步,如果运气好,还可以碰到几株枯草,它们把大鼻子稍微向上抬一抬,用舌头卷住枯草,然后吞进嘴里。它们生性乐观,遇到晴好的天气,便互相打闹,有时甚至会群殴,在山坡上弄得石头乱飞,尘土飞扬。知道详情的牧民说,它们是闲的,不然不会这样胡闹。也难怪,此时的它们不觅食,不迁徙,早就身懒了,再不活动几下,开春后如何迁徙到采食的地方去?

挨过冬天,它们便迎来春天的迁徙。此时,人们才发现高鼻羚羊的奔跑速度极快,往往从一个山脚闪出,像一团黑影一样掠过,很快便在另一山脚下不见了。人们盯着在山脚弥漫的尘灰,尚未回过神来,后面又传来密集的蹄声。是一群出生不久的高鼻羚羊,虽然速度略慢于成年高鼻羚羊,但亦在后面紧追不舍。

到了采食的地方,如果青草长势良好,它们便从容吃草,许久都不把头抬起。人们不解，难道它们只吃草不喝水吗？其实它们有长期不饮水的能耐，哪怕河流就在跟前，但只要有青草便不挪动一步。有人由此为它们总结出一句话：只要吃饱，便就不渴。它们只有在缺乏青草时，才会去寻找水源。有人为此又为它们总结出一句：肚子饿了，也就渴了。

它们吃草时看似漫不经心，但嗅觉和视觉十分灵敏，既可嗅到四周的气味，又可用余光捕捉天气的变化。如果天敌出现，在一公里外就已经被它们发现，会及时转移到安全的地方。

近年来听到不少高鼻羚羊死亡，其中最震撼人的，是哈萨克斯坦的十五万高鼻羚羊的集体死亡。忽一日，本来好好的高鼻羚羊，一头接一头地倒下，其场面之悲惨，让哈萨克斯坦举国震惊。

为何高鼻羚羊会集体死亡？是它们感染了多种细菌引起传染病，还是它们突然不适应在哈萨克斯坦生存，像三四亿年前的恐龙一样，遭遇了绝灭的日子？猜测仅仅只是猜测，因为找不到答案，便也就没有结果。

我先前听说新疆有高鼻羚羊，便期待早日看到它们的大鼻子，但后来得到的消息是，高鼻羚羊在目前哈萨克斯坦、蒙古、俄罗斯等国有一些，新疆乃至中国已经灭绝。这个消息听得人心凉，濒危物种已离我们越来越远，而我们又怎样能把它们从夕阳余晖中呼唤回来？

我见过一具高鼻羚羊的尸骨。有一年冬天，我们去古尔班通古特沙漠为《丝路游》杂志做一个专题采访，在一个沙丘下，见有一块骨头露在外面，用手一拽，很沉，复又用力，便拽出一具酷似羊的尸骨。它已死去多年，不但皮肉不存，就连骨头也有泥土的浸色。我无意间发现它的鼻骨很大，仔细一看，便断定是一具高鼻羚羊的尸骨。

当时在内心感慨，未见高鼻羚羊，倒先碰到其尸骨，不知何时才能见到活物。埋好尸骨后，见旁边有一株野草，虽然长得不易，但却茂盛，还开着漂亮的小花。我们在小草根部围了一些细土，希望它抗得住风沙，永远存活。

今天听说，新疆从俄罗斯引进了高鼻羚羊，经人工饲养后，成活率喜人。我想，如果把它们放入大自然，让它们自由存活，就更好了。

紫貂

说到紫貂，人们必想到裘皮。紫貂和水貂的皮毛，被称为"裘皮之王"，可做成裘皮大衣，是珍贵的衣服。

紫貂又叫黑貂、赤貂、青门貂等，体形很像黄鼬（黄鼠狼），但比黄鼬要大很多。实际上黄鼬与紫貂没有可比性，黄鼬的毛杂乱无章，皮子更是硬邦邦的，而且还隐隐散发出一股腥膻味，从来没有人用黄鼬皮做皮衣。有人曾将一只黄鼬误以为是紫貂，心中掠过一丝欣喜，但后来发现是黄鼬，便恼得骂了一声。谁身上要是穿上一张黄鼬皮，不被人说成是偷东西的才怪呢。

在古代，宫中的侍从也有一定的官衔，其帽子上常用貂尾做装饰。《晋书·赵王伦传》记载，当时由于朝中的官员太多，以至于貂尾不够用，就只好用狗尾代替。因此人们讽刺道："貂不足，狗尾续。""狗尾续貂"这句成语就来源于此。

紫貂的皮和毛均为上乘，其皮板细腻，绒毛丰厚，色泽光润，历来被视为珍品。用紫貂皮制成的裘装，得风则暖，着水不濡，落雪即消。在清朝，唯有皇室与二品以上王公大臣，才能穿着貂裘，下等官员和百姓则不能奢望。实际上，当时官府垄断了貂皮的生产，因此曾流传过这样一句说法："头品玄狐二品貂，三品四品穿倭刀。"倭刀是青狐的别称，毛色兼黄黑，贵重次于玄狐。

紫貂多生存于东北地区，貂皮与"人参、鹿茸"并称为"东北三宝"。

我本以为新疆没有紫貂，不料一次在阿勒泰，我们去白哈巴村后的山上套兔子，忽听得雪地里一声响，便见一只浑身光亮的动物在雪地里奔跑。是我们惊扰了它，它要迅速窜到安全的地方去。

有人认出了那动物，大叫一声，是紫貂。

难得一见，我们便盯紧着它看，它颇为敏捷，在起跳之间便蹿出一大截。因为它浑身的黑色皮毛光滑，加之那条尾巴左右飘忽，看上去像是一团黑光在闪烁。认出紫貂的那人又叫出一声，不料紫貂却突然站住，回头看我们一眼，一跃爬上旁边的树枝，歪头看着我们。我们不知它为何会这样，难道奔跑并非上策，便停下寻找更好的办法？但它并不长久停留，很快便跳下树，复又向前奔跑。我们便又看它奔跑，它的奔跑极有规律，一会儿小步跑，一会儿又大步跑，总是边跑边向四周张望。最后在山头一晃，便不见了。

好不容易见到紫貂，只看到了它的奔跑，心里有些遗憾。后来知道，紫貂捕食和避敌时，都是连跑带跳，一般纵跳可达半米，有危险可跳到两米远。想想那只紫貂不紧不慢的样子，想必它断定我们奈何不了它，便跑得心中有数，跳得缓慢从容。

是夜，在村中一户人家聚了好几人，众口皆谈紫貂。原来，白哈巴村有不少人见过紫貂，对它们的习性了如指掌。看他们说得那么兴奋，内心便悬了起来，该不会他们都捕杀过紫貂吧？

他们说，捕什么呀，这么多年了，紫貂认识我们，我们认识紫貂，但是却当不成亲戚。为什么？因为它们知道人们会图谋它们的皮毛，所以从不接近人。听到他们这样说，悬着的心才踏实了。紫貂那么可爱，又那么珍贵，我可不愿听到紫貂被捕捉的事。

再接着聊，就轻松多了，紫貂由模糊变得清晰，亦让我感觉到了它们的可爱。它们喜欢在白天活动，说是活动，其实是猎食，通过嗅觉和听觉猎取小型猎物，譬如鼠类、小鸟和鱼类，如果运气不好，便只好吃浆果和松果。紫貂大多在森林里筑巢，遇到恶劣天气便不出巢一步。如果遭遇到危险，它们并不会直接逃回巢中，而是远远地绕几圈，直至认为追击者不会发现其行踪,才会返回巢穴。紫貂的巢多在树洞或石堆中,储藏有大量食物,躲上数日不成问题。

任何一种生命,都有自我调节的生存能力,紫貂也不例外。在紫貂中,除了雌貂生育会留在巢穴外,它们大多数时候四处流浪,以石缝、石洞、石塘、树洞等为临时栖息地。但它们非常喜欢整洁,哪怕只过一夜,也要把洞内收拾得干干净净。譬如用草、鸟儿的羽毛和兽毛布置出卧室,并在一旁再弄一个厕所。无论多累或天气多么不好,它们都要储备好第二天的早餐,然后才会趴下休息。它们极爱惜身上的毛,从不在躺卧时将其压得凌乱。早晨起来要做的第一件事,是用爪子梳理身上的毛,直至把毛梳理整整齐齐后才开始吃早餐。它们或许知道长了一身珍贵的毛,所以在平时格外珍惜,譬如它们从不逆风而行,因为那样风会把身上的毛吹乱。爱美之心让它们养成了好习惯,亦建立了美德。它们从不与别的动物打斗,亦从来不主动去侵犯他者,因为它们怕身上的毛被弄坏。

说到为何阿尔泰山有紫貂,有一人在行,他说阿尔泰山属于亚寒带针叶林地带,海拔在1500—4400米之间,山势绵亘蜿蜒,溪流密布如网,河流两岸植被丰富,林木茂盛,气候寒冷,是典型的雪林气候。紫貂适合在这样的地方生存,所以在新疆只有阿尔泰山才能见到紫貂。

紫貂的交配很独特。春季时,雌貂有假发情现象,它们兴奋地大叫,在树上上蹿下跳,似乎急切盼望着雄貂到它们身边去。雄貂被它们诱惑得心旌荡漾,纷纷叫着往它们身边围去,但忙活半天才发觉它们并没有那个意思,上当受骗使雄貂很恼怒,于是用尾巴甩出一股怒气离去。但有的雄貂仍不放弃,一个雌貂不行,便又去找另一个,说不定真有雌貂发情了呢!雌貂真正的发情期在六至八月间,那时候的雄貂不再慌张,所有雌貂看雄貂的目光都柔情四溢,并且一直呼唤雄貂到它们身边。但它们不会在光线明亮、视线开阔的地方交媾,总是要躲到树林深处去。进入树林之前,它们会在地上踩出清晰的爪痕,以示同类不要干扰它们。

有一人见过紫貂颇为传奇的一幕。它从一棵树下经过时,看见树上挂着一块黄羊肉,那是雪豹捕获的猎物,一顿吃不完,便挂在树上以待下顿。

那只紫貂爬上树把黄羊肉扯下来,放开肚皮吃了一顿。雪豹发现后怒叫一声,迅猛向紫貂扑来。紫貂一起一落闪出黑影,很快便蹿上了山,把怒不可遏的雪豹扔在山下。

紫貂到了山冈上,迎风妩媚站立,让风把它的毛吹顺,然后把一片黑光闪到了山后。

山下的那只雪豹,又怒叫一声。

兔狲

从名字上看,兔狲似乎与兔子和猴子有关,但是它们长得既不像兔子,也不像猴子,不知是谁给它们起了兔狲一名,让人听得疑惑重重。

兔狲不出声时,会让人以为是猫。只有听到它们发出粗野嘶哑的叫声,才知道兔狲绝对不是猫。猫多温柔,常会引得人忍不住去抚摸,而兔狲的叫声让人闻之毛骨悚然,只想远远地避开。尤其在深夜,兔狲发出一声嘶吼后,似乎会让黑夜也为之颤抖。

兔狲的别名有羊猞猁、乌伦、玛瑙和玛瑙勒等,但几乎没有人叫,如果在兔狲经常出没的地方,说出它们的一两个别名,没有人会知道说的是兔狲。

任何一种动物,但凡被人谈论,都会提及它们留给人印象最深的事情。譬如兔狲,一旦被提及就会说,它们的叫声不好听。由兔狲可想到人,脾气暴躁的人说话往往声音大,言辞粗野。兔狲在这一点上极像脾气不好的人,它们但凡心情不好,或见到比它们弱小的动物,便会怪声嘶叫,还会用爪子把积雪或草叶抓飞。不知情者会以为它们心有怨恨,在发泄心中难以抑制的怒火,实际上它们的习性就是那样,如果处处不怒,或者不做一些破坏性动作,便不是兔狲。其实它们那样嘶吼是很费力气的,叫过几声后便趴下休息,粗喘声会长久持续,附近的鸟儿厌烦难忍,都会飞离而去。

但它们遇到强敌时,则一改粗野的脾气,会悄悄窜逃而去,直至到了安全的地方才回头张望,并大声嘶吼。此时天敌已在远处,它们是吼给自己听的。它们在平时那般凶恶猛烈，似乎没有什么能让它们恐惧和害怕，但在与强敌的周旋中却如此反常，它们内心建立的是怎样的尊严？

兔狲仗着有脾气，在弱势群体中经常干一些弱肉强食的事情。譬如旱獭好不容易打出一个洞穴，被兔狲发现后便据为己有。旱獭没有战斗力，兔狲大叫时露出的尖牙，就让旱獭矮了三分，至于兔狲迅猛发起的扑抓、撕咬和撞击，旱獭更是无力应战，几个回合下来便只能逃走。兔狲独占旱獭的巢穴，无论外面大雪纷飞，还是寒风凛冽，都不会对流浪的旱獭心生怜悯。

兔狲整整一天都在巢穴中大睡，不劳而获地享受他者的劳动成果。直至天色渐暗，它们才出巢活动。此时的兔狲饥肠辘辘，捕食欲望会使它们整整一夜都兴奋不已，并且走再远的路、吃再大的苦也不在乎。它们的捕抓对象是野兔、鼠兔和沙鸡，这些小动物无力应对兔狲，常常被它们的利爪一扑就已丧命。曾有一只兔狲发现了一只野兔，它追逐了一阵子却不追了，而是对着野兔发出粗野嘶哑的叫声，野兔一下子便乱了阵脚，窜入一条沟壑意欲躲开兔狲的追赶，但它的选择正中兔狲的下怀，兔狲几步蹿到沟壑边上一跃跳下去，便把野兔扑到爪下，然后一口咬断了兔子的脖子。

另有一只兔狲，抓不到可食的小动物，便把目光盯上一只旱獭，以迅雷不及掩耳之势扑了过去。旱獭因为太过于肥胖，只是用一张小嘴去拱兔狲，一点作用也没有。兔狲反而恼了，一口咬住旱獭的脖子用力向上一扯，便有一股鲜血飞溅而出，旱獭圆鼓鼓的身子在地上滚了两下，便不动了。旱獭肉虽然肥腻，但很少有骨头，正是兔狲喜欢的食物。一只旱獭可让兔狲吃好多天，别的旱獭看见那只旱獭被兔狲一天天啃吃下去，便躲在洞穴中不敢出来。

兔狲最终没有吃完那只旱獭，天气很热，那只旱獭发出了隐隐的臭味，兔狲又要去捕猎新的食物，但它不会把残留的旱獭肉留给别的动物，而是用嘴将其扯到深渊边扔了下去，深渊下是一条河流，旱獭肉很快便被激流卷吞得没有了影子。冷漠、无情和残酷，在兔狲身上体现得淋漓尽致。

但兔狲身上亦有长处，譬如它们对自己无比残酷，遇事时的执着和坚强，在动物界首屈一指。它们腹部的长毛和绒毛，具有极强的保暖作用，它们于是长久伏卧于雪地，等待捕抓猎物的机会。不仅如此，它们还常常一趴数日，别的动物在那种情况下早已没有了耐心，会转移到另一个地方去碰运气，但它们哪怕浑身被大雪覆盖，或四肢被冻得僵硬，仍会一直坚持下去。挨过一天又一天，忍受一阵又一阵饥饿，直至猎物出现，才是它们爬起的时候。它们进攻时又会发出粗野嘶哑的叫声，让捕捉对象魂飞魄散。它们进攻的速度亦很快，在发出叫声的一瞬便闪出一团影子，把自己的尖利牙齿咬到了对方身上。也许是伏卧在雪地待得太久，它们咬死猎物后居然还在嘶叫，听起来似乎有满腔的不快。

冬季是兔狲最难挨的季节，它们常常为抓不到猎物而嘶吼，有时候看见空中的飞禽甚至也叫几声，似乎想用嘶吼把空中飞行者拽下来。有一只兔狲饿得受不了，便去掏老鼠洞，老鼠们惊得从另一出口逃走，而兔狲不知详情，还在那儿忙碌，直至把那个洞掏完，才明白是怎么回事。它恼怒得想大叫，但饥饿、疲惫和失望交织在一起，已使它没有力气，只是张了张嘴，便一屁股跌坐在地上。

另一只兔狲，因饥饿难忍便接近村庄，企图像黄鼠狼一样偷偷抓一只鸡，把肚中的饥饿压下去。但它的运气不好，还没接近鸡舍便被一只狗发现了，那狗一叫，村里所有的狗便扑了过来。它转身向村后的山坡跑去。脱离了危险应该算是幸运，亦应该从中吸取教训，以备下次遇到同样的情况谨慎对待。但它却得意忘形，遂回头向村庄里的狗嘶吼一声，以示它的胜利。它忘记自己正处在饥饿之中，那一声吼用尽了它的力气，以至于吼声刚落，便浑身一软晕了过去。

村中的狗迅速追上围住它，它虽然很快醒了过来，但在冲出群狗的包围圈时，不但浑身被咬得鲜血淋漓，就连一只耳朵也被咬掉。好在它顺利逃脱，在山坡上留下一条血痕，消失在了山冈一侧。

在这件事中，兔狲为自己爱嘶吼的脾气，付出了代价。

猞猁

也许在动物界有一个规律，但凡没有自己的特点，长得像两种或两种以上其他动物的动物，反而更加凶猛。

譬如兔狲、猞猁、云猫和豹猫，都长得极为像猫，其性情都暴烈凶猛，是猫科动物中最为粗暴的一类，常常制造血腥和死亡事件。

猞猁与兔狲一样，长得也像猫，但它们仅仅只是头部像猫，如果从它们的全身看，则要比猫大很多，加之身上有斑点，看上去又像豹子。

猞猁看上去凶则凶矣，勉强还可以接受，但是它们耳朵上的一撮黑毛却很吓人，尤其是发怒、嘶叫和直视时，那撮黑毛会抖动起来，陡然透出几分阴森恐怖之感。熟知猞猁这一习性的牧民说，猞猁耳朵上的黑毛抖三抖，就连石头也会软三分。

它们耳朵上的那撮黑毛，曾给它们带来过灾难，以至于在中世纪其数量迅速减少。那段岁月对猞猁来说极其黑暗难熬，欧洲人认为猞猁是邪恶之兽，因而对它们广泛捕杀。其实它们除了威胁家畜外并无大害，但人们视它们的那撮黑毛为魔鬼的象征，甚至将它们视为撒旦的化身，于是用陷阱、下毒等手段剿除猞猁。猞猁虽然胆大性暴，却抵挡不了人们的清剿，于是便不得不躲藏到高山和密林中。到了十九世纪，猞猁在欧洲的许多国家几乎已被赶尽杀绝。直到二十世纪七十年代，人们改变了错误观念，又开始保护猞猁，它们遂慢慢恢复种群。

如今，猞猁是动物界的独行者。它们从不与其他兽类接触，即使是同类，也各住各的穴，各吃各的食，彼此间从不打照面。熟悉猞猁的牧民编了一个顺口溜：猞猁见猞猁，爹娘都不认。

猞猁在很多时候仍因为像猫而闹出事端，譬如一只幼小的猞猁，看上去便与猫无异，常常被人误认为是猫。阿勒泰有一人，曾把一只小猞猁和猫放在一起，一时便很难分得清哪只是猞猁，哪只是猫。那只猞猁许是要给那人帮忙，便后腿一伸踢出老高，同时嘴一张亮出尖利的牙齿，身上立刻透出凶恶之气。而那只猫只是温柔地叫一声，便伏下了身子。凶恶的是猞猁，温柔的是猫，那人一时分得清清楚楚。

猞猁又有猞猁狲、马猞猁、山猫、野狸子等别名，但叫它们别名的人不多，而叫猞猁这个名字时，从语气中便可感觉出，猞猁是厉害的大动物。

猞猁确实很厉害，牙齿撕咬时利如刀刃，爪子扑抓时又犹如铁钩。它们性情机警而又谨慎，视觉、听觉和嗅觉十分发达，可在三百米外听到猎物的走动，并能闻出是哪种动物。至于它们的眼睛，在夜间可分辨出栖居在树上的鸟儿，悄悄接近后伸出利爪，把鸟儿从梦乡拖入死亡深渊。

猞猁好独居，但凡在一处栖身，必然会在树身上抓出爪痕，或在岩石上撒一泡尿，甚至用舌头在草叶上舔几下，以警示同类不要接近它。而看到标志和闻到气味的另一只猞猁，会向另一处走去。

猞猁亦喜欢独自猎食。白天，如果天气晴朗，它们便躺在岩石上晒太阳；如果刮风下雨，便躲在大树下假寐。那样的地方，是它们事先侦察好的，必须无一动物出没，更不能有一只猞猁。反之，它们宁可放弃，再去寻找理想的地方。

到了黄昏，它们趁光线渐弱，潜伏在灌木丛或岩石后，直至猎物出现在数步之内，便一跃扑出去捕杀。在潜伏中，如发现附近亦有别的猞猁，它们会怒叫，哪怕惊扰了临近的猎物，也不容许别的猞猁出现在自己视野中。它们的独立意识几近于固执，如果两只猞猁共遇一只猎物，必有一只会放弃，像躲瘟疫一样离开另一只。

猞猁是爬树高手，每夜觅食完毕后便上树睡觉。夜色将它们遮掩得一团模糊，但它们仍将四爪伸展开来，紧抓着树枝。如有鸟儿栖落树上，虽然对它们构不成威胁，亦不会发生危险，但它们在醒来的一瞬，会从一棵树纵跳到另一棵树上，或闪出一团黑影跳下树迅速离去。独处怪癖使它们容不下任何动物，亦忍受不了任何活物接近，它们的神经绷得太紧，活得很辛苦。

因为离群独居，猞猁常常孤身活动，亦无固定窝巢。只要远离其他动物，它们即可以孤身蛰居一地，并坚持数日不动。在它们的意识中，但凡有动物即是对它们的干扰，它们会马上远离，再次去寻找理想的栖息地。

有时候，它们会碰到兽类的洞穴，但它们不会凑合过夜，总是转身去继续寻找。找到满意的树洞、地穴或岩缝，它们会在出口处悬放几块石头，如别的动物接近，将其碰落后发出声响，它们即可获得信号。在洞穴中，它们辟出卧室和活动场所，其中必不可少的，是要有一个排泄地点。

猞猁的主要食物是雪兔、野兔、松鼠、野鼠、旅鼠、旱獭、雷鸟、鹌鹑、野鸽，有时也会袭击香獐子、狍子和鹿的幼崽，以及猪崽、小羊等家畜。牧民有一个说法，有猞猁的地方，运气好的野兔能活命，运气不好的野兔变成肉。细问之下才知道，猞猁为了让自己活得好，会控制野兔的数量，每年吃掉一半野兔，留下另一半让其繁衍种群，以供它们以后捕食。

在捕捉猎物时，它们常借助于草丛、灌木、石头和大树等做掩体，埋伏在猎物必经之处等候。它们的忍耐性极好，能在一地静卧几个昼夜，待猎物接近，迅速冲出将其捕获。如果突击未成功，致使猎物逃走，它们毫不觉得可惜，会回到原处等待下一次机会。

猞猁在冬季捕获猎物后，会将吃剩的肉埋在积雪中冷藏，待饥饿时取食。它们的耐饥性很强，如吃不到东西，便在一处静卧，保持旺盛的体力。

在雪地上行走时，它们的爪子会派上用场。它们的爪子上长着又长又密的毛，在积雪行走，便如同雪靴一样利索。

猞猁遇到危险时，会迅速爬到树上躲避，有时还会躺倒在地装死，从而躲过天敌的攻击和伤害。老虎、豹子、雪豹、熊等是猞猁的天敌，但它们都不如猞猁跑得快，很少有猞猁死于它们的大嘴或利爪下。

狼亦是猞猁的天敌，如果单打独斗，狼不是猞猁的对手，尤其是猞猁将爪子和嘴巴结合起来，快速攻击狼时，狼便招架不住，只能落荒而逃。但猞猁很怕狼群，狼群一旦盯上一只猞猁，便分散开从四处进攻，猞猁顾头不顾尾，最后必然会被狼包围咬死。

有一位牧民，曾见到猞猁极为惨烈的一幕。一只狼与一只猞猁对峙片刻后，狼嗥叫几声，便有几只狼从树林中围了过来。狼就是这样，一只狼有难，其他狼便会迅速组成狼群帮忙或救助。那天，那牧民眼见狼群把那只猞猁围住，扑上去咬死后疯狂吞咽，但不远处的几只猞猁，却冷漠地从头看到了尾。

那牧民不解，为何那只猞猁就那样被狼群咬死，而它的同类却视同陌路，不帮同类躲过灾难？

喜好独处的猞猁，其致命的弱点，一览无余。

雪豹

夏天的雪豹是流浪者。

太阳快要落山的时候，一只雪豹走进了牧场。当时的西边还有霞光，将草叶照得泛出明亮的光，牧民们已将牛羊收拢，不远处的帐篷中已飘出奶香和羊肉的香味。那只雪豹从山上下来，径直向牧民们走来。它长得很高大，通体泛黄，被夕阳一照便闪闪发光。

牧民都很惊讶，那只雪豹为何那么大胆，居然敢向人走来？而它似乎对人们视而不见，一直将头扬得很高，迈着稳健的四只爪子走到一条小河边，牧民们以为它要停住，它却一跃而起越过小河，又继续向人们走去。

牧民感觉到了它的某种态度，它像走向战场的士兵，尽管知道前面有危险存在，却仍然要冲上去奋力一搏。牧民断定这只雪豹在示威，他们赶着牛羊进入牧场前，牧场是雪豹、野鹿、野猪、兔子和黄羊等动物的生存之地，人和牛羊进来后，喧闹的声音把它们赶走了。兔子和黄羊性情柔弱，逃得无影无踪；野鹿性情温柔，爬过几座山，越过几条河，就又找到了草场；野猪力气大，随便选一个地方用嘴拱开草地，就可以找到吃的；只有雪豹性情高傲，对饮食的要求极高，不随便应付自己。

牧民想，这只雪豹可能去了很多地方，对那里的水草均不满意，就又回来了。而现在，满山坡和草地都是羊群，高大壮实的牛更是分布于草场的角角落落，哪里还有雪豹的立足之地。牧民从它高扬的头和稳健的步伐上断定，它要"收复失地"。这样一想，他们便觉得如果它与牛羊发生冲突，少不了一场流血事件。牧场上有成千上万的牛羊，如果一拥而上足以将它踩成肉泥。牧民对牲畜有很深的感情，对山上的动物也厚爱有加，不情愿发生那样的事情。

它越来越近，气氛变得紧张起来。有人想朝它喊一声把它吓走，但还没等开口，它却站住望着牛羊，眸子里闪着复杂的光。有一只羊朝它咩咩叫了几声，它也回应着叫，声音急躁而又不安。

牧民想，如果它果真冲向羊群的话，就必须在它刚流露出意图的时候把它拦住。牧民之所以这样想，是怕它把羊冲乱，不好再收拢。他们也不愿牛羊把它踩成肉泥，都是动物，何必互相伤害呢！过了一会儿，紧张的气氛变得轻松起来，它望了一会儿牛羊，又望了一会儿牧民和帐篷，突然转身走了。它转身离去的动作像来时一样，稳健、坚决，而且还似乎夹杂着些许高傲。

牧民望着它离去，牛羊也默不作声。一只雪豹只是这样走进牧场，什么事情也没有发生，这样的结果最好。

但一匹马却被雪豹激怒了，它长鸣一声，腾起四蹄向雪豹追去。牧民们大惊，但却已经无法阻挡，只能看着马冲了过去。雪豹回头看了一眼马，腾开四蹄边跑边回头向后张望，似乎含有挑衅之意。马更愤怒了，加快速度向雪豹追去。雪豹跑到牧场边缘，一看马已经接近自己，便飞速蹿入林子，向山岩上攀去。山岩奇形怪状，几近无路可走，但它却闪转腾挪，非常灵巧地在山岩上跳来跳去，不一会儿便爬上了山顶。

马只好在林子边停住，急切地叫着。马只能在平地上施展本事，在山岩上便寸步难行。很快，雪豹在山顶没有了踪影，而马却仍在下面呆呆地望着。少顷，它默默地转身而回。牧民们和牛羊都望着它，它像战败的士兵。

这件事过去好几天后，又有一只鹿像那只雪豹一样走进了牧场。在短短的时间内，事情又像那天一样重复上演了一次，那匹马又追了上去。那匹马也许想借这头鹿为前几天的屈辱雪耻，但它还是被鹿甩在了后面，那只鹿攀越山岩的速度比雪豹还快，从几块岩石上飞跃过去，转眼就不见了。

牧民说，这匹马明年无论如何得骟了，不然，它老是干傻事。比如追鹿，一般情况下，马都不会干这样的事情，鹿的灵活没有哪种动物能比得上。在牧区，人们曾亲眼见过一只鹿将一只狼一蹄子踢死。还有一次，一群狼将一只鹿围住，准备合拢后将它咬死，但它却从狼群头顶如流星一般一跃而过，转眼就跑出了很远，狼群被惊得愣怔半天才有了反应。

过了几天，那只雪豹又走进了牧场。也许因为已经来过一次，加之又战胜了那匹马，它在牧场走动时毫无陌生感，就像羊群中的一只羊一样。那匹马也许已被它征服，对它消除了敌意。慢慢地，雪豹和牛羊成了朋友，与那匹马更是显得亲近。它每天从林子里出来，不时地发出啸鸣，那匹马和牛羊听到它的声音便遥相呼应，纷纷与它对鸣，牧场上便变得非常热闹。牧民也颇为高兴，他们觉得一只雪豹与牛羊融到了一起，牧场上有了新的生机。

后来，几个猎人来到了牧场，他们听了雪豹的故事后对它动了心思，牧民警告他们，谁敢动那只雪豹，他们跟他没完，谁让那只雪豹流血，他们就让他流血，猎人不吭气了。但牧民没有料到猎人会偷偷地下手。一天早晨，那只雪豹刚走到牧场中间，他们围住了它，它想钻入林子攀山岩离去，但猎人早已摸清了它的动机，派两个人死死地守着它的退路，无奈之下它只有向另一个方向奔突，挡他的猎人没有拦住它，它便冲出了包围圈。猎人在它后面穷追不舍，一直把它赶到了一个悬崖边。它站在悬崖边悲哀地嘶鸣，牧场上的牛羊和那匹马应和它的叫声，发出躁动不安的叫声。猎人逼近，用枪瞄准了它，它停住嘶鸣，纵身跳入悬崖中……

我到牧场的时候，这件事已经过去好多天。牧民给我讲述那只雪豹的故事时，牧场上的牛羊吃着草，不时地扭头向悬崖那边张望。那几个猎人早已经跑了，牧民要找他们算账，他们怕流血，怕死，只能逃之夭夭。

一天，我走到那个悬崖边，悬崖深不见底，黑乎乎的似有鬼魅在游动。正要离去，却见对面的崖壁上有几朵花，红艳艳地开着。崖壁陡峭，不长一树一木，但这几朵花却选择绝壁而生，而且开出了鲜红的花朵。

想着一只雪豹是从这儿跳下去的，心便沉了，它跳下去的一刻，是否看到了这几朵花？

村庄里的鸣叫
有四十四个回声

黑蜂
羊驼
老鼠
绵羊
黄鼠狼
狼狗
猎鹰
细狗
牛
毛驴
鸽子

黑蜂

蜜蜂，我自小便熟悉，并经常接触。

我们家养的那些蜜蜂，总是在天气开始热的五月份分巢。天一热人的瞌睡就多，所以蜜蜂分巢时，往往人们都在睡午觉。但奇怪的是，不管你睡得多么沉，它们从母巢中飞出后围着房子嗡嗡叫，平时听到的只是单个的蜜蜂叫声，此时它们有几百只，一起叫的声音很大，很快就会把主人吵醒。我的叔叔爬起来一看，是蜜蜂分巢了，便高兴地拿起那根长竹竿，挑起一个圆形的蜂罩，伸到它们中间去寻找蜂王。如果蜂王钻进了蜂罩，其他蜜蜂很快就抱成一团。有时候蜂王死活不进蜂罩，硬是要带领弟兄们飞走。我按叔叔的吩咐提来一桶水，他用木勺舀起水向它们泼去，同时嘴里说着："蜂王进斗，蜂王进斗，白雨来了，白雨来了。"有时候蜂王能被这种办法治住，就带着弟兄们钻进蜂罩（就是叔叔说的那个"斗"）。叔叔小心翼翼地降下竹竿，用手将蜂罩提住，放入早已准备好的蜂桶内。有时候蜂王并不被这种从地上下起的"白雨"吓住，带领弟兄们展翅飞向远方。叔叔看着那个黑乎乎的集群慢慢没有了影子，发出一声叹息，回去继续睡觉。他也许很失落，往往睡到太阳落山都不起来。

给我留下深刻印象的还是那些入了蜂桶的蜜蜂。蜂罩放进蜂桶后，叔叔并不急着把蜂桶的门关上，而是站在一旁观察。我和弟弟不知道他在观察什么，便也蹲在他身边观看。那种等待是漫长的，蜜蜂一只一只爬出蜂罩，在蜂桶上趴成一片，等到所有的蜜蜂都趴下了，才见蜂王出现。它慢慢悠悠地在众蜂背上走着,好像在检阅这个新组成的王国。这是养蜂人唯一能够见到蜂王的时刻,它确实比所有的蜜蜂都大。蜂王走过的地方,留下一条湿湿的痕迹,不知是蜜汁还是什么。那条痕迹给我们留下的印象很深。那只蜂王在往前走着的时候,奇迹在它身后出现了,有几只蜜蜂爬起身,低头吻着它留下的那条痕迹。那些身上留下蜂王痕迹的蜜蜂便起身跟在蜂王后面。

现在想起来,它们很像那些一步一叩首的朝圣者,其缓慢行走的身姿,似乎呈现出了一颗虔诚的心灵。

一次去唐布拉,朋友提议去看一下黑蜂,说黑蜂是世界四大名蜂之一,碰上了不看,以后恐怕会后悔。大家兴致高涨,大巴司机把车子方向一转,便驰向黑蜂场。到达后先看了蜜蜂博物馆,才知道伊犁的黑蜂是从俄罗斯过来的,因为伊犁河谷的气候与俄罗斯相近,它们便留了下来。也难怪,这一带有党参、益母草、贝母、野薄荷、百里香、甘草等百余种蜜源植物,蜜蜂落脚于此,无异于身在天堂。

我在展柜中看到了黑蜂标本,听介绍说黑蜂以凶猛力大著称,如果它们不高兴,可以把别的蜜蜂咬死吃掉。它们在一年内能完成春夏冬三个季节的采蜜,尤其是冬天采回的蜜更是甘甜爽口。有人不解,新疆入冬后大雪纷飞,黑蜂何以能安全过冬,又何以能采蜜?养蜂人给出解释:黑蜂的飞行高度高,它们在冬天找到的花朵,是人类想象不到的。至于黑蜂如何过冬,他们常常在零下三十多摄氏度看见黑蜂飞出飞进,你说它们怕冷吗?

我们去养蜂地看黑蜂,因为下雨,几乎没有一只黑蜂出没。养蜂人用手轻轻一拍蜂箱,嗡的一声便飞出一大片。养蜂人说黑蜂的体型大、体质好、体能强,生存能力强于所有蜜蜂。有几只黑蜂落在我近旁的栏杆上,我便看见它们通体黝黑,有一股夜行者的气质。

说话间,好几只黑蜂在养蜂人脸周围盘旋,我们担心他会被蜇,他笑着说黑蜂从早上到现在没见他了,在和他闹着玩呢!果然如他所说,那黑蜂围着他飞过一阵后便进入蜂箱,四周安静下来。

养蜂人说,你们大老远地来了,不吃一点黑蜂蜜,回去恐怕会后悔。

说着，他便端出了一盆黑蜂蜜。我以为黑蜂蜜是黑色蜂蜜，其实不是，所谓的黑蜂蜜就是黑蜂所生产的蜂蜜。养蜂人递给我们尝吃的勺子，我们舀一勺品尝，要比一般蜂蜜甜，而且是那种稠厚浓郁的甜。养蜂人看见我们尝得高兴，便说黑蜂不是常见的蜜蜂，所以黑蜂产的是稀有的蜂蜜，你们刚才的几勺子，把二三十块钱吃掉了。我们便不好意思再吃，但口中的芳香却长久存留，口感甜润绵长。

蜂蜜是给人吃的，如果没有人吃，再好的蜂蜜便也就没有意义了。养蜂人说，能吃上黑蜂蜜的人不多，大多数人吃的都是一般的蜂蜜，有的甚至是加工过的。问他吃黑蜂蜜吗？他说虽然黑蜂蜜贵，但辛苦一场，该吃的时候还是要吃一点。他告诉我们，他最喜欢把刚出锅的热馒头蘸黑蜂蜜吃，烫热的馒头加上浓甜的黑蜂蜜，那就是幸福的味道。他还用黑蜂蜜泡水喝，但他说千万不要用开水，最好是把开水放温，再冲泡黑蜂蜜，喝起来更为凉爽。有人问可否用黑蜂蜜泡茶，他说那样就糟蹋了两样东西。

与养蜂人聊天，他说到一件与黑蜂有关的事。有一天他被一只狼盯上，他惊恐之下往帐篷跟前跑，那狼在后面紧追不舍，他猛然醒悟不能钻进帐篷，否则狼更容易在帐篷中把他吃掉。他转身跑向摆在草地上的蜂箱，意欲借密集的蜂箱躲避狼的扑抓，但那狼闪展腾挪，迅速向他逼近，他吓得半死。那一刻出现了奇迹，黑蜂齐刷刷地从蜂箱中飞出，径直去蜇那只狼。狼招架不住，转身逃离黑蜂大阵，他遂保住了性命。之后他逢人便说，人和蜜蜂的关系不仅仅是人养蜂，也不仅是蜂产蜜，只要你懂了蜜蜂，蜜蜂便也会懂你。

见了唐布拉的黑蜂后，我在阿勒泰的杜来提乡又听到一个养蜂人的故事，说是一个图瓦人在山里养蜂时碰到一只哈熊来偷吃蜂蜜，他先前听说哈熊的大掌能把人拍成肉饼，然后几口就能吃得干干净净，所以他害怕哈熊，遂决定赶快逃命。但他刚一转身却一头栽倒，那哈熊受到刺激，向他扑来。他看见哈熊张开的大嘴里有血红的舌头和长长的牙齿，便抱头缩成了一团。但哈熊却并没有咬他，他只听见旁边有舌头卷食东西的声音，待睁开眼一看，原来他摔倒在一堆刚摘下的蜂巢边，哈熊正在吃蜂巢。他不敢动，便趴在地上挨时间，直至哈熊吃饱离去后才爬了起来。他养的也是黑蜂，他望着哈熊在山野间消失后说，黑蜂啊黑蜂啊，以后我不吃你产的蜜了，留下蜜在关键的时候救命。

阿勒泰因为多植物，气候适宜，所以产的蜂蜜很浓稠，糖分纯度高，颜色金黄，尝一口后舌腔会长久存留甜蜜不散。我们在杜来提碰到一个养蜂的小伙子，他的蜂箱不少，密密匝匝分布在一个村庄旁。我们得知他喜欢村中的一个姑娘，便鼓励他大胆去追求她，他有些腼腆地说，我喜欢她，但是不知道她喜不喜欢我，我心里有她，不知道她心里有没有我。我们劝他大胆地说出来，也许她会被感动，就会爱上他。但他迟迟不见行动，我们觉得他要悄悄行动，便不再过问他的事情。

后来发生的一件事果然证实了我们的判断。一天下大雨，小伙子提着两桶蜂蜜冒雨回来，浑身上下都湿透了。我们问他怎么啦？他只说了一句话：下雨天连蜜蜂都知道归巢，我啥事情都没有弄成，难道还傻傻地在雨里泡着不回来吗？看来他去给那姑娘送蜂蜜遭到拒绝，便颇为失落地回来了。

几天后我们离开杜来提，走远后听见他在山坡上唱歌："我愿意变成一只小蜜蜂，一扑就扑在姑娘那花心心。"

歌是好歌，但听得人伤感。

羊驼

　　羊驼长得怪异,但却可爱。细看,因为它们长得非羊非驼,有人叫它们羊驼,又有人则将它们叫驼羊。

　　新疆有不少怪异的动物,譬如高鼻羚羊、紫貂、兔狲、猞猁、伊犁鼠兔等,遇上它们常常要区分半天,才可知道它们是哪一种动物。羊驼亦看上去有几分怪异,但它们却颇为可爱,它们但凡见到人,都会笑眯眯地看着你,眸子里柔情漫溢,让人觉得它们对人十分友好,忍不住想伸手抚摸它们。

　　羊驼的可爱之处颇多,譬如走动时一扭一扭的,颇有温柔之态;看到人时会点点头,像是在打招呼;离开一个地方,又会一步三回头,流露出心中的不舍。最明显的是微笑,双眼微微一眯似乎有一股柔情溢了出来,显得颇为迷人。如果逗它们一下,便满脸都是笑意,连唇上似乎也在洋溢着甜美。

　　乌鲁木齐有一人养了一只羊驼,每日牵出门溜达。那羊驼起初对马路上的汽车有恐惧感,死活不往前走,那人对它说,马路就是专门让汽车走的,咱们只是在路边上走,不会有危险的。说完用手抚摸它的头,它才一脸不情愿,但又小心翼翼地跟着那人往前走。后来慢慢就好了,它一被牵出门便东张西望,遇到热闹的事情亦会高兴地笑。有一天,一人一羊驼走在鲤鱼山路上,羊驼对过往行人一一微笑,让众人惊讶居然有如此可爱的宠物。得知它叫羊驼后,便羡慕那人真是有福,每天下班回家一进门,就有一张微笑的脸迎了上来,是多么幸福。

但羊驼很少成为宠物,因为正宗的羊驼价格昂贵,一只最少四五万元,多则上十万元,养不好死了,是一大笔损失。而杂交的羊驼清瘦干瘪,矮小无神,如果谁把那样的羊驼当宠物养,恐怕会让人笑话。

羊驼原产于南美洲,被称为"安第斯山脉上行走的黄金"。据说在一千多年前,羊驼被驯化后成为驮兽,在安第斯山脉一带驮运货物,后来驮运使命终结,它们便闲了下来。不料这一闲,它们却不觉间嬗变,先是身上的毛长得无比细密,让人惊叹,它们身上有这么好的毛,却一直被货物压得不能舒展,真是委屈了它们。后来它们的外观又发生了变化,不但不可能再去驮运东西,而且样子也与先前全然不同,变得非羊非驼。有人惊呼,如果它们一直变下去,恐怕会变成怪物。好在它们没有再变,而且性情颇为温顺,常常面带微笑,人们才放下心来。

后来,一大群羊驼漂洋过海辗转到新疆,也许是不适应环境,到最后只剩下几只,但它们却活了下来,并在天山下的戈壁沙漠中开始繁殖。因为羊驼来之不易,自然就贵得要命。在阿勒泰的禾木村,有人与牧民谈及羊驼被喻为黄金的说法,牧民一脸严肃地说,它们不是黄金,是孩子们的大学,是小伙子和姑娘结婚的房子,是他和老伴吃不完的粮食、喝不完的酒。那牧民说得很实在,黄金虽然无价,但未必能用到实处,而羊驼换来的钱,对以放牧为生的他们来说,会起到实实在在的作用。

在牧区,羊驼有专人负责放牧。它们太珍贵,丢一只就等于丢了一大笔钱,所以无论它们是吃草还是闲走,放牧者的眼睛都盯在它们身上。几年前在阿勒泰,听说一人家中养了三只羊驼,忽一日下午只回来了两只,另一只却不知去向。那主人急得乱跳,要知道卖掉一只羊驼,能帮他实现很多计划,包括盖一座房子,送儿子上大学,甚至还计划买一辆小汽车。如果不卖,产下一只羊驼羔的话,则预示着他的计划还可以再大一些,甚至再疯狂一些。但是如果丢了,就等于他的计划都化为泡影,还会被牧民们笑话的。有一句谚语说:金子从手里掉了的人,迟早会把金山丢掉。还有一句谚语说的是同样的道理:金子每天都在你的身边飞,就看你有没有能抓住的手。那人请来一同放牧的牧民，帮他去寻找他那值钱的羊驼。他们刚走出一块草场，就看见那只羊驼被一群羊簇拥着走了过来。到了他们跟前，那群羊便一一散开，像是把那只羊驼交给了他们。事后人们感叹，连羊群都知道羊驼值钱，发现它走丢后便把它送了回来。是这样吗？与牧民说起这件事，他们说羊驼那么值钱，他们宁愿相信那样的事情是真的。

它们平时被人喂养，吃的都是精选出来的草，但它们毕竟是食草动物，在草场或草原上长出的青草，才是它们的美味。人们慢慢便知道让它们吃新鲜的青草，会对它们的身体更好，于是便放它们去草场上自由啃食青草。它们吃草时，又让人看到了它们可爱的一面。因为脖子太长，它们往往要缓缓低下，才能把嘴伸到青草跟前，吃上一口后又要把脖子扬起，似乎只有那样才能把草咽下去。于是在草场上便经常看见它们频繁起落头部，那颀长的脖子更是划出一道道弧光，恍惚觉得它们身上有了动感。看到它们那一举动的人惊呼，羊驼在这时候变成了骆驼。

它们并不像羊那样，见到青草便快速啃吃，而且吃过一片草地后，像是担心自己会挨饿似的，又赶紧赶向另一片草地。羊驼即使把嘴伸到草跟前，也依然在微笑，似乎在跟青草打招呼。微笑过一会儿，它们才开始啃食。但它们对啃食要求太高，舌头伸出后只卷住草尖，然后轻轻咬下咀嚼吞咽。草尖虽然鲜嫩，却只有短小的一截，但它们似乎不会吃不饱，就那样用唇舌轻抚过草尖，然后将头抬起，仍是一脸微笑。它们吃一会儿青草后，抬起头向远处张望，颀长的脖子便漾起好看的曲线。

高贵、从容、温柔和缓慢，是羊驼的显著特点。有人说，羊驼无论雌雄，无论身处何地，都如同不失优雅的公主。

它们身上的毛十分优异，被用于制作上等衣物，卖出昂贵的价钱。禾木那位牧民的话说得实在，但还是没有说到根子上，羊驼之贵，贵在它的长毛，如果那位牧民说它们身上有软黄金，则就更准确，也更有意思了。

羊驼的恋爱也很有意思，但凡交配对象，必然是自己喜欢和看得上的，人为分配的交配对象，如种羊驼等，往往会被排斥。有一只雄羊驼和一只雌羊驼相爱，后被分开到两群羊驼中。是夜，两只羊驼遥相嘶鸣，让整个羊驼群都安静不下来。第二天,牧民找到那两只羊驼,见它们脸上已不见微笑,只剩下焦灼和哀愁。那牧民心软了,把它们又放到了一起。

后来那只雄羊驼被卖了出去,雌羊驼发情后乱冲乱撞,牧民用布蒙住它的头,引诱一只雄羊驼与它交配。完事后,雌羊驼一看那雄羊驼不是自己喜欢的,便哀鸣着在圈中跳上跳下,一副痛不欲生的样子。

怪的是,那只雌羊驼居然没有怀孕。

老鼠

有一句谚语，我在前面引用过，在此再引用一下：猎人的儿子会造子弹，蚂蚁的儿子会掘洞。说的是人与动物在遗传基因方面，都被上帝暗自布置的密码左右，并且会在基因作用下创造出奇迹。

无独有偶，还有一句和老鼠有关的谚语：老鼠不会被关起来，因为到处都有它们逃走的洞；老鼠不会挨饿，因为它们随便能找到粮食。这句谚语则说的是老鼠的本领之强，尤其是逃生本领，在动物中堪称一绝。

《诗经》中有"硕鼠硕鼠，无食我黍"，说的就是老鼠。

它们的巢在不为人知的地方，从来不会受到干扰。著名的"泾渭分明"的渭河的发源地在甘肃渭源县境内，人们探寻该发源地时发现，最初从石洞里涌出水的地方居然鸟鼠同穴。这出乎意料的现象，让一条马上要上路的河变得神秘。

曾听过有关老鼠的一件奇事。西域曾有一鼠王国，世人皆不知。鼠既然成国，便多奇事。譬如鼠之最大者，如狗；中者，如兔；小者，如常。让人惊异的是，大鼠一头白发，用金环将发束之，极具权威和尊贵仪态。鼠国律法严厉，凡经过其国，须先呈报申请，如不报或擅自经过，会被群鼠攻之，将全身衣服咬破。有一人，被群鼠啮咬后，狼狈行走多日，才在一寺庙栖身。他会法术，便施法诅咒鼠国，然鼠王国却无一只老鼠有损毫毛。那人后求经至天竺，将鼠王国消息传出，闻者皆惊。更令人感到惊愕的是，鼠王国有一句俗谚：鼠吃了死人的眼睛，则为王。

在现实中，能够观察一只老鼠的举动是很困难的，这需要人和老鼠处在同一事件中，才有机会。有一次，一个早晨，我在院子里散步，一只老鼠跑进了院子，等发现自己面前站着一个人时，它被吓得一愣，叼在嘴里的一粒玉米掉了。它顾不上什么，掉头就跑。它跑得很快，影子一闪就跑出了门去。我捡起那粒玉米，这是一粒多么好的玉米啊，饱满、金黄，有着熟透了的颜色和质地。这只老鼠也许刚把它叼进嘴里，还没有来得及咀嚼，就遇上了我，吓得玉米掉在了地上。我把玉米放在地上后悄悄走开，我希望老鼠能够发现我已经离去，悄悄来把这粒玉米叼回去。但半天时间过去了，它都没有出现。也许，它认为这里有人，对它来说，那样做太过于危险，它不愿意为一粒玉米冒险。下午，它终于出现了。但它只是快速穿过院子，没有去捡那粒玉米，它边跑边向四周张望。我看到它眼睛里充满惶恐和焦灼。

老鼠的嗅觉很灵敏，尤其对人的气味更是敏感，一闻到便远远地避开。

它们平时待在窝里，享受人们辛苦得来的粮食。它们善于侦察，只要一个地方有粮食，它们则必然长久观察和等待，然后神不知鬼不觉地偷窃。

入冬后，它们躺在窝里呼呼大睡，周围堆放的粮食，足够它们度过整个冬天。老鼠拥有粮食的多少，与它们的偷盗技术有关，偷盗技术差的老鼠往往要在冬天饿肚子，而硕鼠因为偷盗技术高超，一向都高枕无忧。

饿极了的老鼠会铤而走险，趁人不备入户偷窃。一只老鼠在街边细细观察一家人的动向，发现那一家人都在街上闲逛。此时的情景是"人人上街，老鼠偷窃"。它看着他们走远后，无比高兴地潜入他们家。因太过于饥饿，加之贪食过度，它在房间里弄出了声响，被它忽略的一个人恰巧在家，愤怒的风暴在他的头脑里刮起，他拿着棍子来打它，它仓促逃窜，但它对地形不熟悉，东撞西碰，只能向门口奔跑过去。门缝里有几丝光，它觉得有机会逃出去。那人追过来，他认为一只老鼠不可能从门缝里逃出，便准备向它发出致命的一击，但出现在他眼前的情景让他大吃一惊，老鼠像是变幻出隐身术一般，在门缝跟前一闪便不见了。

那人打开门向外张望，外面已不见老鼠的一丝踪影。

"神偷者"虽然屡屡得手，但还是留下了不少痕迹，譬如它们经常出没的地方、习惯性行走的路线、偷窃的方法，以及它们的习性，等等，都被人们慢慢掌握。一者被另一者掌握，则预示着一次打击即将实施。

但老鼠却对此毫无察觉，它把人能吃的东西都偷了个遍，它们还潜入衣柜、储物间、沙发下等地方隐藏起来，等人出门后便疯狂地享用家里的东西。一旦成功便摇头晃脑地运着食物返回，它们是最懂得享受成功的动物。

人们打击老鼠的办法，往往是下毒药和布鼠夹。人被老鼠搞得很烦，决定通过打击消灭它们。下毒药的办法，是父子俩或一对夫妻在一个夜晚经过密谋，在几块肉和馒头中放入毒药，然后他们悄悄离去。一只老鼠闻到肉和馒头的味道，经过一番侦察后发现主人已经离去，便扑了过去。美味的快感在口腔和体内浸漫，它兴奋得把小尾巴摇动成音乐的魔杖，一上一下挥出内心的驰骋。然而啪的一声脆响，一阵疼痛让它的呼吸变得困难起来，紧接着世界便暗了下来。它想起身逃走，但身体软软的，疼痛像一双可怕的手一样按住它不动。巨大的恐惧占据了它心头，过了一会儿，那双可怕的手向下压它的身体，它觉得很瞌睡，便头一歪倒在了地上，再也没有醒来。主人在傍晚回到家，看见倒毙在地的老鼠，用垃圾铲铲起，拿出门扔进了垃圾箱。它的尸体在空中划出漂亮的弧线，但它已经死了，所以那是一次死亡飞翔。

人们打击老鼠的第二个办法，是放置鼠夹。人们将鼠夹放在昏暗角落，在机关处放上诱饵，一股香味同样吸引了一只老鼠，它慢慢向散发出香味的地方寻找过去。危险是早已存在的，但昏暗的光线将危险遮蔽得不露一丝痕迹，所以它意识不到危险。它摸到那块诱饵前，香味使它的脑细胞极度兴奋，一口咬住那块诱饵，味蕾有了吞噬肉食的快感。然而，黑暗中发出咣的一声响，两根坚硬的铁条夹在了它的身上。它无力承受巨大的夹力，它的腰被夹断，它的喉咙发出从未有过的声音，四条小腿挥动得像风中的树枝。它无法脱离铁夹逃走，便只能在那里挣扎。它也许想起了母亲，它正盼望自己早点回去；它还想起温暖的窝，通往那里的路在它心中明朗无比，但它被铁夹死死夹着，它回不去了。过了一会儿，它的脑袋越来越沉，黑暗使它辨不清方向，它像被毒死的那只老鼠一样，睡着后再也没有醒来。

但有的老鼠却很警惕鼠夹和毒药，凭着敏锐的嗅觉和防范本事，既不去触碰鼠夹的机关，也不去贪吃含毒的肉或馒头，它们知道那是死亡深渊，一旦接近便会坠入黑暗的世界。避开危险的鼠夹和毒药，它们保持警醒和戒骄戒躁，即使遇上比鼠夹和毒药更可怕的东西，也能化险为夷。慢慢地，它们对人们的伎俩已经不屑一顾了，并能想出办法克服。有一只老鼠推动一个东西去撞铁夹上的诱饵，铁夹哐的一声落下，震得地板一阵颤动。

它们欢叫，在铁夹周围扭动身躯，犹如在跳舞。

绵羊

神说，在新疆一定要爱羊。其实，这是我替神说的，我觉得神应该对新疆的羊说这样一句话。

这里说的羊，指的是绵羊，因为人们多年将"绵"字省去不叫，而只叫羊，所以我在这篇文章中，有时也便把绵羊简写成一个字——羊。

一直以为，绵羊行动缓慢，跑不快。有一年在昭苏，见过绵羊奔跑后，便知道绵羊若奔跑，其速度之快，超乎想象。其时是早晨，一群绵羊从圈中涌出，四腿笔直起落，如梭飞闪，转眼便跑出很远。猜想，它们许是因为饥饿，便急于去吃草。到了黄昏，它们归来，亦是四腿笔直飞闪，将草木冲出一层浪，裹一股尘雾入了圈。当时，有一群天马，许是看出了什么，便让到一边，让它们奔跑过去。后来听当地牧民说，马擅长跑，羊擅短跑。

在新疆，羊到底是怎样的一种动物，这似乎是一个说不清道不明的问题，也许只有神知道答案。我在新疆生活多年，接触和听说的羊的故事数不胜数，但印象最深的还是吐尔逊的那只羊。

1993年8月，我第一次去帕米尔高原，听人说慕士塔格峰被称为"冰山之父"，天气好的时候向上仰视，便看见冰山之父在众山之上高耸，显得洁白圣洁。如果再向下看，便又可以看见冰山之父倒映在卡拉库里湖中，一副晶莹的样子。

往往听人说得好，却未必能目睹到好风景。那次在帕米尔高原五天，无论远近都没有看清冰山之父，有两次甚至就在卡拉库里湖，亦能感觉到冰山之父从上方压下了一股气息,但因为云雾大,还是看不清。后来低处的雾小了,但高处的云雾却更浓了,卡拉库里湖中只有一个黑乎乎的影子。

来得不是时候,我们便打消念头下山。翻越一个达坂时,突然看到达坂上有几条明净的线条,那是被羊长期走动踩出的路,在阳光中像明亮的丝带。羊一天天用四蹄在石山上走动,时间长了,便走出一条路,羊真是伟大。

后来,我知道在那一带放羊的人,是一位叫吐尔逊的塔吉克族牧民,于是便去找他。他住在一个小山洼里,养了两千多只羊。我问他一只羊值多少钱,他略带自豪地说,二百。我一算之后很是吃惊,原来这个穿陈旧衣服,家住高原深山中,靠烧马粪取暖的人,却拥有四十多万元,在1993年那不是一笔小数字。

我问他这么多羊怎么来的。他嘿嘿一笑说,大羊嘛下小羊,小羊长大了嘛再下小羊,小羊再长大嘛再下小羊,就是这个样子,快得很!

呵,他如此轻松的说法,足以让想发财却摸不着门道的人感到悲哀!

他说完便唱着歌,赶着他的羊走了。他与羊混在一起,变得也像一只羊,让人难以分辨。他头顶是冰山之父,因为天气不好,还是看不清楚。我心里一阵恍惚,在帕米尔高原的这些日子,羊是意外,牧民是意外,冰山之父一直隐而不露,一切都好像在说,你走的路还不够长,吃的苦还不够多,所以你的眼睛还不能看得太多。

想起塔吉克族有一句谚语:眼睛是留给路的,路是留给心灵的。相信帕米尔把冰山之父的真实面容留给了我,总有一天我会看到。

一年多以后,朋友约好了吐尔逊,叫我去他家做客。出门时想,这次或许能看到冰山之父,但是一路仍看见高处有云雾,心便悬了起来,到了卡拉库里湖边抬头一看,还是看不见冰山之父。算了,这次是去吐尔逊家做客,把看冰山之父留作下次吧。

刚一进吐尔逊黄泥土屋的大门,吐尔逊就说,他为我们准备了大块手抓羊肉。在新疆吃大块手抓羊肉总是让人兴奋,所以我们立刻激动起来,在四周寻找煮肉的大锅,但是什么也没有。有人已迫不及待地问,大块羊肉在哪儿，开始煮了吗？

吐尔逊向院子里指了一下，我们向院子里望去，一棵树上拴着一只羊，浑身肥嘟嘟的，是一只不错的羊。大家一致提出要亲手宰羊，吐尔逊笑了笑说，那就看你们的。

三个小伙子于是挽起袖子，高举着刀向羊走去。羊扬起头咩咩叫了两声，洪亮而又坦然，像是对他们三人不屑一顾。他们没有搭理羊的叫声，但是杀羊的情景完全不是大家想的那样简单，羊与他们展开了较量。说是较量，但羊被一条粗硬的大绳绑着，没有多少施展本领的余地，它只是灵巧地躲避着他们，他们一个个全扑空了，有一个人居然一头栽倒在地。另外几人复又扑向羊时有些畏怯，怕它的角刺进自己的身子。

吐尔逊笑了笑说，大块羊肉嘛，不容易吃！他走到羊跟前，伸出手抚摸羊的头，喉咙里发出一种奇异的声音。羊很乖顺地向吐尔逊靠过来，并闭上了眼睛。吐尔逊轻吟慢唱的曲调是一种古老的旋律，让人感觉到歌声中有掠过高原的白云，草原上悠闲吃草的群羊，或者是从深山流出的雪水，美丽的少女们正在掬水洗着头发……羊有了一种沉醉的样子。

吐尔逊继续哼出对羊颇具吸引力的声音，羊缓缓卧到吐尔逊身边。吐尔逊的刀轻轻地刺了进去，羊没有挣扎，连颤动也没有，如注的血喷出，洒在吐尔逊的脚下。

眼前完全是幻象一样的世界：神秘、宁静、从容，而又安详……坐在吐尔逊的土房子里吃抓肉时，我无意间透过小窗户，看见远处的冰山之父，正在闪闪发光。

黄鼠狼

既吃老鼠，又偷鸡，历来亦正亦邪。

民间谚语曰：黄鼠狼给鸡拜年，没安好心。可谓一语言中其关键所在，亦道出黄鼠狼之典型行为。

黄鼠狼学名黄鼬，别名有黄狼、黄皮子等，一听便可知道它们没有给人们留下好印象，人们于是便给它们起了明显带有偏见的别称。

黄鼠狼是乐意走向人类，而且与人类走得最近的野生动物，并且给人类提供了不少好处。譬如黄鼠狼最大的益处，是身上的毛被制成毛笔，美其名曰狼毫，被不少人用于写书法。再譬如它们吃老鼠，可减少鼠害，甚至避免鼠疫。有一句谚语说，黄鼠狼走过的地方，不会有一只老鼠。说的是但凡黄鼠狼经过一地，那里的老鼠必然会被吃得一只不剩。有一个地方在某一年鼠患成灾，好不容易种出的庄稼被老鼠祸害得不成样子，农民于是便在地边绑了几只鸡，意欲引黄鼠狼来偷吃鸡，然后发现地里有成群的老鼠，发挥它们憎鼠如仇的特长，把老鼠或吃或驱赶出去。但是一天一夜过去了，那几只鸡却安然无恙，农民遂感叹，黄鼠狼被人整怕了，在防着人呢！那一年，老鼠成了人们心头的大恨，黄鼠狼成了人们心头的大爱。

在平时，黄鼠狼因为偷鸡，人们每每提及它们的名字，语气中明显流露出对它们偷窃的愤恨。十件好事抵不过一件坏事，无人感激黄鼠狼的功劳，长时间抓住它们的罪名不放，并死死将它们钉在耻辱柱上。其实动物对人构成的危害远远大于黄鼠狼者有很多，譬如狼对羊的侵害，甚至因为会偷袭人而给人造成的恐惧,譬如野猪对庄稼的糟蹋,对人的伤害,麻雀对种子的翻挖,对庄稼的偷吃,等等,都要比黄鼠狼偷吃一只鸡严重得多,但人们似乎认为狼、野猪、麻雀等都干在明处,做过坏事后也敢于背负罪名,不像黄鼠狼总是偷偷摸摸。说到底,人们还是因为瞧不起偷窃行为,所以才把黄鼠狼划入了憎恨行列。

其实黄鼠狼接近人类对它们来说并非好事,因为人们警惕性极高,加之一旦发现它们便捕之杀之,所以它们常常贴地爬行,没干坏事时也显得像贼。至于它们的栖息地则更差,虽然多选深宅大院的富有人家,但为了安全,却不得不躲在墙缝、柴草堆和墙洞等地,挨到深更半夜才悄悄出去偷吃食物。若是运气不好,不要说能偷得一只鸡,甚至连一口吃食都不能入腹,只能忍着饥饿挨到第二天晚上。

黄鼠狼擅长攀爬,有人见一只黄鼠狼从草堆中探出了头,吃惊地叫了一声,它闪身到旁边的一棵树下,头一扬便攀爬上去,利用树枝逃离。那人很惊讶,它何以在刚探出头时就能判断出旁边有树,并且那般迅速地完成一整套逃离动作?唯一的可能是它平时观察细致,早已选择好了退路。

人收拾不了黄鼠狼,只能依靠狗帮忙,但狗最多撑一会儿,很快便不见了黄鼠狼的影子。如果实在无法逃脱,黄鼠狼会反击,不管是人还是狗,被它们细密而尖利的牙齿咬住,一扯便是一块肉。它们也能像虎鼬一样释放臭味,假如追逐者的头部离得近,就会被熏到口鼻,轻则头晕目眩,恶心呕吐,重则倒地昏迷不醒。鼬类基本上都有这种本事,在关键时刻用以自卫。

有一句老话说:黄鼠狼在娘的肚子里,吃的就是偷来的鸡。可见生为黄鼠狼,还没出生就背负着罪名。实际上,黄鼠狼偷鸡也并非易事,它们白天躲在村庄附近的树林里,悄悄观察村中人家的鸡鸭情况,在心中盘算如何偷窃才最为有效。熟悉黄鼠狼的人为此总结出了一句谚语:聪明的黄鼠狼,会数清鸡身上有多少羽毛;贪婪的黄鼠狼,会算出鸡身上有多少块骨头。它们经过长时间观察,便对村民的活动规律了如指掌,尤其对鸡鸭的数量和鸡鸭圈的位置更是烂熟于心。挨到天黑后,它们悄悄进入村庄,躲过狗，避过猫，顺利进入鸡圈，一爪子按住一只鸡，先咬断鸡的脖颈，痛痛快快吸食一番其血液，然后才开始吃内脏和肉身。有一人在一天晚上听见鸡圈中有动静，出去一看，黄鼠狼在偷鸡，便大喝一声将其吓走。他儿子要去看笼子里的鸡，他说鸡肯定已经完蛋了，你没看见黄鼠狼的嘴都是红的吗？

要说黄鼠狼的邪，可能要算动物之最。因它们常栖息于墓地，不知何时便被称为"黄大仙"，但凡它们在家宅院落出现，便让人觉得不祥。在以前，大户人家多居住深宅大院，一两只黄鼠狼潜入并深藏，是轻易发现不了的。于是，与黄鼠狼有关的神乎鬼乎怪乎之事多有传播，给人们造成心理压力。

其实黄鼠狼的邪是人杜撰出来的，有说一人用石头砸死一只黄鼠狼，结果第二天便出了车祸，头撞在石头上，死得和那只黄鼠狼一模一样。

另有一事，说一人在夜间行走，忽听得身后有人叫他的名字，他欲转身去看，被旁边的一人拦住，然后就听见有什么窜入了路边的草丛。没几天拦过他的那人死了，人们传言因他坏了黄鼠狼的好事，遭到了黄鼠狼的报复。

仅列举此二事，便可从中看出，民间传言几近于传说，是人们恐惧黄鼠狼身上的邪恶，遂编出这些故事消解心理压力。

其实黄鼠狼身上没有任何邪气，反之其毛皮却很漂亮，尤其是纤细颀长的腰身，以及漂亮的尾巴，堪称动物中的美体佼佼者。它们只是偶尔偷鸡，其过失远小于一夜可捕七八只老鼠的功劳。但一次偷窃终身为贼，人类长久持这样的态度，黄鼠狼又怎能洗白自己？

有一事，倒是凸显了黄鼠狼的灵性和善良。有一人在冬日晨练，听得院中的草堆中有响声，掀开一看，是一只黄鼠狼，再看发现它身上有伤。那黄鼠狼并不逃走，用两只前爪向他作揖，祈求他让它在此养伤。那人心善，将它塞进草堆深处，后又用草盖住洞口。

后来，不知那只黄鼠狼在何时离去，草堆整整齐齐，没有一丝混乱的痕迹。那人心想，黄鼠狼没么坏，至少是知好歹的。

后在一个雷雨夜,那人欲出门去看雨的大小,却看见一只黄鼠狼堵在门口,死活不让他出去。又一声雷响,一道闪电击在门口,地上的积水漾起一片水花。那人惊得唏嘘不已,如果不是黄鼠狼堵住了他,他出门岂不是正巧被闪电击中?他从愣怔中反应过来,黄鼠狼已转身离去,很快便不见了影子。

　　是他救过的那只黄鼠狼吗?

狼狗

狼狗身上有迷幻色彩，让人觉得是介乎狼与狗之间的品种，既有狼的凶残，又有狗的忠诚。

但毕竟一个"狼"字让人恐惧，所以人们面对狼狗，仍是小心谨慎，生怕它摇身一变，像狼一样来抓人咬人。

几年前，我在新疆某兵团听到一只颇为有名的狼狗的故事。讲述者说，只要人们一说起那个团，就必然要说起那只狼狗。有那么多的狗，在那个地处沙漠边缘的团场，悄无声息地活一二十年，直至老死都留不下故事，但那只狼狗却被人们长久议论，人们常常会把它的故事一件件详述，似乎它并没有死，仍然活在那个连队中。

它的来历颇为神秘。团场的一只狗丢失很多天，人们以为它被狼吃了，但它在一天早晨又回到了主人院中。它在外面吃尽了苦头，浑身瘦得皮包骨头，毛又脏又乱，有几片树叶像补疤一样贴在身上。两个多月后，人们发现它的肚子大了起来，呵，它怀孕了，是跑出去和别的狗交媾怀上了小狗。后来它产下三只小狗，两只夭折，只有一只活了下来。再后来那只狗老死，小狗慢慢长大，人们发现它的长相像狼，而且性格和行为也与正常的狗颇为不同，经常对着月亮长嗥。人们惊异，难道它的妈妈跑出去被狼给那个了，要不然生下的它为何这么像狼？惊异归惊异，却因为没有确凿证据，谁也无法对其做出准确判断。

后来的事情逐渐变得离奇。有一天晚上酷热难当，团场的一位农工坐在树林边乘凉,那只狗卧在他脚下喘着粗气,旁边有另一只狗亦热得气喘吁吁。因为无聊,他摸着两只狗的头说,狗啊,这天能把人热死哩,人难受,你们狗也不好受啊!过了一会儿,旁边的那只狗起身离去,他仔细一看,天呀,原来那是一只狼!那只狼走到树林边,回头对着那只狗温柔地叫了几声,狗亦对狼表示出亲昵之态。那位农工被吓得起身就跑,刚才他摸了狼的头,如果它一张嘴就会把他的手咬断,好在它并无恶意,真是万幸。

那件事因此成为被揭开的谜底,它是一只狼狗的消息迅速传开。

狼狗,集狼的凶残和狗的忠诚于一身,但人们本能地会将狼狗视为狼,因为狼性一旦爆发,就会对人构成威胁。但人们又希望狼狗已经过神秘改种,像所有的狗一样乖巧听话。但那只狼狗是反常的,尤其是当人们得知它是狼狗后,它看人时目光诡异,追赶猎物时比所有的狗都快,只有卧在人们身边时才又变得像一只狗。但它身上的不确定因素,仍引发更多的猜测,让人们觉得它亦邪亦正,有一团忽隐忽现的幻影在觊觎着人。

一天晚上,有人偷偷向它开了一枪,但它似乎有感应似的躲过了子弹,扭过头愤怒地盯着向它开枪的人。因为愤怒,它的眼睛在黑夜里发出了绿光,开枪者吓得抱头鼠窜。狼性潜藏在它身体的隐秘角落,在那一刻被激发了出来,使它变得像一只真正的狼。

因为受到太多关注,它似乎变成了表演者,每一举动的背后都隐藏着什么。表演者的舞台是被关注的目光搭建起来的,其表演取决于受关注程度的大小。也就是说,一只狼狗的举动暗含着人们的愿望,人们希望能从它身上看到某种事实,同时证实他们的判断是正确的。基于此,人们其实和它都在表演,只不过人们在隐秘的角落未曾露面,而它一直在前台。

所有的表演都出自神秘布道,那只狼狗亦不例外。它让所有的人失望,既不像狼那样凶残,又不像狗那样温柔,而是顽皮得像孩子,不时制造出闹剧。团场养了不少牛,几乎所有牛的尾巴都被它咬过,于是乎所有的牛都乖乖听它的,吃草回来经过马路时,它像一位指挥者一样站在那里,牛老老实实排成一队经过。旁边的羊也受到威慑,自觉地排成一队跟在牛后面。

它和团场的狗不合群，见了狗便大叫，有时甚至会扑过去撕扯一番。"它在骨子里就是狼嘛！"有人发出一句感叹，它的身份和血缘便被迅速确定，从此它的行为便让人更恐惧，似乎它在等待最佳时机，一旦时机成熟，人必丧命于它的利齿之下。

但它又恪守狗的职责，发挥出了不可替代的作用。有刺猬潜入菜地啃食蔬菜，农工们毫无办法，它便闪亮登场，把刺猬从菜地中赶了出去。最好的狗也莫过于此，人们隐隐对它生出好感。

人的情感会因为某种满足而升温。慢慢地，团场的人对那只狼狗有了好感，觉得它从一出生就和人在一起，熟悉人的生活，所以它不会伤害人。但很快发生了一件让所有人吃惊的事情。一天晚上，一群狼偷袭团场的羊，所有的人都出去打狼，狗像刀子一样向狼刺去，连月光也似乎在乱晃。那只狼狗却没有出击，反而对着狼群兴奋地大叫，似乎见到了久违的亲人。最后，狼群退去，它站在一块石头上朝着狼群呜呜低嗥，声音既凄楚又伤感。

美好的游戏拉上了幕布，恶作剧者的面目暴露了出来。"毛驴子下的就是一只狼嘛！"有人骂它一句，它扭过头狠狠地盯着骂它的人，似乎要扑过去咬他几口。团场的羊被狼咬死了好几只，却没有打死一只狼，人们把死羊堆在一起，间或把仇恨的目光投在它身上。狼犯下了不可饶恕的罪行，但它们都逃走了，它却背负上了罪名。

这件事在团场影响很大，人们在潜意识里把它当成狼，认为它的存在就是危险，迟早有一天会暴露出狼的面目，祸害团场的人和牲畜。人们于是想，如果让它从团场消失，就再也不会有麻烦。

有人在一天晚上朝它又偷偷打了一枪。因为事先经过充分准备，它被准确击中，但那把枪的杀伤力甚微，它没有被打死，而是一扭一扭地在团场周围走动。它的目光更加吓人了，似乎满含仇恨和愤怒。更让人不解的是，它从此不再走近团场，只是在外围转来转去，似乎随时准备离开，又似乎随时准备大肆复仇。到了这种地步，它的狼性已被激发出来，它与团场、与人也形成了对立的关系。团场的人希望它快一点变成狼，那样的话就有理由把它打死。但奇怪的是，它却突然走近团场和人，趴在几户人家门口痛苦地低鸣，希望有人能给它疗伤。

有一个小伙子愿意收养它，给它吃的，并弄来药涂在它的伤口上。过了一段时间，它好了起来，又像以往一样在团场走动，仍去维持牛羊的秩序，并把不听话的牛的尾巴咬上一口，让它老老实实。行为转变让它身上的狼的影子褪去，又恢复了狗的形象。

那个小伙子在年底当兵走了，它变得孤苦伶仃，整天在团场乱转。一场大雪后，狼群频繁活动，团场的牛羊屡屡受到侵袭。更可怕的是狼群居然打人的主意，悄悄地跟着人留在雪地里的脚印，想潜入房屋里攻击人。团场组织了一个打狼队，一旦发现狼出没便迅速围歼，并把打死的狼挂在树上，让别的狼知道这就是它们害人的下场。受到威慑，狼群不再出现，但那只狼狗却变得反常起来，围着挂在树上的狼尸发出一连串嘶叫，并不停地跳跃而起，要把狼尸扯下来。它的这一举动很反常，似乎它看见狼死就会复苏狼性。"它一定会像狼一样咬我们的，得想办法收拾它……"恐惧和疑虑让人们下了决心，并悄悄实施对付它的办法。一天晚上，它在墙角闻到一块骨头的香味，便叼起啃了起来。第二天早上，人们发现它口吐白沫，趴在树林边一动不动。

不知是谁投毒，毒死了它。

猎鹰

我亲眼看见过人们驯鹰的详细过程。先前曾听说过,一只鹰经过洗胃、熬鹰、绑绳、叼肉这几个过程,才能变成猎鹰。有一年在阿合奇,我见到驯鹰人依布拉音,也凑巧碰到他要驯鹰。他从笼子里取出三只小鹰,用绳子绑住了它们的翅膀和双爪,用布蒙住头,然后让它们站到一根木棍上去。鹰不知道他的用意,便犹豫着站了上去。

三只小鹰便开始了变成猎鹰的命运变化。

那根木棍是专门用来驯鹰的,它们一站上去,重力使棍子两边的绳子互相拉扯,棍子便摇晃不已。三只小鹰挣扎着站在上面,发出"呜呜"的沉闷叫声。棍子不停地摇晃着,三只小鹰终于被摇得一头栽了下去。依布拉音将它们捡起,又放到棍子上去,它们又开始被摇晃,又开始"呜呜"地叫。

就这样,它们一次次从棍子上栽倒,一次次又被放上去。依布拉音不分昼夜地守在旁边,有时候他耷拉着脑袋,我以为他睡着了,但只要鹰从棍子上栽下,他总是迅速伸出手将它们又放上去。

有时我在屋外听到三只小鹰的呜呜叫声,心想,鹰天性坚强,人就用这种办法征服它们,把它们的意志一点一点消磨干净,而后让它们听从于人的使唤。终于,三只小鹰被折磨得晕了过去,像一团软软的肉球似的从棍子上掉到地面,再也起不来了。鹰晕过去之前,一定是内心力量被耗尽,精神先崩溃了,所以在掉到地上后,鹰的天性便化为一缕魂灵离去,而新生出的魂灵又悄然潜入它们的身心。

新的魂灵必将让它们用新的生命方式活下去。依布拉音如同要举行圣典仪式似的，给它们来了一次洗礼，他将凉水浇到它们头上，不一会儿，它们便又苏醒了过来。但它们已经被折腾垮了，没有力气站起，脑袋低垂，眼中无光。依布拉音用手把它们拨拉到一个方向，它们便无力再转回来，一副听之任之的样子。

这是被驯化的第一步，它们能够适应下来，说明它们的体力和意志都不错，是猎鹰的好苗子。依布拉音把蒙在它们头上的布取掉，背着双手在它们旁边走来走去，唇角有一丝不易察觉的微笑。但很快，他唇角的微笑就不见了，代之而来的是一股冷峻的神情。我估摸着他将微笑转为冷峻，恐怕是又要实施新的驯服计划。来这个村子这么多天了，我对这位专业驯鹰人已有所了解，从他的神情或举动中往往可以判断出他下一步要干什么。果然，他冷峻的神情越来越强烈，我在一旁不动声色地注视着他，看他到底要干什么。

他转了几圈后，去村里叫来了两个人，他们三人将几块厚布缠在各自的胳膊上，然后把三只鹰在胳膊上各放一只，手拿一根木棍盯着它。小鹰害怕再掉下去，便牢牢站在他们胳膊上，而他们也耐心十足，安安静静地坐在那儿不动。小鹰已经适应了摇晃的棍子，可以站在上面纹丝不动，现在则又要让它们站在人的胳膊上接受训练。

我不便上前打扰他们，便向依布拉音的妻子打听他们这是在驯鹰的什么。他妻子说，他们驯鹰不睡觉。细问之下才知道，她所说的"不睡觉"是指驯鹰人五天五夜陪着鹰，让鹰在五天五夜(有的七天七夜)中连续在人胳膊上站立，不能睡一次觉。这样做的目的是消损鹰凶狂的本性，同时也消磨掉它们的野性。在五天五夜里，驯鹰人一旦发现鹰犯困，就会用木棍敲击它们的头部，让它们保持清醒状态。这样做的另一个好处是，因为人与鹰近距离相处五天五夜，还可以让鹰和人之间有亲近感。有了亲近感，鹰就可以适应驯鹰人，并对驯鹰人逐渐产生依赖感。这是驯鹰的又一步骤。

我远远地看着，人和鹰在此时都保持着一致的姿势，人不动，鹰亦不动。看着看着，我眼前出现了幻觉，觉得人也就是鹰，鹰也就是人。想想人和鹰要这样坚持五天五夜，我便觉得这是一场持久的毅力考验，依布拉音等三人虽然在驯鹰，但他们也要熬五天五夜。看来，驯鹰人这个行当不是那么好干的。

我保持耐心，看了五天。

第一天出现了这样的情景：被依布拉音请来的两人中的一位因胳膊酸麻，想活动一下，结果使鹰摇晃着差一点掉下去，他赶紧又恢复原来的姿势。

第二天一切正常。鹰似乎知道人在与它们比耐力，便鼓足了劲要跟人比一比。我突然觉得这件事很有意思，三只鹰在与人较劲的过程中，体内的力量被激发了出来，不但它们自己成长，而且还成全了驯鹰人。

第三天，三只鹰均昏昏欲睡，几次差一点从他们胳膊上掉下。他们毫不客气地用木棍敲向它们的头，使它们清醒了过来。

第四天，有两只鹰因困顿过度，从他们的胳膊上掉了下去，他们将它们提起放在胳膊上，用木棍敲打它们的头。两只鹰经过跌落和被敲击，变得清醒了。

第五天，有两只鹰又昏昏欲睡，他们仍用木棍敲击它们的头部，把它们从昏睡的悬崖边拉回到清醒的世界。我发现，没有昏睡的那只鹰对昏睡的两只鹰似乎表现出了不屑，神情中有一种蔑视它们的意思。而经过五天四夜的煎熬，三个驯鹰人也已经面色乌青，一副无力支撑的样子。但他们仍坚持了一夜，和鹰一起熬过了五天五夜。

早晨，他们终于把鹰从胳膊上放了下来。为了奖励鹰，依布拉音第一次给鹰吃了肉。鹰在那儿大快朵颐，而屋内的三个男人已鼾声如雷。

细狗

阿勒泰有一种狗,个头高,但腰身却纤细,被称为"细狗"。

如今的狗多矣,但细狗有那般纤细的腰身,确实是奇狗。狗之奇,说来颇为有趣。清末年间在乌鲁木齐发生过一事。有一天,在一片密集的居民区,一壮汉被两只狗围住,眼看就要被咬倒在地。那壮汉灵机一动趴下身子,在地上用双手双脚呈爬行状,嘴里发出狗的汪汪叫声,并做出向那两只狗扑抓撕咬的架势。那两只狗顿时被吓坏,转身飞快地跑了,那壮汉却不罢休,用双手双脚呈爬行状追上去,直至把两只狗追出很远才站起了身。

另有一事,《搜神记》卷十二记载:晋惠帝元康年间,吴郡娄县有一个叫怀瑶的人,有一天他在家中忽听见地下隐约传来狗叫声。他循声找过去看,只见地上有一个像蚯蚓洞穴那样大的洞孔。怀瑶将一根木棍捅进那小孔,进入数尺后感觉里面有东西,于是便小心翼翼地挖开,但见里面有雌雄小狗一双,它们微闭眼睛,应是才出生不久。邻居们闻讯都来观看,看怀瑶给它们喂吃食物。有老人知悉它们的来历,遂告知人们那对小狗名曰犀犬,它们是吉祥之狗,必然会让现身的人家富裕昌盛。当时,因为那对小狗尚未睁开眼睛,怀瑶便把它们复放回洞穴,并用石磨盖得严严实实。不料仅仅过了一天,怀瑶再次打开石磨要给那对小狗喂食时,那洞穴却消失不见,那一对小狗更是不知道去了哪里。此事仅维持了一天便犹如闪电般转瞬即逝,让怀瑶愣怔不知所以然,好在他家多年无大祸亦无大福,算是过着平安日子。到了东晋太兴年间，在吴郡太守张懋的书房中又发生了同样的事，张懋像先前的怀瑶一样突然听见床下有狗叫声，但地上却没有洞穴口，于是他将发出声的地方挖开，亦看见里面有一对小狗。他将它们取出饲养，但不久却都死了，小狗之死似乎预示了某种不祥，后来张懋惨死在了叛军沈充的刀下。

现如今的细狗，亦有不少奇事。我在黄昏的村中散步，忽听得身后"汪"的一声叫，疑心有狗要咬我，刚一转身，有一条狗已蹲下路基。是一条村中的细狗。不一会儿，它便从路基下冒了出来，嘴里叼着一只兔子。细狗嗅觉灵敏，速度快，只要野兔一露面，它们便如同闪电般蹿出，一扑一抓，便用嘴把兔子叼了回来。

细狗的历史非常久远，在古西域生活的游牧民族多养细狗，漠北高原的蒙古族尤其对细狗情有独钟。而这个高山村庄里的细狗，从小便与别的狗不同。一岁时，主人就用布蒙住它的头，把食物扔出，它们只能凭气味去寻找，被训练出很强的嗅觉能力。

村里人从小精心教它们跟踪、追捕和撕咬的技能。上山打猎的日子，他们在打到狼、哈熊和山羊后，让细狗去舔它们的血，以便让细狗熟悉这些动物的气味，在以后碰到了能迅速出击。

多尔林的细狗在村子里最为出名。别人一般都是牵狗外出猎捕，他则只须把狗放出去，下午它必叼回猎物。一般的细狗叼回的都是兔子、山鸡等小猎物，而他的细狗专门捕猎较大的动物，像狐狸等。

有一年，多尔林的细狗还咬死了一只黄羊。它咬死大动物无力拖回，便将它们的耳朵咬下一只叼回家里，多尔林一看便知它猎到了什么，随它出门将猎物扛回。

一次，一只黄鼠狼被多尔林的细狗盯上了。黄鼠狼逃跑不成，便爬上一棵树躲了起来。细狗追到树下，往下一蹲便不动了。黄鼠狼以为它拿自己没办法，便在树上挨时间。两个小时过去了，细狗仍蹲在树下一动不动。突然，那棵树"咔嚓"一声倒了下去。原来，细狗一直用牙在咬树。树倒了，黄鼠狼从树上跌下，细狗扑过去一口咬住了它的脖子。

多尔林很为自己的细狗而自豪，他说，我的狗简直就是一个精明的猎人嘛！硬猎软猎，样样都行。他说的硬猎，是直接猎取，而软猎则是用智能猎取。

多尔林对细狗爱惜至极，有人曾见他给它喂羊肉吃。这事传开，他骄傲地告诉别人，他每宰一只羊必先要给细狗吃，他宰羊不是为人，而是为细狗。

村里人羡慕多尔林的狗，纷纷牵来母犬想与他的狗交配。多尔林严格把关，凡是他看不上的母犬绝不同意，就是看上的也得排队等候，十天配一个，不能让细狗劳累。

如今，多尔林和细狗都老了，一人一狗整天在村中形影不离。多尔林不再打发它出去猎捕，别的细狗从村中走过时，他的细狗总是出神地凝望。多尔林用手摸摸它的头，它便依偎在他身边。远处，年轻人领着他们的细狗在捕猎，人的欢呼声和狗的叫声响成一片。多尔林默然，细狗亦无声。

林子里总有动物不停地出生，村子里总有一代又一代人长大，细狗也一代又一代在繁衍。多尔林和他的细狗每天都在栅栏前坐着。初秋的阿尔泰山已一片枯色，但白桦树的叶子却变得金黄，村子里弥漫着白桦林反射出的金黄，人也变得肃穆和庄重了许多。

黄昏，多尔林和他的狗仍坐在那里。慢慢地，一人一狗便被那股金黄色裹住，变得像两座雕塑。

牛

有一年在阿勒泰，我听到三头牛的故事。

第一头牛，因为无可名状的奔跑，摔伤了自己。

那一年的牧场上，突然下了一场大雪。牧民们把羊群收拢到一起，便又去收拢牛。牛群吃草到了很远的地方，收拢起来走到下午，才到了汇聚地。因为那场雪来得早，人们都聚在一个山谷中避风雪。那群牛从山坡上往下走，其时夕阳快要落了，雪地上反衬出一片浓浓的夕光。有一头牛看见那片夕光后，突然站住不动了。它一停，牛群便乱了，赶牛的人向它吆喝一声，它突然撒开四蹄跑起来，它先是从牛群中跑出，然后顺着山坡向雪地上的那片夕光跑去。

看见它的一位牧民惊呼，不好，要出事了。它的速度越来越快。本来，它处于下坡的路上，一跑起来很难收住。果然，由于惯性的原因，它已经有些失去重心了。它或许也意识到了什么，想收住身子，但已经收不住了，它像一块石头一样倏地落在山坡上，在一股尘灰中向下滚去。滚到坡底，被它带起的尘土久久没有散去。它挣扎着想爬起，但却没有力气。人们围过去，看见它的眼睛睁得很大，在呼呼地喘着粗气。牧民们把它抬到一个平地，让它卧着，希望它能缓过气来。

它的主人不在，只有十三岁的儿子守着帐篷，发生了这样的事情，他不知道该怎么办，抱着那头牛就哭。大家劝他，它可能卧一会儿后就好了。但他却不信，说它像石头一样从山上摔下来了，不会好了。上次有一块石头从山上滚下来,摔到山下都摔碎了。我们家的牛,内脏肯定像石头一样摔碎了。

大家劝不住他,便带话给他父亲,让他赶快回来。当天晚上又下了一场大雪,那头牛被雪埋住,只露着头在外面。那小孩拿着父亲的羊皮大衣给它披上,雪越下越大,小家伙不停地用手刨着落在它身上的雪。到了后半夜,便哭了起来,我们家的牛要死了,我爸爸回来我怎么办呀,他一定会打我一顿。

整整一天,他一直守在那头牛跟前,不停地刨着落在它身上的雪,嘴里呜呜地哭,谁劝都不听。到了下午,夕阳又把雪地照亮。那层夕光在雪地上反射开来,又使大地变得像铺了一层丝绸。那头牛从地上一跃而起,飞奔向那片夕光,跑进去后站在那里一动不动。它看见夕光出现,不知为何突然有了力量,从地上一跃而起站在了那里。牧民们都很惊讶,看见它站在夕光中,已和往日没什么两样。

那小孩终于不再哭了。

我听到的另外两头牛,名字叫"小黑"和"老黑",生活在新疆下马崖边防连。牛原本不会与军事有关,但如果它们在军事边缘地带生存,时间长了便难免有一些微妙的关联。"小黑"和"老黑"是一小一老两头牛,这两头牛现在都已经离开了曾经生活过的边防连,战士们提起它们便陷入对它们的回忆之中,显然,这两头牛给大家留下了很深的印象。

小黑现在在蒙古国,估计已经长成了一头大牛。老黑于前年在玉科克边防连命殁。这两头牛之间本无任何关系,但我之所以把它们放在一起叙述,是因为在它们身上发生的故事都与边界有关。边界永远如关闭的门,即便是两头牛走近,铁丝网也会散发出一种阻挡的气息,让它们不可再向前走动,否则就会越界。

先说"小黑",它是战士们在1988年的一次巡逻中捡回来的,它当时看上去出生才一两天,战士们把它抱在怀里带回了执勤点。因为缺乏营养,它无法站立起来,战士们背着水壶到牧民家要回牛奶精心喂它,过了十几天,小黑终于可以站起来摇着尾巴来回跑了。大家精心照顾小黑。如果它病了,便赶紧给它喂药,晚上也要安顿它睡好觉。

不久,蒙古国一方在会晤中提出:前些天,我方有一辆运牛的车,上面掉下一只小牛,据悉被中国军人捡到,现在希望你们能将其归还。会晤站打电话到边防连获知确有此事,于是便定下时间,准备将小黑移交回国。战士们对小黑已经有感情了,一位战士抱着它不肯松手。他说,这是为什么?我不给。如果我们不捡回它、喂它的话,它早饿死了。连长也心里难受,但他还是动员大家:现在摆在我们面前的不光是感情的问题,如果我们要小黑的话,就不要国家的尊严了;如果要国家的尊严,就不能要小黑了。你们说哪头轻哪头重?战士们无言以对,作为军人,尽管对小黑的感情是深厚的,而理智却时时刻刻不会消减半分。他们默默把小黑牵到边界线上,送了好几次,小黑都不过去。好不容易把它赶过去,它没走几步便回头窜入中国,悲痛地嘶叫着往战士们跟前扑。蒙方军人在对面等得着急,小黑来回在两国之间窜动,已属越界行为,而且是当着两国军人的面,这就更不容许了,必须赶快制止。蒙方军人决定,如果小黑再不停止的话就将它击毙。蒙方翻译向中国军人讲明此意,连长一听立即下令,全部人员向后转,赶快离开边界线,这样也许就不影响小黑了。只要它被蒙方军人抓住,实际上就等于救了它的命。那位战士边退边对小黑说,快回去吧,不要再乱跑了,不然你就活不成了。小黑似乎听懂了他的话,果然一步三回头地走了回去。蒙方军人把它抓住,牵着它往回走,它发出痛叫,那声音里既有留恋,也有恐惧。战士们都不忍回头看它。

再说另一头叫"老黑"的牛。老黑在玉科克有着十七年的"兵龄"。十七年来,它一直担任着为前哨班驮运货物的任务。玉科克地处阿拉套山脉中段,连队四面群山环绕,风景怡人。但自然环境优美并不一定能改变生活条件,从松林里蜿蜒到前哨班的那条小路,如一条松软的绳子,倾斜着搭在山坡上,人走在上面像在云雾里飘浮。老黑就在这条路上默默地走了十七年,为前哨班驮送的货物加起来有两百七十吨,行程长达三千五百公里。每次,战士们把东西绑在老黑的背上,将它牵到山脚下,把那根通常用来牵它的绳子盘在它脖子上,它就会慢慢向前哨班走去。它爬山看起来很吃力，很慢，但谁也赶不上它，往往它爬到了山顶，而人仍在半山腰。到了前哨班，战士们心疼老黑，因为没有东西给它吃，无奈，只好把它牵到边界让它吃草。那条边界在山脊上，山脊的这边地处阳面，草势不好；对方的一边地处阴面，草长得十分茂盛。老黑从不为边界那边的草动心，它慢慢地啃着那些发黄干枯的野草，等啃到边界线跟前时便掉转头返回。

1993年5月的一天，老黑不慎落入二百多米的一个深沟，两条腿和三根肋骨摔断。战士们找到它时，它并没有嘶鸣和呻吟，而是静静地卧着。战士们怕晚上狼闻到它的气味过来攻击它，便连夜将它抬回。因连队医疗条件有限，便将它送到博乐军马所。过了几天，它因医治无效而死。有人见老黑壮实，想买它的肉吃。战士们一听怒叫，谁要把老黑吃了，我们就把他吃了。有人见老黑体长，如将它的皮剥下来可有大用处，于是便欲出一千元，要将它的皮买下。战士们一听再一次大怒，谁要把老黑的皮剥下，谁披的就不是人皮。连队将老黑葬于后山，在它的坟边植下松树，撰文立碑，以示纪念。

大家都觉得老黑也是一个兵。

毛驴

人们通常说的驴,即毛驴。

毛驴替人驮运,有时候被人骑乘,但它们很慢,无论怎样被抽打都从不吱声。也许它们认为老实是美德,但人类却并不领情,反倒瞧不起它们。

我在帕米尔曾经历了这样一件事——在塔合曼的草滩上,一个十余岁的塔吉克族少年骑着驴狂奔。绿色草地掩映着一人一驴,恍若奔驰在战场上的骑兵。我与少年套上近乎,他答应让我骑上他的驴跑一回,等我跨上驴背后,它却死活不动。我用双脚拍打它的肚子,用手打它的屁股,但它却始终不动,一番折腾后只好无奈地下来。我问少年这是为什么,他想了半天也说不上为什么。下午,我在草滩中拍照,见那少年骑驴飞奔而来。他告诉我,他去问他爷爷了,他爷爷说,我来帕米尔的时间太短,是山脚的石头,而不是山顶的白云。说完他骑着毛驴走了,我望着他的背影,觉得那少年是一座移动的山。

毛驴一生沉默,是家畜中的忍辱负重者,老了走不动了,被人宰杀后又吃肉。只有这时候,人们因为驴肉好吃,才会感叹最好吃的是"天上的龙肉,地上的驴肉",但只是在说驴肉好吃,而不是在说驴。

驴不知道该怎样对刀子表示出愤怒,直到被杀死的一刻,它也是茫然的。乡村的杀驴仪式往往都是悄悄进行的,要杀驴的人家似乎有愧疚之意,觉得杀了忠诚老实的驴便似乎杀了自己的良心似的,所以总要悄悄进行。驴当然不知道自己马上就要命殁,就是在主人懒得给它喂最后一次草料时,它也丝毫没有某些方面的意识。太阳升得很高了,它的肚子已经饿得咕咕叫了,但就在这时候它等来了一把刀子。它被主人牵到屋后的树林里或河滩上,它看见了那把明亮的刀子,以前见过自己的同类曾在那把明亮的刀子下毙命,但它没有任何反应。主人同样又给它蒙上了眼睛,一刀子刺进它的喉咙,它浑身颤抖着,却并没有倒下去,又一刀子进去,它浑身颤抖得更厉害了,但就是不倒下去。主人急了,一把将它推倒,过了很久它才停止了呼吸,它从头至尾都没有发出任何声音。沉默了一辈子的驴直到被杀死的一刻都保持着一贯沉默的习性。主人不愿让人看见他杀驴了,手脚麻利地收拾了驴的皮肉,迅速回家煮驴肉吃去了。

我听过一只毛驴的死亡方式。它到了最后去不了远处,但不愿意让任何人知道它的死亡,便悄悄地选择一个角落趴下。人们在第二天早上才发现它已死掉,谁也不知道它为何选择这种死法。

我在白哈巴村听到的一头驴的经历,似乎是对这个问题的回答。那头毛驴是偶尔进入白哈巴村的,繁衍了几代,并未发挥出什么作用。后来,便越来越少,到了最后一头便又瘦又小,没有了驴的样子。它的主人巴也丹让它拉车,它拉到半途被累得趴下,无论怎样打它都不起来。巴也丹说,我的驴是一头废驴。从此它的名声就坏了,加之它再无生殖能力,真的变成了废驴,亦成为村里最后一头驴。

一天,两个小伙子下石子棋,输了的一方为躲避败局的尴尬,说他能使那头驴听他的话走动,他让它趴下,它就会趴下,他让它跑,它就会跑。众人一听来了兴趣,把那头驴牵到小伙子家门口。小伙子说,驴,你进去,我给你吃的。驴纹丝不动,他又重复了一遍,驴仍不动。小伙子捡了一根树枝抽它,驴仍纹丝不动。

有人出主意,把驴的眼睛蒙上,可牵入房内。小伙子脱下上衣,蒙住驴头牵它,但它似乎早已知道他的用意,仍站着不动。有人又出主意,听说过驴推磨吗?拉着驴转,它转着转着就迷失了方向,然后就可以把它牵进屋去。小伙子便用衣服蒙了它的头牵着它转,转了好多圈,人都晕了,但它仍倔强地背对着房门不肯进屋。

大家得出一致的结论，驴要是犟起来，就是天打雷轰也拿它没办法。要不，人们怎么说驴认真起来是犟驴呢！嬉闹一番，众人都觉无趣。正要散去，它却把头一低径直进入房门。众人又兴起，复又赶过来看它会如何，它走进屋内屁股一动便屙下一泡驴粪。

真是无奈，刚才费尽周折它都不肯进屋，都拿它没辙，但它却自己走进屋子屙下一泡粪，这真是一个极大的讽刺。它在屋中站了一会儿，头一扭走了出来。众人给它让出一条道，它在村子里慢悠悠地走着，像年迈的老人。

那件事过去后，人们很快又忘记了它。一头不会发挥出实际作用的驴，是很容易被人忽略的。至于它想了些什么，它所目睹的这个村庄是什么样子，便没有人在意。

过了几年，它彻底老了。人老先老眼，牲畜老了则先老腿。它很少在村子里走动，偶尔出来也是摇摇晃晃，很短的路要走很长时间。巴也丹不重视它，想起它时给它一把草，想不起它就得饿好多天。有时候，它在村子里与牛和马相遇，便停下来与它们对视良久。牛和马都走了，它仍在原地停留，似是在想什么。那些牛和马有很好的胃口，还要去吃草，只有它走不动，在村子里不知所措。

再后来它彻底走不动了，只能站在院子里朝四处张望。它望着自己曾经走过的地方，眼睛里有去走走的冲动，但又有些许无奈，于是凝望便成了它每日最重要的事情。村子里每天都有热闹的事情，却不能吸引它的目光，它总是朝着以前走过的地方凝望。

一天，人们发现它不见了。几天前，村子里就没有了它的身影，只是因为人们太忙，未曾留意它。人们去找它，在通向铁列克乡的山脊上，发现了它的尸体。它已死去多时，但仍保持着欲向前爬行的姿势。也许它在咽气的最后一瞬，仍想挣扎着向前爬去。

好几年过去了，村里人始终不明白，它在生命的最后时刻，为何要离开村庄？

鸽子

九只鸽子飞上天，九个影子留在家。

说的是鸽子恋家，无论飞多远，最后都会回来。

新疆人喜欢养鸽子。在南疆但凡进入一户人家的院子，主人一脸笑容迎上来，房顶上亦发出一阵喧闹声。是鸽子，它们似乎也知道来了客人，在用它们的方式致意。

往房顶上看去，便发现因为鸽子养得多，便搭了架子，鸽子黑压压地站成一排，鸣叫声不断。

傍晚，村庄会被突然响起的一种声音打破寂静，正在吃晚饭的人们抬起头，就看见天空中有一些黑点正由远及近，向村子里飞来。是鸽子，它们有很强烈的家的意识，在外不管飞得多远都要在傍晚时分回家。它们快要飞到村子跟前时先向主人发出鸣叫，让主人知道它们回来了。飞到主人的房顶时，它们不再发出声音，用一个俯冲的姿势快速进入巢中。

其实鸽子不应该去当信使，当它们把艰巨的任务完成后，它们虽然被赞誉为忠诚、勇敢、坚韧的战士，甚至后来又被誉为和平使者，但它们温柔可爱、清洁高雅的一面却被遮蔽。人们对它们漠不关心，认为它们始终应该穿越硝烟战火才对，它们应该在伟大使命的高度永不下降，至于它们的内心到底有多少欢乐和痛苦，似乎从来都不应该与它们外在的形象联系在一起。说到底，鸽子在人们心里的形象已成为固定模式，已经很少有人把它们单纯地当成鸟儿了。

鸽子从远处飞回来了，我们应该爱安静的鸽子。有一年在喀什，一位朋友告诉我一件事，他养的鸽子不知被一只什么鸟勾引，飞走后再也没有回来。我去看他房顶上的鸽笼，隐隐约约看见了鸽子栖息的痕迹……我突然觉得，对于一只鸟儿来说，正是因为有了一个家，它才要去飞翔，因为飞翔是沿着大地实现无边的梦想。

喀什人喜欢养鸽子，乡村的小屋顶几乎处处可见横七竖八的鸽子架。鸽子回家的时候是极其庄重的，它飞到主人屋顶上空后，缓缓地盘旋几圈，然后才落到屋顶上或鸽笼中。有时候，鸽子的主人是一位老人，他会走上房顶伸出手臂将它们缓缓接住，眯着双眼望着它们。一只鸽子飞了很远，经历了很多磨难，最终仍回到喂养它、爱它的老人身边；它带回的，不光有征服了远天之后的成功，还有从未改变过的对家园的眷恋。老人也许一直在等着它归来，当它终于缓缓落在自己的掌心，他才释然了。他脸上舒坦的神情，像一个变得清晰了的梦。在这一时刻，有游子的眷恋，有家人的守望，温暖和幸福就这样被呈现了出来。

这就是家。不往外飞的日子，鸽子会在主人家的屋子上空飞翔。春天已经到来多日，它们上下翻飞，一副很高兴的样子。它们飞着飞着，突然迎着太阳翻转过身子。在那一刻，它们的身子被照得金黄，而且发出了亮光。很快，就有另外的一些鸽子飞了过来，它们互相追逐，不一会儿便聚成了一片，像天空正在飘洒着金币一样闪闪发光。

幸福的鸽子，正在享受着太阳赐予它们的欢乐和光荣。但它们只是偶尔飞过这里，不知道它们飞到远处时，还有怎样的幸福。

走到院中台阶前，看到的是另一番情景。早晨的阳光把台阶照射得无比明亮，屋顶的鸽子受到这束光的影响，"咕咕咕"地欢叫起来，为这束光在这一刻间发出的光亮而欢欣。两个四五岁的孩子听到鸽子的叫声后，他们觅着叫声望过去，也看到了照亮台阶的阳光。起初，他们只是愣愣地看着，不自觉地停止了游戏。过了一会儿，他们变得兴奋起来，抬起头看了看房顶后便向上爬去。阳光把他们裹在了一抹明亮之中，他们向上爬着的姿势，多么像人类进化的情景——人类，不就是一步步艰难地从黑暗走向光明的吗？梦想和希望对人产生影响后，它们就是高悬于头顶的光明，人不顾一切要走向光明。而此刻在孩子身上表现出来的本能反应，则显得更为具体和真实。

多少年的岁月里，人类其实一直都是孩子。

在于田的一户人家，问及新疆人为什么喜欢养鸽子，主人说原因只有一个，新疆这么辽阔宽广，鸽子飞起来带劲，人看着舒服，所以就养鸽子嘛！他说得颇为轻松，但却引得人浮想联翩。最初养鸽子的人，一定是为辽远天地心动，便养了鸽子。鸽子飞远，他们的目光随之跟随，心亦被带走。鸽子回来，便似乎把远天远地带了回来。

在新疆，养鸽子并非只是为了欣赏，还另有重要用途，即食用。起初听到鸽子被食用，便心生伤感，那么可爱的精灵，吃掉多可惜。但那人说，最初人们是不吃鸽子的，有一年庄稼遭了灾，人们饿得无力走动，就等着老天爷为生命最后布施。有一只鸽子在外受了伤，挣扎着飞回主人家后，便一头栽倒在院子里咽了气。爷爷有气无力地说，鸽子虽然死了，但它还有用处，把它炖了吧！一只鸽子解决不了问题，那一家人只能喝鸽子汤，把肉留到下顿加水煮一会儿，再喝鸽子汤。

人的日子难挨，鸽子看在眼里，发出一连串急促的叫声。鸽子平时多发出叫声，但从来没有这么不正常，人们便感叹，鸽子啊，如果接下去的日子还是这样，你们就去寻找能喂你们食物的地方吧！人的罪，鸽子不应该受，到时候你们在新的人家好好活下去。

一天，一户人家房顶上发出一阵声响，开门一看，院子里有几只鸽子，身上有血。原来，它们从房顶飞向院墙，把自己撞死了。那户人的眼睛湿了，鸽子这是为了让他们能吃上东西，在舍身饲食。他们含泪把那几只鸽子炖熟，全家人饱餐了一顿。

后来又说起养鸽子的事情，居然有一肚子趣事。有一年秋天，一只飞丢半年的鸽子返回，所有的鸽子皆向它鸣叫。主人则感叹，你都走了半年了，还回来干什么？明天这些鸽子就要被送到餐馆中去了。他爬上房顶，眼前是叹为观止的一幕：那只鸽子身边依偎着两只小鸽子，原来它是一只母鸽子，它辗转返回，是为了那两只小鸽子。主人被感动，第二天将它和那两只鸽子留下，让它们多活了一年。

另有一事，一只鸽子患病后，主人不忍一条命就那样殁了，便寻医问药将它治好。数月后的一天晚上他正准备睡觉，听得鸽子一阵慌乱的鸣叫，然后又听得有什么撞在了窗户上。他出门去看，是那只鸽子刚才撞了窗户，现在它落在院子里仍在叫着。他刚走出门，房子便塌了。那一刻，他不顾身后倒塌的房子，而是一把握住那只鸽子，嘴里是一连串感激声。

鸽子灵异，这件事是例证。

水鸟留恋河流
人留恋故乡

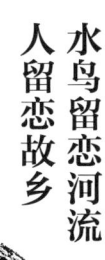

河狸
北鲵
白头硬尾鸭
凤头䴙䴘
水貂
麝鼠
黑鹳
白鹳
鹈鹕
红嘴鸥
水獭
蚊子

河狸

有一年在青河，听说附近的布尔根河中，有被称为"河流工程师"的河狸，大家便去看，结果看见对岸有一只野猪正在攻击河狸。我们想救河狸的命，便大声喊叫，但野猪知道我们被河阻隔，便复又转身去猛攻那只可怜的河狸。野猪的吼声嘶哑而粗野，似乎让河流也在颤抖。

其时的情景用当地人的话说，野猪和河狸，像是二十岁的小伙子和五岁的娃娃打架。最后，野猪一头将河狸顶翻在地，然后扑到河狸身上，用尖利的獠牙把河狸咬死，甩了几下头走了。野猪并非为了吃食，仅仅是为了逞能而已，但一只无辜的河狸却丧失了性命。可恶的野猪！

我们以为见不到河狸了，正要离去，却见河面漾起一圈涟漪，接着就冒出一个动物圆乎乎的脑袋，嘴里还叼着一根树枝。又是一只河狸，它的同类在刚才遭到野猪伤害时，它警觉地潜入水底，等危险过后才探出了头，但站在岸上的我们让它再次受惊，它遂将嘴里的树枝吐掉，又一低头潜进了水里。

细看，布尔根河不大，因为河水流淌得缓慢，水面便像一面镜子，静静倒映的雪山，反而显得更加晶莹。这条河像新疆所有的河流一样，是雪山上的冰雪融化后汇集而成的，流到青河一带后，在绿色草原中弯弯曲曲流淌，远远看上去像一条丝带。布尔根河是河狸在中国集中生存的河流，所以这也是一条被保护的河流。

保护一条河流，防人不成问题，但却防不了动物。譬如刚才的那只野猪,在它的意识中便没有被保护的河流,亦不会认为河狸是珍稀动物,便疯狂地将那只河狸咬死了。一只河狸已死,我们不想让另一只河狸受惊,于是我们转身离去,把安静的河流留给河狸。

当晚,人们夜谈河狸,说的都是它们的传奇事情。譬如,河狸虽然看上去温柔,但它们的牙齿很厉害,能将大树咬断。曾有一人见到一只河狸,它抱着一棵树欢快地摇动着尾巴,那人以为它要爬到那棵树上去,但它却并未向上爬,直至那棵树轰然倒地,那人才知道河狸在啃咬树。那人在先前曾见过齐刷刷断裂的树,当时没有弄清楚是怎么回事,现在终于明白是河狸的作为,它们能用牙齿将树咬断,可谓是动物中的独一无二的本领。

听人们说河狸,我想起它们的厉害之处,在历史上久已有记载。《博物志》中载有一事:曹操带兵伐匈奴,经过白狼山,遇到一只大狮。曹操命士兵去杀,那狮子凶猛扑抓,士兵伤亡甚多。曹操带贴身护卫百人,再次去杀,那狮子哮吼而起,贴身护卫惧怕,不敢向前。危急时,一狸从林中跳出,落在曹操车辕上。狮子扑来,那狸跳到狮子头上,狮子便一动不动,乖乖就范。曹操命人将狮子杀之,捉得一幼狮带回。至长安,三十里鸡犬皆伏,不鸣一声。这个故事中的狸,就是今天的河狸,在当时跳到狮子头顶,因为狮子怕狸的牙齿,狮子便乖乖听话不敢再动。

有一人说,他见过河狸吃树。他笑呵呵地说,它们吃树那真是挑剔得很,常常费不小的工夫咬断一棵树,却并非只是为了吃,因为它们只吃树皮和嫩枝,至于树枝,则被它们用嘴叼入隐蔽角落或水中筑巢。河狸的巢有水中和地上两种,如果水中不安全,它们便爬到陆上的巢中,反之如果陆上不安全,它们则会潜入水中躲起来。熟悉河狸的人因此说,河狸用一口牙齿吃遍树林,用两个家活过一生。它们是与世无争的动物,无论是在水中还是陆地上,都不停地用树枝修复巢沿,使之坚不可摧,然后在里面安然偃卧。比起在这些年变得喧闹的额尔齐斯河,布尔根河显得更为安静,沿河两岸绿树成荫,河狸选择这样一个地方,一则可以不用为生存发愁,二则不会受到别的兽类侵犯。

另一人说,布尔根河沿岸的人都知道河狸是珍稀动物,亦为它们只生存于布尔根河中而骄傲,所以便悄悄观察它们,慢慢地便发现它们是昼伏夜出的动物,只有等天黑了,才在河中用嘴把木头推向目的地。一旦有动静,便舍弃木头潜入水中。危险过后,它们宁肯重新去啃咬一棵大树,也不会把先前的那根木头找回。它们为了保护自己的巢,常常在河道上筑坝拦水,所以它们又得名"河道清洁工"。有人佩服河狸的这一壮举,便去做了一番统计,得出的结果让他大吃一惊:一条有河狸筑坝的河流,每天仅能冲带走四吨泥沙,而没有河狸筑坝的河流,每天却要流失一百吨泥沙。

人们说得兴起,纷纷都说河狸的好处,譬如河狸是素食动物,有时候抓住鱼,玩耍一番便又放回河中。它们吃树的嫩枝和树皮,以及河边的草本植物。入冬之前,它们会把树枝咬成小截,用嘴衔到水中储备起来。进入漫长的冬季后,它们便很少出来,躲在冰下啃食树枝存活。外面大雪纷飞,河上冰封雪裹,它们待在水下,那是一个被隔开了风雪、声音和阳光的世界,一切都在寂静中存活,河狸也不例外。

河狸的全身都是宝贝,其毛皮结实暖厚,风雪不沾,是高级裘皮原料。它们分泌的河狸香,是世界四大动物名香之一,亦可制作成药材。它们一般都体态肥胖,在陆地上行走时极为缓慢,但进入河中便是游泳高手,往往将圆圆的脑袋一晃,便不见了踪影。如果出水上岸,它们会摇晃身体,把身上的水甩干净,然后才开始爬行。

河狸有如此好听的故事,可谓是河流中的精灵。

听了一晚河狸的故事,心中已是对河狸喜爱不已。第二天黄昏,我们在布尔根河边散步,有一人发现了一只河狸,但它机警地躲了起来,我们没有看见它的一丝踪迹。河狸难得一见,我们便在岸边向四下里张望,期待能够见它一面,但什么也没有,直至天色暗了下来,黑暗像是被谁扯开的一块巨大的黑布,一直延伸向苍穹深处。就在我们正要离去时,突然发出一声响,一棵树倒进河中,在河水中沉下又浮起,然后向下游漂去。我们正疑惑为何一棵树会突然倒入河中,有一人发现在河的另一侧,一道黑影划过河面,然后旋出一圈涟漪,便复归平静。大家断定,是一只河狸咬倒了一棵树,但它发现我们注意到了它,便迅速潜入水中游走了。

当晚，我们热得在房子里待不住，便去院子里乘凉。被野猪咬死的那只河狸被人抬回剥下的皮子，挂在院中的一棵树上等待风干。我们刚走到院中，听得挂河狸皮的树下传出响动，然后就看见一条黑影闪出了院子。大家过去细看，那棵树已被啃出一个大口子，如果我们再晚一点出来，恐怕会轰然倒地。

是河狸干的吗？

北鲲

温泉是一个沉静的地方。

对于新疆的温泉县,我脑子里存有一个难忘的记忆。十余年前在温泉参加一个笔会,接待我们的宾馆前有一条人工小河,里面有不少红色的鱼,起初我们以为是放进去的金鱼,后来才得知是一种野鱼。大家一番议论,认定它们既不是虹鳟鱼,也不是大红鱼,因为虹鳟鱼和大红鱼都是冷水鱼,而那条河并非由雪水汇成,不是虹鳟鱼和大红鱼生存的地方。其实它们到底是什么鱼并不重要,重要的是它们在我们面前表演的一番跳跃,让我们惊得目瞪口呆。当时夕阳在水面上泛出一层彤红的光芒,像是那条小河被点燃,要升腾起火焰。我们中有一人说,这世上最难的事情就是:石头上栽树,河水中点灯。他的话音刚落,河水中的鱼却齐刷刷地跃出水面,在空中翻转几下后复又落入水中。它们将水面搅得波动起来,反光中的夕阳便起起伏伏,像是挣扎着不肯落下去。它们一直跳跃着,那一刻的水面一片喧响,像是太阳马上就要坠入巨大的黑暗,而一条小河中的鱼却想用跳跃的方式将其挽留下来。过了一会儿,太阳还是慢慢落了下去,天色扯开像幕布一样的黑色,河中的鱼便不再跳跃,水面一片寂静。我觉得此时的鱼并不是因为没有挽留住太阳而失败了,而是认识了世界的巨大密码,让自己归于平和与从容,然后等待黎明的到来。

这么多年过去了,我一直觉得那些鱼虽然生存在一条人工小河中,但是它们心中有世界,是非同一般的鱼。

同在温泉，很快又听到北鲵。提及北鲵的那人说，北鲵是古老的物种。我记得当时人们的表情都很淡然，似乎古老的物种并不会引起人们的兴趣。后来他又说，它们是延续了四亿多年的物种，人们便都惊讶，这么古老啊，和恐龙一样久远。

那人见大家都有了兴致，便趁热打铁说，其实恐龙远不及北鲵，因为恐龙早已灭绝，而北鲵却一直活到了现在。北鲵和恐龙曾一起经历了地壳运动，在某个光明被巨大的黑暗吞没，一切都坠入无底深渊的日子，却有透着光亮的缝隙留给了北鲵，它们吃力地爬出，进入新的生命的另一轨道。

天佑北鲵，让它们成为那个时代的幸运儿，一直活到了今天。

时间能说明一切，譬如北鲵的存活。北鲵又名娃娃鱼、水四脚蛇等，是新疆唯一存活下来的有尾两栖动物，栖息于温泉县境内的高山泉水和小溪中。那里海拔近两千米，平时除了牛羊在春夏转场经过，再也没有走动的生命。

北鲵在新疆出现，亦有趣事。1866年，一位叫凯塞尔的俄国人，在新疆阿拉套山的雪地里发现了两条冻僵的北鲵，带回实验室后本打算解剖，不料它们竟然都活了过来。凯塞尔是识货的动物学家，遂宣布他发现了存活三四亿年的物种，而且它们身上有抗冻基因。但凯塞尔的运气不好，仅见过那两条后，再也没有见到北鲵的影子。因为是在雪地里发现北鲵的，他无法确定北鲵是否还可生存于水中，更不能确定北鲵是不是两栖物种。他怏怏然离去，直至临死仍被遗憾搅扰得不得安宁。

北鲵偶尔一现，便又神秘遁去，是灭绝了，还是被人惊扰，躲到了再也不会被人发现的角落？它们也许知道，只要不与人类处于同一时间，就一定能把人类远远甩开，而它们在适应时间和历经时间方面，有超出所有物种的自信。

等到一个世纪过去，到了1989年9月，新疆师范大学生物系的一名温泉县学生，从家中带来一只四脚蛇。此物是一位牧民发现的，他一人赶着一大群羊在山里放牧，数月下不了山亦见不着人，闲待着无聊便翻小溪中的石头玩，几条"长脚的鱼"突然蹿出，让他惊讶得大叫，但很快又发现它们并不是蛇，于是便抓了一百多条连玩带送人。那名大学生闻讯后要了一条，带回学校请老师辨认。生物系教授王秀玲一看大喜，这就是她整天给学生们讲的北鲵。她第二天便直奔温泉县，在苏鲁别珍山脚的一条泉水小溪中，终于发现了北鲵的栖息地。

北鲵结束了亿万年的等待，终于进入人类视野。

我有一年又到了温泉，本想再去看看那个宾馆前的小河中的鱼，但朋友说那条小河已经干枯了，鱼也早都死光了。当时听到这个消息心中一震，那么好的鱼，为什么不想办法让它们活下来呢？朋友说，现在来温泉的人都去苏鲁别珍山看北鲵了，没有人惦记鱼。他问我，苏鲁别珍山就在不远处，想不想去看看北鲵？既然北鲵近在眼前，便一定要去看。我们的车子在沙子路上颠簸了半个多小时，到了那条小溪边。那天真是运气好，刚下车便听到有什么跳入小溪中，水面哗的一声溅起水花。一定是一条北鲵趴在溪边的青草中，被车子声惊扰，遂迅速跳进了小溪中。

我们向小溪中细看，发现一条北鲵趴在溪底的石头上。它脑袋圆平，皮肤光滑柔软，与四脚蛇极为相似，只是四肢因短小而显得无力，似乎撑不住身子，就那样在水中趴着。我们说话的声音惊扰了它，它尾巴一摆钻入一块石头下面。

我们想搬开石头看看，旁边的一位牧民拦住我们说，不要干那样的事情，北鲵选择一块石头，像人盖房子一样不容易，你们把它住的地方破坏了，它住到哪里去？我们便住了手，又去别处寻找北鲵。后又见到几条北鲵，便发现一个规律：苏鲁别珍山不高，亦无积雪，所以不会有融化的雪水流淌下来，北鲵的生存环境因此便很有限，仅生存在小溪中的石块下，或泉水中的石洞里。它们偶尔爬到岸上，靠后肢推动身体，摇头摆尾地缓慢爬行，但行之不久便会回到水中。在水中，它们为减少阻力，便把四肢紧缩，用灵活宽大的尾巴游动，速度比在岸上快出很多。

来之前在报纸上看到一个报道，是记者跟随王秀玲教授对北鲵的考察实录，里面有这样一段话："生长在一个个不相连接的涌泉处的北鲵，基本上没有互相造访的可能。它们各自过着亿万年不相往来的生活。它们不能离水太远，已发现'最能干'的远行者，离开水最多也就十多米远。王秀玲用塑料桶把这一处的带到了另一处，而这'具有历史意义的会面'，北鲵爬了几亿年也没有做到。"

我们不懂北鲵，是不能那么干的。听说还有一个叫捷麦克沟的地方，亦有北鲵，和苏鲁别珍山的北鲵加在一起，有三千条左右。但我们已看足了北鲵，便准备离去。刚要上车，那位牧民突然大叫一声，弯腰从地上捡起一条北鲵。他唏嘘着对那条北鲵说，你咋就忘了回到水里去呢，把自己撇在岸上，风这么大，太阳这么热，连蚂蚁也打你的主意呢！

他把那条北鲵放入小溪中，但它已经不行了，身体微微动了几下，便翻出了肚皮。我们都很难过。但很快便出现了让人叹为观止的一幕，有五条北鲵从石缝中游出，用嘴去触碰那条北鲵，发现它已命殁后，便合力将它推向一块石头，把它藏在了石缝里面。

一条北鲵死了，它们一向安静的世界，发生了大事。

白头硬尾鸭

最早听人说到白头硬尾鸭,对其中一个细节记忆深刻,说雌白头硬尾鸭孵出幼鸭后,会让它们爬到自己背上,不论游水、觅食,或在岸上走动,都不让幼鸭下来。当时觉得,它们作为母亲,把背部当成温暖的怀抱,让幼鸭幸福地成长。

白头硬尾鸭,早年曾叫白嘴硬尾鸭。但白嘴硬尾鸭这个名字,叫得却有些不合适。

首先是白嘴一说,就叫得不妥。其实它们的嘴并不是白色的,尤其是尖尖的喙,是一片一眼就可看得清清楚楚的淡蓝色,所以它们的名字中有白嘴二字,就显得有些牵强。

要说它们身上的白色,其实在它们的头部,那是很明显的大面积的白色,以至于把头顶的少许黑色,以及蓝色尖喙都一一淹没,让人觉得它们的整个头部都是白色。

至于硬尾一说,倒极为准确和形象,它们的尾巴仅有三四根羽毛,紧紧收拢在一起,然后向上挺立,极显硬朗之感。

说起来,白头硬尾鸭并非无名之鸟,它们是卡通"唐老鸭"的原型,但知道"唐老鸭"的人很多,却很少有人会想到可爱的"唐老鸭"原型,居然与一只叫错了名字的鸟儿有关,以至于在现实版中遇到白头硬尾鸭,也很少有人能想到与著名的"唐老鸭"有关。不仅如此,白头硬尾鸭还很难见到,它们一旦发现有人或别的动物接近,就会迅速飞走。它们逃离的速度很快，直到飞出你的视野，也不会减缓速度，并且从此再也不会回来。在它们的意识中，似乎人类只要把目光投向它们，就会向它们伸出贪婪的双手，所以它们始终保持"逃跑"意识，把安全放在第一位。

阿勒泰、塔城、哈密和乌鲁木齐等地的大小湖泊和水库，因为汇聚雪水而颇为清凉，所以是白头硬尾鸭的天堂。它们对栖息条件并不挑剔，但周围一定要安静，如果别的动物在附近活动，或者有人走动，甚至小湖泊和水库中有水生动物或运动猛烈的鱼，它们也会果断放弃，去寻找更加理想的地方。这也就是它们选择小湖泊和水库的原因，因为那样的地方很少有水生动物或运动猛烈的鱼。它们安静地度过夏天，到了初秋，便迁徙向南面去，辗转数千里到达湖北的洪湖一带过冬。

一北一南，将它们的一年时间一分为二，而遥远的飞翔，则又使它们被季节牵引，飞走时让人挂念，归来又让人欣喜。

曾听人讲过一只白头硬尾鸭的故事。当时有一人发现，湖边有一只白头硬尾鸭长久徘徊，便想把它捉到家中喂养，然后独自欣赏。那人准备了网兜，悄悄接近那只白头硬尾鸭。它发现他后却并不离去，而是卧在湖边纹丝不动。那人顺利把它扣入网兜中，它拼命用尖喙去啄网兜，但它的力气太小，加之网兜又太结实，最终被那人提上了岸。它撕心裂肺地鸣叫，其声音之悲怆，犹如身上的肉被硬生生地撕扯了下来。那人无意一瞥，看见它刚才卧过的地方有四枚雪白的蛋。他愣怔片刻后明白过来，白头硬尾鸭是为了保护自己的蛋，才死活不肯离去。他默默解开网兜，将那只白头硬尾鸭放开，它迅速跑到那四枚蛋跟前，断定其完好无损后，才卧了下去。那人走远后回头观望，那只白头硬尾鸭仍然卧在那儿。

我见到白头硬尾鸭，是几年前在奎屯水库。我们那天的运气好，本以为它们发现我们后会飞走，不料它们却并不在意我们，而是自由自在地在水库中游动，我们先是远远地看，后来便凑近看。它们虽然长得体圆身大，却显得极为优雅。等它们游得近了，便看见它们身上的羽毛很细密，也很柔顺，被阳光照着，似有流光溢彩。但它们还是极怕人，我们中的一人咳嗽了一声，这一细微的动静便使它们立即警觉起来，头一扭闪出一片白光游走了。我们只好躲在树后，等了一个多小时后，它们才从草丛中小心翼翼地探出头，然后慢慢游入水库中去了。它们发现水库周围没有危险，在水面上游动了一会儿后，却把头向下一抵潜进了水中。它们喜欢潜水，每天都会潜入几次，但它们对周围始终不放心，潜入水中三五分钟后，便会警觉地钻出。如果四周安静，它们便悠闲地游水，高高翘起的尾巴显出几分顽皮。但它们并不会游得时间太长，很快就会飞掠而起离开水面。

听人说，它们偶尔会上岸，但行走得十分困难，走不多远就不得不又飞走。它们起飞时总是很笨拙地扇动双翅，以至于地上的尘灰已弥漫而起，才能够挣扎着飞起。它们本是水中精灵，离开水域便如陷禁锢，所以它们不会长时间留在岸上。

那天听到它们不停地鸣叫，向熟悉白头硬尾鸭的人询问，得知它们平时好静，只要周围有喧嚣的声音，便马上另选一地栖息。它们常常保持沉默，似乎它们沉默了，世界便也会沉默。而它们发出鸣叫时，则是求偶的热切激流在身体里鼓胀，以至于憋得难以忍受，最后在喉咙里化作一声长鸣，在水面响彻传开。原来如此，我们便耐心躲在树后，过了一会儿，便见有几对白头硬尾鸭头挨头，一起游入了水库边的草丛中。那是一个隐秘的世界，亦是属于它们的美妙的世界，别的白头硬尾鸭都远远离开，不打扰那几对眷侣。

离开水库时，又看见几只雌白头硬尾鸭背着幼鸭，在水库中慢慢游动。作为母亲，这是它们的使命，一直要让幼鸭在它们背上长到能下水为止。到了秋天向南飞的白头硬尾鸭不愿接近人，但难免发生与人牵扯在一起的事情。幼鸭能够下水并不意味着它们的使命已经结束，雌白头硬尾鸭还要教幼鸭游泳、潜水和飞翔，因为过不了多久，它们就得带着幼鸭迁徙向南方。那可是一场漫长艰难的飞翔，如果幼鸭的体质孱弱，就会在半路丧命，作为雌白头硬尾鸭，它们最不愿遇到那样的事情。有一人曾见过一只幼鸭在迁徙中死了，有一只雌白头硬尾鸭围着它哀鸣盘旋，一群白头硬尾鸭在一边亦吱吱低叫，让那人心里不是滋味。来年开春，它们北上时又路过那个地方，又是一阵哀鸣。为了防止幼鸭在途中发生意外，雌白头硬尾鸭会严厉训练幼鸭，直至幼鸭达到它们的要求，才会放心地带幼鸭上路。

一年之中，白头硬尾鸭待在新疆的时间也就五六个月，但却会留下不少奇事。有一年，一只白头硬尾鸭生病后死在岸上，它头部的白那么显眼，引得秃鹫盘旋而下，欲往它身上扑。有一人发现后，将秃鹫驱走，然后把它埋葬在山坡上，为防止兽类把那个地方扒开，又在上面压了一层石头。离开时，他觉得自己为那只白头硬尾鸭修了一座坟。他唇角漾起一丝笑意，并低声念叨，你活着时那么好看，死了配得上拥有一座坟墓。

入秋后，白头硬尾鸭准备向南迁徙。它们飞到那人屋顶上空，一改平时沉默的习性，发出几声鸣叫，然后在屋顶上空绕飞三圈，才向南飞去。

凤头䴉䴘

有一年在克州，与朋友们谈论鸟类的故事，一位朋友说，不知你们注意到没有，人们经常会犯一个错误，譬如说一个地方有什么鸟，就会把那种鸟只归结于那个地方，好像别的地方便一只也没有。其实这是错误的说法，很多鸟儿都有一个规律：夏北冬南。夏天时北方凉爽，鸟儿们便在北方越夏，而入冬后南方较北方暖和，鸟儿们便从北方迁徙到南方越冬。

那位朋友说得很有道理，大多数鸟儿在一年时间内，有一半时间在北方，另一半时间在南方，怎能说它们仅属于一地？

其实我们那次是去克州看鸟的，那个话题也是在饭桌上谈起的，直至吃完了拌面和烤包子，还在说鸟儿的迁徙。饭馆老板在一旁听到我们的话题，插了一句话，克州有一个水库，那里有不少鸟类，你们应该去看看。他为了不让自己显得唐突，说有一年在水库边发生了一件事，有几只鸟儿从别处飞来，落入湖中游弋，但很快发现那里有一大群鸟儿，因为它们的到来显得慌乱拥挤，原有的生活一下子被打破了。它们知趣，便向别处飞去。有一人在水库边看到了那一幕，心想鸟儿也划分地域呢，先来者先占有一地，后来者便不可侵犯。到了第二年春天，鸟儿们陆陆续续从南方归来，也许它们在前一年看见了那一幕，所以都自觉绕开那一块水域，去了别的地方。那人又去水库边看鸟，看到那一幕后再次感叹，鸟儿比人强，从不见利忘义。听到这儿，我意识到他说的那人就是他本人，一问果然是他。本来想和他聊聊鸟儿的事情，但他双手一摊说他有饭馆生意呢，建议我们去水库边看看,现在是鸟儿最多的时候,一定会有意想不到的收获。

我们到了水库边,果然见水库中有野鸭子、白头硬尾鸭、白鹳和白尾麦鸡,对面的岸边还有斑鸠、黑腹沙鸡和乌鸦等。水库不大,但在多戈壁和荒漠的地方,毕竟还是难得,所以这些鸟儿便把这儿当成栖息地。它们在水中自由游动,水面上倒映出的雪山,显得更加晶莹。

后来见到水中有一种鸟,身上毛色黑红交夹,嘴又尖又长,头上有一撮黑色羽毛,而且从头部向上直立出一大截,因此嘴便显得更加尖长。凭直觉,它不是鸭子,而是极为罕见的一种鸟。

我们正看得高兴,住在附近的一个人悄悄过来对我说,你们说话的声音小一些,不要吓着了水里面的凤头䴙䴘。我便知道,水中的那鸟儿叫凤头䴙䴘。我想向那人问个仔细,那人却示意我们退后几步,脸上才有了释然的神情。他叮咛我们,水中的鸟儿是雌凤头䴙䴘,这个季节的雌凤头䴙䴘虚弱得很,受到惊吓后会拼命往远处游,弄不好会被累死。这么好看的鸟儿,如果它们的死和我们有关,我们岂不成了罪人?

我问他凤头䴙䴘不飞吗?他说他提到的是雌凤头䴙䴘,在这个季节,它们背上都驮着一对幼小的凤头䴙䴘,它能扔下它们飞走吗?原来如此,看来雌凤头䴙䴘的使命确实不轻。但是我有些不解,眼前的这只凤头䴙䴘背上空空如也,不见幼凤头䴙䴘,它难道也不飞吗?他一笑说,等着吧,过一会儿就出来了。

在等待过程中,我问那人凤头䴙䴘一名的由来。他一指那只凤头䴙䴘,说这种鸟儿之所以得了此名,是因为头部向上直立出的那撮羽毛,看上去很像凤冠,所以被叫了凤头䴙䴘。我又问"䴙䴘"二字是何意,但他不知道,看来只能留待回去查阅。

那人说,凤头䴙䴘是奇鸟,你们今天能见到,真是运气不错。我想问他凤头䴙䴘奇在何处,但因为还没有看见驮幼鸟的雌凤头䴙䴘,想必答案在后面,便决定耐心等待。

过了一会儿,另一只凤头䴙䴘游了过来,它似乎感知到我们在盯着它看,便扇动了一下翅膀,像是要游动过去,但是犹豫了一下却又游了过来。

那人悄声提醒我们，快看，那就是一只背着幼鸟的雌凤头䴙䴘，它来了。于是，我看到一只凤头䴙䴘由远及近，它背上驮着一对幼小的凤头䴙䴘，它们许是才孵出不久，紧紧趴着不动。不用问，背驮两子的是一只雌凤头䴙䴘。那人说，幼鸟出生后，雌鸟便背着它们游动，直至它们长到能下水，雌鸟才算是完成了任务。细看雌鸟，它的背不宽，却把两子驮得稳稳当当。母亲的力量是无穷的，亦能长久忍受辛苦，这一点在一只雌凤头䴙䴘身上一览无余。

阳光正好，那只雌鸟慢慢游到横卧于水中的一棵枯树跟前，我们便看见那里有一个细草筑就的巢，那两只幼鸟从雌鸟身上爬入巢中，雌鸟这才伸展了一下脖子，一头扎入水中，少顷后倏然从水中冒出，将身上的水甩出一层细密的水珠。看来，将身体扎入深水，出水后用力甩动，是凤头䴙䴘缓解疲惫的方式。

那两只幼鸟已安然偃卧于巢中。细看那草巢，它悬浮于水面上空，如果水位上升，它就可以浮起来，不会让待在里面的幼鸟被淹死。聪明的凤头䴙䴘，想得可谓是周全。

那人劝我们回去，那只雌凤头䴙䴘要休息了，不要打扰了它。我问他，凤头䴙䴘休息时不出来，在水里休息吗？他说凤头䴙䴘的两条腿长得不好，像两根棍子一样插在屁股后面，所以不利于走动。更要命的是它们的脚趾上长着像花瓣一样的脚蹼，在地上几乎寸步难移，所以它们很少上岸走动，几乎一辈子都在水中生活。

他见我为凤头䴙䴘惆怅，便一笑说老天爷公平得很，凤头䴙䴘走不了路，但那样的脚蹼却很适合游泳，所以它们极善水性，是优秀的水上自由体操运动员。老天爷真是公平，给凤头䴙䴘关上门的同时，又打开了一扇窗。

返回的路上，我仍牵挂那两只幼鸟，那人说不用操心，等哪天雌凤头䴙䴘有了力气，它就会干一件大事，那两只幼鸟也就长大了。细问，才知道到了一定的时候，雌凤头䴙䴘会驮着幼鸟选择一个合适的水域，然后突然头一伸潜入水中，来一段泅泳。那两只幼鸟迫于求生，会本能地划动脚蹼,在瞬间学会了游泳。等它们游到岸边,雌凤头䴙䴘早已不知去向。它完成了使命,必须把两子交给大自然,让它们接受命运。

与那人分开时,问他为何如此了解凤头䴙䴘?他说他喜欢凤头䴙䴘,这几年别人都搬走了,唯他家留了下来,为的就是每年夏天看到凤头䴙䴘。他说要等一个冬天,凤头䴙䴘才会从江苏飞回来,它们是在江苏一带过冬的。如此爱鸟并迷鸟的人,如今已不多见,我在心中祝福他。

对了,凤头䴙䴘名字中的"䴙䴘"二字,是一种古老的称呼,意即水鸟。

水貂

有一年在可可托海的额尔齐斯河源头，听说一位哈萨克族牧民抓了一只水貂，于是大家便议论，水貂与紫貂，到底哪一种更珍贵？说到珍贵，其实说的是它们的皮毛，也就是说用它们的皮毛做成的裘皮大衣，一向是人们的最爱，动辄上万元或数万元一件，确实是奢侈品。但具体到水貂与紫貂的皮毛，到底哪一种更好呢？

那天，大家说来说去，最后在一位老牧民的影响下，认定还是水貂的皮毛最好。

那位老牧民之所以能影响到我们，是因为他有一件水貂毛披风，所以他有发言权。好吧，既然是亲身体会，那就一定有他的独特感受，不妨让他说说。那牧民感叹，说来也怪，哪怕再大的下雨天，那水貂的皮毛居然一点也不湿，雨水滴在上面犹如滚动一般，顺着绒毛就滑落下去了，从此就再也不会让我淋雨了。后来他又惊喜地发现，那披风不但不再让他淋雨，而且在下雪天还可以避寒，无论多么大的雪落下来，那披风都像是小火炉似的让它们很快融化。再后来，他又惊喜地发现，那件披风不仅能防雨防雪，而且还防风，他把它披在身上，风吹过来跟没吹一样暖和。他对人们说起他的披风的好处，懂行的人对他说，你把一件几万元的东西披在身上，能不好吗？那牧民这才知道水貂的皮毛值钱，一件皮毛差不多顶他的一群羊。再后来，他又听到人们总结出水貂皮有三大特点："风吹皮毛毛更暖，雪落皮毛雪自消，雨落皮毛毛不湿。"便嘿嘿一笑说这三个特点，我早都体验过了,水貂皮好用到什么程度,只有我知道。

我们与他聊水貂皮,说到皮草二字,他却极不喜欢将貂皮说成是皮草,他说它们的皮毛不仅仅是好看和保暖,就连摸上去也是一种享受,跟草有什么关系呢?显然他不知皮草的来历,亦对皮草二字的背景不甚了解。我本想劝他一番,但看见他气呼呼的样子,便把到了嘴边的话咽了回去。

说起皮草,其实有一段趣事。旧上海时期,有苏联的犹太人在上海经营一些毛皮店,那时的毛皮多以野生动物为主,价格颇为昂贵,一件黄狼皮短衣就要花费五根金条。但是上海的冬天并不很冷,而且时间也不长,聪明的犹太人便在冬天卖毛皮,而到了夏天则又卖草席,久而久之,人们便将那些店称为"皮草店"。后来,那些皮草公司都搬到了香港,并不再卖草席。但是给犹太皮草老板打工的学徒,为了生存,仍然仿照原来的犹太老板,称专卖皮衣的店叫"皮草店"。时至今日,皮草二字已成为人们对毛皮衣服的专称。

自那次听过那位牧民与水貂皮的故事后,便留意起了新疆的水貂。后来慢慢知道,新疆的水貂可在水中潜游,亦可在陆地上爬行,是本事最大的两栖动物。

水貂和紫貂一样,皮毛颇为珍贵,常被做成裘皮大衣。这是好事,亦是坏事。好事一说,众所周知,是与它们的皮毛有关。水貂皮坚韧轻薄,毛绒细密而丰厚,色调淡雅美观,是毛皮中珍贵的高级制裘原料皮,价值不菲。

坏事一说,是人们费尽心思谋它们的皮,致使它们常常毙命。但水貂毕竟有限,人们谋来谋去,水貂便越来越少。于是乎,便人工饲养。可怜的水貂,丧失了自由,仅为一张皮毛活着,人们取它们的皮毛时,它们也就没有了命。其实,水貂是命短的动物,它们中寿命最长的也就两年多,大多只能活一年多。它们出生三个月便可长成,所以寿命短并非夭折,而是天数。

水貂是颇为可爱的,不但其神情楚楚动人,而且浑身皮毛无一杂色。它们的体形细长,走动时优雅之极。尤其是尾巴,细长蓬松,经常摆动出好看的韵律。有人见水貂在水中游动时,尾巴伸展挺直,似在掌握游速和平衡。

如此美丽的生灵,却因为经常受到危害,只能生存于水陆之间的窄小角落。究其原因,是因为它们既少不了要在岸上爬行,又不得不准备在危险来临时,一头扎入水中逃遁。所以,它们在岸边挖出洞穴,选择在岸边的灌木或草丛中,隐藏得十分神秘。无论是怎样的洞穴,必有一个通向河边的出口,如果危险来临,它们不能从岸上逃向河流,便从洞中直接进入河中去。

人类疯狂地谋它们的皮,使它们一直处于紧张和恐惧中,甚至连同类都不接近。水貂从来都是独行或独居,只有在交配季节,它们才会走到一起。但情欲亦不能让它们放松,雄水貂在雌水貂身上忙碌,雌水貂却在观察四周,一有风吹草动,雌水貂便抽身而去,雄水貂亦会马上将情欲压下去,闪出一团黑影蹿入水里。

如何选择在黑夜或白天觅食,众多动物都有一套严格的法则。水貂尤为如此,它们觉得白天风险大,便躲在水里或巢中,挨到天黑后出来,寻找能填饱肚子的东西。它们以鱼、虾、蛙、蛇、老鼠、野兔、鸟类,以及植物果实等为食。有一人见到一只水貂,在水中捕得一条鱼后,要叼到岸上才吃,当时觉得是一奇,后来才明白,它认为自己捕鱼时在水中闹出的动静太大,会引起他者的注意,所以要到岸上去吃。

水貂虽不多出现于陆地,但它们的奔跑速度很快,常常一闪便不见了影子。有一人不识水貂,碰到一只后以为是黄鼠狼,但又纳闷黄鼠狼之所以叫黄鼠狼,是因为其全身泛黄,且从不进水,而他看到的这个家伙从水中出来后,不喘不累,看来是能潜水的动物。

很快,那人又看到了让他叹为观止的一幕,那个家伙在一块石头后潜伏,等到一只老鼠出现,便一跃扑过去咬住老鼠的脖子,转身扯起便跑。老鼠很快命殁,它叼着老鼠爬上一棵树,开始吞吃。那人感叹,这家伙是多么熟练的攀树者,仅用了几下就上了树。但它仍然是紧张的,每吃几口,总要从一棵树跳到另一棵树上,似乎危险随时会降临。吃完,它从树上逃下，稳稳降到了地面。

那人因为好奇，把那一消息说了出去，人们断定那是一只水貂。珍贵动物一旦露面，首先会刺激人们的猎捕欲望。听到那消息的人，都在心里打那只水貂的主意。

几日后大雨，河水暴涨，那只水貂许是被浑浊的河水呛得受不了，遂出水到了岸上。人们已等候多时，迅速把它围了起来。它岸上的洞穴和身后的退路，都已被人堵死，它挣扎几番，终被几双人的手摁住。那几人怕弄坏了它的皮毛，硬是卡住它的脖子，生生捏死了它。

河水哗哗流淌，像是在哭泣。

麝鼠

麝鼠虽是鼠类，却很受欢迎。

原因是，麝鼠的腺部有一个香囊，会像香獐子一样分泌出芳香味，待分泌物凝固，便常常代替麝香入药，或被制作成香水。因为有这个功能，麝鼠在人们心目中的地位，便几近于香獐子。

麝鼠又称青根貂和麝香鼠，这两个叫法不错，让人觉得它们是珍贵的动物。但除此之外，人们又叫它们为水老鼠和水耗子，这两个别名一下子便把它们拉入俗套，让人觉得它们是偷偷摸摸的鼠类，无论是性情还是生存之道，都没有可称道之处。

麝鼠能长时间潜水，却不完全依赖于水。同样，它们对陆地生活也是适可选择，如果生存得不爽，或者受到威胁，亦会果断放弃。它们经常栖居于低洼地带、沼泽地、湖泊、河流和池塘等地，有时将洞穴筑在岸上，有时又筑在草丛中，但必须临近水，因为一旦有危险，它们就会一头扎入水中逃离而去。

也有麝鼠另辟蹊径，如水上漂浮的木头、枯枝和废弃物等，都会被麝鼠用于筑巢。有时河水上涨，那些漂浮物向下游漂去，麝鼠无知觉，便随之一起漂走。直至有人惊呼有麝鼠，一把提起它们的尾巴，它们才知道大祸临头，命将休矣。酿成这一悲剧的原因是，麝鼠的耳孔自小被长毛堵塞，便一生成为聋子，鲜有听得清的时候。所以无论周围发生什么，它们看见了便及时躲避，若看不见便没有任何反应。

它们的牙齿颇为尖利,有一人抓了一只麝鼠关进鸡笼,计划在第二天取香囊并剥皮,是夜听得有细微的声音传来,像是木头正在被什么啃咬。那人披衣出门,见那只麝鼠正在咬鸡笼。他一急喊了一声,麝鼠一惊便用力把鸡笼扯开,一跃而出到了院中,然后快速蹿了出去。那人细看鸡笼,笼栏被齐刷刷地咬断,上面的咬痕犹如被刀割过一样。

它们除了越冬外,其他时间都忙于储备食物。水中植物的幼芽、嫩枝、绿叶、果实、块根、茎秆等,只要被它们看见,便无一例外地被它们吃掉。在这些食物不足的情况下,它们也吃河蛙、田螺、鱼类和泥鳅。也许是吃食充足,每个麝鼠都胖乎乎的,移动几步都东摇西晃,似乎无法把自己拖向远处。尽管笨拙缓慢,但它们走动时却很固执,哪怕只是走很短的路,也要重复上次经过的路线。人们掌握了它们的这一习性,便在它们经常经过的地方布下圈套,它们便被人们稳稳地捕获,然后取了香囊。

麝鼠的储备意识很强,是最典型的防患于未然的性格,常常在肚子饱着时就考虑饿肚子的可怕,所以它们经常储备食物,哪怕不吃,也要让自己心里踏实。有一人发现了麝鼠的洞穴,里面堆满采来的植物,有的已经腐烂,有的则已干燥,实在是无法再吃了。如此巨大的"粮仓",是一只麝鼠日复一日往回拖运,一点一点积攒起来的,可见麝鼠多么勤劳,又多么执着。

麝鼠虽然胖,却是游泳高手,只要一头扎入水中,转眼就会游出很远。某一日在布尔津河边,有一人看见一只麝鼠刚爬到河边,大概是要喝水,但一只水鸭子却受到它的惊扰,在水面上扑腾着要飞走,但它太惊恐,以至于扑腾了半天也飞不起来,于是河面上闪着一片水花,让那人看得着急。但更让那人不解的是,那只麝鼠也因那只水鸭子而受惊,唰的一声跳入河中欲游向对岸。于是,一只水鸭子和一只麝鼠,在河中向两个方向挣扎逃离,但它们都恐惧对方,认为对方会伤害自己,所以都要尽快远离对方。那人感叹,胆小者,往往会在内心把对方放大,其实同时放大的还有恐惧。后来,那只水鸭子终于飞离而去,而它飞起时带出的水花,再次使麝鼠受惊,于是便把头向下一低潜入了水中。它们的潜水能力很强,能在水中两分钟不露头，若遇敌害则可潜水五分钟不换气，最长时可达到七分钟。过了一会儿，那人看见对面有一个黑乎乎的影子爬上岸，很快就不见了。不用说，一定是那只麝鼠，它认为只有从河中潜游是最安全的，所以便从水中一口气游到了对岸。

麝鼠好斗，如果不是同族麝鼠，便很难相处。它们将血缘关系作为结群的标准，如受到威胁或伤害，会群起反击。在对敌格斗时，它们常常不惜伤亡，也要置对方于死地。有人曾见到一只麝鼠被另一只麝鼠咬掉了尾巴，那麝鼠忍痛逃走，口衔尾巴的麝鼠高兴极了，把自己的尾巴甩来甩去，似乎在宣告自己取得了胜利。但好景不长，那只断尾麝鼠很快便引来一群麝鼠，它们一拥而上，把那只麝鼠扑扑得连声惨叫，最后在地上变成了一团模糊的红肉。

每年进入十月后，雄麝鼠便停止分泌麝鼠香，睾丸会缩回腹腔内，无法与雌鼠交媾。所以，雌雄麝鼠必须在十月前完成交配。每年越是临近十月，雌鼠便越是显得急切，它们围着雄鼠吱吱乱叫，并不时地用爪子去挠雄鼠，意欲引起雄鼠注意自己。这个时候的雄鼠显得高贵、优雅和从容，而雌鼠却一副很着急的样子，会抓住一切机会引诱雄鼠。雌鼠们深知，只要雄鼠身上散发出香味，其身体里的情欲之火就会熄灭，它们将陷入巨大的失落和痛苦中。配对成功的雌雄麝鼠，会急切地去寻找可供它们燃烧情欲的隐蔽角落，为了不受打扰，雄麝鼠会在选择好地方后，用后腿蹭几下周围的树木和石头，以便让同类闻到它们身上的味道，明白此处已被占用，请另寻别处。

因为毛皮很珍贵，所以麝鼠的毛皮曾经常被人们用于做帽子，戴在头上既好看，又暖和。如果是用雄麝鼠的皮毛做的帽子，戴在头上还会有香味。所以过去人们捕捉麝鼠，一是为取香囊，二是用它们的毛皮做帽子。《哈萨克族民俗文化》一书载，哈萨克族牧民在戴帽子方面极为讲究，譬如伊犁自称是克宰依、阿勒班部落的后代的男人，在夏天时戴山羊绒擀成的薄毡帽；阿勒泰的克烈部的后代的男人，在冬天则戴一种叫吐马克的冬帽。用水貂或麝鼠的毛皮加工成的圆形帽子，叫波尔日克，因为美观大方，且御寒保暖性强，是人们在冬天的最爱。

　　曾有一群人去一条河边看麝鼠，那几只麝鼠对他们的到来浑然不觉，懒洋洋地趴在石头上晒太阳。有一人戴了一顶波尔日克，他甫一接近麝鼠，它们便齐刷刷地跳进水中，于是水面便溢动几条波纹，一直延伸向对岸。众人颇为愣怔，麝鼠的听力那么差，反应又很迟钝，何以突然做出那般反常的举动？

　　片刻过后大家才明白，问题出在那人的帽子上，麝鼠或是闻到了香味，或是看见同类的皮毛被人戴在头上，意识到危险来临，遂迅速离去。

　　死亡近在眼前，谁不恐惧？

黑鹳

有一年从帕米尔高原下来,车窗外一直是叶尔羌河,而且翻卷出白色河水,猛地腾起后又突然落下,甩出一片白色幻光,让整个峡谷都似乎在颤抖。起初以为那河水发白是因为冰雪刚刚融化的缘故,也许里面还有尚未完全融化的冰块。但后来发现并非如此,因为叶尔羌河谷的地势落差太大,那河水像是从高处砸下来一样,甩出了一片白色。

帕米尔高原像天山一样,也犹如一个悬在天上的巨大水库,慕士塔格峰和公格尔峰的积雪融化流下后,汇成了大小不一的河流,其中最大的就是叶尔羌河。这是一条从帕米尔上路,走向塔克拉玛干沙漠的河流,在那里,有一条长久忍受干旱的塔里木河在等着它,它们汇合后将一起背负命运,成为赤野大漠中的生命景观。

我们从帕米尔高原下来,快要到达疏附县了,才发现叶尔羌河终于变得平缓了,在好几个地方都积成深潭,似乎再也不想向前流淌了,但是积得久了便又往外溢,于是一条河便又向前流淌。亏得那河水并未在一地滞留,否则就不会流经喀什,然后一路向南进入塔克拉玛干沙漠,养育沿途大小不一的绿洲,成为一条真正的生命之河。

也就是在叶尔羌河积成的一个深潭中,我们见到了一种水鸟,它们站立在水中,因为腿长,便显得高挺笔直,有一种玉树临风的感觉。因为它漂亮,我们便下车去看,但它马上扇动双翅飞起,将身体绷成一条直线飞离。刚才我们没有看清它身上的颜色,现在看清了,才发现它的嘴和爪都是红色的，一前一后犹如燃烧的火焰，在推动一具肉体飞翔。有人认得它，说它叫黑鹳，平时很难见到，今天让我们碰上了，真是幸运。

就那样与黑鹳不期而遇，并看到了一只黑鹳飞翔时最美丽的样子。后来便知道，黑鹳的别称叫黑老鹳、乌鹳、锅鹳等，都是与黑色有关的称呼。其实它们身上是一大片黑，以至于将小块状的绿、紫、白和灰等颜色淹没，猛一看上去，尤其是不飞时显不出红色嘴巴和爪子，便全身一片黑乎乎，所以人们便以黑为重点，给它们起了三个和黑有关的别称。

新疆的塔里木河流域、天山、阿尔泰山、准噶尔盆地和吐鲁番盆地，均有黑鹳，它们算是遍布大半个新疆的鸟类。新疆的山脉和盆地都是大概念，不好说黑鹳到底生存于哪一个地方，但塔里木河流域却可以仔细梳理，它由塔里木河、叶尔羌河、和田河、阿克苏河等汇合而成，其流淌多不稳定，尤其是塔里木河，一个春天过后就会改道，或生发出大小不一的支流。有此不稳定秉性，塔里木河便被称为"无缰的野马"。与一群专门研究鸟的"鸟友"聊黑鹳的情况，他们说在塔里木河、叶尔羌河、和田河、阿克苏河中，都出现过黑鹳，至于北疆的伊犁河、额尔齐斯河、乌伦古湖、赛里木湖等大河大湖中，则是黑鹳落脚最多的地方。所以说，在新疆只要有河流和湖泊，就会有黑鹳。有一年在额尔齐斯河边，听说前几天出现过几只黑鹳。当时的额尔齐斯河被夕阳映照，整个河面一片金黄，就连河水也好像在流淌着金子。我们便想看看黑鹳在那个时候是什么样子，不料到了额尔齐斯河边，却不见一只黑鹳，难道它们不喜欢夕阳晚照，早已去了别处？正在疑惑间，却看见对岸的树后有一只鸟儿，像影子一样快速飞了过去，虽然它一团幽暗，看不出是什么鸟，但我从它一前一后红色的嘴巴和双爪上断定，它是一只黑鹳。黑鹳可以选择额尔齐斯河为栖息地，但它们却不会暴露在众目睽睽之下。

几年前去可可托海，在一个小湖边见到几只黑色大鸟，听旁边的人说是黑鹳，遂一喜，便仔细看过去，但见黑鹳体态优美，全身的黑色鲜明，走动颇为敏捷，看得出是性情机警的大型涉禽。

我想凑近细看，有一人拦住我说，不要过去，黑鹳警觉得很，咱们就在这儿等它们过来。于是便耐心地等，终于等到它们慢慢近前，便看见它们身上除腹部的羽毛为纯白色外，其余都是黑色。它们的头颈和脚都很长，最醒目的是红眼、红嘴和红爪，与黑色羽毛搭配在一起，显得极为生动。少顷，因天上的云朵在移动，地上的一团阴影裹住了它们。于是，在不同的光线下，像是有一把刷子在它们身上刷着，它们的羽毛便变幻出多种颜色。那一刻的黑鹳，犹如迷幻的舞者，正在为大地和天空舞蹈。

黑鹳们走到一片水草前，突然将头伸出，用锋利的嘴尖啄向水中，待将嘴抬起，便看见它们叼着鱼。有识黑鹳的人说，黑鹳主要以鲫鱼、雅罗鱼、团头鲂、虾虎鱼、白条、鳔鳅、泥鳅、条鳅等小型鱼类为食。我听得一喜，鱼好吃，看来黑鹳是有福气的鸟儿。

还有一点，它们自那么远的地方从容走来，想必对鱼的感觉很强，而且在走动时张弛有度，足可见它们心性沉静，遇事能稳住自己。

我们没有藏好，最终使它们受惊，倏然展翅飞动而起，转瞬就变成了天空中的小黑点。它们飞走时，未将鱼叼走。那鱼已被它们叼死，在水面漂出白光，显得颇为醒目。可怜这些鱼，引得黑鹳近前，让我们看了个够，它们却赔了性命。

黑鹳在此已有多年，附近的人亦熟悉它们的习性。是夜，与人们聊黑鹳，方知它们除了以鱼为食外，还捕食其他小动物。它们常在河流沿岸、沼泽和溪流附近出没。它们看似步履轻盈，无所事事，但却在搜寻食物，一旦发现水中有鱼，便将头垂直向下，走走停停，悄悄潜行过去捕食。

有一人碰到一只黑鹳，它长时间将嘴伸入水中不动，他以为黑鹳在喝水，但很久之后仍一动不动，他便诧异，难道黑鹳有超凡的水中憋气本领？又过了一会儿，它突然向上仰头，嘴里叼着一条不小的鱼。那人遂明白，它保持不动实际上是在等待，直至那条鱼游到它嘴边，放松了警惕，被它嘴一张便叼出水面。

那人好闹，欲抢黑鹳嘴里的鱼，便大叫一声，心想它一着急鱼就会掉下。不料它颇为机警，加之听觉和视觉均很发达，那人的喊声刚落，它在地面奔跑几步，用力扇动两翅凌空飞起，让那人在地面变成了一个小黑点。

另有人见过黑鹳叼食别的食物，有青蛙、蜥蜴、蝲蛄、蜗牛、雏鸟和昆虫等。它们对付那些小家伙时，不用像对付鱼那样设计谋，而是长时间在一个地方来回走动，直至把它们看得清清楚楚，才一一将其啄食。

它们吃饱后，便像是很有力气似的伸直头颈，飞向位于高树或岩石上的巢中。它们有沿用旧巢的习性，不论去多远的地方觅食，都要回到巢中才可栖息。有牧民发现它们的这一习性后说，牛羊离不开牧场，黑鹳离不开旧巢。

有一只黑鹳受伤后，走到离巢不远的地方，已没有再挣扎的力气。它望着巢穴哀鸣，一位好心猎人发现后，根据它的眼神断定，它想回到巢穴中去。他将它抱回巢穴，几天后再去看，它已痊愈，对着他发出好听的鸣叫。

他明白，那是鹳类感激的话语。

白鹳

有黑鹳，就有白鹳。

这不是规律，而是上帝对这个世界的赏赐。

初见白鹳，会为它们一身洁白的羽毛惊叹，有如此羽毛的鸟儿，真乃天造精灵！白鹳是很漂亮，但却分不出它们有什么不同，只有注意到它们的鸟喙分黑色和红色，并进一步了解，才知道这里面大有文章。

鸟喙即嘴巴。有红色嘴巴的白鹳，是欧洲白鹳；有黑色嘴巴的，则是东方白鹳。欧洲白鹳是迁徙鸟，到了冬天会从新疆飞向哈萨克斯坦，然后经俄罗斯进入欧洲。而东方白鹳从新疆南下，到江苏和浙江一带越冬。

在欧洲，相传白鹳落到谁家屋顶造巢安家，谁家就会喜得贵子，幸福美满。因此，在欧洲的乡村，经常能看到人们的屋顶烟囱上搭着一个平台，那是专为白鹳准备的。而这一说法在千百年来确实也很灵验，但凡有白鹳筑巢的家庭，都会很快生下小孩子。后来这一现象得到科学的说法，其原因是当主人家有人怀孕时，这家烧火取暖的时间就会比一般人家长，而白鹳更愿意选择那样家庭的烟囱口造巢安家。久而久之，善良的人们便把白鹳视作吉祥的送子鸟，并成为一种民俗。迪士尼动画巧妙地应用了这个民俗典故，当天真的孩子问爸爸妈妈他们是怎么来到这个世界时，父母就会说"是白鹳送来的"。如今，白鹳是德国的国鸟，亦有"送子鸟"一说，可见德国人将其视为吉祥之物，且深为珍爱。

自古以来，中国人对白鹳亦深为爱之。三国时期，吴国的陆玑在《毛诗草木鸟兽虫鱼疏》中记述："鹳，鹳雀也。似鸿而大，长颈、赤喙、白身、黑尾翅；树上作巢，大如车轮，卵如三升杯。"这里所说的赤喙之鹳，指的是欧洲白鹳，说明那时欧洲白鹳已分布至中国的中原一带。其实欧洲白鹳之所以远徙中国，有一个说起来令欧洲人脸红的原因。后来的欧洲将沼泽排水改为农田，而且大量施放农药造成环境污染，以及气候变化等，导致欧洲白鹳丧失生存环境，食物减少，死亡率增加，它们便向东方飞来，在中国落下了脚。

民国时，散文家陆蠡写了一篇《鹤》，文中叙述他十七八岁时，看见邻哥儿在平头潭边捉到一只鸟，"长脚尖喙，头有缨冠，羽毛洁白"。开始，他以为是一只鹤，抢回家里养，只见这只鸟"样子确相当漂亮，瘦长的脚，走起路来大模大样，像个'宰相'"，"头上有一簇缨毛，略带黄色，尾部很短"，"老是缩着头颈，有时站在左脚上，有时站在右脚上，有时站在两只脚上，用金红色的眼睛斜看着人"。他们将这只鸟养了相当时日，有一天，他的舅父来了，才知道这是一只"长脚鹭鸶"。陆蠡所描述的这只漂亮的鸟，实际上就是"白鹳"，在浙江天台始丰溪两岸的树林中、芦苇丛里栖居。

中国多有白鹳，尤其是有湿地的地方，白鹳便经常光顾。新疆虽然多戈壁沙漠，但冷不丁会冒出一条河流、一块草原，或一块湿地，加之夏季清凉，白鹳在别处越冬后，便飞往新疆避暑。

白鹳一身白色羽毛，看上去一尘不染。尤其是嘴和双爪，要么是红嘴红爪，要么是黑嘴黑爪，但与白色羽毛搭配在一起，便极为醒目，让人忍不住会多看几眼。

如果是一只红嘴红爪的白鹳与一只黑嘴黑爪的白鹳站在一起，就更好看了。那红嘴红爪的白鹳，像少女，媚态十足；而黑嘴黑爪的白鹳，则像青壮少年，似乎有一身使不完的力气。

有一人见到一只红嘴红爪的白鹳，站立于水中，赤红的双腿及爪子，倒映出一片红色，似乎让河流改变了颜色。后来白鹳也发现自己的红色爪子好看，便低头去看，于是红嘴与红爪接近，透出更红的波光。

到了交配的时候，白鹳便成对走动，没有配对的白鹳，则远远避开。

有牧民见此情景，像是要替白鹳发言似的说，人家谈恋爱呢，我们凑什么热闹！落单的白鹳回头鸣叫，那牧民听了很久，也听不出是忧还是无所谓。它们交配完毕，雌雄鹳便分开，与众白鹳聚群活动。那牧民又发出感叹，活着不光只是谈恋爱，还是和大家一起，活得才快活。

在迁徙季节，白鹳常常集结成数十甚至上百只的大群。它们无论是向南还是向北，总是互相关照。有一只白鹳在迁徙途中生病死去，消息很快传至飞在前面的白鹳中，它们掉头而回，围着那只白鹳哀嚎，直至认为它已经死亡，才继续迁徙。之后的每一次迁徙，每到那只白鹳命殁的地方，它们都会停下，不鸣亦不悲，但一定要站立一会儿，才飞入天空。

白鹳常在水边、草地和沼泽地觅食。白色羽毛在身，加之步履轻盈矫健，会让人觉得它们是在散步，而非是在觅食。但是它们边走边啄食，一旦停下，便已是吃饱了。它们常捕青蛙、蝌蚪、蟾蜍、蛇、蜥蜴、蚯蚓、软体动物、甲壳类、昆虫等为食，有时也吃鼠类和鸟卵等。只要找对地方，此类小物便多之又多，不愁会饿肚子。

有人见一只白鹳从水中啄起一条鱼，无奈那条鱼骨刺太硬，无法把它啄死。它便就那样夹着鱼，在水中站了大半天，直至鱼再也不动了，才慢慢咀嚼。

白鹳觅食主要在白天，如果运气不好没有吃饱，便在夜晚拖着疲惫的身躯，复又出去觅食。但它们在夜晚觅食有一个要求，如果没有月亮，它们哪怕再饿，也要忍到第二天早上。在晨光中成群出去觅食的白鹳，走在最前面的，一定是前一天饿了肚子的。

如有入侵者，白鹳常表现出特有的恐吓行为。它们将上下喙急速拍打，发出嗒嗒嗒的喙击声。如果来犯者并未退去，它们则将脖颈伸直向上，头左右摆动，翅膀半张，尾向上竖起，像是要进攻，又像是随时准备逃走。它们太过于爱惜身上的羽毛，所以从不主动出击。也许在它们看来，即使将对方攻击致死，也不及保护好自己的羽毛重要。

有一只白鹳栖息于一棵大树上，它每日叼回一根树枝，日积月累便筑成一个厚实的巢。其他白鹳羡慕它的巢，每每在它归巢时，都会望那巢几眼。有一日那只白鹳的一只爪子受伤了,数次飞临巢上空,都因无法准确落入巢中而不断徘徊。另两只白鹳见状,飞入巢中躺下,将双爪向上伸出,那只白鹳落下,被它们稳稳接住,放入了巢中。

第二年它们从南方归来,那巢在冬天的一场大雪中不知去向,那只白鹳每到黄昏仍飞回那树上,站在原来的位置,像是那巢还在。

到了夏天,树枝上长出叶子,它洁白的身躯被绿叶掩映,看上去分外美丽。

鹈鹕

鹈鹕不多见，名字也难认，是很陌生的鸟。

要说鹈鹕，得先从它们身上的两个奇处说起。其一，它们能用尾部分泌出的油脂，把自己的羽毛梳理得油光鲜亮。这一本事，唯鹈鹕独有，别的鸟只能望之兴叹。

其二，嘴长得怪，下颌有一个皮质大囊，看上去像麻袋一样。它们吃饱后，会储备一些食物在大囊里面，以备饿了再吃。这一优势，别的动物亦不能比，是鹈鹕专有的本事。

鹈鹕，别名塘鹅，在北方生存于新疆，在南方生存于福建，别处则不多见。

在《庄子·外物》中，对鹈鹕有记载："鱼不畏网，而畏鹈鹕。"可见鹈鹕在捕鱼方面颇为凶猛，哪怕不怕渔网的鱼，也深为恐惧鹈鹕。在人们的印象中，会捕鱼的是鱼鹰，渔民多少年也是依赖鱼鹰为生，至于鹈鹕能捕鱼，而且捕鱼本领最厉害，却很少有人知道。

而在《三国志·魏志·文帝纪》中，则道出鹈鹕的生存情况："夏五月，有鹈鹕鸟集灵芝池。"灵芝池是想象中的诗意之地，或者说是类似于世外桃源一样的地方，而鹈鹕在五月集合于灵芝池，则有些神话色彩，让人浮想联翩，觉得美不胜收。

李时珍在《本草纲目·禽一·鹈鹕》中，对鹈鹕记录得更为详细："鹈鹕处处有之，水鸟也。似鹗而甚大，灰色如苍鹅。喙长尺余，直而且广，口中正赤，颔下胡大如数升囊。好群飞，沉水食鱼，亦能竭小水取鱼。"李时珍记录得很有意思，如果水大，鹈鹕就潜入水中去捕鱼食之；如果水小，鹈鹕就想办法断水，然后让鱼干渴而死，坐而食之。

李奥帕德在《沙郡年记》中提到了鹈鹕："有一天，我俯伏着……我的眼睛正吮吸着沼泽的知识。……一只弗吉尼亚秋秧鸡几乎触着我的鼻子；一只鹈鹕的影子从水塘上方掠过；一只黄脚鹬则以颤声鸣啭着，降落在池塘上。我想起我绞尽脑汁才能'写出'一首诗。而黄脚鹬提起它的脚，便能'走出'一首更优美的诗。"

鹈鹕在新疆是典型的候鸟，博斯腾湖、乌伦古湖、额尔齐斯河和赛里木湖等河流湖泊，以及阿克齐湿地，都颇为适合鹈鹕生存，所以它们在此度过盛夏的数月时光。到秋风渐凉，它们利用芦苇沼泽的庇护，得以让自己休养，然后或飞过沙漠戈壁南下，或翻过天山和阿尔泰山北去。

鹈鹕身上的奇特之处颇多，其体长可达一米，加之浑身洁白，在空中飞动时如同移动的白云。因为体长，它们在水中游泳时，便弯曲成"S"形，那样会省力不少。

它们的尾部有一个黄色的油脂腺，能够分泌大量的油脂。它们极为聪明，琢磨出了让那油脂发挥出价值的办法。在闲暇时，它们转过头去用嘴将油脂舔到舌上，然后一点一点涂抹到羽毛上。经过那样一番"梳理"后，它们的羽毛变得颇为光滑，而且因为油脂浸润，毛质亦变得很柔软，到了下河游泳时，便滴水不沾，让游速大为提高。不仅如此，在下雨或下雪时，它们的羽毛便雨雪不浸，犹如貂毛一样保暖。

最为奇特的，是鹈鹕嘴长囊大，它们吞吃鱼、虾和青蛙等如同装入，一口吞进去便不见了。如果食物充足，便存入囊中。有一人捉了一只鹈鹕，喂它吃一盘小鱼，转眼就被吃得精光。那人很吃惊，以为鹈鹕吃东西的速度快，不料过了半天，却见它的大囊一鼓一落地在动，然后就看见它嘴一张吐出七八条小鱼，复又仔细咀嚼起来。那人这才明白鹈鹕有储存食物的本事，于是心中暗喜，鹈鹕有一个大囊在身上，饿不死，好养。

虽然它们的大囊与嘴壳相连，可以自由伸缩，但也有碍事的时候，它们每走一步，都因为长嘴和大囊剧烈晃动，便不得不把脖子弯曲缩回，似乎靠在身上才会轻松一些。

鹈鹕善于游泳，在博斯腾湖常见它们缓缓游动，虽然速度不快，但始终保持匀速，将划出的波纹一直延伸到对岸。它们亦善于捕鱼，常潜入水中大张着嘴等鱼，一旦鱼接近便一口吞入囊中。它们捕得鱼后并不急于吃掉，而是存在皮囊中。

有一人见到一只在博斯腾湖捕鱼的鹈鹕，它浮出水面时，先是尾巴露出水面，然后才是身子和大嘴。它许是已憋得很难受，出水后哗的一声将水吐出，然后在水面快速扇动翅膀，双脚不断划水。在巨大的推力作用下，逐渐加速达到起飞的速度，脱离水面缓缓飞落到岸上。它刚才吐水时将囊中的鱼含得很紧，到岸上后将头一仰，才把囊中的鱼吐出，然后慢慢吞食。

几天后，那人在湖边又见到那只鹈鹕，它刚从囊中吐出鱼，那人不慎弄出声响，它立即掉头飞走。那人看见它起飞后，头便弯曲向后缩去，以至于颈部几乎靠在了背部，但它的两翅鼓动得缓慢而有力，飞得像鹰一样。

那人捡了那条鱼，打算晚上红烧后饱餐一顿。那只鹈鹕少顷后复又飞回，不见了那条鱼，以为自己刚才并未从囊中吐出，便张开嘴接连吐了几次，但什么也没有，它颇为疑惑，东张西望一番后才飞走了。

鹈鹕认真，从此事可见一斑。

北疆的乌伦古湖是鱼的王国，亦是鹈鹕的天堂。它们在湖边常成群活动，或晒太阳，或耐心梳洗羽毛。但此时的它们并没有闲着，而是用锐利的目光观察着湖中的鱼。

鱼群出现后，它们便飞入空中，然后突然跳入水中，用翅膀扑打水面，迫使鱼游入浅水区。当鱼聚集在浅水区时，它们便大嘴一张将它们舀起来。那一舀，往往有两三条会落入它们口中。但这样的美好时光，会随着秋风渐凉而结束。某一个早晨，人们发现湖边寂静无声，不见一只鹈鹕。一夜之间，鹈鹕便已全部离去，要想再见到它们，只有等到明年夏天。

有人想，它们那么庞大，飞行时应有声响，亦应该能够看见。但它们是在黑夜飞走的，没有人看见，也就没有答案。

红嘴鸥

虽然被称为红嘴鸥,但并非只是嘴为红色,它们的爪子也是红色,而且是很显眼的赤红色。想必给它们起名字的人,觉得把它们的爪子考虑进去麻烦,索性就只考虑了嘴巴。

红嘴鸥的别称有笑鸥、钓鱼郎、水鸽子等。

初见红嘴鸥,觉得从体形和毛色上来说,它们都与鸽子很相似,只不过鸽子在天上飞,而红嘴鸥在水中游。红嘴鸥的数量很大,而且喜欢集群式活动,在很多沿海港口都可看到。一般在江河、湖泊、水库、海湾等地,亦可见到它们。它们有一个习性,一旦出现在一地便再也不离去,直至到了迁徙时节,人们在某个早晨会突然发现,它们在一夜间已离去,留下空荡荡的水面,似乎在告诉人们,要熬过一个冬天,才能等到它们归来。

在新疆见过很多红嘴鸥,只是觉得它们漂亮,习性也很温柔,任凭我们闹出再大的动静,它们也不害怕。容易看到或者太常见的鸟儿,看过也就看过了,都不会留下故事。但是后来听到一位打猎半生,放下猎枪拿起照相机拍摄的人的故事后,红嘴鸥一下子便又变得清晰起来。

一次,他和几位摄影家去拍红嘴鸥。拍红嘴鸥必须选择特写,才可以拍出它们的红喙,也可使它们洁白的羽毛显得凝重。经过漫长的等待,一只红嘴鸥终于出现了,那几位摄影家对准它不停地按下快门,它的各种神态被摄入镜头,成为难得的好作品。

那只红嘴鸥对摄影家的镜头浑然不觉,径自在草地上散步。它似乎懂得在阳光中展示自己的红唇之美，不时抬起头摆出优美姿势。对摄影家来说这是绝好的机会，他们不停地拍摄，为获得如此佳作兴奋不已。

猎人把镜头对准红嘴鸥时，它却恐惧地嘶鸣几声，张开双翅飞走了。没有人惊扰它，但它却很快在天空中变成一个小黑点，继而消失得无影无踪。

大家都很吃惊，为何红嘴鸥在他们拍摄时没有反应，唯独猎人把镜头一伸出，它却如此惊慌，如临生死一般迅速逃离而去？

猎人叹息一声，给出了答案：我打猎三十年，身上的杀气太重，红嘴鸥能感觉到，所以惊恐地飞走了。

众人惊愕。

猎人身上的杀气，经过三十年的孕育，或许已变成一种灵息，人感觉不到，但灵敏的动物能感受到，所以才出现了刚才的一幕。后来发生的一件事，再次让猎人无比痛苦地发现，他身上的杀气如同无法摆脱的影子，不论他走到哪里，都像明晃晃的耻辱一样跟随着他。

一天，猎人在一条河边发现一群红嘴鸥，它们在河面上优雅游弋，丝毫不知有人已接近它们。如果在以往，猎人会毫不犹豫地开枪射击，但现在他已放下猎枪而专拍动物，所以他把内心涌出的念头压了下去。但是，他举相机的姿势却很像举枪，把红嘴鸥拉入镜头，手指也像以前匆忙扣动扳机那样微微一抖。状态不佳，他不想拍摄了，打算就那样看一会儿红嘴鸥。但红嘴鸥却发现了猎人，它们受惊飞起，惊慌的鸣叫声响成一片。

更让他猝不及防的是，几只红嘴鸥突然从高处落下，裹挟着一股沉闷的风向他压了下来。他本能地用手护住头部，另一只红嘴鸥又向他呼啸落下。它们来势凶猛，拍打着翅膀一次次扑向他。他仓皇向后退去，直至离开河边，那几只红嘴鸥才落在河边的石头上，不停地嘶鸣着。那是愤怒至极的嘶鸣，直至它们飞向别处，仍然裹挟着风，在戈壁扬起沙尘。

猎人听说过黄羊用头撞人、鹿用蹄子踢人、牦牛用双角刺人、狼用嘴咬人、哈熊用大掌拍人、野猪用獠牙挑人的事情，但他没想到红嘴鸥也如此猛烈。那一刻的一幕，改写了他三十年的打猎辉煌，让他惊异于幼小的红嘴鸥，居然在一瞬间变得无比巨大，把攻击的阴影狠狠地压在了他身上。他愣怔少顷，终于明白红嘴鸥也感受到了他身上的杀气，它们意识到了危险，便向他发起了攻击。

这件事让猎人发现，他的猎人生涯虽然已经终结，但有些东西却长在骨头里、藏在血液里，要跟随他一辈子。还有一些事情，在他的猎人生涯中是以残忍、捕杀和掠夺方式完成的，在当时为他铸就了辉煌，但现在却要对他进行道德审判。如此情形，犹如他在内心一直隐藏着邪恶的小兽，平时它躲在隐蔽角落沉睡，一旦醒来便狂奔而出，让他承受曾经制造疯狂的后果。

猎人躲在无人的角落喃喃自语：我需要时间，只有当我心里装满善，才能把以往猎杀动物时留下的恶全都挤压出去，身上的杀气才会消失。他从此变得像苦行僧，不论能否拍摄到动物，他都长久待在戈壁，任风吹刮他，任大雪落向他，他相信唯有如此才能让身上的杀气散尽。慢慢地，他放松了，无论天降大雪还是酷日暴晒，他将自己伪装得像树或石头，等待动物出现的一瞬将其摄入镜头。他有三十年狩猎锻炼出的体魄，加之对潜伏烂熟于心，所以他比别人更容易接近那些珍贵动物。

直到他后来拍一只红嘴鸥时，才发现他身上的杀气已经消失。那只红嘴鸥妩媚之极，加之又被他取了正面特写，便能看清红嘴鸥幽幽的眼睛，像是与人在对视，又像是在等待人说出什么。

水獭

有河就有鱼，有鱼就有水獭。

说的是水獭专吃鱼。

李时珍在《本草纲目》中说："獭状似青狐而小，毛色青黑，似狗，肤如伏翼，长尾四足，水居食鱼。"水獭的形体、毛色和食性，被李时珍说得清清楚楚。李时珍又说："或云猵獭无雌，以猿为雌，故云猿鸣而獭候。"他这一说让人纳闷，水獭到底有无雌性，且是否与猿交配，今人无定论，便无从说起。

新疆多水獭，大小不一的河流和湖泊中，常见水獭将头和尾巴同时从水中冒出，大张嘴露出牙齿，加之尾巴上的毛被水浸得散乱，不认识它们的人会以为碰到了水怪。待它们上岸后身上干透，毛发复归柔顺，紧抿嘴唇怯怯地打量四周，便又变得乖巧可爱。

水獭的食物主要是鱼类，常将捉到的鱼托出水面吃掉。它们也捕捉小鸟、小兽、青蛙、虾、蟹等，有时还吃植物性食物。因为弹跳能力超群，它们喜欢从岸边或河崖上跳入水中追逐鱼群，但最常用的狩猎方法是伏击，在冬季常常躲在冰窟窿里，等待鱼游过来时突然冲出去捕食。如果水中杂物较多或者水生植物丛生，鱼群藏匿其中不露面，水獭捕食便较为困难，所以在我国南方的一些养鱼池塘中，常投放一些松枝在水中，以防止水獭等盗食。由于水獭贪食，发现鱼群后就一条接一条地捉住放在岸边，排列整齐，很像人祭祀时摆放的供品，而水獭的动作又很像人叩头的样子，所以古人认为它们在进食之前需要"祭天",早在《礼记·月令》中就有"鱼上冰,獭祭鱼"的记载。

水獭属于半水栖动物,它们喜欢在水流较缓,而鱼类较多的河流、沼泽、池塘、湖泊等水域生存,尤其是岸边有林木的小溪,常被它们用于掘洞而居。它们是选址高手,但凡利用自然的低洼筑巢,必先仔细考察一番,然后把巢筑在靠近水边的树根、树墩、芦苇和灌木丛下。如同"狡兔三窟"一样,水獭的洞穴也有好几个出入口,其中有一个洞口会通到水下,使水陆连通,不仅进出方便,可以直接潜入水中觅食,亦可躲避食肉兽类的袭击。它们的洞内生活从容自在,用细草铺垫的"床"柔软舒坦,需要大小便时,会去固定的地方。它们白天在洞中休息,夜间出洞活动。在动物界,它们是最冷漠的一类,除了交配期会接近同类外,平时都是单独生活,至于别的动物,则从不接近。为了寻找更多的食物,它们除了在繁殖季节会停留一地外,其他则经常迁移,从一条河到另一条河,或从上游到下游,不付出忙碌的代价便无法填饱肚子。

有时候,它们仰卧着缩起爪子,浮在水面上随波逐流。它们很爱玩耍,常常采用踩水的方式站立起来,把头部和颈部露出水面,一副在观看远方的样子。唯一能阻止它们随波逐流的是河堤,但它们很快会在河堤上找到玩耍的地方,譬如顺着斜坡爬上滑下,玩得不亦乐乎。如果在冬天,它们会在雪上滑行和打滚,很快就让自己沾一身雪,然后再进行一番抖动,直至把雪抖掉才会停止。好动、灵活和开朗,这些性情使它们的反应变得更为敏锐,捕猎技巧更为精湛。不过它们不善于在陆地上行走,常常要用腹部贴着地面匍匐前进、滑行和跳步。在容易打滑的薄冰或雪地上,它们因为怕滑倒摔伤,甚至极为笨拙地蹒跚而行。遇到敌害时,它们会迅速钻到冰窟或雪下逃遁。遇见光亮时不像其他夜行性兽类那样停留片刻,而是一边逃走一边回头观看,显现出一副奇特的模样。

有一人见到一只水獭在额尔齐斯河中捕鱼,鱼发觉危情后迅速逃离,但它们怎能逃脱。水獭盯紧其中一条鱼一通猛追,一口把鱼咬住,头向上一仰便出了水面。另有一只水獭,死死咬住一条大鱼,任凭大鱼怎样挣扎都不松口，直至大鱼在河中翻起白色肚皮，才将其扯上了岸。那鱼的体长是水獭的四五倍，但却不如水獭狠，便必然丧命于水獭的利齿。

有一人在河中捕鱼，不远处有一只水鸟在水面缓慢游动，不时发出好听的鸣叫。但突然那只水鸟不见了，过了一会儿，便见一只水獭冒出水面，嘴里叼着那只水鸟。原来，水獭从水下悄悄潜近，一口咬住那水鸟的爪子，扯进水中让它溺毙，然后拖到岸上再慢慢吃掉。

有人在一条小河中发现一只水獭，欲将它捉住，不料它水性娴熟，从上游到下游忽前忽后，忽左忽右，还像画圆圈一样游动。最后，它将水底的泥沙卷起，那人便什么也看不见了，而它便趁机逃走。那人第二天在另一条河中又见到水獭，那条河面宽水大，水獭不怕他，径自在水面玩耍。那人确实拿它没有办法，便只能就那样看着它。它用踩水的方式站立起来，使头部和颈部露出水面，做观看远方的动作。那人以为它会看他，但它始终未看他一眼，气得那人嘟囔一句什么，转身走了。

水獭是为数不多的会害羞的动物之一，一旦羞怯会用两爪捂脸，显得极为可爱。它们累了会仰浮在水面上，四爪自由伸展，看上去极为舒坦。它们吃食时最为可爱，先是成双共同捕食，捕到鱼或水鸟后，其中一只仰卧水上，将食物放于腹部供另一只享用，过一会儿便轮换过来，让先前服务的那只啃吃。

有一年，我们在额尔齐斯河边的五彩滩看落日。平时，额尔齐斯河水呈蓝色，在夕光中则变得更蓝。我一低头，看见离岸不远处的水中，有一只水獭在看着水面的夕光。夕阳渐沉，水中光亮随之渐暗，它便尾巴一晃开始游动。奇怪的是，它一边游动一边回头观看，显现出一副奇特的模样。

居于额尔齐斯河边的人都熟悉水獭，且与水獭多有瓜葛。有一人在河中捕鱼，一上午过去无一所获，便掏出一瓶酒闷闷地喝了几口，倒头在岸边睡去。正睡得酣然，被一阵声响扰醒。他一看一只水獭正口衔那酒瓶，在喝酒呢！他气得一声大吼，那水獭一跃跳入水中，转瞬不见了。

我以为水獭喝酒是趣事，忽一日读到李时珍的又一句话："熊食盐而死，獭饮酒而毙"，心便一沉，不知那只喝了酒的水獭，后来如何了？

蚊子

新疆北湾多蚊子,被誉为"蚊虫王国"。

蚊子多到什么程度呢?

有一个形象的说法,如果按立方算,北湾的每立方米空间里,有一千七百多个蚊子。

还有一个说法,在北湾,伸出手一把抓下去,手里至少有五十个蚊子。

北湾之所以蚊子多,与额尔齐斯河有很大关系。额尔齐斯河流到北湾,因地势平坦,便使北湾三面环水,出现了多处沼泽和死水洼。而沼泽和死水洼的最大作用是滋生蚊子,北湾的蚊子就是这么来的。

北湾的蚊子大致有三种:小咬、小黑点和小硬壳。小咬身体透明,飞行接近于隐没,常常让人防不胜防;小黑点奇小,其隐秘程度更甚于小咬;小硬壳躯体坚硬,一巴掌拍打到它以为死了,放开却顷刻间飞走。

不管是小咬、小黑点还是小硬壳,在每年六七八这三个月都很猖狂,人们白天不开门,晚上不开灯;人吃饭,蚊子吃人,绝无躲避之法。在生活中,皆是戏剧性的情节:人们很少有闲着的,好像经常处于动态之中,因为只有动才能躲开蚊子的叮咬;人上厕所时,手抓一张旧报纸,一边解决问题,一边用力扇,以防蚊子下口。有时那种方法不顶用,便在身后点燃一堆废纸,借着烟火解决问题。

夏季天黑后,空气变得更加闷热,让人渴望能刮过来清凉的风,好让自己变得舒适一些。有时候,内心生出的希望很快会变成事实,风说刮过来就刮过来了，但随风而来的却还有蚊子，它们悄悄将口器刺入人的体内吸血。蚊子是昆虫中的轻功高手，同时也具有神偷一般的技能，它们把口器刺入人的皮肤时将轻重把握得很好，直到它吸人的血吸得让人有了反应，才知道被蚊子叮了。人伸出巴掌向发出痒痛的地方拍去，蚊子却早有察觉，迅速起飞离去。

北湾人被蚊子叮了后，心情会莫名其妙地变坏，发脾气，骂娘。但蚊子不管，微小的身躯在人们眼前划出漂亮的弧线，转瞬便飞得无影无踪。蚊子是微小的侵略者，但人们对它们的进攻却无可奈何，往往在防不胜防的情况下已付出血的代价。人恨蚊子，恨不得它们死光灭绝，但它们却会在整个夏天频频向人们发起进攻，可以说它们无处不叮，无血不吸。

北湾人说起蚊子，常会说有水就有河，有北湾就有蚊子。听得出，他们不恨蚊子，因为谁也改变不了北湾的沼泽地、臭水沟、烂泥滩、死水潭和杂草，蚊子将腐烂物和垃圾当作居所，更是天道使然，没有谁能够改变。生存地的不洁并不等于它们不洁，它们依附于那些不洁的物体上，吸吮对它们有用的营养。

有一人在北湾发现一个现象，北湾人都不打蚊子，细问之下才知道，他们都知道蚊子是昆虫中的轻功高手，打它们十有八九会落空，还不如不打。蚊子微小，落到水面都不起一丝波纹，人一挥手早被它们察觉，会迅速飞离。也许是习惯了蚊子，北湾人常常说让蚊子吸吧，它们吸一次人的血会管很多天，会在一个地方静待着。

因为蚊子微小，所以很多东西对它们来说都是庞然大物，一旦有动物或人接近它们的居住地，它们会很惊恐地飞走。它们是惊恐的，但人或动物却也变得惊恐不已，害怕它们叮到自己身上。有时候，它们会狠狠地叮咬冒犯自己的人或动物，咬得他（它）们抱头鼠窜。时间长了，人或动物会记住有蚊子的地方，尽量避免去那些地方。

北湾的黄昏，是蚊子寻觅晚宴的最佳时刻，它们纷纷飞出，在空中寻觅可袭击的目标。它们的视力很好，选准目标后往往一叮成功。微小的侵略者，在黄昏制造无以计数的血案，很多人都躲不开它们的袭击，只能加快脚步快速赶回家去。

蚊子多，亦留下不少传奇故事。

有一年，北湾出现了一只大白狼。它的出现缘于北湾的一位猎人。他在树林里打了一只灰白相间的狼。本来，在非牧区狼是保护动物，但他为了一张狼皮褥子，还是把它打死了。打死那只狼的当天晚上，一只黑影射出两束蓝幽幽的光芒，由远至近闪烁而来，到距离他家约十来米处倏然熄灭。月亮这时候洒下一丝光亮，黑影被照亮，是一只白狼。它通体洁白，犹如冰雕一般。它足有两米长，四肢健壮，一看就知道它善于奔跑，当然也善于突袭。它趴在地上望着猎人的房子，不多一会儿，响起一串惊天动地的嚎啕。村里人都被吓醒了，那哭声撕心裂肺，似乎从它的眼里流出的不是泪而是血。

白狼就那样哭了两个晚上。第三天，那个猎人把捕杀的那只灰狼背回树林，放在一块石头上。第四天，他到树林里一看，狼尸不见了，北湾的夜晚又恢复了平静。

过了没几天，战士们到南湾潜伏时，又与大白狼遭遇了。那天晚上，几名战士趴在草丛中潜伏，正值蚊子猖狂的时节，没过多久，他们就被蚊子咬得疼痛不已，但在边防士兵的职责意志下，谁也没有动一下。突然，树林里出现一道白光，并逐渐向他们眼前移过来。等到了跟前，他们才看清是大白狼。大白狼在急驰之中看见了他们，便倏然停住。它可能很多天没有进食了，肚子瘪瘪的，后腿显得很细，像是支撑不住躯体。

双方开始对峙。大白狼的眼里放着凶光，失去同伴的愤恨依然残存在它心里。它前爪抠地，高扬着脑袋，用刀子一样的目光盯着几名战士，似乎他们是猎杀它同伴的凶手。战士们当然感到委屈，但面对一只狼，用什么办法才能解释清楚呢？大白狼蹲下，把两个前腿抱在胸前，目光变得更为可怕。这是狼进攻前惯用的动作。战士们把子弹推上了膛，准备向大白狼射击。班长用低沉的声音说，不能开枪，这里是边界线。在边界附近任何人都不能开枪，这在边防政策中有规定。气氛变得紧张起来，虽然是一只大白狼，但它满目凶光的样子，让战士们如临大敌。

大白狼的嘴里发出粗重的喘息声，两眼直盯着几名战士。它进攻的时候到了。突然，它头一低，脑袋乱摇了起来，并用一只前爪挠来挠去。它越挠越快，最后整个身子乱转起来。战士屏声敛气看着大白狼，他们知道蚊子开始咬它了。大白狼挠了一会儿，拿蚊子没办法，转身跑了。直到大白狼消失在树林深处，战士们才松了一口气。

　　那件事过后，就入秋了，北湾安静了下来。很快，一场凄冷的秋雨落下，蚊子不停地发抖，视线越来越模糊。当雨落得更大一些或天变得更冷时，它们便慢慢停止了呼吸。

　　蚊子的生命很短暂，一生仅仅只属于一个夏天。

后记

先前在写作中，曾涉及不少动物。有朋友说我轻人性，重兽性，受动物诱惑不浅。从文学角度来说，我接受朋友之言，亦在内心感慨，虽然迷恋动物多年，恐怕仍将持续下去。

此次写这本书，便是例证。

动物在情感、行为、感知和表达等方面，是仅次于人的具有行动能力的生命。于是乎，它们便与人有了心灵感应，甚至在行为上有近似于人的反应。人懂动物，想必动物也懂人。听说在阿勒泰曾有牧民能听懂羊语，亦可与羊交谈。我想那不仅仅是两种生命在形式上的打通，更应该是灵魂的对接。至于其到底是怎样的美妙或欢乐，只有那牧民知道。

新疆的动物不像别处的动物，多处因山高林密或水深，动物藏之不让人轻易见到，因新疆是一块敞开的土地，开阔是其亘古不变的外在特点，生存于这块土地的动物，只要一露面，便彻底暴露在人的视野中。所以说，在新疆没有看不到的动物，而它们展示自身神秘、美丽和神性时，显得颇为大度。尤其是独特地域与生灵之间，气息相通，感应灵敏，有时候甚至惊人的相似。我曾经数次引用过《突厥语大词典》中的一句诗："你看着我，就是治疗我。"我迷恋动物并为之书写，就是因为它们的生命之直接和裸呈，像这句诗一样启示和引领着我。

新疆动物的生存分布，可谓极为丰富，有沙漠动物群、戈壁动物群、高山动物群、寒地动物群、森林动物群、草原动物群、绿洲动物群、湿地动物群等等。我在新疆生活近三十年，走遍天山南北，见过听过的动物故事，装了一肚子，到了此次写这本书，终于过了一把瘾。

有些动物我见过，有些动物则无缘谋面。见过的动物，我记住了它们的眼神、表情和动作。我深以为那就是它们的灵魂，到了此次写作，它们从我的记忆深处走出，与我对视，让我为自己忝为写作者或者记录者而感到幸福。至今无缘见到的那些动物，亦有不少传奇故事，被那些在草原、牧场和戈壁沙漠放牧的人代代口传，不仅变成他们精神中闪烁不息的光芒，亦让我在倾听时像猎人一样，沉迷于幸福的捕获。有一人给我讲述动物故事时说：爷爷的儿子是爸爸，爸爸的儿子就是我；动物活着时走过的路，死后还有动物要走过。他们对动物之爱，以及从传奇中获得的温暖，让我深为感动。

新疆雄浑辽阔，动物多有冷峻和刚烈表现，具体到它们的生存，则常常形成庞大的集群。譬如寸草难生的塔克拉玛干沙漠，历来被称为"死亡之海"，当地人亦谈其色变，无可奈何地给了一个"走进去出不来"的说法。但动物却乐于将塔克拉玛干沙漠选择为生存地，经常呈现出犹如生存于天堂的景象。有一次，在塔克拉玛干沙漠中见到一条小河，本以为无鱼，不料却有一种虽小，但却极为漂亮的鱼，后食之，味道更是醇美，至今念念不忘。前几日想，鱼小却美，写文章也应该如此，要短、重精华，且自然呈现。

因此便说到写此书时的坚持，这本书有主题，每一篇写一种动物。完成书稿后回头看，觉得犹如让动物彻底袒露，然后一种接一种排列成整齐的队列，等待读到此书的人认知、感受和检阅它们。

本书因为要通过具体细节凸现动物的生死精神，尤其是动物在久远年代与猎人、牧民之间构成的特殊关系，所以呈现了一些古老的猎捕和对峙事件。那时候的人们还没有先进的生产方式，猎捕是最古老、最具现实意义的职业，人们借此生存，慢慢形成以动物为中心的生活方式。古老的游牧并不是简单放牧牛、羊、马和骆驼等家畜，而是在年复一年的"逐水草而居，随季节迁徙"过程中，为补足炊食所需和完善畜肉供给，适当进行猎捕以满足自给自足的生存方式。当时的生活条件和社会文明都欠发达，导致人们不得不做出猎捕选择。某种程度而言，人们猎取动物是古老社会别无选择的作为，对人类从猎捕到耕种，再到以物易物、货币购置等发展，都起到了不可忽略的作用。这样的事件被人们从久远年代口头传播下来，记载在少数民族史诗、典故、吟唱和辞典中，真实呈现了人们的现实所需和精神满足。那时候还没有施行动物保护法，动物还没有被列入保护范围，动物与人类的关系，并不是简单的取舍，而是在古老生存法则中的互相依存、守望和模仿。新疆以天山、阿尔泰山、昆仑山和准噶尔盆地、吐鲁番盆地构成"三山夹两盆"，生存于此的人们普遍猎捕、放牧和食用畜肉，沿袭着自古以来的生存方式。那时的人和动物都是大自然之子，人类爱动物爱得深沉，逐渐创造出璀璨的游牧文化；动物越来越重要地维系人类的生存，最终与人类形成难以割舍的互相依存、互相影响、互相融合的关系。自从国家把动物不同程度列入保护范围，动物们迎来了生命的"黄金时代"，它们与人类的关系，在更高意义上涌现出诸多问题，等待我们去思考和表达，然后开始全新书写。

是为后记。

王族

2019-03-17

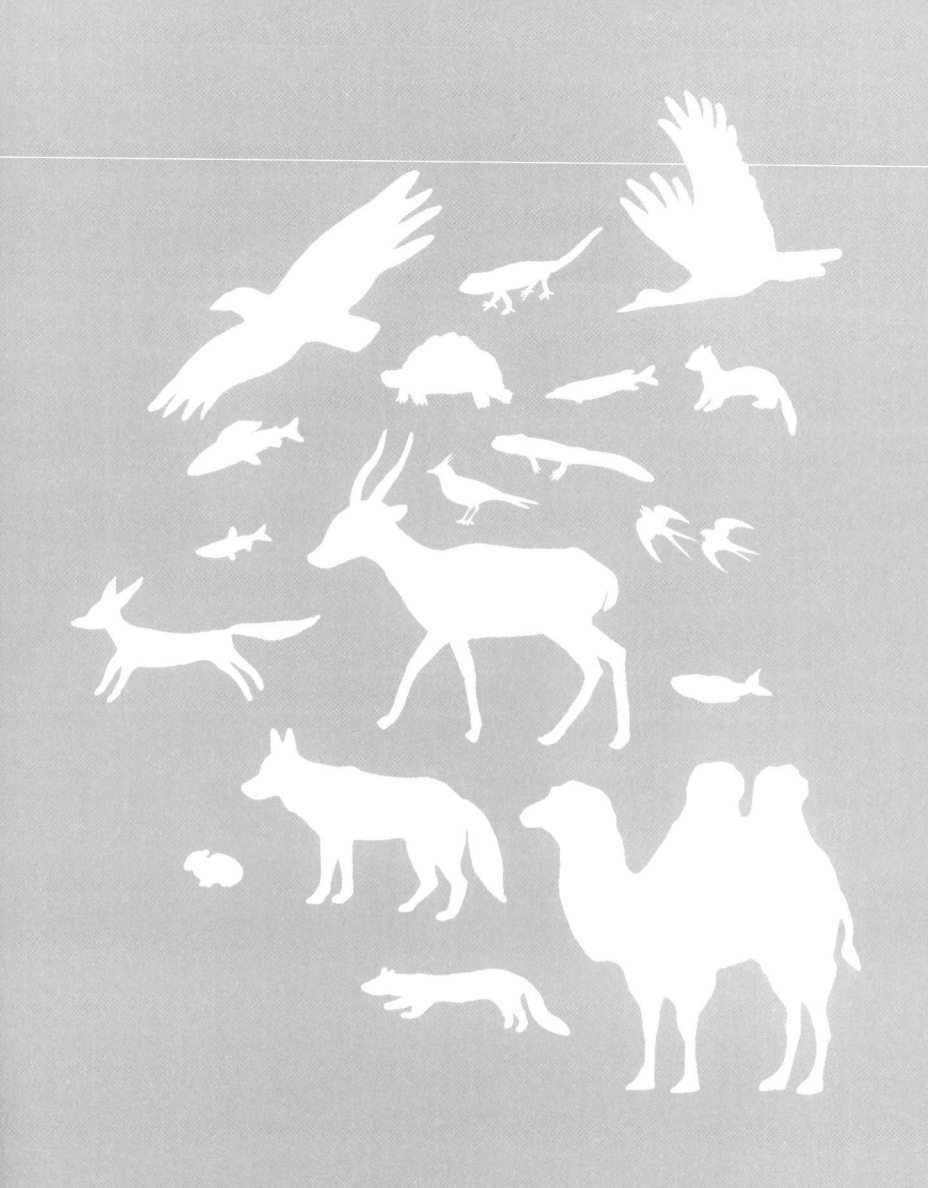